福爾摩沙三族記

A TALE OF THREE TRIBES IN DUTCH FORMOSA

陳耀昌 著

福爾摩沙三族記　目錄

推薦文

歷史的每一日都是新的誕生

Uma萬淑娟（台南縣平埔族西拉雅文化協會理事長）

讀一部跟自己切身相關的歷史小說，如同看一張含自己在內的相片，總難以置身度外而超然於立場。面對《福爾摩沙三族記》這本書的某些情節，有時被說服，但在另一處又像反射動作般跳出來，想要說話，甚至如果可以……想要出手?!千年如一日，荷鄭交戰這一日栩栩如生、活現眼前，令人看到癱軟，先祖面對來勢洶洶的異族，何等遭遇又何等無言啊！

歷史既已發生，往事無法重來，為這段歷史定論是當今者的有限，是我們對歷史所知有限，而更且是，歷史本身就是一種有限。過去，這塊土地上的中心史觀始終繞著先後來此墾殖的漢人世界，於是，陳耀昌醫師觀點詮釋歷史的《福爾摩沙三族記》，宛如投響三百多年來的空谷足音，透過不同的角色詮釋歷史的發生、過程，以及交會在那個時代錯綜複雜的恩怨情仇，最後進入餘音繚繞的尾聲……

台南，台灣的起點，在十七世紀已是國際政商交手也是各族交會之地，而原屬於這個起點、堪稱台灣第一民族的西拉雅族，歷經荷、鄭、清、日、國以來族群命運的劇烈變動，雖曾幾度採取反擊，大多逆來順受，面對敵人甚且有著不讓對方難堪的靦腆，最後，非常和善的「福爾摩沙人」終至含笑帶淚地成全了這塊土地。進入故事而拋開歷史情結，我們的島嶼不管你稱它福爾摩沙、台灣……或我稱她的「Siraya」（祖媽西拉雅），總是像母親一樣包容著，包裹著刀光劍影下無數個遺忘與記起的傳說和那些風雲變色的時代，而屬於她的子民，則仍然對她予取予求。

過去，各部落間雖有征戰，卻能承認彼此主權的存在，這行之已久的默契如同原民世界的律，因此無論社群大小皆能確保自主自立。但是一朝遇到統治集團（例如國家）這樣的單位時，未經聯盟而各自為政的部落立即成為致命的弱點。失去獵場等於失去生計，更失落了當時主要的生活技能，獵人和勇士，頓時無用武之地，變成一群集體無能的人。而原來獨當一面且擁有土地及子女繼承權的西拉雅女性，也慢慢隱身在漢父系的背後。「非我族類，其心必異。」《福爾摩沙三族記》這部小說，留給我們的仍然是你、我、他的難題。

對照今天，實現族群之間的平等、尊重、欣賞與肯定，仍是一道比三百多年的時空更跨不過的鴻溝。瑪利婭想：「西方文明的基礎是宗教，東方文明的基礎則是所謂的聖賢。」我則想，崇尚自然喜歡共享的南島語族，其核心信仰離不開敬天惜地和感念祖先。在如此豐富多樣的美麗島園內，究竟是致力於多元族群共生共榮，或者讓怒刺繼續相向而彼此銳痛，是這塊土地最後的獲利者及當權者須再深思的。

歷史不會靜止，也不會從此停格，誰又能所向無敵永遠立於不敗之地？本書故事的終結，「抓面而逝」，一切不勝唏噓……是不可不知之殷鑑。荷蘭人說「福爾摩沙是流著牛奶與蜜的土地」；漢人說「他們過去太好命了，這些『番仔』真是『天公仔囝』」，這一切是直到侵入者一步一步展開掠奪主權的行動之前的歲月。對「福爾摩沙人」原住民而言，時代的悲劇並無法在劇終之時嘎然而止！烏瑪說：「靠鹿群生活已經是過去的事了。」雖然殘酷，但潘朵拉的盒子已被打開，新的獵場就是今日的現實，沒有人願意躲在悲情的帷幕下呼吸！不管如何，繼續尋找出路，勇敢面對，夢想始終活著，歷史的每一日都是新的誕生。

推薦文

大航海時代的謎語

平路（作家）

數月前，我到了荷蘭台夫特（Delft），在縱橫的運河水道之間、一扇扇掩著的門裡面，出身這個小城的畫家維梅爾，他油畫上那神祕的藍彩，藏著怎麼樣的祕密？他從當年「荷蘭東印度公司」經台灣運去的瓷器中，得到什麼樣的靈感？

日前，我站在台南延平郡王祠裡。當年，沈葆禎輓鄭成功，其中一句是「缺憾還諸天地」，這個「缺憾」，除了明朝的覆亡，除了指著鄭成功過短的壽限，還可能隱指什麼缺憾？

而西洋人長於記事，一段荷治時代的文字寫著：「這些意見不合，在團體中造成很大的騷動，帶來嚴重的傷害，幾乎沒有一個人可以倖免，沒有任何對策可以因應……台灣評議會和法庭也停止會議。人與人之間不能互相容忍，人們之間的愛消失了，變成冰冷的石頭。」可以想見，當年在我們這個島上的拉鋸角力、神職人員與行政體系彼此傾軋，以及與荷蘭東印度公司的利益互相推擠，原住民介乎其間，屢被稱做「難以駕馭、野蠻、心地不良、懶惰和貪心」的西拉雅人，受到過怎麼樣的污衊？

西方人、漢人，以及屬於南島語系的原住民，大航海時代曾經在福爾摩沙相遇與爭逐，這個島上遍布著……失落在時光裡的謎語。寫作者自負之處，正在於細心爬梳，一點點的人骨拼圖。而對寫作者自身而言，其中磁石一般的吸引力，也在等待謎底從自己文字底下浮現的一刻。

就在這段時間，當我正癡迷於大航海時代的歷史，驚喜地發現，有志一同的是一位極具專業素養的醫師。這謎題多麼引人入勝，醫師甚至用精神分析的角度，去理解那位「開台聖王」，讓面目模糊的鄭成功從神几走下，變得立體而動人起來。鄭成功的苦悶是什麼？醫師甚至大膽假設，所謂「抓面而亡」的真相可能是亂刀刺臉！是不是史書上習慣為尊者諱，才把鄭成功說成急病而死？疑點關聯起來，成為陳耀昌醫師探討鄭成功內心世界的動力。

怕的是你絲毫不好奇，事實上，我們的文化教材因為要求內聖外王，以至於人們不敢好奇。這些歷史上的完人，一旦是完人，就泥塑木雕，成了廟前一具毫無表情的雕像。

藉著解碼內心世界，還原人性的面貌，歷史人物與我們一般人終於有了聯繫。怎麼樣的心理創傷之下，鄭成功幾度大開殺戒，生也何恩？殺之何咎？殺荷蘭人、殺原住民，幾乎殺了自己的兒子與妻子。「治軍嚴明，不擾百姓」的另一面，鄭成功到底是什麼樣的一個人？

他可有軟弱的時候？可有懊喪的時候？可有亂了分寸的時候？英雄志士，會不會也有卑下的情操？

陳耀昌醫師的書中藉對白說出：「他七歲以前沒有父親，七歲以後沒有母親，可以說，在他的成長過程中，他是半個孤兒。」甚至細述鄭成功的成長過程：他是長子，卻不是嫡子。漢人家庭中，嫡子才是家庭及父親的繼承人。而且鄭成功母親是日本人，初到父親家，他的漢語一定不怎麼好。他的處境，可能是種族差異加上文化差異的結果，令他「在父親的家，卻像在別的國家一樣」。

又在對白中形容鄭成功：「在人前故示堅強，在人後，其實很軟弱。」「他雖然有軟弱的一面，但是他堅強的那一面，說到做到，他的精神毅力，真是非一般人所能想像。他確實是個英雄，只是比較像是悲劇性格的英雄。」

作者用人性的角度去剖析，歷史人物的個性頓時鮮活起來。

而我本身，對鄭芝龍與鄭成功父子始終好奇，他們都是面對絕大的衝突、倫常乖違、掙扎煎熬，試圖走出命運鎖鏈與時代框限的人物。在小說《東方之東》中，我曾經用很長的篇幅寫鄭芝龍，試圖擬想他宏廣的視野。想著鄭芝龍望向海洋，當他精於盤算自己的前程，或者也得以預見台灣島在海盜、商旅、冒險家、流放者、異族勢力……一環環的水紋圖中，注定了四百年的坎坷命運。

巧合的亦是，當我在另一篇文章裡寫著「鄭芝龍與鄭成功父子身上，透著顛覆與叛逆的鋒芒，象徵意義上，兩人都是封神榜裡的哪吒。」而無獨有偶，陳耀昌醫師也大膽推估，哪吒的信仰說不定是鄭成功引進台灣的。陳耀昌甚至假設，鄭成功為什麼特別尊崇剔骨還父的「三太子」，或者，其中有一層自我投射的心理因素。

而台灣呢？放回大航海時代的謎語裡，我們島嶼這特殊的身世，又隱喻著什麼樣詭譎、壯闊、值得自我期許的前程？

陳耀昌醫師的新書即將面市，為大航海時代的台灣史添上一個嶄新的、多元的、耐人尋味的角度。

推薦文

史料下的人間交往

江樹生（《熱蘭遮城日誌》譯註者）

台灣大學醫學院教授陳耀昌醫師，享譽醫學之外，也是熱心參與診治當今社會的知名人士，勤奮發表健康觀念的社論。現在更創作小說《福爾摩沙三族記》，以十七世紀荷據時期的台灣歷史為背景取材，編寫原住民、荷蘭人與漢人之間的人際心靈活動，探討生於斯時斯地的各族人馬怎樣來往？怎樣創造歷史？該如何來往共創歷史？陳教授很用力閱讀有關史料，運用醫學專業的觀點批判史料，然後心地寬厚地寫出一幕幕深具人情味、有血有肉、有淚眼有笑容的人間交往。《福爾摩沙三族記》寫活了歷史，也發人深省，深值一讀三思。

推薦文

眞實與想像交織的故事

呂理政（國立台灣歷史博物館館長）

這是一本充滿驚奇的書，是歷史、是故事、也是一本小說。書中細緻描繪十七世紀的世界大航海時代，位在東西航道要衝的台灣（福爾摩沙）躍上世界舞台，在殖民貿易和戰爭的動盪大時代中發生的小故事。荷蘭傳教士亨布魯克的女兒瑪利婭、西拉雅族麻豆社長老的獨生女烏瑪和鄭成功的部將陳澤，環繞這三個代表不同族群的人物所交織成的故事，展開了台灣近代四百年波瀾壯闊歷史的小序章。

也許有人會問：到底本書是歷史還是小說？其實，歷史多少都包含主觀的選擇、化約、模擬和想像。史書典籍文獻所載者也未必真實，本館的常設展「斯土斯民──台灣的故事」是如此，陳醫師的這本小說更是如此。本書的價值，與其說是透過小說讓讀者了解真實的歷史，還不如說是細緻地將史料編織成小說，讓讀者接近歷史，引起對台灣歷史的興趣和關懷，在回味、反省過去的同時，亦前瞻未來。

認識陳耀昌醫師是偶然的機緣，二〇一一年七月參加「情繫巴蜀：兩岸文化聯誼行」在四川相遇，當時只知道他是台南人，是台大醫院內科的血液學權威教授，對台灣歷史有興趣。十月二十九日，國立台灣歷史博物館正式開館，我邀請陳醫師來觀禮。十一月下旬，接獲遠流編輯部邀請寫一篇陳醫師小說的推薦文，拜讀書稿之後，大吃一驚，本作品明顯是悉心研讀史料、再經過編織交纏的精心之作，徹底顛覆吾人對一般歷史小說常有的穿鑿附會、胡亂拼湊的印象。

十七世紀的台江內海周緣是多元民族與文化交會之地，本書的主要場景在此，而本館也建基於此，館舍左近的洲仔尾、油車行、鹽行等地名都是延續數百年的歷史證據。本館從二〇〇二年啟動「海外台灣相關資料調查與蒐藏計畫」，所蒐藏的十七世紀西文古書、古地圖及圖像，恰可與書中描繪相印證。

真是一種難得的緣分，在四川偶然認識陳醫師，又同時關懷台灣歷史，不但書中場景就在本館所在地、書中情節與本館史料可相印證，「歷史小說」與「博物館歷史展示」也形成一種有趣的對照。種種機緣，莫非前定！我想，陳醫師應該也會同意，台灣一直是個充滿機會與夢想的島嶼，過去如此，現在如此，未來也必定如此。謹為文記錄與陳醫師的巧遇因緣，並樂於將本書推薦給大家。

推薦文

台灣最珍貴的資產

李偉文（牙醫師・作家・環保志工）

我們常說「台灣是一個寶島」，但是大部分時候只是說說，心底並沒有真的體會到，在地理的因緣際會之下，台灣小小一個島嶼竟包括了從熱帶到寒帶、也就是從赤道到北極圈的生態。台灣海峽在冰河時期是陸地，收容了從北方一路往南遷的各種物種，落腳在不同海拔高度不同氣溫的森林裡，再加上候鳥與海漂帶來的海洋性物種，這麼豐富多樣的生命，正是上天對寶島台灣的厚待啊！

同樣的，台灣也在歷史的因緣際會之下，在東西文化碰撞的大時代中，扮演著重要的角色。其中鄭成功在台灣的近代發展史上，更是關鍵性的人物，可惜在我們的歷史課本中失之簡略，在民間傳說中又有太多神話色彩，沒有辦法感受到一個活生生、有血有肉對年輕人有影響力的典範人物。

《福爾摩沙三族記》這本歷史小說可以補長久以來的遺憾，從精采的故事中，我們能重新看到台灣何其難得在時代變遷中，變成許多不同民族最後落腳的共同家鄉。

這種從生態物種到人種所產生的文化多樣性，正是上天給予台灣最珍貴的資產啊！

推薦文

以小說的角度、從歷史的縱深來看台灣

李瑞騰（國立台灣文學館館長、國立中央大學中文系教授）

「歷史小說」作為小說的次文類，存有很大的討論空間。歷史被要求真實，而小說主要是虛構的，真實性與虛構性在矛盾中之所以可以統一，是因為它畢竟是小說，亦即將「歷史」作為「小說」寫作的素材，在真實的基礎上虛構。由《三國志》發展而來的《三國演義》，被認為「三分真實七分虛構」，是最好的說明。

歷史小說不好寫，難處在於選擇什麼樣的歷史事實、怎麼寫，以及有什麼樣的寫作意圖等，這裡面涉及史實如何？你又將使之如何？所以必須閱讀許多史著，做許多歷史考證，甚至田野調查，最終表現在小說場景與人物、器物的書寫上，這方面的掌握能力是最根本的；進一步則是史識，觀點要出得來，我覺得這部分最重要的就是作者對於歷史的詮釋，以及通過這樣的詮釋想表達出什麼樣的主題。

台灣小說史上曾有過像高陽、孟瑤那樣的歷史小說家，但他們取材於南明、晚清；一些稱為「大河小說」的作品，雖有台灣歷史的大背景，寫族群或家族之變遷，惟歷史非其重點。其中特別值得一提的是姚嘉文長達三百萬字的《台灣七色記》，以「台灣歷史小說」的大格局呼喚台灣人的集體記憶，從公元三八三年起的河洛人的故事，寫到二十世紀末，歷史的跨度很長，小說的細膩性相對就受到影響。

陳耀昌醫師的新作《福爾摩沙三族記》，是大航海時代荷據台灣時期，來台的荷蘭人、台灣原住民（西拉雅族）和中國來台漢人的「三族」的故事，種族衝突、權利爭奪、情愛糾葛，多源匯聚；面對十七世紀的台灣之巨變，既有宏觀巨視，又有對於小說人物細微的互動與心理變化的諸多敘寫。

陳醫師是幹細胞專家，台灣骨髓移植第一人。他和許多醫生前輩一樣，除了人體，對於政體、國體更有關懷之心。終於他從現實面進到歷史的縱深來看台灣，就這樣，精神上也就回到他的故鄉台南了。我想，陳醫師這部歷史小說應該會產生一些迴響，我盼望他能影響台灣作家去寫諸如戴潮春事變、乙未割台這些歷史，台灣的歷史小說還是一塊有待墾拓的田野。

推薦文

台灣初闢時既精彩又複雜的歷史故事

林克明（加州大學〔UCLA〕榮譽退休教授）

《福爾摩沙三族記》以小說的形式，如實地呈現十七世紀台灣初闢時既精彩又複雜的歷史，沒有英雄崇拜，沒有教條。耀昌以醫學家與科學家的背景，讓事事言之有據。而他豐富的想像力與原創力，則讓我們在捧讀之餘，直如親歷其境。原住民、荷蘭人和漢人旺盛的生命力，泉源而出。文化的衝突與融合，讓故事高潮迭起，引人入勝，也引人深思。《福爾摩沙三族記》豐富了我們對台灣歷史與文化的了解，也為深化台灣的認同指出新的道路。

推薦文

歷史是祖先遺留給我們的禮物

林慶台（牧師）

我們都認識一個孩子，他的名字叫做「歷史」。從天地混沌萬有之初，歷史便誕生在這個世上，他總是背對著我們邁開腳步，用身體記錄著穿過世上的每一道光影、每一川隙流，走過混沌裂土，走過光照新生，走過萬物學會和諧歌唱，也走過萬物學會交相殺戮。他不曾轉過臉來表達他所看到的情緒。在他的背上，世界吹息的柔氣風霜一層一層覆蓋著，後人稱之為時間的軌跡。

三百多年前，歷史走到了十七世紀位於世界邊陲的一座島嶼「福爾摩沙」，而他背上出現了不同於以往的刻記：三種人類民族，西拉雅族、荷蘭人、漢人，在同一塊土地上，從相識相知，到為了各自的生存、立場與信仰而戰，三股複雜的情感，在歷史的背上激烈搖撼著。

走過三百多年後的今天，一切似乎都和解了，但潛伏在我們身上的共和血液與影響仍在。看到《福爾摩沙三族記》這本書，我們終能了解，或許歷史總是背對著我們，但當我們轉過身，與歷史看往同一個方向、看到同一段過往，於是我們知道，所謂的刻記，是歷史代替遠古至今的祖先們遺留給我們的禮物，叫做「反省」。每當我們被未來模糊了眼光，轉身擁抱這份禮物吧！那些鼓動在這片土地上的無聲言語，彷彿就是傾訴著那更正面的引領方向。

推薦文

《福爾摩沙三族記》的歷史閱讀

孫大川（行政院原住民族委員會主委）

我常覺得台灣是一個極度缺乏歷史意識和歷史情感的地方。有人說，這或許是因為台灣是一個移民社會，又地處孤島、邊陲；也有人說，這可能是因十七世紀以來，台灣迭遭不同殖民統治之斷裂經驗所致……種種說法，當然都有一定的道理。但，按我的看法，沒有讓「歷史」和「文學」相遇，恐怕才是問題關鍵之所在。

其實，我們大部分人歷史意識的形成，都是從文學作品產生出來的。《史記》、《漢書》甚至《三國演義》、《西遊記》和《水滸傳》，書裡故事的主角和情節，皆摻雜著當時歷史人物的情感和社會文化的真實。就是這些文學作品滿足了我們的歷史想像，並讓那個時代的人、事、物有了鮮活的生命；它們有時更溢出文學的範疇，和戲劇、繪畫、電影等藝術形式結合，成為庶民生活有機的一部分。台灣缺乏的正是這一塊！

陳耀昌醫師的《福爾摩沙三族記》就是要填補這一塊。尤其令我既驚豔又佩服的是，他有一個遠遠超越一般漢人史觀的胸襟和手筆，還原了十七世紀大航海時代台灣多元族群互動、交融、對立、友愛和生離死別的種種人生相，呈現真實感人的場景。他公平對待進出台灣的各個族群，這本書講的是荷蘭新教牧師亨布魯克、本土西拉雅族麻豆社女子烏瑪和漳州人陳澤三個家族在台灣的交會和命運。他（她）們各有自己的文化背景，也有個別的動機和目的，卻交織、分合在這美麗的福爾摩沙島上，譜成動人的歷史樂章。陳醫師成功顛覆了漢人獨白的台灣史觀，挑戰我們偏狹的族群認同。

這幾年我個人的閱讀範圍愈來愈擴及荷蘭、西班牙時期的文獻，因而更能體會陳醫師文學敘事的脈絡和演繹，每一個情節幾乎都有所本。我相信這是陳醫師以近乎宗教虔敬的態度所寫的台灣史，為獻給自己深愛的母土，和那所有在這塊土地上活躍過的祖先……

推薦文
水淹鹿耳門

陳芳明（政大台文所所長／教授）

鄭成功征服荷蘭人的熱蘭遮城，是台灣歷史上最精彩、最迷人的故事。即使放在整個東亞海域的歷史，鄭成功的神奇與英勇，也是不斷受到傳述並轉述。這位被尊奉為「延平郡王」的英雄，如果只是放在中國史的脈絡來看，似乎把他做小了；必須從西方殖民擴張史的角度來看，他的人格與風格，才能獲得確切的定位。

打開世界地圖，可以看到西洋殖民者如何繞過直布羅陀、印度洋、南中國海，終於到達巴士海峽與台灣海峽。這群慾望貪婪的藍眼睛，所過之處，如入無人之境。但是，他們到達福爾摩沙時，卻遭遇到強悍的鄭芝龍。他們如果要前往東北亞，就必須向鄭芝龍繳交過路費。荷蘭人、葡萄牙人、西班牙人都相當畏懼這位歷史人物。從他們的歷史檔案裡，他們對這位東方的海盜，可以說愛恨交加。他們從來沒有預料，還有一個創造更多挫折的英雄就要誕生。那就是鄭芝龍的兒子鄭成功。

屹立在台南安平的熱蘭遮城，據說是紅色的建築。從海上瞭望，尤其在夕陽中，更是金碧輝煌。憑藉這座固若金湯的城堡，荷蘭人建立了島上的殖民政權。西方殖民主義的最大挑戰，竟是來自反清復明運動的漢人領導者鄭成功。歷史從來就是不經意發生，荷蘭人所經營的東印度公司，縱橫南洋，操控整個亞洲，卻成為鄭成功復國運動的一個註腳。

「水淹鹿耳門」的故事近乎神話，卻是活生生發生在十七世紀中葉。製造一個驅逐荷蘭人的戰爭，需要高度智慧與精密計畫。鄭成功盤算潮汐的漲退、民心的向背，終於完成他一生中不可能的任務，徹底把西方殖民者趕離海島台灣。這個故事可以不斷回顧再回顧，是因為從明末以降，沒有一位歷史人物可以與西方強權對抗、決戰、征服。在中國近代史、東亞現代史，鄭成功就是具有豐富意義的代表人物。他本身既是漢人與日本人的混血兒，也是儒家傳統下忠奸之辨的中介者，又是東西對抗的勝利者。無論是他的肉體或精神，都有太多可供議論的文化記憶。

陳耀昌的歷史小說《福爾摩沙三族記》，正好點出這位歷史人物的混融特質。在故事中，牽連漢人、西拉雅人與荷蘭人三方面錯綜的文化干涉與交涉。作為一位醫生，他跨界到歷史書寫，必須依賴廣博的閱讀與豐富的想像。整本書文字的節奏相當迅速，似乎跳過許多細節，直指歷史事件的核心。而整部作品其實是在提醒後人，台灣歷史從來不是以單線主軸在發展，也從來不是以漢人為主導。挾泥沙俱下的歷史力量，浩浩蕩蕩，把那時代的各個族群的生命都匯流在一起，最後沖激成台灣近代史的源頭。他注意到原住民、漢人移民、西方殖民，在小小海島上的衝突與衝擊。

這是一部多元史觀的小說，但又可以當做歷史作品來閱讀。陳耀昌的原始企圖，歷歷在目。以這本小說為基礎，他應該可以受到期待，寫出更精彩的十七世紀台灣史。在二十一世紀後現代的今天，他引導我們看見前近代的情感與記憶，使讀者終於覺悟，台灣歷史是如此豐饒，如此矛盾，又如此燦爛。

推薦文
當時台灣仍是一頭年輕的梅花鹿

胡晴舫（作家）

史料用的是鋼筆，一筆一畫忠實記錄曾經出生的人物以及因為他們的行動而發生的事件。文學拿起來的卻是畫筆，根據一絲不苟的資料梗概作畫，如同幫僅剩下骷髏的歷史屍骸添血添肉，重新還魂，恢復生前的煥然光采，將讀者直接帶回歷史現場，身歷其境，親眼目睹當時一草一木如何抵禦狂風摧殘，嗅聞空氣中那股山雨欲來的濃重危機感，耳聞歷史人物親口侃侃講述自己的價值信仰，為自己的行動辯解。

如果沒有文學家司馬遼太郎的筆，豐臣秀吉只是一個遭德川家康取代的普通武將名字而已。因為有司馬遼太郎，古畫中那名個頭矮小、相貌醜陋近似猥瑣的男人，搖身一變，成了一個魅力無限的男人，豪邁熱情，善於外交，喜好女色也很懂得博取女性的歡心。因為文學才能說「人」。

醫學出身的陳耀昌因為意外獲知自己有個荷蘭女性遠祖，而追溯出一段珍貴的「家族史」。《福爾摩沙三族記》不是他個人家族史，卻是所有台灣人的共同家族史。我們的身世遠比我們所知道的更複雜，比我們所想像的更精彩。陳耀昌這部他自稱「小說化的歷史而非歷史化的小說」的歷史小說，像《維梅爾的帽子》，利用畫布的一角，還原整個時代的全貌。

故事揭幕於一個局勢詭譎波動、一事牽動萬事的時代。十六世紀進入十七世紀，當時世人熟知的兩大舊帝國正崩解，亞洲的大明帝國因為帝制腐敗、稅法不公，民窮而處處揭竿起義、四處動盪；而歐洲的荷蘭王國藉航海而建立的全球貿易帝國，使阿姆斯特丹成為當時最富有的城市，卻也與西班牙、葡萄牙為了搶奪地盤、自然資源、貿易路線而爭戰不休，疲於奔命。另外兩大新帝國來勢洶洶，亞洲這頭，滿族進關，建立大清王朝，站穩中土，摩拳擦掌準備創造嶄新盛世；歐洲那頭，正當荷、西、葡三個國家打成一團，在新教英國，年輕的伊莉莎白女皇登基，在她掌舵之下，英國貿易船航遍天下，為將來史上地表最大殖民帝國打下基礎。

世界舞台就要易手，全球秩序即將重整，從此形塑一套迄今我們所認識並依賴、同時亟欲反抗顛覆的全球政經系統；便在如此驚心動魄的時代背景裡，荷蘭畫家維梅爾畫了他的《軍官與面帶笑容的女子》，畫中，情侶坐在窗前自由調笑，牆上掛著一幅當時常見的全球地圖，畫家用褐色代表海洋，藍色代表土地，一如卜正民在他的名著《維梅爾的帽子》裡所指出，陸地與海洋易位，海洋成為新的國土，才是兵家必爭之地。

而這場即將改變世界相貌的海洋大戰，戰場就在西太平洋外緣的蕞爾小島，我們的台灣。一塊完成全球拼圖的關鍵島。

台灣社會這些年因為國際外交孤立，纏鬥於國族認同，在這個顯然又到了歷史臨界點的時刻讀陳耀昌的《福爾摩沙三族記》，別有萬般滋味在心頭。

陳耀昌寫十六、十七世紀之交的台灣，仍是一塊任人來來去去的自由島。荷蘭人把台灣當作航海貿易據點，每艘路過船隻得以在此歇息補糧；原住民也大方接納荷人，繼續自己的部落生活；而因為內陸戰亂逃難過海的大明漢人，也只不過想找塊安靜角落耕種做生意。疆界、國家、民族那些「現代」字眼都還沒有出現。島嶼上住滿各路人馬，除了原住民、荷蘭、漢人等三族，還包括陳耀昌不斷提到的「梅花鹿」，滿山遍野，儼然是勢力最龐大的最大族群。每條生命都試圖盡量和平相處。

不同於現代台灣對國際社會時常感到陌生，而且除了美國、日本、歐洲等先進社會之外，對周圍鄰居通通不感興趣，陳耀昌的十七世紀台灣根本就是住在一塊熱鬧烘烘的國際大雜燴裡。船隻從日本長崎、台灣、廈門、澳門航到巴達維亞、麻六甲，鎮日穿梭不息，幾個港口互通信息，像真正的生意夥伴既有信任交情，也互相精明算計，為了關稅貿易而不斷交涉談判，有時雙方達成協議，便和平相處一陣子，有時一方覺得吃虧了，便互派代表重議。

最讓人讚嘆的地方是每個人都講多種語言，鄭芝龍不但會講葡、西、荷等西方語言，也會講漢語、日語等東方語言，還跟日本女子通婚，生下鄭成功。他的船隊一會兒去馬尼拉，一會兒奔廈門，一會兒到長崎，一會兒又通過麻六甲，簡直像當代的全球漫遊族。

在交叉描述不同族群對這塊島嶼的記憶時，我個人認為陳耀昌選擇了年輕人當主線的決定非常有意思。漢族的陳澤，原住民的烏瑪，荷裔的瑪利婭，他們皆以懵懂青春的姿態登場，如剛剛在世界舞台上登場的台灣島，對世界充滿好奇；他們觀察世界、認識世界，也參與世界。透過他們探索的眼睛，時代畫布在讀者面前展開。他們學習自身文化，企圖在台灣找到父母輩遺落在故鄉的歸屬感，也從日常生活中接觸了異族，努力去學習對方的語文習俗，卻身不由已捲入大時代的不安動盪裡，貿易爭奪、武裝對抗、文化衝突、族群分裂，面對世界賦予他們不理解的殘酷挑戰，他們不斷思索為什麼，靠單薄己力，孤獨求生存。

這些年輕人就像當時在全球歷史上仍屬青澀後輩的台灣島，在狂烈吹不歇的貿易季風裡，企圖逆風航行。最後留下來，能夠跨越國族仇恨、修復歷史傷痕的人也只剩下這些年輕人。隨著書頁一句一句讀下去，他們就像台灣梅花鹿的化身，野生而美麗，在歷史的島嶼邊緣獨自奔跑，代表了強大的自由感，對世界不抗拒也不懼怕。他們的眼眸多麼善良真摯，如同黑夜海面上發光的燈塔。

而當我讀到那一行「一九六九年，台灣東部最後一隻梅花鹿消失滅絕」，不禁掩卷嘆息。只願，那股強悍而奔放的梅花鹿精神依然長留在島上，奔馳於山林間，永遠與我們同在。

推薦文

聽聽老派人文主義者講古

翁佳音（中研院台史所副研究員）

「老醫師」陳耀昌的《福爾摩沙三族記》初稿在「新頭殼」網媒連載時，就有老友來Email，略顯難以置信的筆調問：台灣人的荷蘭查某祖，敢有可能？

有無可能？我不知道。歷史研究上，我屬實證主義，或一般所說的考據派。職業慣習使我對既定的「歷史」，總會不自覺地再參照新舊資料，重新檢證之後，才放心繼續傳述。多年經驗，確實教我不敢斬釘截鐵判定野史傳說與正史之間，何者為真。一般人習慣以為小說是虛構，歷史就是事實，而真相只有一個。可是，我們不是常聽說「事實比小說更古怪」（Fact is stranger than fiction）嗎？

小說離奇，事實又古怪。既然古怪，就很難具體弄出個唯一、穩定的真正圖像。我舉兩個與本書故事有關的例子，供大家在閱讀時思索。一是台南四草大眾廟，民間傳說那是鄭荷戰役時陣亡荷蘭人埋骨之處，現在的墓塚，可裝飾得很醒目。實證主義史家如我之流，通常會判斷它是一般萬善同歸、無主孤魂場所，是當地人觀光炒作，難登正史殿堂。不過，歷史研究者若願意花點時間去閱讀當時歐洲人海卜脫（Albrecht Herport）的記述，或斯考滕（Willem Schouten）的《東印度旅行記》原文，就可發現四草北線尾也是歐洲人的墓場。

另一個例子，就是上個世紀五、六〇年代的〈安平追想曲〉流行歌。這首歌，不少人曾誤以為是民謠，研究者很熱情想找出那位港邊金髮女郎的身世。然而，若用合理角度來想，荷蘭人豈不是「紅毛」番，怎會生出金髮女兒？如果繼續追究，難免令人氣餒。這首流行歌產生的時代背景，與日本〈長崎物語〉歌聲影劇，有難分難捨的關係。講殘忍一點，這是文藝小說。但虛構文學，怎又挑動台灣人深層往事記憶琴弦，現在猶有裊裊餘音的事實？

可見，歷史真實，絕對稀奇古怪，小說也有正經八百。詩人拜倫說，古怪真實如果能被傳講出來，小說變豐富，世人看世界將又多麼不同。然而，歷史真實在哪裡，要如何捕捉？這又是另一個老問題。畢竟，並非以往發生過的有意義事件，都會以文字記載流傳；人們的往事記憶，還是會被結構性遺忘。如此現實，讓我們在構思歷史時，總不能欠缺「想像講述」（fictio）空間，不用像我前述老友那樣不安，略顯難以置信。

作者陳耀昌是內科醫師、教授，寫歷史小說，旁人或許覺得古怪，但我並不訝異，只是欽佩，因而樂意當他的歷史學「宅急便」顧問。我老是叫作者「老醫師」，並非年齡上互相調侃，而是在他身上看到老派醫師人文主義的風格。專業之外，他從自己容貌、家族與台南故鄉的疑問問起，最後構思成族群恩怨情仇的長河小說。這是很標準的人文主義者作風，不斷面對、思索自己時代，進而豪語「為台灣留下歷史，為歷史記下台灣」。也許，歷史與文學評論家對本書的史料徵引或小說技巧有種種意見，但如此老派醫師、人文主義者講家國大、小故事之氣魄，文史家總得正視，我們是否缺乏這般藝作？為本書寫推薦數語，理由也在此。

為台灣留下歷史
為歷史記下台灣

楔子

台灣。台南市。安平。二〇〇四年。

四草大眾廟聳立在一片寬廣的綠地上。這裡三百年前還是一片汪洋，叫做「台江內海」，附近到現在還有一些沼澤地。不過這座廟在三百年前就有了，建在叫做「北線尾」的沙洲上，那時只是一座由竹子搭建及茅草覆蓋的小廟。現在的大眾廟有一個足球場那麼大，六、七層樓高，而且金碧輝煌。

在前導摩托車的引領之下，一隊嶄新的黑色轎車車隊自台南市區方向駛來，停在廟口，廟方人士及地方士紳早已在廟口廣場列隊歡迎。荷蘭前總理、荷蘭駐台代表魚貫而下，隨行的還有代表處人員、台南市政府的陪同官員以及不少媒體。雖然是四月天的早上，南台灣的太陽已炎威難當，這些荷蘭人及台南市政府官員都西裝筆挺，有些人忍不住掏出手帕來擦汗。

荷蘭前總理仰首望著廟，佇立了好一會兒，露出驚訝的表情。這座廟的規模竟然比大多數荷蘭境內的禮拜堂還要大。他昨天憑弔了熱蘭遮城的斷垣殘壁，夕陽斜照下古意猶存，但四周民房林立，不見當年海岸線，他已無法想像那是古代的海陸戰場。他也造訪了過去是台江內海另一端、現在則是一條大馬路通到底的普羅岷遮城。普羅岷遮城現在已經翻修成漢人城樓「赤崁樓」，更是味道全失。赤崁，是當年此地的地名。

他訝異熱蘭遮城的遺跡及普羅岷遮城都比他想像的小，而這座廟，卻又比他想像的大。這裡不是只供奉「國姓爺」鄭成功部隊的海軍司令嗎？

此行，他自荷蘭來到福爾摩沙（現在已經改稱為「台灣」，而且是個以電子科技進步出名的國家），就是為了來這座廟，因為荷蘭駐台代表告訴他，這座廟旁埋藏著當年在熱蘭遮城圍城之役殉難的數以百計荷蘭戰士遺骸。聽說挖出這些遺骸已經是一九七一年的事了，可是三十年來的荷蘭駐台代表都沒有注意這件事；直到兩年前，如今這位充滿歷史情懷的學者型代表來台北上任後，幾近狂熱地研究起當年荷蘭東印度公司在福爾摩沙三十八年的歷史，對本地人稱為「紅毛」的荷蘭人的遺跡更是絕不放過，一一探尋。前總理和這位駐台代表本來就是好朋友，他那時聽了代表的描述充滿感動。主持國政的人是不能沒有歷史感的。聽聞當時，他仍在總理任上，因為政治的不方便，不能馬上到台灣來，等到一卸任，他急著安排前來台灣，祭拜這些已埋骨異鄉三百多年的英魂。

一行人進了廟裡，頓時古樂聲揚起，一片莊嚴肅穆。荷蘭前總理接過廟祝遞過來的一炷大香，在樂聲及香氣之中，入鄉隨俗，畢恭畢敬地向主神「鎮海大元帥」拜了三拜。前總理知道，當年荷鄭兩軍交鋒第一戰，荷軍就大敗，種下失去福爾摩沙的主因。而領導國姓爺軍隊打贏這第一仗的，正是這位「鎮海大元帥」。

駐台代表帶著前總理自左側邊門出了廟，折向廟後，走向一個約一公尺高、直徑七、八公尺的水泥圓形建物，並無立碑，只是在建物上立一中文牌子，寫著「荷蘭人骨骸塚」。

前總理再度舉香，然後緩緩彎腰致敬。當他再度挺身時，眼尖的人注意到他眼角已帶淚痕。

前總理並沒有立即移身，他繼續挺立著。這個塚，又比他想像的要簡陋太多了，他實在是感慨萬千。那個時代，荷蘭才立國不久，卻是荷蘭的黃金時期。荷蘭東印度公司與西印度公司縱橫四海，幾近所向無敵。不料一六六二年敗於國姓爺，失去福爾摩沙，可說是荷蘭在海外第一次戰敗。更不想僅僅兩年後，一六六四年，再敗於英軍，失去北美洲的新阿姆斯特丹[1]。而後一六七二年法軍入侵荷蘭，荷蘭的黃金時代於焉結束。

更玄的是，荷蘭東印度公司建立熱蘭遮城是一六二四年，國姓爺剛好也出生在一六二四年。一六六二年二月荷蘭人投降退出了福爾摩沙，不到半年，同年夏天國姓爺也過世了。歷史的巧合，讓前總理覺得確有「天命」存在。

一位市府官員開始唸起祭文。祭文是用當年國姓爺軍隊的福建話、現在的台灣話唸的，每個句子的最後一個字都拖得很長。在祭文聲中，他覺得，應該也有人來紀念當年以二千軍隊對抗國姓爺一萬以上軍隊、死守孤城九個月的荷蘭末代長官揆一[2]。他讀過揆一所寫的《被遺誤的福爾摩沙》，那是揆一在圍城九月後投降，由於不獲荷蘭當局原諒而被監禁了十年，在一六七五年出獄後匿名所寫。更令前總理感動的是，他聽說揆一臨終時遺命子孫，要感謝國姓爺，因為國姓爺對待他比他效力了二十多年的荷蘭還好。這真是人類戰爭史上少見的軼事。

從兩位英雄的作為，以及這場戰爭的意義看來，鄭荷之戰具有史詩般的格局境界，他想。

他又喟然一笑。他想起昨天台南市政府官員展示給他們看的文獻記載，敘述發現這些骸骨的神奇經過[3]。

那是一九七一年，大眾廟決定要祈安建醮，於是各角頭信徒代表齊聚廟中，請鎮海元帥指示相關事宜。鎮海元帥扶乩臨壇，指廟旁有眾客叢葬之墳，並且以劍剁地為記，明確指出位置，要求信徒將墳中遺骨重新納甕、培墩為安。

所有的信徒代表將信將疑，因為鎮海元帥所指之處長滿欖李和海茄苳，何來叢塚？不過大家仍在指定之日砍除樹木，挖掘不及數尺，果然看到一甕又一甕的白骨，為數之多令人咋舌，同時挖出的還有嘉慶年間重修古廟的碑記。令人好奇的是，除了鎮海大元帥指定的五個地點，任由不信邪的信徒怎麼挖，再也挖不出什麼。

因為挖出來的骨頭有長有短、有大有小，有刀傷痕跡、也有彈孔痕跡，死於戰爭之證據甚明，再加上地緣關係，很容易就想到是鄭荷戰爭期間的將士墳墓。大抵而言，死於刀傷的多數是荷蘭人，骨頭被子彈打穿的大概以華人居多吧！

一九七一年，距離戰爭最高峰的一六六一年已整整三百一十年。當年兩軍交戰，殺得眼紅，後來清理戰場的人心想，反正戰爭已過，就把兩方陣亡戰士的遺骸埋在一起。三百多年迄今，甚至直到未來，他們將永遠埋於同一座墳了。同為英靈，為國捐軀，生前敵對，死卻同穴，這讓前總理感慨萬千。

這個西方人稱為「Formosa」的美麗之島，在荷蘭人來到之前，幾乎是不為人知的世外桃源，這是很奇妙的。此島西岸距離中國大陸的福建省，最近的距離只有一百六十公里。中間所隔的海域，現在叫台灣海峽，以前的漳泉人士稱為「黑水溝」。對岸的泉州港，早在十二、三世紀就是商船雲集的國際大港；十五世紀時，鄭和下西洋的足跡遍及南中國海及印度洋，甚至到達非洲，卻沒有登陸近在咫尺的這座島。此島和大約在南宋就列入中國版圖的澎湖列島不同，直到十七世紀之前，中國對此島一直缺乏清晰概念，不想據有，史籍上也未明確記載此島的命名。

三國時代的吳國所稱的「夷洲」，以及隋朝的「流求」、「琉球」、「瑠求」，是否確定就是台灣，並無明證。到了元代，「流求」大概是指台灣，但明代的「琉球」變成是指今日之琉球群島，而稱台灣為「小琉球」。

此島北方的日本及琉球至少有千年文明，但與此島長期也鮮有往來。因此，這個島一直是化外之地，遲遲未有現代文明，人跡罕至。直到十七世紀初，除了世居本島的半開發原住民之外，偶爾出現的中國海盜和日本

1 新阿姆斯特丹（Nieuw-Amsterdam）是十七世紀荷蘭在北美洲建立的殖民地，後來發展成紐約市曼哈頓。

2 揆一（Frederick Coyett）出生在瑞典，進入荷蘭東印度公司後，歷任各種職位，一六五六年就任台灣長官，一六六二年遭鄭成功軍隊圍城而投降，離開台灣，因此他是末任台灣長官。

3 參見《鄭成功的台灣時代》，陳錦昌著，向日葵出版社。

浪人，也都只視此島為中途休息站，未有開發或久居之意。

十六、十七世紀之交，那時的大明王國稱此島為「東番」，視此為化外之地。倒是日本曾對台灣有野心，但未能成事，而讓荷蘭人後發卻先至。也算是歷史的陰錯陽差吧，最早費心進行系統了解、探險、開拓本島的，竟然是在萬里之外、要花一年的海洋航行時間才能到達此地的歐洲人。

因此，這個島的歷史，一開始就是世界史。此島開發史的前三十八年，是由荷蘭人或廣義的歐洲人、島上原住民、大明王朝的閩南人這三個族群共同完成。世界各地的開發史，很少像這樣是由多族群所完成的。國姓爺來台後，大量的閩南人移民同化了島上的原住民，但今日台灣島上顯然有許多居民帶有當年福爾摩沙原住民的血統。更神妙的是，雖然島上的居民從外觀已看不出有西方人血統，但由基因及疾病研究可證明，小部分島民仍明顯帶有西方人的血緣。[4]由於年代久遠，此血緣已逐漸稀釋，但影響仍在，這是不容否認的事實。

他也想起昨天荷蘭駐台代表向他說的，在這個島上，特別是南部的山區部落，還可以找到一些外表看得出具有西方血統的人。島上也留有不少當年荷蘭祖先的遺跡及用器。而荷蘭教士為台灣原住民所創造的拉丁化文字，至少到了十九世紀初、荷蘭人離去的一百五十年後，依然有人用於文書契約。甚至以名稱而言，這個島現在叫台灣（Taiwan），是由當時漢人稱呼熱蘭遮城所在的城市「大員」（Tayouan）衍生而來。他也看過一些荷蘭萊登大學圖書館珍藏的資料，是當年大員與阿姆斯特丹之間的往來信件。

他想到，最近在北美洲，早期荷蘭移民的歷史也開始受到正視。過去美國人只重視一六二一年由英國移民而來的五月花號，現在已有人強調，必須公平看待更早的一六〇九年荷蘭西印度公司到達曼哈頓，於一六二四年建立新阿姆斯特丹的史實。

他最近從一些報導得知，台灣原住民與南島語族屬同一血緣。荷蘭前總理想，那麼說來，這個島上的居民，就具有亞洲黃種人、大洋洲南島語族及歐洲白種人三大洲的血緣了。他想，在世界歷史上，這應該是很獨特的吧！他不禁好奇地想，這三個因全球海洋時代的肇基而相遇的不同族群，在那台灣的歷史黎明，面對文化上的衝突，究竟如何看待彼此？那個三族群共處的社會，應該考驗著人類的智慧與勇氣吧！

這就是歷史。人類的歷史，是各個不同族群的混種經過。人類歷史的可貴在於族群融合，而不在於戰爭。不幸的是，融合常須歷經戰爭才達成。因種族不同而產生戰爭，最後由混種而產生新文明。前總理喟嘆著，由三大洲的不同族群所共同寫下的台灣開發史，恰是十七世紀全球海洋時代興盛、人類文明演進的一個兼具代表性及獨特性的縮影！

4 參見《財訊雙週刊》二〇〇九年十一月〈HLA-B27密碼〉、二〇一〇年五月〈周杰倫的基因密碼〉，以及二〇一一年九月十五日〈台灣人的歐緣〉等文。

第一部

1646年

生

第一章
台夫特

十六歲的瑪利婭一直不明白，為什麼爸爸決定要離鄉背井，前往「福爾摩沙」那個與荷蘭完全不同的蠻荒世界。

瑪利婭一家人住在台夫特[1]的新禮拜堂旁，有一棟雖然不大但很舒適的房子，三層樓，五個房間，而且靠著運河。他們家有一艘大船、一艘小船，瑪利婭最喜歡和姊妹們划著小船，在台夫特的運河中穿梭。她們的爸爸是牧師亨布魯克[2]，生於鹿特丹，從萊登神學院畢業後派駐到台夫特牧會，在台夫特和安娜成婚，小孩也都是在台夫特出生。他們一家人在台夫特備受尊重，一直過著其樂融融的日子。

爸爸決定去福爾摩沙，是因為聽了他在萊登大學神學院的前輩學長尤羅伯牧師[3]對福爾摩沙的描述。尤羅伯在福爾摩沙前後服務了十四年，一六四三年才離開福爾摩沙回到荷蘭。

尤羅伯回到故鄉台夫特以後，對福爾摩沙人一直念念不忘，於是在這一年春天一個下雨天的下午，來到了亨布魯克的家。

瑪利婭永遠忘不了，她在客廳門後偶然聽到的爸爸和尤羅伯的對話。

「既然他們有獵人頭的惡習，為什麼你那麼喜歡他們？」爸爸問道。瑪利婭正要端出小餅乾招待客人，偶然間聽到「獵人頭」的字眼，不由得屏氣聆聽。

「說起來很矛盾，他們確實有獵頭的習慣，但他們並不是食人族，也不凶暴。」尤羅伯解釋著福爾摩沙人的生活習俗。「這麼說你一定會覺得很奇怪，其實福爾摩沙人算是善良的民族，他們獵頭只是個不幸的習俗，用來證明狩獵者的勇士氣魄。他們並不愁吃，因為福爾摩沙的整個大草原到處是梅花鹿。福爾摩沙人很聰明，有計畫地捕殺野鹿，絕不過量，人與鹿群維持著很好的平衡。福爾摩沙人太好命了，只有梅花鹿以及各種美麗的鳥類，卻沒有老虎、獅子等凶惡的動物，會傷人的頂多只有一些野豬。聽說高山的地方有一些黑熊，還有體型比較小一點的豹。

「也就是這樣舒適的環境，使得福爾摩沙迄今沒有進入農業社會，因為他們不需要，因為要得到食物太方便了，不必辛苦耕種。在這樣舒適的環境下，福爾摩沙人的男人要證明自己是勇士中的勇士，就去獵野豬。而部落及部落之中總免不了衝突，一衝突就會有械鬥，於是割取對方的人頭成了勇士的象徵。」

話鋒一轉，尤羅伯談起他在福爾摩沙宣教的心得：「所以只要教以基督教義，讓他們有文明觀念，要好好相處，大家相愛，不要互相殺來殺去，不要把獵頭當成勇士象徵，一方面可以救許多人，一方面我們的改革教派會在福爾摩沙找到最好的信徒。

1台夫特（Delft）是荷蘭名城，位於海牙和鹿特丹之間。相當於荷蘭國父的奧倫治親王「沉默者威廉一世」一五八四年在此遇刺，埋葬於此。

2亨布魯克（Antonius Hambroeck, 1607-1661）是荷蘭的改革教派傳教士，一六四八到六一年在麻豆社傳教。台語稱他為「范無如區」。亨布魯克赴福爾摩沙之前，事實上是在台夫特附近的斯希普勞登（Schipluiden）教會任職，本文稍作更動。

3尤羅伯（Robertus Junius, 1606-1655）也是荷蘭的改革教派傳教士，一六二九到四三年在福爾摩沙傳教，長達十四年。

「雖然巴達維亞[4]的土人更多，但大多是穆斯林的異教徒，沒有辦法接受基督。福爾摩沙人不同，他們沒有什麼信仰，一張白紙，而且還算聰明。我和我的前任甘治士牧師[5]為他們創造了一些拉丁拼音文字，教他們用自己的語言唸聖經，倒還有些成績。我在福爾摩沙十多年，有上千福爾摩沙人受洗。在福爾摩沙傳教，會讓你很有成就感。」

尤羅伯說到最後，語氣裡顯然帶著得意。他那天和爸爸談了一整個下午，還留下來吃晚餐。在餐桌上，他取出一張東印度地圖，那是瑪利婭沒有見過的世界角落。本來瑪利婭以為，東方就是出產漂亮絲綢與青花瓷的大明國，現在台夫特就興起一股製造東方風格青花瓷的風潮。她沒想到，東方仍然有存在獵人頭土著的大島嶼，而這個島嶼的名字竟然叫「福爾摩沙」。福爾摩沙是「美麗之島」的意思，這與獵人頭土著多麼不相稱！

這天之後，爸爸又和尤羅伯出去了幾次。媽媽說，他們是到台夫特的東印度公司會所去談。瑪利婭知道東印度公司，他們在台夫特擁有一大排的倉庫。一個月以後，爸爸就向家人宣布，全家要到福爾摩沙。

4巴達維亞（Batavia）是現今印尼的雅加達，荷屬東印度公司於一六一九年占領此城，命名為巴達維亞，成為荷屬東印度的首都。

5甘治士（Georgius Candidius, 1597-1647）生於巴拉丁公國（Palatinate，現今德國境內），因躲避戰禍遷居荷蘭，一六二七年前往福爾摩沙，前後停留十年時間，是最早前往福爾摩沙的宣教士。

第二章 瑪利婭

媽媽本來很有些意見的。媽媽對爸爸說，人家尤羅伯是一個人去的，你卻要帶著一家人，何況最小的妹妹克莉絲汀娜還未滿四歲，你應該讓年輕一點的牧師去。

瑪利婭也很難過，因為她正開始喜歡上楊恩．范布來伊森（Jan van Pruyssen）。范布來伊森家和亨布魯克家住得很近，兩家也有些來往。范布來伊森家的二女兒阿格莎與瑪利婭、瑪利婭的姊姊海倫年齡相仿，常常玩在一起。楊恩是阿格莎的小叔叔，雖然是叫叔叔，其實只比阿格莎大了六、七歲，卻一副老成穩重的樣子，在哥哥的樂器店幫忙，也算是個學徒。他說，他將來的志向是有些積蓄之後，到鹿特丹去開一間樂器行。但是開樂器行必須有很大的成本，所以他要更努力。他本來和瑪利婭的一位表姊訂了婚，結果這位表姊突然急病過世了，讓楊恩傷心了一段很長的時間。

也許因為販賣樂器的關係，楊恩本身也吹得一手好木笛。有時在夏天月光灑了一地的晚上，瑪利婭倚在自家的窗戶邊，聽到悠揚的笛聲沿著運河傳來，讓她精神一振。瑪利婭也喜歡音樂，可是大部分的樂器都太大、太貴、太複雜，正好木笛又簡單又便宜，而笛聲可以悠揚、可以婉約。瑪利婭好希望能向楊恩學木笛，但少女的矜持與禮教讓她總是放不開。而自從半年前，楊恩的未婚妻過世之後，運河上傳過來的笛聲由悠揚輕快轉為哀怨憂傷，讓瑪利婭很是不忍，有時會去找楊恩，去安慰他，兩人開始有些私密的來往。一、二個月前，瑪利婭真的跟著楊恩學起木笛來了，兩人以木笛教學為名，定期見面，雙方知道互相喜歡，但都不敢說出來。

瑪利婭熱情奔放，和嚴肅的父親很不一樣，而比較像媽媽安娜。安娜喜歡小動物，喜歡畫畫，也喜歡邀請朋友或鄰居來家裡作客，吃自己做的小餅乾。亨布魯克家教很嚴格，瑪利婭不敢讓父母知道她與楊恩之間的交往，這可是驚世駭俗的，何況她生長在牧師家中，還有個大她一歲的姊姊海倫。

離開台夫特前一個月，瑪利婭終於忍不住哭著告訴父母，她喜歡上了楊恩。夫婦倆對這個早熟、任性的二女兒又是不滿、又是心疼，本要狠狠搬出一番道理的，但因為已決定全家去福爾摩沙，對女兒們也不免有些愧歉，對她們未來婚事有些遠憂。由於夫婦倆對楊恩家父母也都認識，過去已有好印象，就邀請楊恩到家中作客，這讓瑪利婭喜出望外。只不過女兒還未滿十七歲，楊恩的未婚妻也才過世一年，現在談婚事未免太早也太唐突。然而真的一別之後，又不知何年何月才能相聚，大家都有些惶恐。

瑪利婭又笑又哭的，楊恩則保持一貫沉穩斯文樣。亨布魯克與東印度公司的合約是十年，楊恩說他打算用五到七年的時間存錢，然後到福爾摩沙迎娶瑪利婭。跟著哥哥做樂器生意不可能賺很多錢，倒是最近他為人配樂作詞，收入不無小補，他發現自己在這方面算是有些天賦。

楊恩對瑪利婭靦腆地說：「昨天晚上，望著月亮，我寫了一首歌詞送妳，但來不及配上旋律。讓我慢慢來，將來寄到福爾摩沙給妳。」

那天夜裡，瑪利婭遙望著橋頭的風車，想到過去幾個月來兩個人在風車下的歡樂時光，不禁輕輕吟著方才楊恩寫給她的歌詞：

運河裡的溪水　靜靜流

彎彎的月兒　掛天空
永在我腦際的　妳的倩影
那遙遠的福爾摩沙呀……

大教堂的鐘聲　陣陣響
溫煦的太陽　掛天空
永在我心頭的　妳的微笑
那遙遠的福爾摩沙呀……

小橋畔的風車　徐徐轉
閃亮的星星　掛天空
永在我耳際的　妳的笛聲
那遙遠的福爾摩沙呀……

一六四六年耶誕節過後，亨布魯克帶著太太安娜、十七歲的海倫、十六歲的瑪利婭、十歲的漢妮卡和三歲的小女兒克莉絲汀娜，自鹿特丹出發，航向遙遠的福爾摩沙。

第三章 麻豆社

今天是烏瑪大喜的日子，從今天起，她和直加弄就可以互稱「牽手」了。

烏瑪穿起她最漂亮的衣服，頭戴著檳榔花和雞冠花編成的花圈，嘴角含笑，卻又嬌羞不勝地低著頭，右手則緊緊牽著直加弄的左手。梅雍，烏瑪的母親，高興得合不攏嘴，和直加弄的母親佟雁一直有說有笑。烏瑪的生父桑布刀已經過世，現在梅雍和桑布刀的弟弟里加在一起。里加雖然掩不住心中的喜悅，卻保持一貫的威嚴，直挺挺地坐著，有一搭沒一搭地，和直加弄的父親提大羅邊嚼檳榔邊交談。

身為麻豆社[1]最孚眾望的前長老桑布刀的獨生女，又是部落公認的第一美女，烏瑪自然是全社男子的夢中情人；但也因為她是桑布刀的女兒，社裡的男子不免愛在心裡，卻又躑躅不前。

桑布刀在麻豆社裡是個傳奇，但也是半個禁忌。他在十七年前率領麻豆社，一口氣殺掉六十三個荷蘭兵士，那是荷蘭人來到福爾摩沙的第五年。荷蘭人和麻豆社人結怨甚早，早在一六二三年荷蘭人正式到來之前，利邦上尉[2]帶著荷蘭士兵及奴隸來此勘查時就曾發生衝突，雙方均有死傷。而自從荷蘭人來此，本地人變得要繳稅，麻豆人更是不高興。再加上當年的荷蘭長官努易茲[3]年少高傲，被日本武士綁架過，好不容易被釋放後竟然不知悔改，不但對麻豆社人頤指氣使，而且愛好女色，有時要麻豆社女性去陪睡，本地人早已氣他在心。

而努易茲竟然在離職前九天派了六十三人的隊伍來麻豆社，號稱是搜捕「漢人海盜」，主要目的其實是要求麻豆社人允許荷蘭人及大明漢人進來墾殖、種甘蔗、種稻、捕鹿、捕魚等。

那時已擔任長老多年的桑布刀認為，荷蘭人也不是第一次來了，但這麼大陣仗前所未見，根本是武力示威。這個看法得到其他十一位長老的支持。於是表面上虛與委蛇，假意協助搜捕逃犯，還拿了兩、三罐酒出來，與荷蘭人一同盡情飲酒。荷蘭軍隊準備離開的時候，麻豆社人假意禮貌地護送他們離開村莊。一行人離開部落，往南走了約半小時之後，來到一處需渡河的地方，麻豆社人依照規定及慣例幫忙扛武器，並揹荷蘭士兵過河[4]。到了河中央，一聲暗號，所有麻豆人側身把荷蘭人翻落水中，而沿著河岸藏匿在樹叢後的麻豆社人也紛紛現身，荷蘭士兵不是被麻豆社人強壓淹死，就是給一刀斬了，除了一名漢人翻譯員和一名奴隸外，沒有活口。這件事震驚了大員的所有荷蘭人。

九天之後，荷蘭長官樸特曼[5]來到大員上任，由於情況不明，遲遲不敢採取報復行動。麻豆社人好生高興，一時在西拉雅族中聲威大盛，桑布刀也因此成了英雄。

可是，六年後冬天的一個晚上，新港社人[6]竟然甘心為荷蘭人的馬前卒，突襲麻豆社。

那一年，烏瑪九歲。她還記得那恐怖的一夜，一群荷蘭兵士騎著馬，突然闖入村落。荷蘭人的槍聲劃破了

---

1 麻豆社是西拉雅平埔族的四大社之一，主要居住在今日的台南麻豆附近。
2 利邦（Elie Ripon）是瑞士人，受雇於荷蘭東印度公司，於一六二三年前來福爾摩沙築城，但受到麻豆社人攻擊而逃回澎湖。這是西方人最早來台築城的嘗試。
3 努易茲（Pieter Nuyts, 1598-1655）是荷蘭領台的第三任長官，曾遭挾持至日本，即著名的「濱田彌兵衛事件」。
4 該處是現在的將軍溪。這裡的「將軍」是指施琅。
5 樸特曼（Hans Putmans）是荷蘭領台的第四任長官。
6 新港社亦為西拉雅四大社之一，居住範圍約為今日的台南新市附近。

寧靜的夜空，狗群在馬後狂吠，荷蘭步兵擊鼓跟進，新港人則吆喝著，放火燃燒麻豆人的房屋，麻豆社的房屋幾乎燒光了。本來十一月的晚上已有寒意，火焰反而讓大家覺得炙熱，火花四處飄飛甚是恐怖。烏瑪和族人們躲在海邊的小樹林中，她流著眼淚，卻不敢出聲，只能瑟縮在媽媽身邊，媽媽則抱著弟弟阿僯。每次槍聲一響，大夥兒趕緊把眼睛閉起來。那是烏瑪第一次聽到槍聲，第一次聽到鼓聲，也是第一次看到馬。那些荷蘭人並不高大，在馬上卻顯得好猙獰，來去如風，加上槍枝可以殺人於遠距離外，烏瑪覺得他們不是人，是魔鬼。

麻豆社裡反應最快的勇士衝出去抵抗，但還沒有接近敵人就應聲倒地，讓全村大駭。桑布刀與長老們因此下令不要抵抗，以免做無謂的犧牲。還好敵人並沒有進一步屠殺全村，他們進入村子後只是放火燒屋；有幾位勇士和可惡的新港人力拚，不幸被新港人割了人頭。桑布刀處在隊伍最後掩護族人，但被新港社人所擒。等到麻豆社人集結成小隊逃離村落時，荷蘭人卻制止新港人追殺麻豆人，因此麻豆人才能保存大部分的族人，逃到海邊。7

火燒部落後第三天，荷蘭人先回到赤崁。麻豆社長老們出面向新港社人表示希望贖回桑布刀，沒想到新港社人反而砍了桑布刀的頭，把人頭高掛在竹竿上。梅雍哭得昏了過去，烏瑪也大哭，里加和麻豆社人咬緊牙關，誓言要取新港社至少三個人頭來復仇。

麻豆社長老們清點了一下，發現一共有二十六個勇士遭到殺害。里加反而鬆了一口氣，他說，六年前，我們殺了六十三個荷蘭人，聽說那是大員荷蘭軍隊的十分之一，現在他們來了將近五百名荷蘭人，加上一千二百名新港社人，只殺了我們二十六人。麻豆社人突然覺得荷蘭人沒有那麼壞了。麻豆社有好幾千人，如果荷蘭人也放任新港社人殺個十分之一，那麼麻豆社就將鬼哭神嚎了。於是，長老們先拜託宋哥出面代為乞和。宋哥是綽號「烏嘴鬚」的大明國漢人，已經住在麻豆社很久。他長年向荷蘭人付租金，是承包麻豆社的獵鹿執照及鹿皮交易的贌商，西拉雅話和荷蘭語都懂，和荷蘭人關係也不錯。

烏瑪記得，接到荷蘭人的議和條件後，麻豆社的頭目們有如釋重負的感覺。荷蘭人沒有要求再處決任何人，索取的財物也不算多，只希望歸還當年自荷蘭人身上取得的東西，以及奉獻一些豬、牛及檳榔等。他們要麻豆人發誓不再殺害荷蘭人，也不可以干擾漢人；如果其他社的人到大員開會，麻豆社人也要派代表過去；將來如果荷蘭人提出要求，麻豆社人必須協助他們作戰；如果荷蘭代表前來訪問，麻豆社人應該接待。然而荷蘭人提出的一個條件，讓麻豆社的長老們起了爭吵。荷蘭人要麻豆社人「讓渡所有權」給荷蘭，並拿檳榔或椰子的樹苗，送到荷蘭人在大員的城堡為誌。

麻豆人對「所有權」的字眼起了爭執。六年前，桑布刀會設計殺荷蘭人，就是因為荷蘭人常常未經他的允准，便讓漢人經過麻豆社去獵鹿，或去魍港[8]捕烏魚。雖然麻豆人並不吃烏魚，但是桑布刀認為，那些漢人必須經過麻豆社人的允准，而不是經過荷蘭人的允許。同樣的，漢人來捕鹿，必須經過麻豆社人的允許，必須付錢給麻豆社人，可是漢人認為只要向荷蘭人包租就可以了。烏魚還好，鹿群可是麻豆社人的命脈，而且可惡的是，那些漢人常常在不應該捕鹿的季節去捕鹿，設的陷阱又特別厲害，連小鹿也被殺死了。

桑布刀死後繼任長老的里加說，如果依照荷蘭人的條件，把「所有權」讓渡給荷蘭人，應該單指捕魚和捕鹿的權利吧？還是將來種出來的糧食、種出來的檳榔、養出來的豬，都要繳給荷蘭人去分配？烏嘴鬚說，荷蘭人要求的只是「捕魚權」、「捕鹿權」的讓渡，至於住民生產出來的東西，荷蘭人只要求麻豆社每年繳納一定數目的鹿皮、豬、檳榔、椰子等，當做「稅收」。烏嘴鬚對里加說，荷蘭人對他們漢人不但有包租各個項目的贌稅，還有「人頭稅」；而荷蘭人認為麻豆社人原本便擁有這塊土地，所以不必繳人頭稅。這是麻豆社人第一

7 那時的麻豆社濱臨台江內海。

8 日本時代的學者說魍港是台南北門或嘉義東石，戰後的研究者則認為是今天嘉義布袋鎮好美里。但根據文獻，魍港位於麻豆溪（急水溪）之南，應在今天台南北門。（中研院翁佳音教授提供）

次聽到「主權」和「稅」的觀念，覺得非常新奇。

烏嘴鬚又說，新港社、蕭壠社、大目降社[9]等都已經答應荷蘭人的條件，如果麻豆社人也答應了，將來麻豆社人到各社都會受到友善的招待。這在麻豆社人聽來是不可思議的事。不同的族群，不同的部落，聽命於一個「政府」的「法律」，彼此和睦相處，就叫做「秩序」？

烏嘴鬚說：「我們從唐山那邊過來，唐山那邊也是這樣的。」里加問烏嘴鬚：「那麼，你們唐山那邊的政府好不好？為什麼你要過來麻豆社生活，不住在故鄉唐山？為什麼要離開你的故鄉和你的族人？」

烏嘴鬚嘆了一口氣說：「這事情說來話長。首先，這幾年，唐山國內有戰爭，實在不怎麼安定。再說，我們在唐山的土地沒有你們土地這麼肥沃，種起甘蔗長這麼快、這麼甜、這麼茂盛。我們那邊海裡的魚群雖然也多，但你們這裡的烏魚比較多，我們很喜歡吃烏魚的卵，我們叫做烏魚子，是下酒的好菜。我每年冬天在這裡抓一個月的烏魚，運到唐山去賣，可以發一筆小財，讓故鄉的父母妻子兒女有錢可以過個好新年。」至於官員嘛，烏嘴鬚說，唐山和荷蘭的制度各有其好壞。不過他認為，荷蘭的官員算是公平的，而荷蘭傳教士的精神更是讓他很感動。

「荷蘭人來這個島有兩個目的，一是占據這裡的港口，作為貿易的轉運站，收集他們國內喜歡的東西運回去，只要能大賺一筆就好。還好荷蘭人不會把我們當奴隸販賣，雖然我們在這裡很辛苦，有點像奴工，不過是志願的，」烏嘴鬚苦笑了一下，「我聽說在南洋有些地方，島民會被抓到別的地方當奴隸。我自己在大員就看到一些他們抓來的黑奴，來自南洋一個叫班達[10]的島嶼。其實除了荷蘭以外，還有其他國家也會這樣，包括西班牙人和葡萄牙人。聽說西班牙人很凶暴，在呂宋[11]動不動就殺死成千上萬的唐山人。」

「荷蘭人除了來做轉口生意外，另外有一些熱心的牧師，來這裡的目的是傳播他們的宗教。西班牙人和葡萄牙人也傳教，但那兩個國家傳的是天主教，荷蘭人的宗教聽說是叫做『改革教派』。」烏嘴鬚又說：「不久以後，這些牧師也會來要求你們信他們的上帝。」

里加表示不願意接受荷蘭人的「主權讓渡」條件，但其他長老大多贊成。里加知道不答應也不行，因為麻豆社人打不過荷蘭人。他也不願意信仰荷蘭人的上帝，他信的是麻豆社祖先們傳下來的阿立祖。於是，里加決定辭去長老之職，以利和議進行。麻豆人先交付了九隻活豬及六枝最大的鏢槍給新港人，請求和平相處。

烏瑪記得宣讀條款時，有一位穿著黑袍的荷蘭人以荷語及西拉雅語宣讀，烏嘴鬚則以漢語宣讀，而且做了詳明的解釋。烏瑪那時好訝異，因為所有荷蘭人都穿軍服，只有這位穿黑袍。烏瑪也驚異於這位穿黑袍的荷蘭人竟然能把西拉雅語說得這麼流利。後來烏瑪才知道他是尤羅伯牧師。「請大家特別注意，第二條將你們的主權讓渡給荷蘭王，以及派駐在大員的福爾摩沙長官。不了解的，等一下我再說明。大家都了解嗎？」麻豆社人稀稀落落地說是。尤羅伯說：「其他村落的人聽到麻豆人所說的了，他們已將自己歸屬於我們。現在我們把他們視為朋友，將以前的衝突忘記。」

儀式中間，麻豆社長老提大羅站上了公廨前的廣場。提大羅自荷蘭軍官手上領到一件紫袍、一支橙旗。荷蘭人說，旗是指揮者的象徵，而橙色是荷蘭的代表色；長袍象徵高位，紫色則象徵高貴。尤羅伯則說，以後提大羅就是麻豆社的「頭人」，大家都要聽「頭人」的話，而頭人也要代表各個社，去大員出席福爾摩沙長官所召開的一年一度地方會議。

9 蕭壠社為西拉雅族的四大社之一，分布於今日的台南佳里附近；大目降社較小，位置約為今日的台南新化。
10 班達群島（Banda Islands）如今屬於印尼，早期是香料產地，也是荷蘭東印度公司的重要基地。
11 呂宋是今日的菲律賓，當時是西班牙人的屬地。

第四章
烏瑪

烏瑪的牽手直加弄，正是提大羅的大兒子。

直加弄大約已經二十四歲了[1]。去年秋天一次夜祭之中，直加弄看到烏瑪跳舞，先是送了一枝檳榔花給烏瑪，此後幾乎每個黃昏都到烏瑪屋子的窗邊唱歌。直加弄吹奏鼻笛和口簧琴都很好聽。

麻豆社的習俗沒有家庭制度，而是同性別的年齡相近者聚住一起，所以烏瑪和其他女孩同住一個大房子；烏瑪的弟弟阿僯、直加弄和村裡一部分年輕男性，共十多人，一起住在另一間大竹屋，社裡的人稱之為「集會所」。西拉雅人都是這樣的習俗。

直加弄長得高大黝黑，可以獨自一個人獵殺一隻山豬，烏瑪早就對他印象很好。但是因為荷蘭人的關係，里加不喜歡提大羅，連帶不喜歡直加弄。不過，烏瑪的媽媽梅雍以及和烏瑪住一起的同齡姊妹們都喜歡直加弄，而烏瑪的弟弟阿僯與直加弄更是好友。烏瑪和直加弄兩人情投意合，因此大約在上次月圓的晚上，直加弄曾經偷偷潛入烏瑪的住處過夜。而今天，就是正式提聘的大喜日子了。

直加弄的父親提大羅是荷蘭人任命的頭人，母親佟雁也擁有類似祭司的尪姨身分，兩人在部落裡的地位都很高。他的父母為了表示敬重烏瑪的雙親，除了請託一位媒人之外，也親自到烏瑪家提聘，而且準備非常豐盛的聘禮。最重要的檳榔自不用說，還有一隻大豬。禮物更包括五件裙子，其中三件是鹿皮做的；另外有五件衣服、一百個竹製的臂環和手鐲、十枚戒指，其中五枚用金屬做成、五枚用鹿角做成，都做得很精緻好看。其他還包括五條粗麻做的腰帶、十件狗毛衣。讓里加笑不攏嘴的是五件康甘布[2]、兩套漢人衣服，以及一個用稻草和狗毛編製的精製頭冠。讓烏瑪和梅雍最高興的則是五雙粗鹿皮製的長統靴，還可以用靴帶綁住腳。部落裡的人都說，這大概是數十年來她們看到最豐盛的聘禮。

直加弄的雙親給足了面子，梅雍和里加也高興地收下聘禮，一切功德圓滿，意味著從今天開始，烏瑪和直加弄就是眾人眼中的「牽手」了。到了晚上，直加弄可以公然留在烏瑪姊妹們的房子過夜，和烏瑪同眠共枕，可是第二天早上還是必須離去，回到他原來住的集會所。要等兩人年紀更大，有了小孩之後，才能搬出去，在田野中另蓋茅屋，住在一起。

1 那時的福爾摩沙人對年歲沒有算得很精準。
2 康甘布（cangan）是一種進口棉布。荷蘭人於一六二四年由澎湖轉占福爾摩沙，一六二五年以康甘布十五匹向新港社交換了赤崁附近溪邊的土地。此後，新港社與荷蘭東印度公司建立了相當友好的關係，康甘布因而在台灣歷史上占有「一布之地」。

第五章 海澄

陸地已經在望，陳澤愉快地斜倚船舷。海風輕拂，冬陽溫煦，他就快回到月港的家。官方在幾年前已把「月港」改稱海澄[1]，但民間仍習慣稱月港。陳澤覺得八個月來的辛勞與倦意全消，沒有這麼真正歡喜過。

他早已決定，登岸之後，他要盡速回去海澄月港的霞寮故鄉。他真高興來得及回家和妻子過年，好好休息幾個月。雖然他已結婚八年，但實際上能和妻子一起過年，這還只是第三次。

這一年三月，他的船載了近百位要移民呂宋的漳州人，以及滿船的生絲和瓷器，自廈門啟程。他在馬尼拉賣了三分之二貨物給西班牙人，又到渤泥[2]把剩下的三分之一貨品賣給了當地蘇丹，然後載了滿滿的銀子到巴達維亞，向荷蘭人換成當地的香料、玳瑁、珍珠、花布等土產。停靠幾天之後，又到澳門把這些土產賣了一些給葡萄牙人，再搭載一些葡萄牙、日本及大明國乘客，現在正要回到廈門。這個航程經過西班牙、荷蘭、葡萄牙的三個領地，整整航行了近八個月。

想著想著，陳澤真是好生佩服大老闆鄭芝龍。這三個洋人國家在南洋海域中互不相讓，爭來鬥去，鄭芝龍卻在這些洋人領地之間穿梭自如、左右逢源，大賺洋人的錢，真是和氣生財的「生理人」。說是和氣生財，也不盡然。陳澤還記得，荷蘭人在十幾年前想要來硬的，鄭芝龍就絕不低頭也毫不含糊。荷蘭人既然敢放馬過來，鄭芝龍就在金門的料羅灣正面迎敵，把由荷蘭福爾摩沙長官樸特曼親自領軍的艦隊打得抱頭鼠竄。此後，鄭芝龍就把荷蘭人吃得死死的。

荷、葡、西均有政府做後盾，鄭芝龍只憑著一己之力，擁有一千五百艘以上的艦隊，在日本、福爾摩沙到整個南洋之間耀武揚威，也為閩南子弟帶來工作與財富。何況，鄭芝龍還不只做生意賺錢，甚至拜官進爵，是真正像算命仙所說的「財官兼美」。陳澤一直崇拜鄭芝龍，雖然鄭芝龍是泉州人，而泉州人和漳州人過去一直是格格不入的。

鄭芝龍不但會做生意、會做官、有勇氣，而且語言天才更讓陳澤佩服。鄭芝龍的傳奇，在泉州和漳州無人不耳熟能詳。鄭芝龍十八歲時就到澳門打拚，又到呂宋，在那裡差點為西班牙人所殺，他竟然能逃出。然後到三佛齊（今日印尼蘇門答臘的巨港）、到萬丹（爪哇島西部）、到日本平戶，還娶了日本姑娘，鄭芝龍的長公子就是這位日本太太生的。又擔任闖入澎湖的荷蘭艦隊司令雷爾生[3]的顧問兼通譯。後來鄭芝龍到了福爾摩沙，再回到廈門，一方面做朝廷的官，一方面與各國洋人做轉口貿易。對葡萄牙、西班牙、荷蘭人，鄭芝龍都可以直接交談，甚至還有洋名 Nicolas；日本話之流利就更不用說，聽說幾十年前還見過日本現在幕府將軍的世祖德川家康呢，真正太厲害了。陳澤也學他，到了巴達維亞練幾句荷語，到了渤泥就講穆斯林的阿拉伯語，到了澳門則學幾句葡萄牙語，至於馬尼拉的西班牙語，陳澤從小就懂一些，現在更在行了。

1 月港是福建省歷史上四大商港之一，位於今日龍海市之九龍江出海口。
2 今之汶萊。
3 雷爾生（Cornelis Reijersz）是荷蘭海軍司令，一六二二年率兵攻打荷屬之澳門，失敗後進據澎湖建城，三年後兵敗明朝水師，雷爾生辭職，荷蘭人拆城，轉進台灣大員。

船開始駛入一些海島之中，鼓浪嶼、大嶝已在望，廈門也快到了。陳澤這艘船不是普通商船[4]，而是大桅帆船，寬三丈五尺，長十三丈，載重量之大，相當突出，所以能一路遠赴南洋爪哇的萬丹、巴達維亞，或蘇門答臘的舊港。

如果船不往廈門而左轉往九龍江駛去，就是他的家鄉月港。陳澤孩童之時，月港才是大港，廈門尚未發展。只可惜近十多年來，月港已經開始走下坡了。

想當初隆慶、萬曆年間[5]，海禁初解，大明朝廷允許本國國民出海貿易，但嚴查外國商船的進出貿易，所有出洋的商船必須從月港出發[6]，並在月港到廈門的九龍江水道上，接受層層關卡的盤查。朝廷為了方便管理，在月港設立了海澄縣，取「海疆澄清」之意。

隆慶、萬曆年間，正是西班牙人和葡萄牙人東來的時期，蓬勃興旺的國際貿易充實了國庫，也帶來福建東南的繁榮；特別是月港，連西班牙銀幣都廣泛流傳。陳澤自小就喜歡在九龍江內游泳，在港口玩時，常接觸到西班牙水手與商人，所以很早就學會簡單的西班牙話，西班牙銀幣更是月港人的最愛。漳州海澄的月港成為唐山最繁榮的港口與城市。

由於海外貿易盛行，福建東南沿海子弟由小農民或小漁民變成大船員或是「生理人」，生活型態大為改變，陳澤就是一例，有不少人甚至移民到南洋去。

4 此為荷蘭人所稱的戎克船（Junk），原語應該是「Chun」（船），日本人於一九二〇年代將之音譯成「戎克」，中國文獻無此詞。十九世紀的英中字典把「Junk」譯成「商船」。當時的「帆」不是布，而是蓆、竹所編的「篷」，所以文獻做「篷船」（Phang-chun）。至於用布帆，人稱「軟帆」，大約是十九世紀末以後的事。（中研院台史所翁佳音教授提供）

5 明穆宗年號隆慶，在位期間為一五六七至七二年；明神宗年號萬曆，在位期間為一五七二至一六二〇年。

6 當時的月港是人民的船隻可出洋，外國船不能進來；而廣東省的廣州可以駛進外國船，人民的船隻不能出洋。

第六章
陳澤

一六一八年，大明王朝萬曆四十六年戊午，陳澤在月港附近一個叫霞寮的村莊出生。陳澤是家中長子，父親陳有績也算是霞寮的讀書人家，自然希望身為長子的陳澤也能應考得個功名。陳澤雖然聰明，書也念得不差，偏偏因為年幼時就和洋人接觸，自小希望能到外面世界看看；兼又長得高大壯碩，喜歡舞棒弄棍，也常在九龍江游泳，自嘲為「鴨仔元帥」。幾次鄉試不第之後，陳澤更是一心想出外闖天下，陳有績管他不住，也只能准了。唯一的條件是必須先成婚，才可以出海。於是陳澤依照父命，和鄰里一位郭氏人家的小姐成了親。

鄭芝龍的船隊幾乎一直在擴充，不時招兵買馬。陳澤進入鄭芝龍船隊之後，因為水上功夫好，工作又努力，把吃苦當吃補，很容易就出人頭地。他跑的船愈來愈大，擔任的職位愈來愈高，所到城市也愈來愈遠。

陳澤第一次上船工作，是崇禎十一年或西元一六三八年。那年，陳澤已經二十一歲[1]。陳澤在國外港口跑久了，漸漸習慣陰曆的大明年號和陽曆的西元基督年號並用。陳澤的第一趟，是自鄭芝龍海上跨國企業總部的

1 那時代的唐山人用的是虛歲，可能比西方人用的實歲多上一到二歲。

安海[2]出發，航向大員。這艘戎克船為大員的荷蘭人帶去他們最喜歡的生絲，讓荷蘭人喜出望外。荷蘭人會把這批貨物幾乎百分之百轉口運回歐洲，大賺數倍。[3]

此後三年，陳澤前往大員超過十次。陳澤的船載去生絲、瓷器等，然後載回荷蘭人自南洋帶來的香料，以及福爾摩沙出產的蔗糖、樟腦等。還有最重要的，載人往返福建與福爾摩沙。

自從天啟年間[4]鄭芝龍崛起後，因為他是泉州人，所以他的船大都停泊泉州的安海及廈門為出入口。安海、廈門大見繁榮，屬於漳州的海澄月港就不如以前那麼熱鬧了。這次陳澤的船回國，終於可以回到家鄉，和妻子過年。郭氏溫柔賢淑，小兩口子感情不錯，想到這個，陳澤更是心花怒放。陳澤算是晚婚的，又因為海員生活而聚少離多，兩人迄今尚無所出。五年前父親過世時，就以尚未抱孫為憾。陳澤自忖，已經跑船八年，三十歲了。子曰：「三十而立。」他心中暗中盤算，少則三年，多則五年，積蓄夠了，就自海上生活退下來，也學習自己開行做個「生理人」，並且專心生兒育女。

陳澤自從當了鄭芝龍的屬下，到了許多想都沒想過的外國城市，增長許多見聞，也學了不少外國語言，這些都是福建漳泉父老們所無法想像的。更重要的，鄭芝龍對屬下的海員恩威並施、管理嚴格，但薪俸很不錯。這幾年鄭芝龍的運氣很好，船隻很少出事，真的是飛黃騰達、財源廣進。陳澤短短幾年就甚有積蓄，為幾個弟弟們一一娶親成家，讓鄉里人稱羨不已，有些少年人也就學他投入鄭芝龍的船隊。

本來漳州人和泉州人之間有些相互看不順眼，因為漳州地區的開發時間比泉州晚了數百年，泉州人一向有些看不起漳州人。但是風水本即輪流轉，想想三、四百年前的南宋及元朝時代，泉州港內各國船隻雲集，市內則有來自世界各地的大食、猶太、錫蘭商賈雜處一地，泉州可說是世界最繁榮的商港，泉州人好風光。不料，明初太祖下令海禁，泉州一蹶不振。等張居正重開海運，卻被漳州月港搶了頭采，因此讓泉州人心中好不平。卻又是三十年河東，三十年河西，先是月港慢慢淤淺，大船進出不易，於是廈門取代了月港。再加上鄭芝龍的個人因素，現在運勢又倒向泉州人這邊了。

但是陳澤心裡覺得這些漳、泉之分完全沒有意義。他雖然年紀輕輕，卻已閱歷多國，見多識廣，看過多樣人種，嘗試過多種文化，更見過各地之土著人民被殖民統治者壓欺的慘狀。他親眼看到西班牙人以呂宋土著為奴，荷蘭人把班達人運送到爪哇為奴。

一六四一年起，鄭芝龍減少到大員的船班，於是陳澤的船隻改為跑呂宋和巴達維亞的機會變多了。西班牙人在呂宋建立一個大城叫馬尼拉，馬尼拉一直是福建移民最喜歡的地方，有漳州人也有泉州人。連西班牙總督都承認，馬尼拉的西班牙人能有舒服的生活，靠的都是閩南唐山人[5]移民努力做各種市集的工作。

陳澤有次在馬尼拉時，曾聽到當地的唐山人說起一段往事：三十多年前，馬尼拉的西班牙人不到千人，但已有二、三萬閩南移民，漳州人多於泉州人，偶爾兩族人馬還會爭鬥。一六〇三年，大明萬曆皇帝曾派太監及三位京官帶著海澄縣丞、兵丁、隨從，架勢十足，大搖大擺到馬尼拉巡視，把西班牙人嚇得提心吊膽。大明國官員離境後，西班牙人開始防範唐山人，也引起唐山人的不滿，後來演變成閩南移民幾乎完全遭到屠殺的大悲劇，近三萬閩南移民竟然只剩八百人。

2 安海位於今日福建省晉江市南部，與金門隔海（圍頭灣）相望。鄭芝龍曾改「安海」為「安平」，台南的「安平」就由此而來。

3 荷蘭人曾在一六三八年的《熱蘭遮城日誌》留下這樣的記載：「三月二十五日：從安海有一艘運絲戎克船抵達，為公司運來二四〇擔白生絲、一四〇擔黃絲、四到五擔絲紗、七千匹縐綢、五千匹京綾、一萬五千匹紗綾、一又二分之一擔絞捻的絲、八到九匹黑色有圖樣的絲、二百錠黃金，總值三十五萬荷盾。」又有：「三月三十日：那艘最近前來的運絲戎克船航回安海，運回去六百擔辣椒，以及從運來的貨物獲得的現款，搭有一百一十人，包括漢人商人和船員。」

4 明熹宗年號天啟，在位期間為一六二〇到二七年。

5 漳州、泉州位在福建南部，而福建古為「百越」這個原住民族的一支「閩越人」之地，故簡稱「閩」。而漳、泉之民稱為「閩南人」，漳、泉的方言也通稱「福建話」。福建省南部還有其他如汀州地區的居民多為客家人，他們並不稱為「閩南人」。

而事件過後才一年多，閩南人又大批移民馬尼拉，沒有幾年，馬尼拉的唐山人數目又回到萬人以上。一六三九年，悲劇再起，西班牙人再度對唐山人大開殺戒，殺了好幾千人。在西班牙人的眼中，唐山人就是唐山人，哪有什麼漳、泉之分！

第七章
鄭芝龍

陳澤另外擔心的，是大明國的命運。兩年前的春天，大明的崇禎皇帝在皇宮旁邊的煤山自盡了。那時攻入北京的是闖王李自成，沒想到李自成在金鑾殿上坐了不到一個月，就被入關的滿州兵打敗了。

去年夏天，鄭芝龍擁立了唐王，在福州即位，又稱隆武帝。鄭芝龍受封為太子太師，現在大家都尊稱他為「太師爺」。但聽說隆武帝比較喜歡黃道周等文臣，不喜歡鄭芝龍等武將，君臣有了嫌隙。離開國內八個月了，不知道時局會有什麼變化。陳澤想，自己是小民一個，如果滿州不是北方蠻子，非我族類，強迫所有漢人都要剃掉前額頭髮，卻在腦後留起豬尾巴辮子，他才不管換不換朝廷呢，反正是天高皇帝遠。但如果滿州人得了天下，那不叫改朝換代，叫亡國。

陳澤在澳門時，趁著船靠岸，向當地唐山人探聽福建的消息，聽說唐王已經離開福州，又聽說好像後來也被清兵打敗了。但他不確定也不願相信那是真的。他也聽說澳門和安海、廈門、海澄、泉州、福州之間的船班仍然暢通，可見福建應該還沒事。他想，反正鄭芝龍一定會有好主張，他只要跟著鄭芝龍走就是了。鄭太師爺常常告訴他們，平時為商船、為水手，一旦有事，就變成戰船、做水兵，所以他才能連敗荷蘭艦隊、殺敗許心素等海賊。也因此各國船隻都乖乖向他繳保護費。這是鄭芝龍二十年來的成功奧祕。陳澤想，自己要當水兵的日子大概快到了。如果戰事也蔓延到泉州、漳州來，他很怕戰亂毀了這些城鎮的興盛繁華。此外，他自己的妻子，還有弟弟家人，一共十多人，當如何是好？

船終於在廈門順利靠了岸。看起來漳州、泉州似乎仍然平安無事。陳澤率船員把貨卸下來，然後到商行裡領到這幾個月的薪餉。陳澤遇到一位鄭芝龍家的執事，他悄悄告訴陳澤：「鄭太師怕戰爭毀了泉州，也覺得滿清軍隊勢不可擋，他決心保存漳、泉免於戰亂，所以有意和滿州人達成某些協議。」陳澤聞言一驚，那豈非是投降？正要踏出門口，突然遠方揚起一片塵土，接著馬蹄聲由遠而近。等來人近了，他看出那些人之中有幾位穿著明軍官服，也有兩位穿了鄭家在安海的商船總部制服。他們顯然是一路急趕，尚未下馬就大喊：「不好！不好！太師爺在福州被滿州人押執去了！滿州兵就快要來了，大家趕快準備！」

陳澤瞬間如五雷轟頂，呆站原地，腦子一片空白。還好他迅速回神。滿州兵快到了，速回月港，安頓好妻子及家人，然後決定下一步。上天保佑，現在手中正好有不少銀兩，應可撐過一時。鄭太師爺不在了，不過鄭家是個大家族，這些船船事務以後應該會換個人管吧。最怕的是船隊全部被滿清人接收了。

鄭芝龍的長公子鄭成功一表人才，連鄭芝龍都常常誇獎，隆武帝也賞識他，於是賜姓於他，現在大家都尊稱鄭成功為「國姓爺」。

陳澤心想：「不知國姓爺是否也跟太師爺一起被抓走了？國姓爺也向滿州人投降嗎？」

世事難料，八個月前陳澤出海時，完全沒有想到會有今天的變化。陳澤長長嘆了一口氣。「眼前還是趕回月港，再做打算！」

第八章
大航海

對十六世紀或十七世紀初的歐洲航海家而言，要航越廣大的海域來到東方，是一件非常艱鉅的事。

十六世紀時，歐洲人到東方，西班牙和葡萄牙人有不同的路線。西班牙船隻往西橫渡大西洋之後，如麥哲倫當年是繞過南美洲的合恩角，然後橫渡太平洋，一路到達呂宋。這要繞行很遠。十七世紀時，大部分的商船則會由歐洲先航至墨西哥東岸的新西班牙，由陸路跨越墨西哥，到西岸的阿卡普爾科（Acapulco），再由此上船，一路到達呂宋馬尼拉。總之要渡過茫茫太平洋，非常辛苦。

葡萄牙人則是出發後往南沿著非洲西岸，一直到好望角，再往北經過馬達加斯加，一路順著東非沿岸航行，然後到印度的果阿（Goa），葡萄牙人早在一五一〇年就在這裡建立了基地，接著一路到澳門。這條航線的優點是航行中可以頻頻看到陸地，不易迷失於汪洋大海之中；缺點是航行方向逆風、逆洋流。這條航線握在葡萄牙人手裡，對荷蘭人而言，並不方便。

一六一〇年，有位荷蘭航海家發現另一條路線，這條路線在抵達好望角後還要往下到南緯四十度處，然後借西風和西風洋流之力，船隻可以迅速橫越印度洋南緣，接著船隻得在往東航行過頭、撞上澳洲西側的岩岸之前，乘著東南信風轉北航向爪哇，抵達巴達維亞，完全避開印度沿海。從荷蘭阿姆斯特丹到巴達維亞的舊航線要花幾乎整整一年，但新航線把航程縮短了二、三個月，通常九個月可以到達。

亨布魯克一家人過完耶誕節與新年假期後，於一六四七年一月中旬出發，十月底到達了巴達維亞。這將近三百天的航程，讓瑪利婭從少不更事的少女成長為大人。

亨布魯克在船上依然做著牧師的工作，為船員做禮拜、祈禱、講道。船上的伙食很差，船員的健康狀況常出問題，特別是因為缺乏新鮮蔬果，壞血病特別多。船上有位退役士兵也要到巴達維亞去工作，被公司指派為船上的「慰訪傳道」。他先在荷蘭接受一些神學教育，學習宗教儀式。當時的歐洲人生病不但肉體要醫治，靈魂更需要照護，才能撐出求生意志，或者安詳過世。船上有外科醫，然而當時對疾病本質的認知極為原始，醫藥設備也極簡陋。以現代眼光來看，外科醫的處置以外傷的消毒、清創、切除為主。有些水手或旅客往往捱不到旅程目的地，就不幸往生。於是，亨布魯克帶著慰訪傳道，在病人彌留之際為他們禱告。

亨布魯克家人算是公司的高級雇員，可以享受和高等職員一樣的待遇。他們有獨立的客房，常常有新鮮的肉類可吃，蔬果的供應也較多；其他基層船員就享受不到這樣的待遇，他們只能吃難以下嚥的醃肉，又缺少蔬果，睡的是甲板下方低矮的夾層大通鋪，衛生不佳，容易生病。

亨布魯克家的小姐們都像一般的閨秀，大部分時間在房艙裡，跟著媽媽刺繡、談天、看書等。但瑪利婭不一樣，她喜歡跟著爸爸跑，或找船員們問東問西，有時也跟著慰訪傳道或外科醫，做一些慰問及照護病人的工作。船上有位瑞典人大副，以前曾長期在英格蘭的船上服務，有次竟然向亨布魯克說：「牧師，您這位女兒長得有點像年輕時候的伊莉莎白女王，而且個性也像，很能幹！」瑪利婭回應道：「才不呢，我還想嫁人。」大家聞言大笑，對瑪利婭的開朗活潑與熱心親切充滿好感。

船上的這些所見所聞，讓瑪利婭心中產生巨大震撼，原來人生不是都像她在台夫特看到的，安樂平謐。原來人生必須這樣受苦，這樣辛勞，這樣無助，這樣前程充滿挑戰。而且船上不只有荷蘭人，還有不少來自歐陸其他國家如丹麥人、巴伐利亞人、瑞典人、瑞士人，也都投入荷蘭東印度公司旗下，到海外去闖天下。

就在他們出發時，傳來一件船難的消息。新哈倫號（New Haarlem）在第四趟往返巴達維亞的返程中，在好望角附近沉船。但這個消息沒有嚇倒要到東方探訪新天地的歐洲年輕人。一位老水手告訴瑪利婭，過去三十多年，至少有十萬人經由這條海路，從荷蘭到東印度去闖天下，最近更是增加到每年近五千人。雖然前程未卜，他們情願到東方冒險，也不想在家鄉平平凡凡終老一生。瑪利婭問老水手，有多少人將來可以衣錦還鄉？老水手愴然一笑。「大約埋骨異鄉，或者反認他鄉為故鄉的比較多吧。」

瑪利婭第一次領悟到，或許她自己，或是她某個家人，將來不一定能回到台夫特。她靜靜靠著船舷，望著風平浪靜的印度洋，一個人呆立了整個下午，直到夕陽在遠方的地平線消失。就這樣，十七歲的瑪利婭在幾個月內繞了大半個地球，體會了人間的痛苦與無奈、努力與希望、精神的壓迫與肉體的折磨，以及生離死別。

船隻在一個充滿陽光的清晨，終於駛入了巴達維亞港。雖然近十一月了，竟仍暑氣逼人，瑪利婭第一次看到熱帶風情，這裡的植物相與荷蘭境內完全不同。亨布魯克一家在巴達維亞停留了三個月，學了一些福爾摩沙語言，也聽了一些有關福爾摩沙的介紹。

一年以後，他們才知道，他們離開巴達維亞、啟程前往福爾摩沙的那天，一六四八年一月三十日，正好是荷蘭正式獨立的日子。那一天，荷蘭和西班牙簽署了明斯特合約（Peace of Münster），這是著名的威斯特伐利亞合約（Peace of Westphalia）的一部分。荷蘭各省和西班牙數十年的戰爭終於結束，現在起，荷蘭的正式名稱是「尼德蘭」（Netherlands）。而同日獨立的，還有瑞士與日耳曼諸邦等。

一六四八年四月二十日，他們終於抵達大員，來到福爾摩沙。一個月後的一個深夜，瑪利婭經歷了生命中的第一次地震。受了驚嚇的瑪利婭把楊恩送她的笛子抱在胸前，眼淚沾溼了兩條手絹。她想念台夫特，也想念楊恩。

第二部

1649~1651年

望

第九章 西拉雅

爸爸桑布刀遇害那年，烏瑪九歲，弟弟阿僯五歲，還好爸爸的弟弟里加以及部落族人共同撫育他們長大。烏瑪十一、二歲時就和同齡及十多歲的女性住在一起，學習烹飪及耕織等日常生活技能。阿僯也在十二、三歲時去和同齡的男子同住集會所，集會所形成各個不同年齡層的小集團，大家一起學習漁獵、生活技能，並接受體能方面的訓練。男孩子除了在自己家裡吃飯，一切起居活動都以集會所為日常生活中心。

西拉雅人的成長，仰賴的是部落同齡族人之間的互相學習，而不是靠家庭或父母的教育。這些青少年的主要工作包括集會所的建設、修理或築路等工作，與其他部族鬥爭時也要站在前面。各個小集團要服從該階級的領導，而這些幹部最後都聽命於族內年紀較大的長老。西拉雅人沒有階級觀念或統治階層，只有選出來的十二位長老或頭人，任期兩年，沒有頭目，人人自由平等。

直到荷蘭人來到了福爾摩沙。一六二四年，荷蘭人在海口開始建設熱蘭遮城堡，原來住在當地的漢人稱那裡為「大員」或大灣。經過幾年的經營，旁邊商人聚居的大員街道日漸繁華；到了一六五三年，荷蘭人又在台江內海對岸、原來新港社人所居的赤崁[1]建了普羅岷遮城。荷蘭東印度公司來到大員，原本單純希望將此地作為巴達維亞對唐山、對日本的貿易轉運站及倉儲，完全是商業利益考量。教士們則看上了這裡原住民的純真、聰明，理智和記憶力都不錯，希望能有出色的傳教成績。

一六三五年，荷蘭人向北收服麻豆社，向南驅散了達卡里揚社[2]，代表一個政策上的轉變。他們看上了徵收稅金的甜頭，包括漢人勞工移民的人頭稅，以及包租農地、漁獵的贌稅，於是開始策畫所謂的「公司田園」，也就是將土地劃歸荷蘭東印度公司所有，漸漸開始有些殖民地的味道。雖然福爾摩沙並沒有來自荷蘭的家庭移民，像一六二四年荷蘭人開始移民到新阿姆斯特丹、一六五二年移民到好望角那樣，但荷蘭當局計畫讓大明國漢人移民來此開墾、生產、繳稅。而因管理人手不足，公司開始要求教士們兼任一些世俗的行政工作，例如一六三五年荷蘭軍隊的行動中，教士更扮演「宣撫」的重大角色。甘治士及尤羅伯在這方面其實備感困擾，身為傳教士，他們希望專心傳教，不願涉入世俗行政業務。

一六三六年二月二十日，荷蘭人在新港社舉行南北二十八個部落的歸順典禮。隨著政治勢力的擴充而來的，則是原住民的宗教歸信。在尤羅伯牧師的十四年宣教工作中，建立本土教會是他努力的方向。

尤羅伯巡視各個部落解釋合約內容時，同時也勸誡族人們丟棄原來的信仰而歸信基督教，但只有新港社願意丟棄神偶。他發現，宗教對原住民的影響是非常深刻的；原住民是否接受宗教，不是基於宗教的理念或善意，反而是非常功利取向的，例如是否能讓漁獵、稻作豐收等。尤羅伯深思，基督教不能建立在如此淺薄的基礎上，於是決意建立學校，讓原住民族人自孩童開始接受基督教的宗教教育，如此建立起來的教會才有永久穩固的基礎。

1 不少人認為「赤崁」是當年此地原住民部落的名稱，但仍有疑義。此語「Chhiah-kham」，荷蘭文獻做「Sakkam」，不只台南才有此稱，南投也有（全台至少三地以上），甚至中國與東南亞都有。此語通常是指赭紅色土坡之地，為易於辨識的自然地形。（中研院台史所翁佳音教授提供）

2 達卡里揚社為原居於岡山平原的馬卡道平埔族，受荷蘭人驅逐後遷居到屏東，就是後來屏東的阿猴大社。

一六三六年五月二十六日，第一所學校在新港社建立，尤羅伯教導原住民用羅馬拼音來拼寫新港社人自己的語言，這就是「西拉雅文」或「新港文」，漢人則稱之「番仔字」。繼新港社之後，附近的蕭壠社、麻豆社、目加溜灣社及大目降社等地也陸續建立學校，學生男女兼收，十至十三歲，使用的教材為朝夕祈禱文、主禱文、摩西十誡，以及若干詩篇。學校教師初期全由軍中士兵選任，後期則加入已學得不錯的原住民。[3]

烏瑪十一歲的時候也上了學校，這時麻豆社已有一百四十名孩童入學。在麻豆社任教的先後有教師馬其紐斯（Andrea Merkinius），另有西蒙斯（Jan Sijmons）助理牧師同時擔任宣教師及語言教師。烏瑪很快就喜歡上學。她年紀雖小，卻瘋狂愛上文字，很喜歡尤羅伯牧師所教的「拉丁拼音法」。她覺得文字是一種魔術，她像是掌握了開向另一境界的一把鑰匙，可以用來記錄日常的談話及自己的思考，讓不具體的語言變成具體的意象，也讓她掌握了她的長輩族人所感覺不到的優勢。由於喜愛文字，烏瑪進步飛快，很快得到西蒙斯的賞識。學校給她的鼓勵與榮譽，則使她逐漸接受尤羅伯所撰寫的種種上帝論及其他基督教義，很快的，那些祈禱文、十誡等都能琅琅上口。她成了荷蘭人眼中的原住民楷模。

里加有些不以為然，對烏瑪暗示荷蘭人有殺父之仇。但烏瑪認為她的爸爸是新港社人殺的，何況爸爸也殺了不少荷蘭人，所以不能怪罪荷蘭人。她認同尤羅伯教義中的宗教觀及善惡觀。

她也認為荷蘭人說的法律與秩序是有道理的。西蒙斯和她談到一些荷蘭人犯法也要依法處罰、判刑的例子，更讓她由衷信服。

亨布魯克一家人來到麻豆社前不久，西蒙斯不幸病故，接任他的是一六三八年就來到福爾摩沙的韓德利克茲（D. Hendricksz）。韓德利克茲本是船上侍者，來到福爾摩沙後，先升為助理教師，工作努力，學習認真，很受到尤羅伯的肯定。他又因人緣很好，得到公司高層的賞識，於是評議會提升他為教師。

這一次，亨布魯克擔任第一位專駐麻豆的牧師，於是公司派了老經驗的韓德利克茲來襄助他，韓德利克茲也繼續讓烏瑪當助理教師。這時除了西拉雅語外，學校也開始對學生教荷蘭語。烏瑪很有語言天分，不久就能以荷語說一些不複雜的日常對話了，讓荷蘭人大為欣賞。

亨布魯克的禮拜堂成立之後，二十二歲的烏瑪迫不及待要求受洗。麻豆社本來已有五、六十人受洗，但她是第一個接受亨布魯克受洗的，於是夫人安娜對她特別親切，而亨布魯克家的姑娘們也都和她建立起姊妹般的感情。烏瑪後來也接受荷蘭人的家庭觀，並且說服了直加弄，兩人分別自集會所搬出來，在一所新建的小屋內合住，成立「家庭」。在麻豆社，這可是眾人側目的事。

---

3 西拉雅人在赤崁之北（故稱為北路）有四大社，離赤崁最近的是新港社（今台南新市），其他是蕭壠社（今台南佳里）、麻豆社（今台南麻豆）及目加溜灣社（今台南安定），大目降社（今台南新化）也算較大的社。四大社語言、信仰相近。當年尤羅伯教西拉雅人用羅馬拼音來撰寫西拉雅語，應該稱為「西拉雅文」，但日治時代的學者稱之為「新港文」，現亦沿用成習。

第十章
從軍

陳澤回到霞寮，所幸家中一切平安。他冷靜審度情勢，告訴家中諸弟妹，如果連鄭芝龍大本營的安海都不保，國姓爺的母親也為清兵所辱而自縊身死，那麼，同處在大陸上的月港也一定遲早不保。清兵由北而來，缺乏水師，而水師正是明軍及鄭氏家族之長，因此只有避居海島方是上策。

漳泉海域中，廈門、金門是兩個大島，而且各有良好港口，萬一有事，要撤離也方便。而兩島之中又以廈門為佳，因為這是陳澤很熟悉的一個港口，鄭家船隊在這裡也是最多。

於是，陳澤將家鄉房地及收藏物能脫手的就脫手。雖說局勢混亂，但多得一分是一分。然後就將全家遷到廈門，先粗略安頓下來。

鄭芝龍降清後，廈門由鄭彩與鄭聯接收。鄭彩與鄭聯雖是姓鄭，但不屬於安海鄭氏家族成員。鄭成功起兵後，固然有多人投靠，統五萬兵，但只能在粵東沿海的南澳島、東山島及潮州、揭陽一帶與清兵周旋，未能一舉拿下一個較大、較安全的根據地。

陳澤此時已不敢到海外跑船，以防一旦清兵前來，無法帶家人逃亡。他在碼頭上找了個領航人員的頭路，有時也兼做搬運或信差，打算伺機而動。

這一天，陳澤正好有機會到了漳州府城。正事辦完後，還有一些閒暇，就四處遊逛、信步觀看，不知不覺走到了威惠廟。

威惠廟是南宋時期所建的古廟，供奉的是開漳聖王陳元光，以及旗下的四大將軍：輔順將軍馬仁、輔信將軍李伯苗、輔顯將軍沈毅、輔義將軍倪聖分。

這幾十年來，閩南「生理人」活躍於南洋海域，因此大家都「漳泉」並稱。其實兩地相鄰卻相異，漳州人和泉州人每每有輸人不輸陣的瑜亮情結。

宋朝時代，泉州是通商大港，外國人很多，特別是回回。到了明朝，漳州月港大盛，這次來的變成金髮碧眼的歐洲基督徒。

漳州的開發，其實要比泉州晚了好幾百年。漳州人老幼皆知，首先開發漳州地區的是唐朝武則天時代，來自河南固始的左郎將陳元光。陳元光隨著父親陳政，自中原來到泉州及潮州平亂，開疆闢土，將泉州的雲霄地區改為「漳州」。陳元光後來戰死在漳州，唐睿宗下詔立廟，敕封為「威惠王」，後世的漳州人則尊稱他為「開漳聖王」。

相傳這座「威惠廟」就是陳元光的故居所改建。

南宋之後，民間對「威惠廟」和「威惠王」陳元光的信仰綿延不絕，陳元光及四大部將在漳州人心目中成了保護神的形象，從此屹立不移。

漳州陳氏，自然都是「開漳聖王陳元光」的後人。陳澤的父祖便一直以「漳州陳氏」的出身為榮；而「輔義將軍」倪聖分，更是道道地地海澄人[1]。陳澤家的海澄霞寮，離漳州府城本有一段距離，小時候父親曾帶他

1 今台北內湖碧山巖有開漳聖王騎馬塑像。台南市中正路一三一巷內，則有奉祀輔義將軍倪聖分「倪聖公」的「總趕宮」。

來此廟祭拜「開漳聖王」及四大將軍，但已是二十年前的事了。如今竟然無意中舊地重遊，陳澤相信這是祖靈的召喚。

於是陳澤進了廟內，向老祖宗「開漳聖王」舉香膜拜，祈求闔家平安。

回到廈門，陳澤自家人口中得知，原來國姓爺鄭成功的部隊來到了廈門，也取得廈門。

陳澤大喜過望，心想果然是祖宗有靈。三年來一心想投靠國姓爺的心願，今日突然得以實現了。

原來，鄭成功苦於沒有長久可靠的根據地，乃仿效三國時代劉備向宗親劉表「借荊州」之計，殺了鄭聯，鄭彩只好交出廈門。於是鄭成功終於占有廈門，不必四處奔波。

陳澤再不遲疑，急急趕到國姓爺營部。國姓爺見父親舊部來歸，非常高興，於是任命陳澤為「右先鋒營副將」。[2]

2陳澤投入鄭成功陣營的時間，約在一六四八到五〇年之間，真正時間及地點已難考。

第十一章
宣教士

瑪利婭覺得，她慢慢沒有那麼討厭福爾摩沙了，甚至還有些喜歡。

去年秋天，瑪利婭四姊妹隨著父親來到了麻豆社。其實亨布魯克負責的地方還包括大武壠、哆囉嘓[1]，甚至遠到北邊的諸羅山。

除了亨布魯克一家外，荷蘭人派駐在麻豆社的還有商務員、行政官、數名行政助理和階級較低的宣教士，教師及助理教師也有好幾位。另外軍士近二十名，班達來的黑奴也有二十名以上。因為人手不足，亨布魯克等於兼任政務員的工作。麻豆社事件及火燒麻豆社是荷蘭統治福爾摩沙二十四年來的大事，亨布魯克自忖身負重任，更是備加努力、戰戰兢兢。熱蘭遮城方面自然很重視麻豆，還在這裡安駐了兩門小砲。有趣的是，到了禮拜日，召集村民上禮拜堂的信號不是用鐘，而是用這兩門小砲。

瑪利婭四姊妹與媽媽安娜先在熱蘭遮城住了幾個月，等亨布魯克在麻豆社建好禮拜堂及石屋後，一家人才

1大武壠為今日台南玉井盆地，當年居住此地的平埔族群為大滿亞族，屬於西拉雅亞族，俗稱「四社熟番」。哆囉嘓社分布於今日台南東山附近。

搬到麻豆社來。亨布魯克一家人住的石屋是麻豆社唯一的石屋，蓋屋的石頭和熱蘭遮城的城牆一樣，都是由荷蘭人一六二三年在漁翁島[2]所蓋的城堡拆下後運來的。其他荷蘭人只能像福爾摩沙人一樣住竹屋。

瑪利婭四姊妹每天的生活非常規律。在福爾摩沙，天很早就亮了，瑪利婭每天早上六點左右就起床，父親會帶領全家人先讀一小時的聖經，之後再吃早餐。

三餐是福爾摩沙女管家所準備的。亨布魯克一家早已適應了福爾摩沙式的食物，早餐吃小米飯，中餐常有魚、蝦、螃蟹可吃，晚餐則常常是麻豆社人稱為「糈」的特殊風味菜餚，把米、肉、芋頭一起混合，包在一張大葉子內蒸熟，很獨特，也很好吃。這裡的水產動植物都很豐富，婦女閒暇時，會乘坐舢舨去抓魚、蝦，或者採菱角、蓮藕。水果則三餐都有，是瑪利婭的最愛。這裡的水果太豐富了，許多都是荷蘭人沒有見過的，如芎蕉、波羅蜜、椰子、海棗等。

水中有撈不完的魚蝦，陸上有成群結隊的野鹿，水果一年四季都有。瑪利婭開玩笑說，福爾摩沙人真是得天獨厚，他們才是上帝的選民。

吃完早餐後，瑪利婭和大姊海倫到禮拜堂附設的主日學校去當助理老師。她們幫忙教荷語，自字母寫起，而她們也因此慢慢學會了麻豆社人的語言。

禮拜堂學校分成大人班及小孩班，大人班又分成男子班及女子班。麻豆社依循尤羅伯在新港社的做法，成年男性清早來上課，下午則為成年女性，互相輪流，每週一次上課兩小時。孩童上學時間則全島一致，上午九點到十二點、下午二點到四點來校上學，與荷蘭本國相差不大。[3]

先前在甘治士與尤羅伯牧師的時代，為了使本地居民易於接受基督教，他們以拉丁字母拼寫西拉雅語，以之編寫祈禱文、教義書等。但是大約自兩年前，大員教會開始抨擊尤羅伯，認為這樣做有太多尤羅伯個人的解讀成分。他們認為，如果福爾摩沙人只用自己的語言記住基督教的基本原理，一旦稍加詢問這些原理的意義就不懂了，這是虛有其表的基督徒。例如范步廉牧師[4]就認為不應該用福爾摩沙人的語言（也就是西拉雅語）來教學，他認為應該用荷語教學，並全面改編祈禱文及教義書。

倪但理[5]比亨布魯克早一年到達福爾摩沙，他則認為應該土語及荷語並用。倪但理是個很正直也很認真的人，這裡的荷蘭人和福爾摩沙人都很敬重他。現在福爾摩沙有水牛，就是他向東印度公司借錢買來，目的是提升福爾摩沙人種稻的意願。倪但理還買了農具、運貨馬車，教導福爾摩沙人用犁耕技術來種稻，而不是只用鏟子。倪但理負責的區域包括蕭壠、新港、目加溜灣、大目降，他和亨布魯克的教區加起來已經大約有南荷蘭省那麼大。

麻豆社現在已有學生人數達一百四十五位的男孩學校，算是福爾摩沙最大的學校。他們拼字、讀、寫都學得相當好，但以荷蘭文授課後，顯然福爾摩沙人不太喜歡，雖然仍按時來上課，但學習效率變差。教師們制定了一些罰則，嚴重的除了要罰交鹿肉外，甚至要罰交鹿皮，好不容易才收到一些效果。但似乎不同地方的原住民反應不同。聽說新港社有些年輕福爾摩沙人很滿意學荷文，甚至要求改荷蘭名字、穿荷蘭衣飾。

福爾摩沙的夏天很炎熱，而這裡的西拉雅人都有午後小憩的習慣。睡醒後，安娜會對小妹妹們上一些課，

---

2 即澎湖，荷蘭稱之為「Pescadores」，為漁翁之意。

3 根據《荷據下的福爾摩莎》（甘為霖著、李雄揮譯，前衛出版）一書所述，大部分的荷蘭士兵都不識字，而福爾摩沙原住民只要信基督教就可以學習讀寫，由此猜想，原住民的識字率可能很快就會超過荷蘭士兵的識字率。近代國家未實施義務教育前，通常由教會負起教育責任；台灣與荷蘭本國一樣採教會教育系統，而台灣的情形幾乎等於普及教育，當時連西歐都還做不到。

4 范步廉（Simon van Breen）牧師於一六四三年來福爾摩沙宣教，其妻在一六四四年因熱病過世，他也於兩年後患上熱病而去職，一六四七年離開福爾摩沙。

5 倪但理（Daniel Gravius, 1616-1681）是荷蘭宣教士，一六四七年來台，最重要的貢獻是引進水牛，提升農業耕種技術。他很有語言天分，曾把一部分聖經和基督教義翻譯成西拉雅文，成為今日復原西拉雅語的基礎。

也教海倫和瑪利婭學一些女紅和家事。

不過，海倫和瑪利婭最喜歡的，還是和烏瑪及一些年輕女孩到附近的草原去看鹿群。亨布魯克四姊妹把烏瑪當做好友，常常玩在一起。烏瑪也喜歡往亨布魯克家跑，簡直快成了五姊妹。

瑪利婭在荷蘭時，曾讀過甘治士牧師對福爾摩沙人有這樣的描寫：「男人很高、極粗壯，事實上幾乎是巨人。其膚色介於黑與棕之間，……相反的，婦女很矮小、胖壯，其膚色棕黃，……大抵而言，福爾摩沙人民友善、有自信，脾氣好，對陌生人好，會很友善地給陌生人食物……他們不會偷，而且會把不是自己的東西歸回原主。福爾摩沙人的家庭或夫妻觀念薄弱，婚前婚後男女性關係都不是很嚴謹，家庭觀念、善惡觀念都很薄弱。但好處是人人溫和善良，對朋友、同伴都很忠心。」

但瑪利婭認為，福爾摩沙男人與女人體型沒有那麼懸殊，膚色也不算棕黑，那可能是曬太陽過多的關係。倒是福爾摩沙人真的像甘治士所說的友善而好客。瑪利婭覺得還有一點是甘治士沒有說的，福爾摩沙女人的長相和身材，都比她在巴達維亞看到的土人女性要白皙、修長，她們聰明、勤勞而且會撒嬌，歌聲和舞姿又特別迷人。巴達維亞少有娶了原住民的荷蘭人，而在福爾摩沙，有不少荷蘭行政官、教士、教師、士兵都娶了福爾摩沙女性為妻子。

相處久了以後，烏瑪告訴瑪利婭，福爾摩沙人因為合群、共有與好客的天性，有時連「牽手」都可以和客人或好朋友「共享」，家族觀念或夫妻道德觀與西方人迴異。而信了基督教的年輕福爾摩沙人，自然也接受了西方人的道德觀。

亨布魯克姊妹來到福爾摩沙之前，都以為福爾摩沙人很凶悍，特別是麻豆社人在傳聞中很可怕，但後來發現不然。姊妹們特別喜歡福爾摩沙人戴花的習慣。福爾摩沙人是戴花的族群，不論男女，都喜歡用花來當頭飾，或是在胸前掛一串花。福爾摩沙不但水果多，花也多。瑪利婭姊妹們也學著在頭髮上別一朵花。

亨布魯克家的大女孩們早上要循規蹈矩念書、教書，下午除了教小孩子學荷蘭文，她們常與烏瑪約好，請烏瑪帶她們去看溪邊鹿群。福爾摩沙的鹿群身上有圖形狀的斑點，鹿角不是很長，非常溫馴，膽子很小，通常一、二十隻聚集在水邊吃草，人一接近就受驚走掉。

烏瑪懂得怎樣找到最好的觀賞地點，這地點必須稍高，又必須是下風處。一群女孩隔著大約五十公尺的距離，屏息看著小梅花鹿群；看累了，就躺下來仰頭或看天上的白雲，或看樹上的各種鳥類及樹叢裡的蝴蝶、蜻蜓。這裡的蝴蝶又大又漂亮，遍地還有許多不知名的野花。

有時候，瑪利婭會把楊恩寄來的信拿到草原上閱讀。楊恩信守他的諾言，把他所作的曲子寄來了，瑪利婭就在草原上，有時吹奏，有時唱。自荷蘭航來福爾摩沙的船班常常會帶來楊恩的信，瑪利婭總是一讀再讀，讀到海倫一直取笑她，所以瑪利婭不喜歡在屋內看信。石屋雖然不算小，但亨布魯克一家人口不少，有些擁擠，這也是瑪利婭喜歡到原野的原因。

福爾摩沙的田野景觀太豐富了。麻豆社面臨內海，外海處有些沙洲，內海沿岸則盡是沼澤地，長滿了水筆仔，這是一種特殊的植物，開花結果後，在母樹上長成幼芽，掉到水中，隨之漂流，有若胎生，可引來多種水生動物。沼澤地內有一大堆小蟹，以及許多瑪利婭叫不出名字的動物。到了秋天，會有一種黑面長嘴的大鳥自北方飛來過冬。瑪利婭也很喜歡到這裡來觀賞這些美麗的大鳥。

瑪利婭和姊姊看鹿群看得高興，突然鹿群起了騷動，一大一小兩隻鹿雙足立起，呦呦驚叫。瑪利婭看到小鹿腹部插了一支箭，大鹿背上則掛著一些長約二公尺的標槍。平靜的草原突然響起年輕男子的吆喝聲，還有狗的吠吠聲。將近二十位福爾摩沙人突然現身，包括直加弄和阿僯，烏瑪認出這群人是與阿僯住在同一集會所的人。這批人本來圍著圓圈向鹿群趨近，但鹿群很快衝破包圍圈，福爾摩沙人雖然跑得很快，但鹿群更快。沒想到，福爾摩沙的黑狗貌不驚人，卻很精幹，奔跑起來比鹿群快，而且續航力十足。

追了好一段路，終於追上受傷的小鹿。三隻狗合攻一隻鹿，幾個回合下來，小鹿不支倒地，大鹿仍然負痛奔跑。大鹿背上的標槍竟然還綁了鈴鐺，奔跑時鈴聲不斷，福爾摩沙人就聞聲辨知鹿群的奔跑方向。然而鈴聲愈來愈遠，幾隻狗鍥而不舍地追著，狗的吠叫聲愈來愈遠。卻突然，傳來狗的淒厲叫聲，而後狗群跑了回來，瑪利婭看到一隻狗腹部中箭，血跡斑駁。

直加弄數來數去，狗還少了一隻，想是凶多吉少。阿僯把箭頭拔出，受傷的狗痛得狂吠。阿僯為狗止血，一面恨恨地說：「新港社的傢伙又來攪局。」直加弄和幾個族人繼續前去搜索失了蹤跡的狗。

再過去不遠，就是新港社人的地盤。麻豆社人和新港社人本來便互相敵對，而為了鹿群和獵犬的事更是常起衝突。兩邊的長老盡量克制族人不侵越對方地盤，以免被視為挑釁，但狗群無知，難免逾界，每每遭到對方毒手，兩社的人不免起衝突。更糟的是，衝突到最後就是兩社的男人對殺，過去每年總有十來位壯士為此丟了項上人頭。福爾摩沙人有割頭的習慣，而且視此為壯士之舉，甚至成人禮就是出去割個頭顱回來，掛在自己的屋頂上。荷蘭傳教士來了之後，兩個社都答應盡量互不殺伐，但糾爭還是時有所聞。

雖然沒有能夠獵到大鹿，至少獵到那隻稍小的鹿，阿僯青年集會所的麻豆社原住民依然很高興。他們把鹿綁在竹竿上，四人扛著走回部落，一面分成兩組，混聲唱起〈梅花鹿之歌〉，由小小孩唱鹿的部分，大小孩唱獵人的部分。

「Yu Mi Yu Mi Yu Mi Yu Mi
梅花梅花點點多
好像小花一朵朵
穿著美麗的衣服

「Hei Shio Hei Shio Hei Shio Hei Shio
輕聲閉息慢慢來
梅花鹿就在那兒
梅花鹿是我們的寶貝

我們是群梅花鹿
西拉雅的草真青
西拉雅的梅花鹿真漂亮
西拉雅要有許多梅花鹿才漂亮」

瑪利婭覺得，福爾摩沙人的歌聲真是不錯。

我們是獵梅花鹿的勇士
我們要獵梅花鹿
我們只獵大鹿 不獵小鹿
我們只在秋天獵鹿 春天不獵
我們只獵二隻 不獵更多」

第十二章 Fayet

瑪利婭的心情很好，因為爸爸要帶一家人，包括才滿六個月的小弟，到熱蘭遮城的長官官邸作客，順便參加評議會。長官維堡[1]是台夫特人，很早就離開台夫特到海外發展，後來當了荷蘭聯合東印度公司在波斯的商館館長，表現很出色，受到公司巴達維亞大總督的賞識，於是調派他來福爾摩沙。在幾千里外的異鄉，維堡遇到與台夫特淵源深厚的亨布魯克，自然特別高興。他上任不久就宴請了亨家，還盛情邀請亨家在長官邸過夜。更巧的是，回去後一個月，媽媽安娜就發現有孕了。

亨家還沒有男孩，因此今年年初小弟彼得出生時，亨家四姊妹高興得大叫。亨布魯克則感動得落淚，因為在這種偏遠地區生小孩真是搏命。來福爾摩沙的荷蘭人，常有人突然發燒幾天就過世了，也有人得了慢性腹瀉，漸漸消瘦而死。

托天之幸，亨家的六個人來到福爾摩沙以後，全家人一直都很健康，甚至喜獲麟兒，變成七口之家，幾乎是公司人員在福爾摩沙最大的家庭。而小孩現在六個多月了，長得又胖又可愛，全家都視為寶貝。

過去這一年，瑪利婭幫忙媽媽也照顧弟弟，生活過得很充實。烏瑪常常送「刺仔雞」給媽媽安娜吃，說這是化淤血、補筋骨的良藥，媽媽也一直誇獎「刺仔雞」好吃。烏瑪說，其實「刺仔」就是荷蘭人引進福爾摩沙的，大約五年前才開始種植在麻豆社，卻長得出奇的好。

烏瑪說，福爾摩沙人雖然養雞，但不吃雞。養雞的目的是為了取雞的羽毛，做衣飾或帽飾用。因尪姨所灌輸的概念，福爾摩沙人對雞有敬畏之意，不殺雞，也不吃雞蛋。但烏瑪知道荷蘭人喜歡吃雞，而烏瑪信了基督教後，對吃雞也比較不在意了，所以特別準備「刺仔雞」給亨布魯克夫人吃，牧師夫人聽了好是感動。

牧師說，刺仔其實就是金合歡，枝幹多刺。在西拉雅平原上，原生的大樹種不少，有莿桐、茄冬、榕樹、相思木等，但都不算是好建材，所以荷蘭人引進金合歡，想要作為建材，因為許多荷蘭人表示住竹子屋住怕了，可是後來覺得金合歡也不夠好。

福爾摩沙人則別出心裁，他們採取小枝，先用日光曝曬數週，再加水及其他藥材，用慢火熬燉三、四個小時，再加入魚或豬肉。過程耗時，吃起來卻特別好吃。

牧師夫人喜歡，麻豆社頭人聽了好高興，就叫烏瑪每天燉好一隻刺仔雞送來，瑪利婭姊妹們也跟著享了口福。麻豆社的漢人烏嘴鬚聽說牧師與夫人喜獲麟兒，也送了一隻雞來，香噴噴的湯還微帶酒味。烏嘴鬚說，這道「麻油雞」是漢人婦女產後必備補品，香味來自胡麻榨出來的麻油。牧師夫人笑說，漢人婦女好福氣！

前往熱蘭遮城這天，亨布魯克一家人坐著牛板車，自麻豆出發。牛板車的輪子很大，算是相當平穩快速。自麻豆社到赤崁大約要六、七個小時。這輛車由水牛拉車。福爾摩沙本來沒有水牛，只有黃牛，黃牛作為交通工具還算不錯，但這幾年來，荷蘭人決定教導福爾摩沙人種植水稻，而黃牛力氣小，又有些怕水。倪但理牧師在巴達維亞住過，覺得那裡的水牛力氣大，又喜歡在水中打滾，如果要教福爾摩沙人種水稻，水牛比黃牛的效率好多了，於是向公司無息貸款了一大筆錢，引進一百多隻水牛，送到他管轄的蕭壠社去養殖，也送一隻給住

1 維堡（Nicolaas Verburgh）為荷據時期第十任台灣長官，任期為一六四九到五四年。

在麻豆社的亨布魯克，當做交通工具。以水牛拉車，從麻豆社到赤崁比坐黃牛板車快了半個到一個鐘頭，特別是下雨天，路途比較泥濘的時候。到了赤崁，必須再換乘舢舨船橫渡台江內海，才能到大員與熱蘭遮城。

今天天氣好得很。瑪利婭心情好還有一個原因，她前幾天又收到楊恩寄來的一封信。楊恩在信中告訴她，姪女阿格莎結婚了，嫁給一個畫家叫法布里修斯[2]，是大畫家林布蘭的弟子，在畫壇已經闖出名氣，瑪利婭看了信很是高興。楊恩也說，他的積蓄最近大有增加，希望到一六五二年就可以存下足夠的錢，搭船到福爾摩沙來迎娶瑪利婭。

這封信瑪利婭不知道唸過多少次了。福爾摩沙的未婚歐洲男子很多，白人女子很少，而漂亮的年輕女子更少。亨布魯克家除了小妹妹還太小，三位年輕女士在福爾摩沙的荷蘭人圈內豈止大大有名而已。只是亨家住在偏遠的麻豆社，而且家教嚴格，亨布魯克又長得一副不苟言笑的樣子，所以一些年輕男子也不敢造次。

牛車往南，先經過一條大河，瑪利婭知道這就是一六二九年麻豆社事件發生之處。過了河以後，放眼望去是一片沼澤及草地。瑪利婭曾聽烏瑪說過，這一大片地本來都屬於烏瑪的母親梅雍和父親桑布刀所有，西拉雅習俗是母系社會，傳女不傳子，所以就歸烏瑪所有。烏瑪決定和直加弄組織家庭，搬出青年會所後，就要直加弄雇用一些從大明國渡海前來的漢人，耕作這塊土地。因此，現在大家都把這塊土地兼其附近的公司放租田地，統稱為「直加弄區」。

瑪利婭觀賞著沿途的風景和遠方鹿群。慢慢她覺得，過了「直加弄區」，大明來的漢人就多了起來，後來幾乎都是漢人而看不到福爾摩沙人。一年半以前，她也走過這條路，那時的大明人遠不及現在之多。也因為如此，道路兩旁的景象與以前大不相同了。大明國來的漢人顯然是善於農耕的民族，瑪利婭記得許多地方以前還是草原與鹿場，現在都變成甘蔗園或水稻田了。不論是甘蔗或水稻，井然有序排列著，也都長得很好。她看到漢人牽著水牛犁田的樣子，那樣的耕種法在麻豆社看不到，漢人的耕作法比起福爾摩沙人似乎要進步多了。漢人的身材比福爾摩沙人瘦小一些，衣著也不太一樣，但他們認真工作的樣子可真感人。豆大的汗粒自臉頰流了下來，但他們似乎不太在乎，沒有擦拭。

麻豆社人也種稻，去年亨布魯克有一次到熱蘭遮城，帶了五十斤稻米分送給荷蘭友人，很受歡迎。可是麻豆社的男人對耕作比較沒有興趣，大部分是婦女在做，方法也很落伍，不懂得用鋤犁，頂多使用鐮子。有一次瑪利婭看到他們收成時，稻米是一穗一穗採下來的。男人只有在狩獵時才興致高昂，對農作的興趣顯然不高。

漢人大不同。她看到漢人的田種得更密些，排列更整齊，稻穗更密更金黃，甘蔗更是長得又高又粗。而且那一張張臉孔看起來，很以工作為滿足。瑪利婭忍不住問父親，大明國來的漢人是不是快速增加？

亨布魯克揚了揚眉毛，笑了起來：「瑪利婭，妳的觀察力真不錯。大明國現在處於戰亂中，北方的韃靼人打敗了大明的皇帝，自稱為『大清國』。大明國的人稱自己為『漢人』或『唐人』，稱他們來的地方叫『唐山』，主要來自東南沿海福建省的漳州和泉州。漢人為了避亂，就接受公司的招募，來福爾摩沙當勞工。福建漢人不只到福爾摩沙，也到呂宋、巴達維亞、安南及渤泥等地，有錢的做商人，沒錢的當農人或勞工，到處都有他們的足跡。漢人的歷史與文明和希臘、羅馬一樣久，是文化很高的民族。」

瑪利婭接著說：「我知道，我們家鄉的『台夫特藍』瓷器，就是仿照大明人的青花瓷做的。」

妹妹漢妮卡也湊過來問：「漢人信基督教嗎？」

亨布魯克苦笑著：「漢人沒有基督徒。他們所崇拜的孔子，像柏拉圖那麼早。他們有自己的文化和宗教系統，他們的宗教叫做儒教，也叫道教，更正確一些說，是儒教與道教的混合。大約六十年前，利瑪竇把天主教

2法布里修斯（Carel Fabritius, 1622-1654）是荷蘭畫家，太太是阿格莎・范布來伊森（Agatha van Pruyssen）。但實際上，阿格莎並沒有名為楊恩的叔叔。

傳到大明，但大明國的天主教徒比日本人少得多，影響力也小，所以不至於像日本一樣，讓政府下了禁止天主教或基督教的命令。至於我們荷蘭的改革教派，還沒有進入大明國。

「大明國的土地很大，比一百個荷蘭還大。大明國和福爾摩沙隔著一個海峽，自大員這裡往西，只要再幾十海浬，一天左右的航程，就可以到漁翁群島。然後再往西，也是幾十海浬，一天的航程，則是大明國的國際大港泉州與漳州。我們在荷蘭看到的瓷器、絲綢，都是由那裡運送過去的。公司一直希望能在那裡建立一個商館，但大明國不願意，因為這樣，一六二四年公司才到福爾摩沙來。不過這幾年因為戰亂的關係，進出口量大減，荷蘭向大明國或大清國進口的瓷器，有相當程度被日本的貿易取代了。」

瑪利婭又問：「大明國離福爾摩沙那麼近，為什麼反而是我們荷蘭人先來這裡呢？」

「我也不知道為什麼，也許是因為海流的關係吧，」亨布魯克向女兒們解釋，「其實，大明國的漁人或海盜比我們荷蘭人早到福爾摩沙。大員北方有些港口，像笨港和魍港，南方也有打狗與堯港等[3]，聽說常常有漢人漁民或商人的蹤跡，但他們只是季節性停留。一些漢人天主教徒，像Pedro[4]和大家所熟悉的『一官』鄭芝龍，過去在這個島上曾經發展出一些勢力，但是一官回大明國當大官了。後來一官投降了韃靼，他的兒子國姓爺不肯投降，仍然和大清國的韃靼人繼續打仗。

「其實，荷蘭人來到福爾摩沙西南部的大員以後，西班牙人也不甘示弱，在一六二七年來到福爾摩沙北部的雞籠和淡水，建了聖多明哥城[5]，派了軍隊駐守，也有天主教教士來傳教。但在幾年前，杜拉第紐司[6]長官派公司的軍隊把西班牙人趕走了，所以現在公司在淡水、雞籠也有商務員，但沒有宣教士。」

「還有北方的日本人，也常常到福爾摩沙來，」亨布魯克向女兒們說明福爾摩沙周遭的複雜情勢，「一六二四年，我們荷蘭人來到大員時，這裡已有一百多位日本人在此居住與經商，甚至還有酒肆。公司在大員的第二任長官努易茲還曾經被日本人綁架過呢！

「福爾摩沙的地理位置太接近大明國及日本，狀況不像巴達維亞那麼單純。不過福爾摩沙人是聰明善良的民族。我們改革教派來了將近二十年，現在已經有上千個福爾摩沙人受洗了，他們是整個東方的第一批改革教派教徒呢！」

瑪利婭知道爸爸很以自己的傳教成績自豪。談話過程中，道路兩旁有一片片金黃色的稻穗，在陽光下煞是好看。一陣風吹來，稻子隨風擺盪，有如波浪起伏，還帶著波漾的聲音，瑪利婭看得出神。

突然間，一隻狗追著一隻貓，自路邊的一個曬穀場闖了出來，拉車的牛隻受了驚嚇，往路的另一邊奔馳，結果偏離了正路，撞向路的對面。

眾人一陣驚呼，曬穀場的三、四名漢人農夫也看到了這一幕，紛紛飛奔過來。

還好亨布魯克家只是受了一點驚嚇，並沒有受傷。牛車陷在泥淖裡，漢人農夫要幫忙拉出來也不難，只是得耽擱一些時間。這時，曬穀場的屋內走出一位年約五十多歲的漢人，穿著甚為整潔好看，還叼著一支菸斗，走過來迎向亨布魯克。

「對不起，對不起，牧師大人，請到寒舍坐坐，喝喝茶，小歇一下再上路吧！」他又補充說：「這裡已經很接近阿姆斯特丹區，離赤崁已經不太遠了。」漢人顯然自亨布魯克的打扮得知這一行人的身分，而他出口竟

3 笨港是今日的雲林北港，堯港是今日的高雄下茄萣和崎漏之間。過去台灣西南沿海有三大古潟湖，由北至南是倒風內海、台江內海和堯港內海，後因內海淤積，三處的範圍皆大幅縮減，如今堯港內海僅剩興達港附近可見部分遺跡。

4 Pedro 是顏思齊的教名，顏思齊是福建漳州海澄人，後來成為東亞海域的著名海盜，與鄭芝龍等人結拜。他以魍港為據點，後來於台灣病故，部屬皆投入鄭芝龍麾下。

5 聖多明哥城（Santo Domingo）於一六三七年建成，但之後西班牙人撤軍，將之摧毀。荷蘭人攻占此地後，又於一六四四年在附近建「安東尼堡」，即現在淡水的紅毛城。

6 杜拉第紐司（Paulus Traudenius）是荷據時期第六任台灣長官，任期為一六四〇到四三年。

是荷語，讓亨布魯克全家大吃一驚。

這漢人滿臉風霜，面相黝黑，體格甚為魁偉，卻又一派風雅，顯然大有來歷。再看，宅院頗大，是三合院，正面是個曬穀廣場。

一踏入三合院前的廣場，瑪利婭覺得一陣麻油香味撲鼻而來，再一看，旁邊一大片胡麻田。而廣場上除了曬穀，還有幾位漢人童工正在絞製麻繩，也有一些漢人婦女坐在台階下編織麻袋，這裡儼然是個小型的加工廠。瑪利婭心想，原來媽媽生小弟弟時，麻油雞所用的麻油就是這種地方生產的。進了客廳，裡面有六、七位漢人，顯然他們在此聚會聊天，看到牧師進來，紛紛起立行禮，有些人還以荷語打招呼。

客廳頗大，等大家坐定，僕役奉茶上來，瑪利婭頓覺一陣清新香氣，再看，熱水中只飄著幾片青綠的茶葉。以前在台夫特，亨布魯克家偶爾品嚐紅茶，但來到福爾摩沙三年，少有機會喝茶，不想在這個下午，意外地在漢人家中喝到如此清香的綠茶。香味自喉嚨直下，整個脾胃都透開來了。

牧師問漢人如何稱呼，並讚美他的荷蘭話說得真好。

漢人豪邁地笑出聲來：「我來到福爾摩沙的時間，可和貴國來這裡一樣長，已有二十七年了。小弟的名字是……」他頓了頓，改用漢人的語言，「郭懷一。」

郭懷一說，他本籍是福建泉州的南安人，後來當了海員，先到日本，一六二四年由日本長崎來到福爾摩沙，本來住在北邊的笨港，在那裡住了十七年。一六四一年，荷蘭第六任長官杜拉第紐司率荷軍攻打原住民，打到笨港，遇到了郭懷一，發現他居然會說荷蘭語，就邀請他移居大員，並且好意指定鄰近赤崁的阿姆斯特丹區的一大片土地請他開墾。

郭懷一解釋，他搬到這兒之後，帶領一些漢人弟兄在此種胡麻，製造麻繩、麻袋、榨麻油，於是漢人稱這一帶為「油車行」。油車行往西就是台江內海沿岸，也有漢人在那兒曬鹽，所以叫「鹽行」。這一帶，有荷蘭東印度公司的田園贌放給漢人種甘蔗，荷蘭人稱為「阿姆斯特丹區」；也有一部分屬於「樸特曼區」，因以前的樸特曼長官而得名。漢人則稱此地區為洲子尾，包括油車行、鹽行等。這一帶聚集了許多漢人，而郭懷一是此地漢人的首領，也可以說是漢人村莊的村長。

「失敬，失敬，」亨布魯克更感驚奇了，「所以村長來福爾摩沙以前就已經會荷蘭話了！」

郭懷一面露謙虛之色，不好意思地揮揮手。「其實那時我的荷蘭話比現在差太多了，因為我之前曾經在顏思齊和『一官』的船隊當過水手，到過長崎、大員和馬尼拉。如同一些一官手下的水手，日本話、西班牙話都會說上幾句。」

他又說：「牧師大人，其實我曾是教徒，有個教名叫『Fayet』。杜拉第紐司長官要我移居大員，還有一個原因。我在日本時，和東印度公司駐平戶商館館長史必克[7]有些交情。」這麼一說，亨布魯克恍然大悟了。

亨布魯克知道「一官」鄭芝龍，也知道一些荷蘭人與「一官」之間的往事。杜拉第紐司和鄭芝龍不但認識，而且交鋒過。杜拉第紐司在一六二八年即來到大員，學會了漢人的語言。後來他派駐廈門時，領教了鄭芝龍手腕的厲害。荷人本來要和大明國直接貿易的期待，被鄭芝龍給破滅了。

也因為如此，一六三三年，荷蘭長官樸特曼率領艦隊，在料羅灣[8]和鄭芝龍的艦隊打了一仗，結果荷軍大敗，從此，荷蘭軍隊聽到「一官」的名號就先心寒。荷蘭東印度公司的艦隊面對葡萄牙、西班牙甚至英國都無所懼，但就是怕一官。

作為牧師，亨布魯克可以參與政務會議，因此他深深了解荷蘭長官們對鄭芝龍的忌憚。他想，難怪杜拉第

7 史必克（Jacques Specx）曾在日本住了將近二十年，後來出任荷蘭東印度總督。

8 位於金門，荷蘭人稱之為伊拉斯謨灣（Erasmus），伊拉斯謨（Desiderius Erasmus Roterodamus, 1466-1536）是荷蘭文藝復興時期人文主義者與神學家。

紐司名為邀請「Fayet」郭懷一遷來大員，實則強迫。否則，Fayet 留在笨港，哪一天鄭芝龍艦隊突然集結到笨港，自陸路進攻過來，荷蘭人根本無法保得住福爾摩沙。再加上史必克當完荷蘭平戶館長後，轉任巴達維亞總督，舉足輕重，杜拉第紐司當然更要掌握 Fayet 這條人脈，不能讓他跑了。

亨布魯克也大略知道，雖然鄭芝龍在一六四六年投降了韃靼人，但鄭家艦隊並沒有散掉，鄭家的海商生意也繼續進行。鄭芝龍的兒子鄭成功人稱「國姓爺」，仍然率領鄭芝龍的舊部對抗韃靼出身的大清皇帝。鄭成功也繼續壟斷各國與大明國之間對外貿易。韃靼人是內陸民族，碰到海洋完全沒輒，因此鄭成功的艦隊既是商船又是戰艦。鄭成功以商養軍，他的部下則是又商又軍，縱橫海上，各國商船莫不唯命是從，向鄭家繳稅。

而對瑪利婭姊妹們來說，這算是第一次走進漢人的房舍，她們對三合院式的架構及屋內的擺設充滿好奇心。這屋子十分寬敞，讓姊妹們羨慕不已，而屋內的桌椅、擺設、主人所捧出來的茶具，也讓她們大為讚賞，甚至羨慕起來。茶很香，點心也很可口。Fayet 說，這叫月餅，也就是月亮的節日時拜拜用的。中秋節是漢人的大節日，才剛過兩、三天。姊妹們更好奇的是，招待她們的客廳，同時也擺著神明的雕像。Fayet 說，那叫做「關帝爺」。而另一邊是祖先的牌位。瑪利婭想，漢人就在家中祈禱，不必上禮拜堂，真是方便。

亨布魯克牧師和 Fayet 似乎很有話談。Fayet 說，他知道來到福爾摩沙的荷蘭教士都心懷慈悲，奉獻他鄉，不論對福爾摩沙人或對漢人都很好、很公平，他非常佩服，也非常尊敬教士們。「如果是那些軍官或商務員，我才不讓他們進來喝茶呢！」談到教士，原來 Fayet 認得的教士還不少，包括甘治士及尤羅伯；杜拉第紐司遇到 Fayet 之時，尤羅伯正好隨行。甘治士和尤羅伯在福爾摩沙十多年，Fayet 對他們充滿敬意。他也知道倪但理，因為倪但理的轄區新港社離這裡甚近。Fayet 等於是福爾摩沙的漢人農民頭頭，耳聽八方。他對倪但理似乎也相當有好感。

說到尤羅伯，讓兩人的距離又拉近了一些。這時，五、六名漢人從客廳門口走過，先探了探頭，突然一副吃驚的樣子，趕緊避開。瑪利婭注意到這幾個漢人的前額頭髮很短，腦後的頭髮則幾乎一樣長，一看就知道是不久前才剪了辮子，想是剛自大明國來的偷渡客。這些人如果沒有繳人頭稅，依荷蘭人的法律一定重罰，而且捉到偷渡客的荷蘭人可以得到百分之三十稅額作為獎勵。

Fayet 突然正色說：「牧師大人，那我就向您發發牢騷吧。您們荷蘭牧師對我們是沒話說，但是，公司的其他人員對我們漢人真是太苛刻了！

「我們都說，荷蘭公司課稅名堂真多！人要人頭稅，耕作要贌稅，收成要什一稅。徵稅也就罷了，還要加稅！這兩年因戰亂逃難來此的漢人大增，這些難民一窮二白，哪有能力繳稅？於是公司就要抓逃稅。

「荷蘭士兵編成六人一組，追查無照新移民，還挨家挨戶進入民宅，粗暴搜索，有時揩油帶走貴重物品，有時騷擾良家婦女。而抓到無照漢人婦女就送到大員的『查某間』，供你們荷蘭人淫樂，這樣叫我們漢人怎麼活得下去！」Fayet 顯然氣頭來了，一開口就滔滔不絕。

「漢人逃到這裡可是冒著生命危險的。所謂『十去，六死，三留，一回頭』，橫越黑水溝的十個死六個，來到福爾摩沙的只有四個；四個之中有一個後悔回頭了，只有三個留下來，不過老實說，這三個也快活不下去了！比起我剛到赤崁的日子，那時荷蘭人對漢人算是不錯。當年我還說過荷蘭萬歲的，現在變成萬萬稅了！」

Fayet 的一席話說得全屋氣氛丕變。亨布魯克嘆了一口氣，Fayet 反而不好意思起來，作揖道：「對不起，老漢無禮，唐突了客人。又不是您們牧師大人的錯。」

牧師回禮：「很抱歉大家日子過得艱難，可能公司也有公司的難處吧，我這就去了解一下。」

亨布魯克一家重新上了牛車。離開 Fayet 的村子之後，不久，有一條小溪[9]，過了這條溪就看到不少漂亮

9 這是今台南永康與台南市交界的柴頭港溪。

莊園，聽說是屬於高階荷蘭人及富裕漢人所有。有一所「瑯嶠別館」特別寬敞秀麗，則是荷蘭長官的別墅[10]。過了別墅區後約一小時出頭，就進入赤崁。

赤崁的市集都集中在城門口的赤崁街，民宅則集中在兩條十字大街上。牛車沿著大街，很快到了渡口「大井頭」一帶[11]。

他們在此下車。全家搭上一條舢舨，橫渡台江內海。幾個船伕都是漢人打扮，但衣服已老舊，而且打了許多補釘。船伕划得賣力，約一小時就到了大員。春天的夕陽照著平靜海面，波光閃閃。岸邊一片綠油油，不像荷蘭海邊全是堤防。微風清拂，瑪利婭覺得無比愜意。

卻聽到亨布魯克長嘆一聲，以滿懷感慨的口氣告訴兒女們，台江內海讓荷蘭人很頭痛，說深不深，說淺不淺，大船容易擱淺，小船遇風容易翻覆。第一任福爾摩沙的荷蘭長官宋克[12]來島上不到一年，就因舢舨在大員港道翻覆而命喪異鄉。荷蘭人為他在熱蘭遮城的城邊立了紀念碑。顯然亨布魯克正在緬懷宋克的壯志未酬。

從船上望過去，紀念碑正仳鄰著熱蘭遮城腳下。上岸到了大員，大員的市街比去年更熱鬧了，房子也擴充了將近一倍多。「大明人來得可真多呢！」牧師喃喃自語。

---

10 當時這棟屋宇是荷蘭長官別墅，後來成為鄭經的「北園別館」，現為開元寺。
11 今台南市民權路近西門路一帶。
12 宋克（Martinus Sonck）的任期為一六二四到二五年，熱蘭遮城即由他開始興建，當時稱奧倫治城（Orange）。

第十三章
爭論

「哈，牧師、夫人、女孩們，你們來了。」福爾摩沙長官維堡張開雙手，給亨布魯克家每人一個擁抱。

長官家中已有三、四十個賓客到了，亨布魯克家的女孩們成了眾人矚目的焦點。女士們聚在一堆，互相品評妝扮、聊家常；有些年輕人聚成一堆，也有男士們來向亨布魯克家的女孩們搭訕。可是瑪利婭沒有興趣搭理他們，她寧可跟在父親身旁，聽大人們講一些與時勢有關的討論。

維堡身邊圍著一些公司的高階人員。四位福爾摩沙的牧師也都到齊了，包括負責蕭壠、新港、目加溜灣、大目降的倪但理，負責虎尾壠[1]和二林的哈巴特[2]，負責麻豆、大武壠、哆囉嘓及諸羅山的亨布魯克，以及在熱蘭遮城主持聖禮的柯來福[3]。十多人圍著一張大圓桌。瑪利婭拿了一大盤她最喜歡的「檨仔」，靠在父親身邊，聽「大人」們講話；這種水果歐洲人叫 Mango（芒果），但原住民稱之為「檨仔」，漢人也跟著這樣稱

1虎尾壠社位於今雲林虎尾、土庫、褒忠一帶。

2哈巴特（Gilbetus Happartius）來台時間為一六四九到五二年，短暫離台後，一六五三年再度前來，該年在台病歿。哈巴特曾以虎尾壠語編寫語典和基督教問答資料，成為珍貴文獻。

3柯來福（Johannes Cruyf）牧師於一六四九到六二年待在台灣。

呼。爸爸說，福爾摩沙人的樣仔是荷蘭人自麻六甲區域引進的，而來到福爾摩沙，竟然比原產地的更好吃，甜而不膩，果汁尤其美味。大家說，福爾摩沙真是寶地。

「長官先生，這一年由大明國來的漢人增加得可真多，」亨布魯克說，「現在福爾摩沙有多少漢人了？」

「牧師，你的觀察力可真不錯啊，」維堡大大地飲了一口烈酒，「依最新報告，去年一六四九年，向我們納稅的漢人約有一萬多人，加上未納稅的人口，總數約一萬五千人。而福爾摩沙人大概有七萬人。[4]大清國的韃靼人進入福爾摩沙對岸的福建地區之後，有些大明國漢人不願接受韃靼人的統治，寧可渡海來這裡做工。」

倪但理接著說：「漢人大量來到這裡，對福爾摩沙人的生活有些不利的影響。漢人獵鹿的技術比福爾摩沙人好太多，原住民用繩索、用標槍，一次獵一隻；漢人用陷阱、用捕獸機，一獵至少幾十隻。前幾年，因為濫獵的關係，鹿群數目大減，讓福爾摩沙人非常不滿。好不容易前長官范德堡[5]出面限制，鹿群的數目才又慢慢恢復。最近因為贌社[6]的制度，漢人商人大量進入福爾摩沙人區域，雖然對原住民的生活有些改善，但漢人做生意不太老實，又常誘拐原住民的年輕女性，甚至繼承福爾摩沙人的土地，這對原住民不好。」

「是啊，」評議會議長揆一在旁幫腔，「也許我們對漢人移民的數目應該有個限制。」

「哪裡的話，」維堡不以為然地說，「漢人對於改善原住民生活的貢獻遠大於困擾。我們的公司田園[7]，都是靠漢人的耕種才有收成。有了漢人，蔗糖已經成了福爾摩沙島的名產了，稻米的增產更不用說。還有像玉蜀黍、甘薯等[8]，都因漢人大量栽種，拿去和原住民交換物品，所以原住民也有新食物可以享用。

「再說，漢人來福爾摩沙，男女的比例是二十比一[9]，他們要找老婆，當然找福爾摩沙人的女性啦。我們荷蘭人不是也有這種現象嗎？也有一些歐洲人娶了福爾摩沙女人，還生了小孩？何苦苛責漢人。」

維堡說得意猶未盡：「再說，其實我們對福爾摩沙人比對漢人移民好多了。我們尊重福爾摩沙人是這塊土地的主人，沒有徵什一稅，但對漢人勞工課徵好幾種稅，個人有人頭稅，買賣東西有贌稅，抓魚有稅，貿易進出口也有稅，可是漢人就能過得好好的，許多人的生活比福爾摩沙人還富裕。也因為如此，才會有些福爾摩沙人婦女願意嫁給漢人。這是市場機制。」

維堡還自認幽默地補了一句：「漢人是福爾摩沙島上唯一提供蜂蜜的蜜蜂。各位先生女士，沒有他們，尊貴的公司是無法在此生存的。」

哈伯特牧師不服氣地說：「可是漢人是異教徒，有他們自己的文化習俗。福爾摩沙人比較單純，而且福爾摩沙人肯信基督。」

維堡說：「牧師，公司派我來到福爾摩沙，我就得把整個地方治理好，不是只有讓福爾摩沙人過得好就夠了。沒錯，他們是這個島的主人，但漢人移民來福爾摩沙開墾也是很辛苦的。他們文化高，樣樣超越福爾摩沙人，我為了拉平這個距離，對漢人的課稅已經夠多了，如果要限制移民人數，對公司的發展會有嚴重影響。」

聽到這裡，上級商務員兼檢察官史諾克（Dirck Snoeck）忍不住插嘴：「漢人與福爾摩沙人的糾紛，大部

4依據當時文獻記載，一六四九年納稅的漢人共有一一三三九人。而平埔族人共有三百一十五個村社歸順，總人數為六八六七五人。

5范德堡（Johan van der Burg）繼樸特曼後接任台灣長官，為第五任，任期為一六三六到四〇年。

6荷蘭人不會對原住民課稅，而是將某個範圍的原住民部落包租給漢人，由經營管理的漢人繳交稅額給荷蘭人。這種承包制度稱為「贌社」。

7漢人稱之為「王田」，其實是漢人不懂荷蘭公司的制度才這樣稱呼，因為當時荷蘭人為脫離西班牙統治而革命，自己國內並無「王」，而是採行聯省議會制度（這是美國聯邦制的來源）。（中研院台史所翁佳音教授提供）

8荷蘭人引進的農作物和水果，重要者包括蓮霧、芒果、銀合歡、番石榴、釋迦、番茄、辣椒、茶樹、茉莉花等。可參考《福爾摩沙植物記》，潘富俊著，遠流出版。

9根據江樹生教授所著之論文〈荷據時期台灣的漢人人口變遷〉（刊於《媽祖信仰國際學術研討會論文集》），據荷蘭史料記載，最早有漢人婦女來台是一六四六年，有兩位，到隔年九月有十七位；這一年繳納人頭稅的漢人估計約一萬人，另有三到四千人潛居島內沒有繳納人頭稅。到一六四八年，福建因戰亂，很多人攜眷來台，婦女估計有五百人，男女比例迅速增高，但還是遠不及十比一。

分是福爾摩沙人立約時太疏忽、太草率，不求甚解所致。因此，漢人勝訴的比例要高出許多。久而久之，福爾摩沙人產生被漢人欺壓的感覺，其實這不能怪漢人。」

亨布魯克想起半路上 Fayet 的一席話。但他不是行政官員，也不喜歡管行政業務，於是含蓄發言：「福爾摩沙人抱怨漢人侵占他們的土地與女人，漢人抱怨荷蘭人萬萬稅，不但抓逃稅，還廉價剝削勞力。荷蘭人沒有漢人不行，可是漢人愈來愈多，荷蘭人又愛又怕。」說完，有些人反而笑了起來。

維堡有些不高興，正色說：「我已經很偏向福爾摩沙人了，他們只要繳納一些田野物品就可以權充稅收，而漢人要用金錢繳稅。最近，絲、瓷等轉口貿易因大明國的戰事而大幅減少，公司的經營已經捉襟見肘了，難道你們還要我減少向漢人收稅嗎？」

揆一再度出聲：「請長官先生允許，自稻米的什一稅、承包貨品的贌社稅等收入，每年抽出百分之二十，資助福爾摩沙人從事農業種植吧！」

倪但理、亨布魯克聽了都點頭同意。維堡還來不及答話，史諾克卻出言反對：「我們現在的稅收已經超過轉口貿易的收入很多了，如果要抽出一些，每年回報公司的純利會受到影響。不要說百分之二十，連百分之二都嫌太多。」

史諾克才說完，倪但理的眉頭馬上一皺。倪但理早就風聞史諾克在判決時手腳不太乾淨。漢人懂得逢迎拍馬，而福爾摩沙人不懂這一套，只會直來直往、大聲力爭。再說，漢人的荷蘭文造詣通常比福爾摩沙人好一些，也知道如何賄賂，結果常出現送錢就能勝訴的情形，而依照規定，敗訴之後的罰金或財物，檢察官依法可以分到一些。史諾克的判決早有很不好的風評，有時候連一些荷蘭同僚都看不過去。倪但理早就有些不齒此人，此時更是火冒三丈，於是冷冷地說：「聽說閣下是有錢判贏、無錢判輸吧！」

史諾克聞言大怒，拍了桌子站起來：「牧師先生，我也聽說你在你們轄區擅發執照給漢人，這應該是行政官的業務吧！」史諾克此話一出，連亨布魯克都忍不住了：「這本來就是公司派給教會的職權之一，其實我們才不想干涉這些俗務，純粹是公司人手不足，我們才勉為其難接受！」

這時，瑪利婭看到一位中年漢人悄悄走了過來，顯然很關心這些談話。他長得甚為端正，衣著竟也是荷蘭式裝扮，戴著寬帽子，整體而言非常體面。

維堡趕緊出來打圓場：「好了好了，不談這些了，我了解這是公司的矛盾！我承諾撥出一些稅收給福爾摩沙人。不然折衷一下吧，每年撥出百分之十的人頭稅及贌稅，協助福爾摩沙人發展農業。」

說完，他望著倪但理。「你這次預支一大筆錢，為福爾摩沙人進口水牛及農具，提升他們的農耕技術，用心良苦，我也知道，但是……」維堡也許是酒喝多了，臉愈來愈紅，聲音也愈來愈大，「但是，教會廢除原本淺顯的地方語言教材，改以荷文傳授高深的教義，讓福爾摩沙人有如鸚鵡說話，牙牙學語，只知道一些字面意義，並不能深入了解真正意義，也不能和他們的生活結合。斌官，你說是不是？」維堡突然轉向那位衣著體面的漢人，手往桌上重重一拍。

瑪利婭心想，原來他就是何斌。聽說何斌講得一口流利荷文，很得荷蘭人的信任。他除了是做生意的漢人頭家，也是荷蘭公司的通事，等於是官商兩棲，大家都尊稱他「斌官」，而不是「斌哥」。

聽了維堡的話，何斌尷尬苦笑。倪但理滿臉通紅。哈巴特則把手上的杯子放了下來，欲言又止。亨布魯克也覺得很不是滋味。

這類語言改革，確實很難短期就看出成績。雖然新港社有些原住民已經取荷蘭名、穿荷蘭服，但是像麻豆社、大目降社等原住民則有些排斥。其實倪但理不是那麼沒有彈性。他確實尊崇正統教義，改寫了尤羅伯過度簡化的教義問答，但並未堅持以荷文授課。倪但理本身以「語言天才」著稱，他和亨布魯克合作，正嘗試以羅馬拼音化的西拉雅語完整譯出「馬太福音」和「約翰福音」，作為教材。

但牧師們的想法是，以前荷蘭東印度公司的收入主要靠生絲、瓷器和鹿皮等物的轉口貿易，但這部分的價值愈來愈低了，現在的收入有很大部分依靠各種稅收。未來如果要好好經營這塊土地，就得殖民地化，所以島上的人民和母國荷蘭不應語言不通，也不應只有傳教而已。

長官們任職四、五年就調走了，注重的是短期商業利益；教士們一待則是五年十年，考量的是長年教化。牧師們認為，尤羅伯將地方語言拉丁化、使用簡化的教義譯本，那樣的過渡階段已經過去了，長久而言必須使用荷蘭文。牧師們自認是奉獻，而行政人員是謀利，彼此高度不同，所以和行政官員談這些有如雞同鴨講。

空氣愈來愈凝重。倪但理不再說話，滿臉怒氣地站了起來，走出房間。哈伯特也跟著出去。議長揆一臭著臉。他是比較傾向牧師這一邊的，因此和維堡常有口角。長官與議長之間並不融洽，這是眾所皆知的事。

比較溫和的亨布魯克欲言又止。他覺得有漢人在，說話就不方便了。瑪利婭第一次了解到，原來荷蘭人在福爾摩沙有這麼多不同的觀點、不同的政策。她一時也不知道誰對誰錯，只能說她接觸到的都是福爾摩沙人，自然比較喜歡福爾摩沙人，也同情福爾摩沙人。

事實上，長官每年三月召開地方會議，授籐杖給福爾摩沙各部族的頭人。但原住民太封閉了，長官和漢人頭家們的相處與互動密切得多。像何斌能參加這樣的晚宴，就表示長官重視漢人甚於福爾摩沙人。

一場原本歡樂的聚會，竟然搞到大家有些不愉快。在評議會前夕發生這樣的衝突，眾人始料未及。

回到臥房，瑪利婭把她的想法告訴父親，牧師以嘉許的眼神看了看女兒，又補充說：「其實，長官的政策也不是對所有漢人都有利，應該說，只對漢人的有錢階級有好處。像何斌那些漢人頭家，或者有能力包贌稅的有錢漢人，從中賺了許多錢。漢人的頭頭和福爾摩沙人的頭人不同，福爾摩沙人的頭人會把所有利益與族人平均分配，漢人頭家則和公司站在同一陣線，他們的財富大多來自對漢人移民的壓榨，不會和其他漢人平分的。於是富者愈富、貧者愈貧。我們荷蘭的重商主義以及自由貿易的想法，確實會造成這樣的缺憾。」

牧師想起早先與 Fayet 的一席談話，十分感嘆。「妳看我們今天來的渡船上，那些漢人船伕看起來就很可憐。還有 Fayet 家裡那些躲躲閃閃的偷渡客及苦力。漢人有很強的家族觀念，但沒什麼整體觀念，至少有錢的漢人商人是如此。所以他們和公司頭頭站在同一陣線，把錢擺第一，看短不看長，彼此自然結合在一起。

「像何斌，他很有錢，但是他不會把錢分給 Fayet 和那些農民。所以說起來，漢人商人為了利益和公司站在一起，傳教士們為了傳教和福爾摩沙人站在一起，最可憐的是那些漢人農民吧，沒有人和他們站在一起。今天我也許應該建議長官為漢人農民減稅，另一方面考慮增加對漢人商人的稅收。但我相信維堡不會接受，因為他得靠那些漢人大商人為公司穿針引線，做轉口貿易。」

牧師有感而發地說：「唉，漢人農民固然窮，但可不是無知。例如 Fayet，他們只是時運不濟。他們有文化、有想法、有邏輯、有自尊。這樣下去，會出亂子的。」

媽媽安娜也在旁聽著，忍不住插進來說：「聽說不久前，一群因飢餓而造反的農民攻入大明京城，漢人的大明皇帝就是這樣被逼自殺的，所以韃靼人才能乘虛入侵大明。」

亭布魯克長嘆一聲：「如果不是從事貿易所必需，公司過去並不熱中於在海外占領土地。西班牙人、葡萄牙人把貿易力量當做軍力來施展，荷蘭人應該不一樣，保持自由商人的身分四處遊走，這是荷蘭的立國精神與宗教觀。否則我們與過去幾十年來所反抗的西班牙人有什麼不一樣？」

對宣教抱持著理想性的牧師繼續說：「我們荷蘭人奮鬥多年，好不容易達成獨立建國的目標，不能己所不欲而施於人。我們來這裡傳教，是希望福爾摩沙人接受我們的教義，提升他們的文化，所以尤羅伯與甘治士用拉丁文字拼出他們的語言，讓他們將來有能力自治。這也是我來此的初衷。」

「可是，這幾年來，情勢似乎慢慢有所改變，」亨布魯克對當前的局勢十分憂心，「老實說，在原住民學校用荷蘭語教學，我也擔心長久以往，福爾摩沙人的語言，像西拉雅語，會有慢慢消失的可能。但種種趨勢看來，似乎不得不愈來愈殖民地化了。我也不願意看到這樣，但形勢比人強，傷腦筋！」

牧師夫人打了一個呵欠。「晚了，睡覺吧，明天還要早起呢。晚安，瑪利婭。」

這個客房的窗戶面對著海岸。明月當空，浪花拍岸，一陣陣的波濤聲有節奏地傳來，瑪利婭又想起楊恩。此時，台夫特應是下午，楊恩在做些什麼呢？

瑪利婭想，福爾摩沙的世界又單純又複雜，真是身在荷蘭的楊恩所無法想像的。

第十四章
惡鬥

這一趟熱蘭遮城之旅回來，亨布魯克家每個人有不同的感受。

牧師本人憂心忡忡，他擔心倪但理和長官維堡的衝突，會擴大成教會與行政系統之間壁壘分明的對抗。亨布魯克很佩服倪但理的正直，也佩服他對福爾摩沙人無私的貢獻精神，他為西拉雅人翻譯了聖經的方言版，亨布魯克非常讚賞。而亨布魯克本人更大的願望是在麻豆社創立一所神學校。他雖然會站在倪但理這一邊，但也不願和維堡鬧僵，他能體會行政系統和宗教系統自然會有一些立場之差別。亨布魯克心想，他和維堡還有同鄉之誼，也許可以做個調人。

瑪利婭的感想在於，此行讓她進一步了解漢人的生活與想法。漢人商人和農民差異之大，是她原先無法想像的。

像何斌，不但長得體面，衣著更是好看，而且講得一口流利荷文。聽維堡說，「斌官」能力很好，很得荷蘭人的信任。他父親何金定早就在大員經商，非常成功。何家本身有船隊，與唐山、廣南、呂宋、暹羅、馬來及南洋各地皆有生意來往，歷任荷蘭長官都很倚重何家，常與他們商量對漢人的政策。三年前何金定過世，何斌既繼承了父親的事業，也繼承了父親在東印度公司的地位及荷蘭人的信任。何家的事業規模早已遠遠超過來東方淘金的荷蘭人。

而像 Fayet，雖然是農民，但他表現出來的氣度和學識不遜荷蘭人。在 Fayet 的村莊中，亨布魯克一家看到了漢人農民的文化水準，也看到了他們的團結一致，不像福爾摩沙人的部落各自為政。

如果有一天，大明來的移民人數比福爾摩沙人多，這個島的最大勢力會是漢人，連荷蘭人都岌岌可危。像何斌這樣的商人頭家和 Fayet 這樣的農民領導如果決定合作，瑪利婭和亨布魯克都有同感，除非荷蘭人能保證得到福爾摩沙人的絕對支持，否則以此地的一千多名荷蘭人，儘管有超強的火力，也難保可以控制全局。

亨布魯克過去聽說馬尼拉的西班牙總督幾次大規模屠殺大明人，心中充滿反感。現在他能體會為什麼發生那樣的事了。「上帝啊，請幫助我們，那樣的事不要在福爾摩沙發生。」

除卻令人煩心的社會情勢，瑪利婭此行還是有不小收穫。維堡得意揚揚，請來賓欣賞他收集的漢人藝術品，包括畫作、玉器、瓷器，還有雕刻。瑪利婭在台夫特時就知道，大明的瓷器水準很高，「台夫特藍」是仿照大明的青花瓷做的，但看到漢人的畫作時，瑪利婭更是不由得睜大了眼睛，她從來沒有看過那麼奇妙的畫法。維堡說，漢人不用油彩，也不用水彩，他們的畫像寫字一般，同樣的筆，同樣的墨。而簡單的筆墨，就可以畫出極具韻味的風景或寫意。

在日本長崎出島當過荷蘭商館館長的揆一也說，東方的藝術有西方藝術家意想不到的境界，而日本畫之美，與漢人的畫又有些不同。

瑪利婭想，真希望能把這種東方的畫法和意境告訴楊恩，請他轉告法布里修斯。可惜她還無緣接觸到東方音樂，否則一定會有一些心得。瑪利婭開始對東方人的藝術好奇起來了。

就在瑪利婭沉醉於東方藝術、亨布魯克憂心未來荷蘭人的處境之際，福爾摩沙島上的荷蘭東印度公司正陷入空前未有的惡鬥。大員的荷蘭管理階層分裂成兩派。

這件事一開始，本來是高級商務員兼檢察長史諾克與牧師倪但理之間的衝突。倪但理認為史諾克為官不正，在一次聖餐禮中拒絕授予聖餐，搞得史諾克下不了台，於是反控倪但理侮辱，並要求賠償。而長官維堡和史諾克本是一丘之貉，於是對倪但理提出反擊。

維堡發了一道命令，指責倪但理未知會長官，擅發稅單給漢人，並蓋自己的章。這份譴責文告甚至翻譯成漢人文字及西拉雅文，在耶穌升天日禮拜式時張貼於蕭壠的禮拜堂，不但對倪但理處以罰款，而且將他從蕭壠召回大員，還遭限制活動，形同軟禁。

倪但理哪裡嚥得下這口氣，於是聯合哈巴特，直接寫信給巴達維亞總督。倪但理為人正直，急公好義，體恤教徒，很受福爾摩沙人的愛戴，不料不容於維堡，被冠了個莫須有的罪名，因此哈巴特牧師挺身而出。

議長揆一本來就不贊成維堡對福爾摩沙人和漢人稅捐太苛，選擇站在牧師這一邊，結果意外捲入風波。

維堡的政策是利益掛帥，以自己的業績為傲。在商言商，也沒什麼錯。他是個能幹的酷吏，在政策上極盡剝削之能事。這裡的漢人常常罵他一頭牛剝三層皮，人要人頭稅，發包要贌稅，商品要什一稅。他能言善道，再加上手腳不太乾淨，在海外累積驚人的財富，又不避嫌，公開炫耀，引人反感[1]。

1 一六七五年，維堡離開巴達維亞返國時，帶回三十五萬荷盾的私人財產。當時公司高級人員的月薪大約五十荷盾，外科醫生約二十荷盾，學校老師約一、二十荷盾，一般工人約十盾左右。如果十荷盾相當於現在二萬五千元，則三十五萬荷盾約等於八億多台幣，可見財產之驚人。有關幣值資料參見《福爾摩沙如何變成臺灣府》，歐陽泰（Tonio Andrade）著，鄭維中譯，遠流出版。

倪但理和亨布魯克希望他對福爾摩沙人手下留情，維堡才做了減少納貢（繳交實物）之舉。牧師們的理念得到議長揆一的支持，甚至希望對漢人農民也減稅，因此維堡把揆一看成牧師背後的影武者，兩人搞得勢如水火。後來揆一也被安上「私自貿易」的罪名。對外而言，看起來變成福爾摩沙長官與議長的鬥爭了。

維堡是個驕傲易怒的人，說起話來語不驚人死不休，竟然公開宣稱他與揆一勢不兩立，這個島上只能容下其中一人。後來，倪但理在一六五一年六月越過維堡，直接上訴巴達維亞法庭。維堡更加火大，於是雙方的鴻溝無法彌補，大家的感情都受到傷害，竟然導致有將近一年的時間沒有舉辦聖餐禮，福爾摩沙評議會、司法評議會和宗教會議也都無法召開。

還好亨布魯克家族住在麻豆，遠離暴風圈。亨布魯克自我要求嚴格，不喜歡與人衝突，也不想介入紛爭。

「愛已枯萎成石頭。」有一次，瑪利婭聽到父親如此嘆息。

瑪利婭則不願去管這些，那是大員的事。在麻豆社這裡，瑪利婭覺得一切都漸入佳境。更讓瑪利婭高興的是，楊恩寫信告訴她，希望一六五二年夏天可以啟程來福爾摩沙。如果順利，一六五三年夏天，兩人就可以見面了。

第十五章
烏嘴鬚

瑪利婭這幾天心情好極了，整天哼著楊恩為她作曲及作詞的那首〈遙遠的福爾摩沙〉。瑪利婭來到福爾摩沙後，不到一個月，就開始收到楊恩的來信。楊恩除了寄來所譜的曲子，還把歌詞「那遙遠的福爾摩沙」改為「我的愛人在福爾摩沙」。

自台夫特寄信到福爾摩沙常需十二個月以上，所以瑪利婭讀的信其實是楊恩一年前寫的，他每個月都會寄一封信給瑪利婭。郵資不便宜，瑪利婭只能每兩個月寄回一封信給楊恩，有時甚至前信比後信慢到。雖然很不方便，然而在海外的荷蘭人都已經習慣這樣的通信方式。

楊恩的上一封信是一六五〇年十月寫的，他在信裡告訴瑪利婭，最近積蓄大有增加，打算一六五二年自荷蘭出發，希望一六五三年夏天可以抵達福爾摩沙。他目前正考慮轉行，不想再從事音樂工作了。他想留在福爾摩沙，希望找到一個下級商務員的工作，所以必須先學一些數學和記帳。

瑪利婭覺得楊恩放棄他的音樂才華似乎有些可惜，但音樂來到福爾摩沙不能當飯吃。如果他能來福爾摩沙另闢天地，而且兩個人可以在一起的話，倒不失為一件好事。瑪利婭的姊妹們也分享著她的喜悅。

心情好的人不只有瑪利婭。上次一家人前往熱蘭遮城時，在城內教會的聚會中，姊姊海倫認識了前任長官卡隆[1]的兒子小卡隆[2]。小卡隆在大員當助理牧師，他顯然對海倫有好感，後來常常到麻豆社來看海倫。

老卡隆是出生在布魯塞爾的法國人，十七歲就加入荷蘭東印度公司來東方闖天下。荷蘭東印度公司的雇員有不少來自德國（特別是外科醫生）、北歐（水手），也有英國、法國等。法國人善於料理，老卡隆更是其中翹楚。

他自船上的廚師做起，一六一九年到日本長崎的荷蘭商館擔任廚師。卡隆有語言天賦，在日本超過二十年，還娶了日本太太，生了六個兒女。因為卡隆的日語太好了，荷蘭平戶商館的長官就要他離開廚房工作，擔任翻譯。

一六二七年，努易茲來福爾摩沙就任長官，為了東印度公司在大員向日商課稅事宜，需要一位日本語人才。卡隆除了日文說得好，也長於經營人際關係，於是被努易茲看上，請公司把卡隆調到大員。於是卡隆開始與福爾摩沙結緣。

後來努易茲被濱田彌兵衛送到日本請罪坐牢，卡隆在中間折衝，努易茲得以獲得釋放，卡隆居功厥偉，於是升任平戶館長。一個異國廚師靠著才華與能力，成為一方之雄，這是當時歐洲人的夢，也表示荷蘭東印度公司用人唯才。

一六三九年，日本幕府決定執行鎖國政策，禁止葡萄牙、西班牙和其他國家船隻赴日，只容許大明與荷蘭船隻仍可通商往來。卡隆在其中扮演著關鍵性的角色，讓荷蘭完全取代了葡萄牙，獨占歐洲對日貿易。卡隆為荷蘭立了大功。

卡隆深切了解日本人，送禮更是有一套。一六四〇年，他送了兩樣禮物給時任幕府將軍的德川家光，一是望遠鏡，家光非常喜愛，以後隨身攜帶；另一是燈籠，後來家光將之供奉在日光東照宮。

一六四一年，他因為日本的新規定「館長任期不得超過一年」，離開第二家鄉日本，衣錦榮歸歐陸。一六四三年，卡隆復出，到巴達維亞出任議會議員。一般認為他的資歷與功績足以擔任巴城總督，但也許是法國血統讓他抱憾，但後來總算請他擔任大員長官，補償一下。

荷蘭為了鼓勵人才繼留海外，規定異國人士和東方人所生的混血子女不得長居荷蘭，但可以回國受教育。於是卡隆回到荷蘭的那幾年，小卡隆兄弟也回荷蘭受教育。一六四四年，卡隆擔任福爾摩沙長官，小卡隆也來到大員擔任助理牧師。一六四六年卡隆因病離開福爾摩沙，小卡隆依然留了下來。

一六四四年，卡隆與康斯坦汀・博登[3]結婚。隔年六月，康斯坦汀之妹蘇珊娜又和議長揆一結婚，因此卡隆與揆一的關係很密切。揆一向來很敬重倪但理與亨布魯克等，因此也鼓勵小卡隆和亨布魯克家的小姐交往。

這天，小卡隆帶著揆一與前妻所生的十一歲兒子馬克西米連，來到麻豆社找海倫。他們偕同瑪利婭及烏瑪等女孩，沿著小溪漫步。

雖然已是十二月底，耶誕節快到了，過了年就是一六五二年，但麻豆社依然一片碧綠。這裡位在亞熱帶，即使是冬季，植物並不太落葉，只有一些草本植物要等來春才發芽，比起荷蘭冬天的蕭瑟，真是大大不同。不過雖然冬天不下雪，但因溼度高，有時也寒冷徹骨。

一行人來到「烏嘴鬚」宋哥墾殖出來的田地。

宋哥在此已經住了二十多年，娶了一位麻豆社的原住民女子，生了六個兒女，一家子都已經漢人作風。

烏瑪聽族裡人說，約三十年前，烏嘴鬚每逢寒冬就由唐山來到魍港捕烏魚、賣烏魚子。每次停留兩個月，

1 卡隆（François Caron, 1600-1673）是法國人，曾任第八任台灣長官（任期為一六四四到四六年）。

2 小卡隆（Daniel Caron）名為丹尼爾，是卡隆的長男，一六四三年於萊登大學讀神學，希望到父親曾任職的台灣傳道。曾擔任蕭壠神學校的副校長。

3 這時的卡隆為四十歲，他在荷蘭的萊登愛上十八歲的海牙名媛康斯坦汀・博登（Constantia Boudaen）。

等烏魚漁汛過了之後，再回去唐山。等待漁汛期間，他就找塊地種些花生、番薯等耐寒的作物，竟種出心得來，覺得這島上農作成果優於唐山。後來有一年，宋哥決定不回唐山了，自魍港往南到麻豆社，找了塊土地專心開墾，定居下來。冬天農閒之時，仍然加入捕烏魚的行列。宋哥來往福爾摩沙多年，竟然學了不少荷蘭話，也學會了原住民話。麻豆社人很信任他。

烏瑪想起一六三五年荷蘭人征服麻豆社時，烏嘴鬚擔任翻譯，一晃已經十六年，心中好是感慨。過去麻豆社百年如一日，但荷蘭人和漢人陸續來此之後，產生了快速的變化。

烏嘴鬚的幾個兒女和老婆都在自家園裡耕作。老宋哥家的兒女們和麻豆社的年輕人也混得很熟，看到烏瑪等人很高興，就跑了過來和大家打招呼。

大家互相介紹之後，烏嘴鬚的兒子阿興得知小卡隆和小揆一的身分，一臉驚喜，說道：「哇，我們好感謝卡隆長官呢！他當年為福爾摩沙引進好多植物，我爹可都有栽種呢。」阿興就像個導遊一般，帶領小卡隆一群人參觀宋哥一家人所栽種的莊園。

「諸位大人請看，這是長官引進來的豆子，我們稱為荷蘭豆，我們一家都很喜歡吃。麻豆社的人也很喜歡，我們漢人每年都用荷蘭豆去和麻豆社人換了不少物品。」說著，瞄了烏瑪一眼。

烏瑪心想：「你可只是半個漢人而已，有一半是麻豆社人。」但她沒有說出口。

接著，阿興指著旁邊一片田地，爬著一堆闊葉。「這個植物才棒呢，不但葉子可以吃，根部更是又大又美味，長得又快。老爹說，連對岸的福建那邊也有不少人開始種，」阿興突然笑了起來，「失禮，失禮，聽說唐山那邊的漢人稱這個叫『番薯』。烏瑪，這個『番』字不是指你們，而是指這些歐洲人。」

小卡隆和烏瑪等人知道，漢人自恃是文化大國，只要不是漢人或漢人產品，都冠上一個「番」字。他們對歐洲人則是眼前敬畏三分，私下卻譏荷蘭人為「紅毛」，葡萄牙人和西班牙人為「黑狗」。小卡隆早已習慣，倒也不以為忤，何況自己有二分之一的日本人血統。

倒是瑪利婭姊妹等，心裡仍會不太舒服，但她們在大員見過長官家的漢人藝術品收藏，了解漢人的文化深度，也就忍了下來。還好福爾摩沙人不會稱他們為「紅毛」。

小卡隆這時又指著幾株小草本植物說：「哇，你們也種辣椒啊。這也是我爸爸引進來的，他喜歡烹飪，這可是他的最愛。」阿興說：「失禮了。這個東西，漢人也加上『番仔』，叫『番仔椒』。」又引來一陣笑聲。

老宋哥由他的福爾摩沙老婆陪著，自屋內慢慢走出，一手撐著拐杖，手上還捧出一些菱角：「諸位大人們，請用請用。」菱角是麻豆社的名產。

大家吃了菱角，正要告辭，老宋哥突然似有所感，執起烏瑪的手。「諸位大人，請聽我一些心裡的話。」他一字一字緩慢而清晰說道：「我老宋一個羅漢腳，當年兩隻腳夾一個卵葩，身無分文，自唐山來到福爾摩沙，一晃近三十年。

「今天老妻在側，兒女成群，莊園茂盛，衣食無缺，實在心滿意足。要感謝烏瑪你們麻豆社人，讓我在此有容身之地，耕作捕魚，還讓我娶了你們族裡的女人，請受老漢一拜。」說完深深鞠躬。烏瑪也趕忙答禮。

「老漢雖然身在麻豆，但和大員的漢人圈子往來仍密切。最近唐山方面因為韃靼人南下，我們大明國漢人的土地幾已全部淪陷。這幾年唐山那邊的父老兄弟有不少離開家鄉，拋妻別子逃來大員，希望能在福爾摩沙安身立命。他們可不像我這麼幸運，已有今天的規模。他們都是羅漢腳，像我三十年前一樣，一無所有。」這一席話，老宋哥說得感慨。

「我很感謝荷蘭長官們，把法律和秩序帶到這個島。而且荷蘭人犯法也依法處理。在這個島上，每一任荷蘭長官我都經歷過，每個人作風不太一樣，有的像卡隆長官，對福爾摩沙人和漢人都很不錯；揆一議長也很替我們設想，本島漢人都給了很高的評價。小卡隆先生和小揆一先生，請受老漢一拜。」

烏嘴鬚分別向兩人深深作揖，起身又說：「可是，請各位恕罪，讓我直說。漢人的圈子中，大家對現任的維堡長官頗有怨言。最近糖價波動很厲害，漢人的生活愈來愈不容易，但是維堡長官立了許多名目課稅，而且為了抓逃漏稅，讓漢人大受叨擾。漢人移民所求的，溫飽安定而已。這個島有今天的局面，三個族群的人都有功勞。目前三個族群的人也都相處得很好，這要歸功於荷蘭人的管理方式很溫和，也算公平。我很珍惜這樣三個族群的長期和平，希望可以一直這樣下去。老漢老了，這些話語重心長，不吐不快，請諸位大人包涵。」說完，又起身拜了三拜。

出了烏嘴鬚宋哥家，小卡隆低頭若有所思，沉默了一陣，然後問瑪利婭姊妹：「其實漢人並非都像烏嘴鬚說的那麼可憐，有些漢人比荷蘭人要闊氣多多。妳們知道『斌官』這個漢人頭家嗎？」瑪利婭回答說，她去年在大員時見過。

小卡隆說：「最近特使返回巴達維亞之前，最盛大的歡送會，就是由何斌率領茂哥等四位漢人頭家出面邀請的。半個月前，他們在一位叫池浴泰的頭家的豪宅，開了非常盛大的宴會，幾乎所有的荷蘭參政員及漢人頭家全到了。自中午開始，美食美酒供應不絕，還有漢人歌劇及布袋戲接連不斷，大家一直狂歡到深夜。」

小卡隆頓了一下，又說：「何斌這些漢人頭家都非常有錢。例如這位池浴泰，屬於廈門池家，他們在『一官』鄭芝龍被韃靼人帶到北京之後，掌握著廈門和大員之間的通商事宜。安海和廈門現在仍然是一官的兒子國姓爺所據有，國姓爺忙著對韃靼人作戰，廈門方面的商業事務就交給池家。池家的池浴德、池浴雲在廈門，池浴泰在大員，各有所司。漢人真是會做生意，他們沒有政府做後盾，卻靈活精明，我們歐洲人不一定比得上。可是那些漢人苦力卻又窮得不得了。」

說到這裡，小卡隆又停下來，指著一棵小樹說：「咦，這一棵好像是蓮霧吧？但是要等到長大開花結果，我才能確定。這也是我父親自海外引進來的。」

海倫說：「丹尼爾，你怎麼認得這麼多植物？」

小卡隆說：「爸爸自我小時候就教我認識許多食用植物，而我們在荷蘭除了接受神學教育，也受了一些生物學訓練及繪畫訓練，以辨識東方的新種生物，或者可以畫下來。」

小卡隆一頓，轉頭向烏瑪說：「漢人既懂得做生意，又懂得種植，也勤勞。為什麼漢人種田本領那麼好，福爾摩沙人怎麼不學學？」

烏瑪一時語塞，不知如何回答，幸虧瑪利婭出來解圍：「漢人不愧是有幾千年農耕經驗的民族，種什麼活什麼。你看他們種的甘蔗、稻米。而且何止是農業，他們種桑、養蠶，織出來的絲絹，整個歐洲又有哪裡比得上！」

海倫也說：「瑪利婭就是崇拜漢人，可是他們穿得邋遢，還有些髒兮兮的。」小卡隆倒是先回應了：「不見得，那些有錢漢人頭家的住宅可真豪華，我剛才也說過，像斌官、茂哥、池家等。他們家的擺設裝飾，歐洲人沒有幾個比得上的。」

一行人走著走著，發現漢人的屋子還真不少。烏瑪說：「麻豆社本來就有不少漢人，而且幾乎都娶了麻豆社女子為妻。麻豆社是母系社會，所以有些漢人繼承了麻豆社人的土地與財產。」

小卡隆轉頭問烏瑪：「如果漢人要娶妳，妳要不要？」

烏瑪說：「亂來，我都有牽手了。」

小卡隆說：「烏瑪，我說真的，如果來麻豆社耕種的漢人數目增加到你們麻豆社人的十分之一，他們生孩子又多又快，開發土地也勤勞，不到三十年，麻豆社的女人和土地就大半歸漢人所有了，你們福爾摩沙人可要有警覺。對不起，我可不可以好奇問一句，為什麼福爾摩沙人小孩子生得那麼少，人口增加那麼慢？譬如妳，妳和直加弄不是在一起好幾年了嗎？為什麼到現在還沒有小孩？」

這句話正問到烏瑪的痛處。烏瑪閃過一絲苦笑，默默無語。

瑪利婭知道她的心事，趕忙轉移話題。她和海倫覺得今天小揆一特別沉默，悶悶不樂的樣子。小揆一被當面問話，終於低下頭來說：「爸爸說再一個月要離開福爾摩沙，可能要去長崎，我今天就是來告別的。」

瑪利婭和海倫都一愣。

小卡隆問道：「再到長崎出島擔任館長？」

小揆一點點頭：「但是我喜歡這裡。在日本，我們等於被關在出島，而且荷蘭家庭也少，哪像在福爾摩沙海闊天空，朋友又多。」

小卡隆就是出生在日本的混血兒，深刻了解這項限制。日本的荷蘭人只能在出島蹲點，也不能傳教。不像福爾摩沙，地方大，自由，島上的人很和善。只是福爾摩沙的衛生情況不好，常有人因熱病死亡。這種癘病，在熱帶地區其實都有。不論是巴達維亞、班達群島、蘇門答臘、錫蘭，都屬於亞熱帶或熱帶氣候，所以狀況差不多。福爾摩沙並不是特別糟，但日本確實好多了。

小揆一說，揆一決定離開福爾摩沙，不再等巴達維亞的判決了。既然和長官維堡相處不好，終究無法久留。小卡隆默然。這一整年來，福爾摩沙的荷蘭人幾乎都處於長官維堡與議長揆一的衝突風暴之中，現在雖接近尾聲，但裂痕已無法彌補。

因為事情鬧得太大，連阿姆斯特丹公司總部的十七人董事會都注意到了，於是派了一個特使來台調解。特使在大員停留了近兩個月，苦口婆心，多方溝通。不料維堡認為特使是揆一任長崎長官的前任，兩人素有淵源，於是認為特使偏袒揆一。

十月下旬，維堡夫人有弄璋之喜。維堡喜獲長子，心情大好。第二天小嬰兒受洗之禮，特使偕同揆一和倪但理等人也都出面祝福嬰兒，本已稍見和解氣氛。卻不料一週之後，小孩突然腹痛大哭，兩小時後，臉色發紺，竟然一命嗚呼。夫人哭得像淚人似的，維堡的情緒也近乎崩潰，認為有人詛咒他家人，於是兩方氣氛又告惡化。

既然揆一決定要到日本長崎重作馮婦，小卡隆想，他也不想久留在福爾摩沙了。父親老卡隆的法國人身分，小卡隆本身的半法國半日本血統，使得他們覺得在荷蘭東印度公司的發展有些受到壓抑。老卡隆其實今年也出事，和揆一近乎同命。他在巴達維亞被控私自貿易而受審，因此今年年中被召回荷蘭，現在正在航程上。

小卡隆因為揆一和老卡隆是連襟而留在福爾摩沙，但現在瑞典血統的揆一要走了，小卡隆也心萌離意。他有東方血統，不能回荷蘭就業。而法國是舊教，小卡隆的新教牧師背景及日本血統也使他不太想回到法國。何去何從呢？而離開福爾摩沙後，與海倫的感情當然也只能到此為止了。

「我們這些歐洲男人與亞洲婦女的混血後裔，簡直是背負著原罪。」小卡隆嘆了一口氣，心想，一六五一年，真是不順遂的一年。

第十六章
尪姨

一六五一年對烏瑪來講，也是不順遂的一年。

自從五年前和直加弄成為牽手後，本來烏瑪仍然依照麻豆社的習慣，和姊妹們住在一起，晚上直加弄會前來過夜。因房子未有隔間，自從烏瑪慢慢熟習了基督教後，晚上直加弄要求親熱時，烏瑪總覺得害羞，要求直加弄等待眾姊妹熟睡之後才准碰她。後來雖然做了簡單的隔間，事實上大夥兒依然聲息相聞，並沒有改善多少。這樣幾個月下來，搞得兩人都疲累不堪，無法盡興親熱。

烏瑪受洗之後，覺得應該如基督教義所說，和直加弄組織一個家庭。於是他們建了一棟小竹屋，屋頂鋪上茅草，屋子底下墊高，一方面防蛇，一方面防止潮濕或積水。兩人各自從原來大雜院似的住處搬了出來，住進新房子。此間，里加雖然反對，兩人並不理會。此後兩人其樂融融，烏瑪的神色之間甚是幸福。

不到半年，烏瑪懷孕了。

本來她也沒有警覺是怎麼一回事。有一次直加弄的父母提大羅和佟雁來探望小兩口子，發現烏瑪一直噁心嘔吐，又嗜食酸物，一番查詢，終於確定烏瑪是懷孕了。可笑的是，烏瑪和直加弄兩人竟然懵然不知！

烏瑪想到要當媽媽了，興奮大叫。卻見到佟雁臉色一沉，露出嫌惡的眼神，嚇得趕緊噤聲。

烏瑪驀然想起了十年前的往事。一六四一年，荷蘭人曾經集中原住民各社的Inibs（漢人稱之尪姨），一共大約二百五十位，把她們放逐到北方很遠的諸羅山。荷蘭人認為尪姨是原住民改信基督教的最大障礙，她們煽動迷信，又鼓勵與執行墮胎。荷蘭教士們認為，唯有讓原住民脫離這些女祭司無以名之的巨大影響力，才可能變成虔誠遵守教義的基督徒。

那時，直加弄的母親佟雁也是麻豆社的女祭司之一，但因為直加弄的父親提大羅是熱蘭遮城荷蘭長官所認可的頭人，事先得到消息，佟雁才免於被驅逐。這十年來，各社的墮胎數目因此大為減少。

當天近黃昏的時候，烏瑪喝了一杯佟雁拿給她的小米酒後不久，突然下腹接連絞痛不已，接著佟雁又在她下腹用力按了好幾下，腹中的小生命竟然就不保了。烏瑪哭得死去活來，佟雁則冷冷地燒了熱水，替她清洗身體。烏瑪無法確定她的流產是否與佟雁有關，或者只是巧合，因為那杯酒並沒有什麼特殊異味。直加弄倒是不置可否，只是敷衍似地安慰她。烏瑪知道，部落裡的男人通常對小孩沒有什麼濃郁感情。

烏瑪後來在屋裡躺了幾天。她的身體早已不痛，心靈的痛苦卻一時無法減輕。瑪利婭姊妹發現烏瑪請假未到學校工作，因此來探望她。

烏瑪不敢說得太詳細，只說是自己不小心摔跤，把腹中胎兒給摔壞了。瑪利婭用那天「Fayet」郭懷一送的麻油，燉了豬肉給烏瑪吃，香味四溢，烏瑪不停地表示感謝。[1]

---

1 根據西拉雅族的習俗，夫妻結婚後仍分居，直到男子約四十歲從部落征戰狩獵組織退下，這時婦女通常約三十五歲以上，才能開始懷孕生育小孩，在此之前懷孕均須接受尪姨墮胎。

第三部

1652年

絆

第十七章 前夕

一六五二年九月八日，天未破曉。

溽暑方過，兩天前的颱風帶來豪雨。拂曉的麻豆社涼風徐徐，晨星猶存，大地一片幽暗靜謐。

突然一陣急敲門聲，亨布魯克一家人自半睡半醒中驚坐起來，只聽得一男子故意壓低聲音，急促地叫著：「牧師，牧師！」聲音不大，但急促。聽得是荷語，瑪利婭急忙自床上起身，穿著睡袍就去應門，竟是兩位荷槍的荷蘭兵士。他們輕聲說，這裡的荷蘭士兵指揮官卡森少尉希望麻豆社所有荷蘭人盡速到禮拜堂集合，並要大家盡量不要驚動其他人。

亨布魯克憂心忡忡，告訴家人：「一定是發生什麼大事了。」

不久，所有荷蘭人都到了禮拜堂。大家發現，除了原來在麻豆社的荷蘭人，還有兩位未見過的荷蘭軍士，他們帶著一臉疲憊。卡森說：「這兩位勇士昨天傍晚奉維堡長官之令，由熱蘭遮城駕舢舨渡過台江內海趕到此。長官說，請大家進入第一級警戒。也就是說，這幾天暫時離開自己的屋子，集中住在禮拜堂。禮拜堂外面有我們軍士持槍巡邏，還有兩門大砲。」卡森向牧師交頭接耳了幾句，牧師也點了點頭。

今日正好是禮拜日，敬神的日子。卡森向大家說，做完禮拜之後，請大家全天留在禮拜堂中。然後又下了一道命令，幾位荷蘭士兵立正應聲後出門。瑪利婭隱約聽到，他們奉命去巡視麻豆社的漢人家庭。

晨曦乍現，雞啼聲此起彼落。比起荷蘭來，福爾摩沙的公雞啼聲又昂亮又長，甚是好聽，瑪利婭平日很喜歡聽這兒的雞啼，很有男子漢的氣息。九點前後，小砲聲響，信了教的原住民魚貫來做禮拜。亨布魯克牧師匆匆佈完道。

儀式過後，卡森在禮拜堂門口廣場擺了桌椅召集會議，麻豆社的十二位長老都到齊了。卡森命令頭人與長老，要求麻豆社在半天內選出三百名勇士，武裝編隊，等候長官的命令行事。卡森一再強調，事後會有重賞。

大約在一年前，大員的荷蘭長官宣布要用什一稅及贌稅的百分之十來發展原住民的耕作，改善大家的生活，這讓原住民覺得荷蘭人很不錯。聽了卡森的要求，長老們馬上答應下來，表示服從卡森的指揮。有人大膽發問，要對付的敵人是誰？卡森只是搖搖頭，表示到時自然明白。

第一天過去了，並沒有發生什麼事。到了晚上，卡森說，大家仍然留在禮拜堂，士兵也保持第一級警戒。他要長老們也到禮拜堂來，原住民部隊則輪班待命，隨時等候行動。

第十八章 郭懷一

幾乎在同一時間，九月八日清晨，海澄副守將「信武營」[1]陳澤的營門前，出現三位農民裝扮的壯漢，由衛兵領了來見陳澤。為首的自稱「阿旗師」，是武術師父與治跌打損傷的好手。他說他們於九月五日一早，由大員搭船到廈門外海的浯嶼，再輾轉到此。他說，有要事求見國姓爺，是大員萬名漳泉族人的生死攸關大事。

然而，國姓爺正領軍在數十里外包圍漳州府，而且戰事吃緊，正好到了關鍵時刻，陳澤大感為難。

❖

兩年前，鄭成功取得廈門、金門這兩個唐山沿海的重要島嶼，下一步冀望攻下一個像漳州、泉州這樣的大城，作為前進大陸的橋頭堡。於是，鄭成功多次出兵福建沿海與清兵交戰，互有勝負。原任右先鋒營副將的陳澤，在幾次戰爭之中身先士卒、屢屢建功，國姓爺乃於一六五一年六月擢升他為「信武營」營將。

陳澤終於能夠獨當一面，非常興奮。

永曆六年，一六五二年一月，鄭成功攻下海澄。海澄舊名月港，本就是陳澤家鄉。攻下海澄之後，鄭成功把鎮守海澄的重任委於部將「北鎮」[2]陳六御，以陳澤副之。陳澤沒有想到一別五年多，竟然有機會回到家鄉，卻見海澄屢經戰火，田園荒蕪，民房殘破，不勝唏噓。

鄭成功本人則領軍，二月續攻下長泰，四月再圍漳州府城，希望能一舉攻下這個閩南大城。卻不料自開始圍城，兩軍對峙，始終是僵持狀態。

陳澤沒有參加漳州圍城，他的任務是固守海澄，否則海澄一失，鄭成功的主力軍隊將腹背受敵，不堪設想。他也負責維持海澄對金、廈聯絡水道的安全，這就是鄭成功大軍的補給路線。在鄭成功攻城掠地之際，鄭氏家族的商船仍然奔駛於廈門與日本、台灣及南洋各港口之間，也照舊向經過的各國商船課徵過路稅。唯有維持海權，才能保障鄭成功軍隊的財務命脈。

鄭成功兵圍漳州之初，清軍方面由閩浙總督陳錦率大兵來救。陳錦卻因鞭笞屬下庫成棟，致庫成棟懷怨，當夜反刺殺了陳錦。庫成棟來向鄭成功邀功，不料國姓爺認為庫成棟的叛逆行為不足法，反而殺了他。

陳錦軍既潰散，鄭成功本以為拿下漳州指日可待，卻不料清軍「圍魏救趙」，出兵攻打鄭成功大本營的廈門，鄭成功只得撥派甘煇分兵去救。於是漳州又成兩軍對峙之局。

一晃已是陰曆八月、陽曆九月，圍城已經快五個月。漳州城內人多糧少，居民苦不堪言，多有餓死者。

圍城期間，虛歲才二十九歲的鄭成功顯得暴躁，因細故與親信部將施郎決裂。鄭成功殺了施郎之父與弟，而施郎逃亡三天之後降清，改名施琅[3]。

1 信武營為鄭成功軍隊麾下一個兵團的名稱，包含在仁武營、義武營、禮武營、智武營、信武營等五常營之一，為水陸兩棲的部隊。
2 北鎮為鄭成功麾下的特種部隊，主力為馬兵。
3 這個事情在當時是小風波，其嚴重性到了三十一年後才爆發出來。這件事暴露了鄭成功一生中最明顯的性格缺陷：火爆及殘暴。鄭成功何以有此性格缺陷？這樣的性格缺陷是否反而是塑造英雄的條件？這是一件很耐人尋味的事。

陳澤問出，「阿旗師」等三人是由大員台江內海對岸一個叫「油車行」的地方來的。這幾年因為戰亂，閩南漢人多有遷徙到對岸者，歐洲人稱那裡為「福爾摩沙」，唐山人則稱之為「台灣」。這阿旗師等三人說，他們代表大員附近的萬名漢人來請命。他們的首領，是紅毛稱為「頭人」的郭懷一。他們說，郭懷一交代，必得見到國姓爺本人，否則絕不透露來意。

阿旗師提起，郭懷一在三十年前曾短期在鄭太師爺的船隊上做事，也到過平戶，二十八年前定居台灣，所以說起來和國姓爺有些淵源。陳澤記不起是否在鄭太師爺的船隊上聽過這名字，可能是年代久了。在台灣的漢人，他知道有何斌及廈門池家一族，還有以前在台灣及巴達維亞都赫赫有名的蘇鳴崗[4]，但未聽過郭懷一。

於是陳澤稟報陳六御，陳六御接見了阿旗師。「漳州圍城已經進入第五個月，即將分出勝負，正是吃緊時刻。國姓爺不太可能在此時見你們。」陳六御說。

阿旗師跪地懇求，並說此事關係台灣萬名漢人的生死成敗。若事能成，對國姓爺軍隊的未來也大有裨益。陳澤心想，如果郭懷一真是鄭太師爺舊部，不可馬虎。沉思了一陣，向陳六御進言：「若此事為真，茲事體大，是否讓我離開一天，帶阿旗師啟稟國姓爺。」

於是陳澤只帶了阿旗師及親兵，飛馬奔馳，趕到漳州城外的鄭軍大營。

鄭成功聽到陳澤的報告，笑說：「喔，原來是 Fayet，我父親太師爺在平戶時的夥伴。我小時候聽太師爺說過他這個人，聽說我娘也見過他。他原名已經沒有人記得。因他信了天主教，教名叫 Fayet，就好像太師爺也叫 Nicolas 一樣。後來他嫌原來的名字粗俗，便不再使用，而把 Fayet 轉成漢名『懷一』，」鄭成功唸著，「懷一，懷一，這倒是個好名字。」

鄭成功似在回憶往事。「我出生那年，太師爺到澎湖擔任紅毛司令雷爾生手下的通事[5]。不久，紅毛人前去大員，建熱蘭遮城。第二年（一六二五年），太師爺也到了台灣。顏思齊則在更早一年就去了台灣，在魍港及笨港那一帶發展，頗有一些規模。」

「郭懷一說他是二十八年前到台灣？那他應該是與顏思齊一起去的，」鄭成功自言自語說著，「太師爺看準了如果荷蘭在大員長久立足，台灣未來會有一番局面，於是希望也在台灣建立自己的橋頭堡與勢力範圍。太師爺到了台灣後，與先到一步的顏思齊合作，兩人有若結拜兄弟。那年九月，顏思齊酒後暴病去世，就由太師爺來統領所有部眾，郭懷一也由顏思齊的部眾變成太師爺派遣長駐笨港的代理人。起初太師爺在安海、平戶、笨港之間來來往往，三年後成為朝廷大員，就不再到台灣去了，而由郭懷一負責收取管理太師爺在笨港的稅租。後來郭懷一被紅毛遷到大員，就此斷了線，想不到今日又有訊息。」

鄭成功像是有感而發，喃喃說著：「顏思齊也是天主教徒，有個教名叫 Pedro China[6]。顏思齊、太師爺等人會離開日本，向外發展，和日本當局禁教及追殺教徒有關。太師爺信教信得虔誠，安海家中有禮拜室。但不知郭懷一到了台灣，是否仍然繼續信教？」[7]

---

4 蘇鳴崗是福建泉州同安人，巴達維亞華僑社會的頭人，為荷蘭人任命的第一任「甲必丹」（Capitain Cino，華僑領袖）。後來他離開巴城，短暫落腳台灣三年，但生意經營不順而返回巴城，客死異鄉。

5 通事即翻譯官。

6 鄭芝龍在日本平戶投靠大海盜李旦門下，李旦也有教名，叫 Andrea。早期開台的領導者，不論是漢人或荷蘭人，幾乎都是天主教或新教教徒。（中研院翁佳音教授提供）

7 在荷蘭文獻上，都以「Fayet」稱郭懷一，與一般稱呼漢人的方式不同。郭懷一在福爾摩沙應被認為是基督教徒。當時的台灣以荷蘭的喀爾文改革教派為主流，天主教徒不多；而當時的明朝或清朝則相反，以天主教徒為主流。清朝順治及康熙皇帝所重用的湯若望、南懷仁都是天主教徒，明朝永曆皇帝的生母也是天主教徒，且曾寫信向羅馬教皇求援。

九月八日黃昏時分，阿旗師終於見到了國姓爺。鄭成功支開左右，只留甘煇、萬禮及陳澤在側。

鄭成功很客氣，先對阿旗師表示，郭懷一曾是父親舊屬，但久未聞問，不知他在台灣是否遇上困難？

阿旗師稟告，郭懷一為首的台灣萬名漢人來向國姓爺請命，由他代表。他敘述台灣漢人如何不堪紅毛人的欺壓，因此決定豁出去，大家要武裝起義，希望一舉殲滅紅毛，由漢人在台灣當家作主。

「九月四日晚間，大家在郭懷一大哥宅邸開會研商，希望把所有荷蘭人一舉成擒。我們有信心必能成事，」阿旗師向國姓爺稟報，「會議之後，我奉命立即渡海前來向國姓爺稟告此舉，祈望國姓爺發兵相助，期能一舉功成。」

阿旗師仔細訴說郭懷一等人的計畫：「依照計畫，在中秋節或西曆九月十七日那天，也就是今起十天，由郭大哥出面，邀請紅毛頭子蒞臨在油車行舉辦的中秋晚會。郭大哥是頭人，紅毛頭子包括福爾摩沙長官維堡和赤崁省長一定會賣面子參加。通常紅毛衛士會有三十六人，再加上其他紅毛高官，約有五十名。另外會有大員富商與會，大部分是漢人，但也有少數紅毛。」

「晚會將先演一小段布袋戲、一小段歌仔戲，我們先盡量把紅毛灌醉，」眾人已把細節規畫妥當，阿旗師興奮地娓娓道來，「然後是主戲宋江陣，會有七十二人出場，而戲服就是戰袍，演戲的兵器也是武器，雙斧、長叉、齊眉棍、藤牌，都可以派上用場。我們會約定一個暗號，等一聲令下，在場的一百五十名兄弟，包括接待、戲班、總鋪、陪客等，大家一起動手。」

「擒賊先擒王，」阿旗師愈說愈興奮，「就像當年日本人濱田彌兵衛抓住努易茲一樣，我們一定可以一舉擒住維堡等人。」

鄭成功問道：「然後呢？你們如何以刀斧去對抗其他一千名紅毛人的槍枝火器？」

「我們知道笨港還藏有令尊大人鄭太師爺藏著的大砲、材料及火藥，希望能在幾天內製成大砲，」阿旗師答道，「紅毛兵雖總共一千多名，我們殺他個措手不及，應可獲勝。至於台灣城[8]只有六百守軍，只要我們自製的大砲能打垮城牆一角，就可迅速攻下，讓駐防其他鄉下地方的紅毛狗來不及回防。我們拿下城堡後火力大增，外圍的紅毛就攻我們不下。他們群龍無首，說不定就作鳥獸散了。」阿旗師比手畫腳，說得口沫橫飛。「而且，我們得手的消息一傳開，說不定各部落的土番會起而響應，殺光地方上的紅毛。」

本來郭懷一有一封信要請阿旗師面呈國姓爺，向國姓爺要求以三百艘船艦和三萬兵士、武器弛援義軍，但阿旗師經過這幾天的所見所聞，知道這太脫離現實，絕不可能。若將信呈上鄭成功，說不定反讓他動氣拒絕，於是決定改口。

阿旗師跪拜下去，說道：「不過，我們確實沒有把握拿下紅毛的台灣城。為避免功虧一簣，希望國姓爺盡可能派遣大隊兵船及精兵，自海面上攻打台灣城。今天是陰曆八月六日，如果國姓爺在幾日內發兵，中秋節之夜可以抵達大員，那時國姓爺從海上、我們自陸地，兩面突襲，就可一舉攻破台灣城，把紅毛狗趕下海。」

鄭成功又問：「如果紅毛真的被你們趕走了，你們打算下一步如何走？」

阿旗師說得慷慨激昂：「若真有此日，那麼漢人擁有大員，郭懷一就是『大員王』。郭大哥願與國姓爺歃血為盟，國姓爺對抗韃子之時，大員定誓為國姓爺後盾。願大明重光。」

鄭成功把手一揮，說：「煩外稍候。」

待阿旗師退出帳外，鄭成功問眾人：「汝等意下如何？」萬禮先說：「郭懷一等的計畫太一廂情願了，恐非荷人之敵。我等若不救，必敗；我等若在此時分兵救之，一則倉促，二則人馬不可能太多，也一定難以成事。萬一得罪了紅毛，將來紅毛聯合清虜由海上向我進攻，反為不妙。」

8那時的漢人稱熱蘭遮城為「台灣城」或「紅毛城」。

甘煇曰：「上次清虜以圍魏救趙之計，廈門差點失守。目前聽說滿州八旗都統金礪已銜命來救漳州，我軍若撥水師赴台灣，則後防的海澄與金廈將變虛空，一旦其中之一失守，則成螳螂捕蟬、黃雀在後之局，大不利我軍，不宜冒險。」

鄭成功望著陳澤。陳澤心中有話，卻不知如何說起。陳澤過去當海員時，聽說了西班牙人屠殺呂宋唐人之慘。他知道如果鄭成功不馳援，郭懷一必敗。以洋人的行徑，大員必然對漢人發動大屠殺。他幾年前去過大員，對大員市鎮的繁榮印象深刻。如果鄭成功能取下大員，那確是海闊天空，今後是完全不同境界了。但他同意萬禮和甘煇的看法，不贊成撤軍或分兵，否則將致國姓爺本身於險境，有可能反被清兵殲滅。他也看過紅毛的台灣城。除非鄭成功率師全力進攻，否則不太可能攻下。再說，郭懷一的目的是自立為大員王。如果郭懷一甘為屬下，迎鄭成功到大員，倒是可以請國姓爺鄭重考慮揮師全力進攻，或許尚可一搏，但時間上實在太匆促，勝算真的不多。

正猶豫間，鄭成功已經開口：「我尚有一疑慮。彼之目的在於自立為大員王，並非歸屬我軍，亦無歸入大明之意，此與王師反清復明之宗旨有違。」

於是鄭成功再召阿旗師入帳：「此事需從長計議，無法倉促間做此重大決定，汝等且先歸。」又命屬下取出白銀一千兩，並說：「請轉告郭英雄，謹以此薄禮，用為加添軍火糧草。祝大事必成。」

阿旗師知道這是婉拒之意，悵然回到海澄。三人隨即表示將轉赴浯嶼，準備盡速回台回報郭懷一。

但是此後，未有人再見到阿旗師等三人。

眾人萬萬沒有想到的是，早在前一天，郭懷一與漢人的計畫已經被荷蘭人得知。即使鄭成功願意馳援，也來不及了。更可悲的是，計畫洩漏一事竟是禍起蕭牆，一同參加祕密計畫的兄弟與同夥去向荷蘭人告密。

第十九章
屠殺

亨布魯克把自己關在禮拜堂自己的房間裡。相對於麻豆社其他荷蘭人和福爾摩沙人的興高采烈，亨布魯克則是滿心懊惱。卡森告訴他，長官收到密報，表示有漢人要造反，他馬上想到去年與「Fayet」郭懷一見面的場景，也馬上想到，這件事與 Fayet 大概脫離不了關係。

「長官維堡是在九月七日下午接到密告，就派人騎馬到阿姆斯特丹區去探查，果然發現情況有異。有許多漢人集結，不少人還帶了武器，」事情已經過了將近三週，卡森向他轉述經過，「Fayet 在九月七日夜晚知道陰謀敗露，倉促舉事。他們只有鐮刀與斧頭，但普羅岷遮城只是木造，建築工事太脆弱了，漢人又太多，普羅岷遮城差一點被攻破。還好，後來我們保住了城堡，但是省長不幸落入他們手中。」

「漢人的好運就到此為止。然後，我們開始反擊了，」卡森興高采烈地說，「漢人農民的斧頭與鐮刀當然不是我們槍枝的對手。我們自熱蘭遮城渡過台江內海，佩得爾[1]率領士兵在未上岸之前，就開始向岸上面對大

---

1 佩得爾（Thomas Pedel）是荷蘭上尉，驍勇善戰，後來亦參與鄭成功攻台之役，楊英的《從征實錄》（記述跟隨鄭成功十四年的隨軍日記）稱佩得爾為「拔鬼仔」。

海列陣的漢人射擊。站在陣前的漢人一一中彈倒下，其餘漢人大駭，往南部逃竄，而我們也救回省長。後來叛軍再度集結，占據高地，以為我們荷軍攻不下。不料我們組織福爾摩沙人部隊，從後面進攻，漢人大驚，只好兩面作戰，當然就一敗塗地，被我們殺得全軍覆沒！」

卡森說得口沫橫飛：「帶頭的 Fayet 第一天就受重傷，拖到第四天才死。有人說他中了流彈，也有人說他被福爾摩沙人殺死。漢人被我們和福爾摩沙人包圍，全被殺光。福爾摩沙人為了領賞，把他們一一斬頭。」

亨布魯克在心裡呻吟，這不是戰爭，這是屠殺。

亨布魯克聽說，在戰場上，單是由維堡長官親自頒發給福爾摩沙人的人頭獎賞，就有二千六百個，表示至少死了二千六百個漢人。

亨布魯克又聽說，兵敗之後，荷蘭人繼續挨家挨戶搜索，直到第十九天才停止。他相信這樣的做法，其中必有無辜被殺，甚至有遭到公報私仇者。於是又有不少漢人被殺，據說包括不少婦孺。

於是，一說是全部死了四、五千名漢人；另一說是婦孺不計，就死了四、五千名漢人勞工。

亨布魯克對維堡的這種做法很不以為然。他認為這是一種對異族的藉機屠殺，歐洲國家懲罰國內的反抗者是不會這樣做的。他遺憾，荷蘭人以自由主義及包容心自居，可是在國外，竟也如此殘暴！

「公司畢竟沒有把漢人員工看成自己的國人，而是看成次等的外族。」他嘆息著。

連告密者都被殺了！聖經上說，告密出賣耶穌的猶大，後來自縊而死。於是荷蘭人把多名告密者也縊死。這是維堡本人的決定。而據說，維堡做此決定時，狂笑不已。

維堡甚至下令以五馬分屍的殘忍方式處死一些反抗者，而且強迫漢人婦孺及福爾摩沙人觀看。這讓亨布魯克大為反感，他了解維堡意在殺雞儆猴，但這種殘暴的做法，會使牧師對福爾摩沙人的教化成果前功盡棄。

教堂窗外，陽光亮麗，綠地藍天，溪水潺潺，麻豆社的景色依然明豔動人。然而，亨布魯克對這塊土地的未來、荷蘭人的未來，都擔心起來。

亨布魯克的擔心，果然真確。

例如阿僯。

阿僯一個人站在麻豆溪的溪畔，用石片砍著河水。可是他的心裡，卻在思考另外一件事。

荷蘭人來了以後，他和烏瑪等一票年輕人都被荷蘭牧師與教師的風采迷住了。他承認，他們帶來的宗教與理論都有崇高的道德性，這是以前凡事隨興的麻豆社人甚或西拉雅人所沒有想到的。因此，他敬佩荷蘭人，接受了荷蘭人的管理，也接受荷蘭人的宗教觀和道德觀。他和一批年輕友人都認為，這樣可以提升自己，提升麻豆社，提升西拉雅。

可是這一次，他看到荷蘭人的醜陋一面。

阿僯這次也自動出征，幫助荷蘭人對付漢人。雖說是得了一些獎賞，但他的出發點本來不是為了獎賞，而是他相信荷蘭人應該屬於正確的一方。正好因為最近維堡為福爾摩沙人增加了福利措施，讓他覺得荷蘭人比那些會使詐的漢人好。

但荷蘭人對漢人俘虜的殘忍處死方式，連過去有獵頭習俗的麻豆社人都覺得過分。阿僯想，如果獵頭不對，為何五馬分屍的方式就對了？以前他們認為荷蘭人是言行一致的，現在他覺得，荷蘭人是由牧師扮白臉，以掩飾商人及行政人員的黑臉。荷蘭人的道德似乎並沒有比較高尚。

像阿僯這樣想法的福爾摩沙人不在少數。福爾摩沙人對荷蘭人的信心與尊敬開始動搖了。

第二十章 衝擊

在麻豆社這邊，九月八日當天，荷蘭人召集麻豆社長老開會，同時表示，隔天禮拜一開始，學校繼續停課三天。學校停課，是前所未有的事。烏瑪一直在探聽到底發生了什麼事，但都不得要領。烏瑪聽說，荷蘭士兵頻頻到「烏嘴鬚」老宋哥等漢人的住所去巡察，就想到此事大約和漢人有些關係。她與阿興及阿興的幾個姊妹本來就常有來往，所以找了幾個姊妹淘到烏嘴鬚家去。

老宋哥的女兒們，雖然媽媽是福爾摩沙人，但是都著漢裝、做漢人打扮，也就沒有到麻豆社荷蘭人所辦的福爾摩沙人學校就學。烏嘴鬚本人識得漢字，但他只教家裡的男孩識字，沒有教導女孩。女孩不論織布、作田、抓魚蝦、家事等樣樣都要學，就是不必也不准識字、念書。老宋哥說，這是他們在唐山的規矩。

而且聽老宋哥的福爾摩沙人妻子說，烏嘴鬚本來還要把女兒送到大員，用藥物使皮膚收斂，並用力把腳骨扭折，再包紮起來，叫做纏足。老宋哥說，女孩子要這樣，走路才會好看。但媽媽說，她什麼都可以聽老宋哥的，就是這一點絕對不行，否則她要離家出走，把孩子再抱回麻豆社部落，烏嘴鬚才讓步。

烏嘴鬚讓步，其實是自己有個心虛之處。因為家中只有阿興一個男丁，其餘六個都是女生，如果都纏足了，那就不夠人手做事了。何況他本身娶了個麻豆社天足女子，所以也就不計較。

烏瑪到了烏嘴鬚家，只見兩位荷蘭士兵持著槍在屋外巡視。烏嘴鬚家的園子裡不見有人，大門則虛掩著。烏瑪輕敲幾下，叫了老宋哥福爾摩沙人妻子的名字。阿興出來應門，見是烏瑪，忙示意要她趕快入內。

一進門，阿興就說：「剛剛荷蘭士兵來過，探看了一下沒有什麼，也就離開了。阿爹說，最近可能會有事，叫我們全待在家裡，不要出去。」

烏瑪問：「到底發生什麼事了？」

阿興說：「我也不知道。我爹叫我不要亂說。」

老宋哥也出來了，說：「嬰仔人有耳無嘴，少說兩句，不要禍從口出。」又說：「我烏嘴鬚來此地快三十年了，只望圖得平安溫飽，好不容易有了今天。其他有的沒有的，我是不會亂去湊熱鬧的。」他反問烏瑪：「烏瑪，部落裡情形如何？」

烏瑪說：「明天起學校停課三天。荷蘭人要部落挑出一些勇士，好像要作戰的樣子，但不知對象是誰。阿憐和直加弄都被選上了，我有些擔心呢。」

烏嘴鬚若有所思地點點頭、皺皺眉，又嘆了一口氣，卻什麼話都不說。

烏瑪剛離開烏嘴鬚家裡，身後卻傳來他彈著月琴，以稍帶沙啞的嗓音，唱出似乎是他漳州家鄉的歌[1]：

嘿　嘿
一隻烏仔哮啾啾呀，
三更半暝找無巢啊，

1 一六五二年很可能這首歌還沒有問世，但此歌之歌詞富含深刻的族群意涵，故在此引用。

誰人捅破鳥仔巢啊，
三代和他結冤仇啊。

老宋哥烏嘴鬚此時的心情又鬱悶、又惆悵。他好不容易自戰亂頻仍的唐山，來到這個有若世外桃源的福爾摩沙，幾十年下來，生活富足，兒女成群，實在不願被捲入這新的族群矛盾與衝突。他希望能居中調解，但自知無此能力，又擔心覆巢之下無完卵，將來可能有一天不能不挺身保衛家園。這份蒼涼無奈有誰知？

烏瑪以前聽過老宋哥彈月琴，但都是帶著歡樂，從未有如此悲戚、又有些憤怒的曲調，不禁駐足聽完。雖然她聽不懂烏嘴鬚唱的是什麼，不過可以聽出烏嘴鬚的不平與無奈，感覺上是一種她無法體會的心境。

❖

到了下午，有一半荷蘭士兵駐留在麻豆社，卡森率領著另外一半士兵和三百麻豆社戰士，列隊往南而行，顯然是前往大員。

幾天之後，直加弄和阿僯都回來了。麻豆社的戰士只有少數幾個人受了傷。阿僯說，荷蘭人安排福爾摩沙人從漢人的後方進攻，而且發了上百枝槍給福爾摩沙人，列為第一排。絕大部分福爾摩沙人第一次摸到槍，但很快就上手了。漢人不防，被射殺了不少，陣營大亂。荷蘭人還准許福爾摩沙人砍下漢人的頭或耳朵，作為領賞依據。福爾摩沙人的野性被引了出來，有些福爾摩沙人說，好久沒有體會到砍人頭的感覺了，而且有獎金可以拿。但阿僯有些不一樣。阿僯在心中質問，為什麼牧師說我們不可以砍人頭，他們卻可以？他當然知道這是作戰，不是私仇，然而西拉雅部落之間若定了勝負就會適可而止。他看到漢人的死屍堆積如山，簡直比他們麻豆社所有的人加起來還多。他從來沒有看過那麼多死人，看得他心驚肉跳，好幾個晚上睡不著。西拉雅部落之

台南四草的大眾廟。｜陳耀昌攝｜

大眾廟後方的荷蘭人骨骸塚，小圖為尚未彩繪時的原貌。｜陳耀昌攝｜

尤羅伯的畫像。

出自"*The Book Sketches from Formosa*"
by William Campbell

熱蘭遮城與大員港市鳥瞰圖局部，繪於十七世紀。

出自 “*The Atlas Blaeu - Van der Hem*”，Johannes Vingboons繪製，原藏奧地利國家圖書館。

倪但理的畫像。

出自”*The Book Sketches from Formosa*”
by William Campbell

台江內海與麻豆社附近景色。小早川篤四郎繪。
出自《台灣歷史畫帖》（台南市歷史館，1939年出版）。

荷蘭人達波（Olfert Dapper, 1635-1689）描繪福爾摩沙平埔族的殺豬祭典。
出自《第二、三次荷蘭東印度公司使節出使大清帝國記》（*Tweede en Derde Gesandschap an het Keyserryck van Taysing of China*，1670年出版）。

荷蘭時代的新港教會。小早川篤四郎繪。
出自《台灣歷史畫帖》（台南市歷史館，1939年出版）。

荷蘭畫家法布里修斯所繪之《台夫特一景，以及一位樂器商人的攤子》（*A View of Delft, with a Musical Instrument Seller's Stall*），瑪利婭最寶貴的楊恩畫像即以此畫為靈感。
｜圖片來源：© The National Gallery, London.｜

位於阿姆斯特丹的荷蘭東印度公司原址，下方小圖可見其樓頂中央圖雕有「VOC」公司名稱縮寫標誌。｜陳耀昌攝｜

台南善化老街的
荷蘭井，位於慶安宮外，
是荷蘭人於一六三六年
為了提供飲水給學堂
的學生而開鑿的。
｜陳耀昌攝｜

赤崁夕照，畫中的普羅岷遮城造型頗具美感，亦可見台江內海有漢人的戎克船，以及掛著荷蘭國旗的渡船。小早川篤四郎繪。
出自《台灣歷史畫帖》（台南市歷史館，1939年出版）。

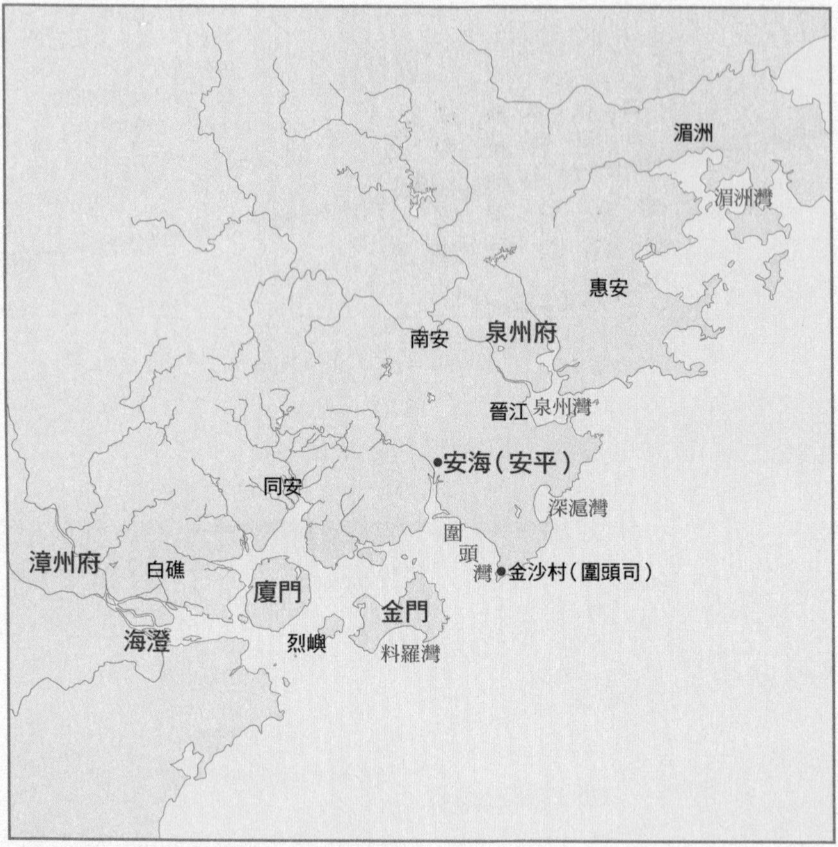

鄭成功軍隊於閩南地區的主要活動範圍。
此圖之外亦包括廣東沿海的銅山（今東山）和南澳。｜陳春惠繪｜

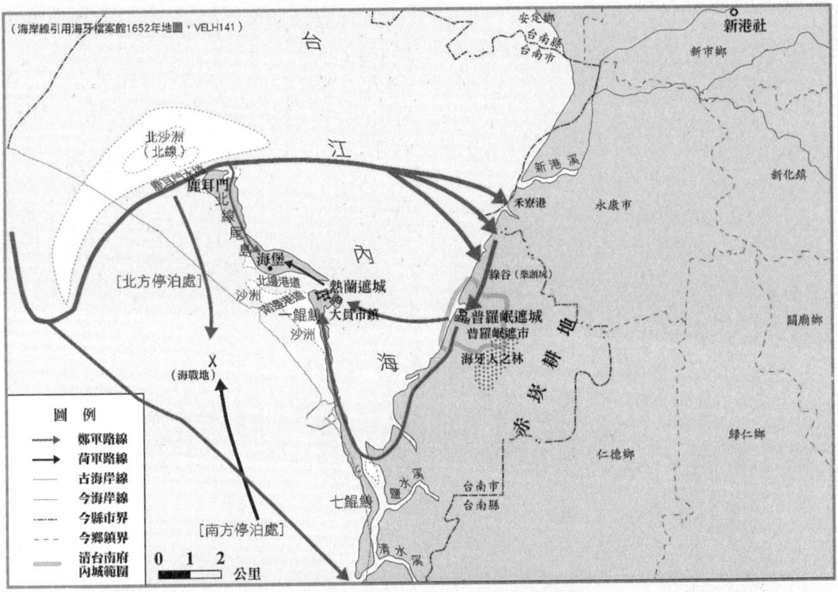

鄭荷交戰圖。｜中研院台史所翁佳音提供資料，黃清琦原繪，張依宸重繪｜

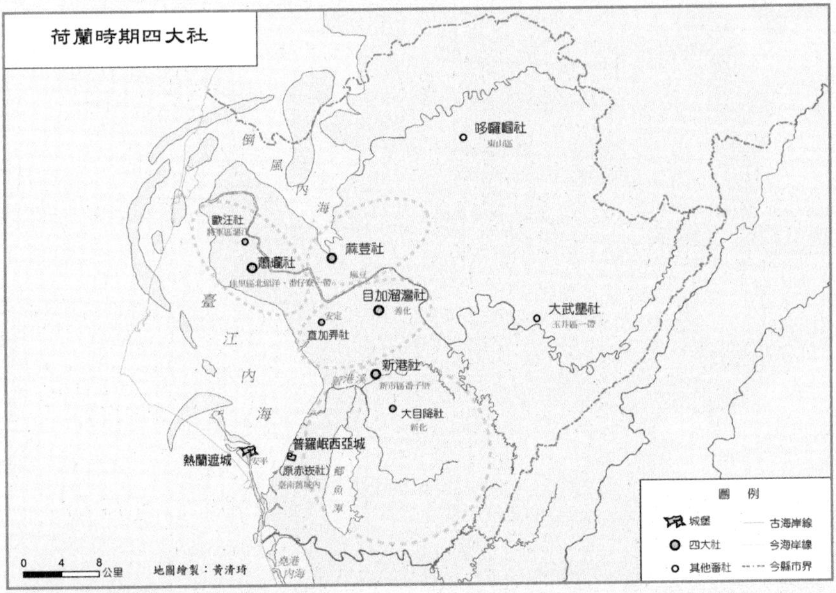

荷蘭時期四大社。｜黃清琦繪｜

顏水龍於一九三五年接受小早川篤四郎之託，為台南歷史館畫《范無如區訣別圖》（又名《最後的訣別》）。「范無如區」是Hambroek（亨布魯克）的台語音譯。但於二戰後，因畫作保存狀況不佳，台南民族文物館託人修改，而顏先生之簽名亦被逕行塗改。顏先生於一九八九年乃以同一主題，重新繪製，並改名為《惜別》。

｜顏水龍，《惜別》，油彩、畫布，133×163.5公分，1989年，私人收藏。圖片由顏水龍家族提供，台北市立美術館拍攝｜

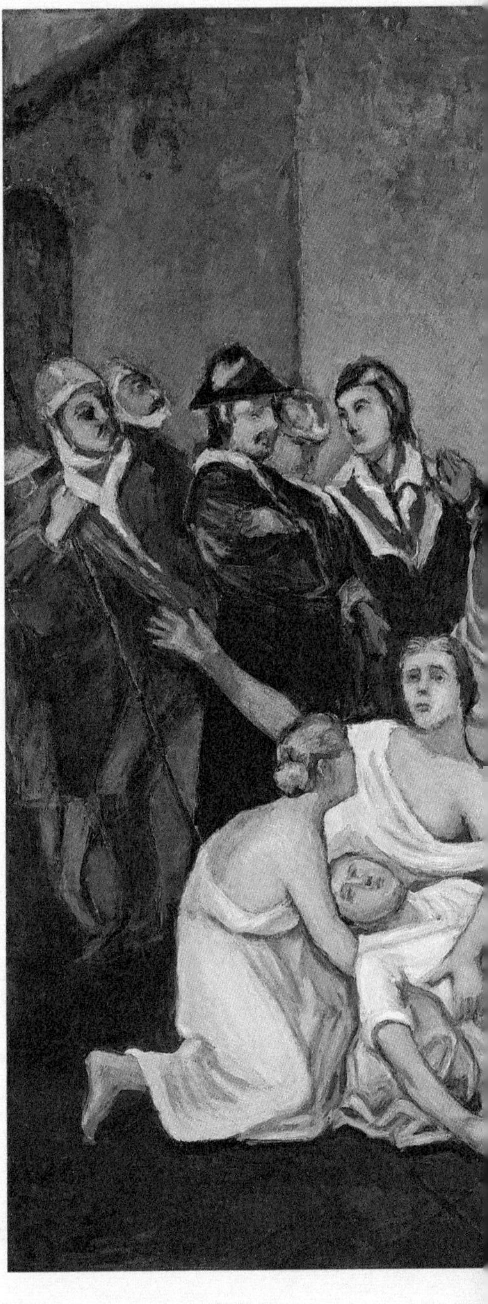

這張插圖出自一七七〇年代描寫亨布魯克故事的荷文戲劇作品 "*Antonious Hambroek, of de belegering Van Formosa*"，左上小圓描繪鄭軍圍攻熱蘭遮城，右上小圓為鄭成功命令亨布魯克進城招降，中圖描繪亨布魯克於熱遮蘭城內的訣別場景，左下為鄭成功得知亨布魯克未達任務而大怒，右下為鄭成功令劊子手處斬亨布魯克。這段情節在歐洲流傳甚廣。但事實上鄭成功殺亨布魯克並無直接關係，相隔四個月之久，本書四十八章「奉使記」還原了這段歷史真相。

圖片出處：維基百科，en.wikipedia.org/wiki/File:HambroekFront.jpg

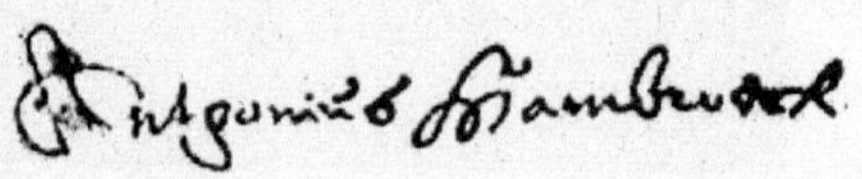

亨布魯克的簽名。

出自海牙的荷蘭國家檔案館。

仿造荷蘭東印度公司船艦的阿姆斯特丹號，
停泊在阿姆斯特丹的海事博物館前。
｜陳耀昌攝｜

台南市永福路的陳德聚堂，
前身是陳澤府邸，現為陳氏祠堂。

｜陳耀昌攝｜

十七世紀馬尼拉華人以象牙製作的聖母瑪利亞跪像，收藏於紐約西班牙博物館。陳澤送給瑪利婭的聖母像即以此為靈感。

｜湯錦台先生提供｜

台南鄭氏家廟的鄭成功大像。大像前方戴冠者為三太子像，再最前面之小像為年輕之鄭成功像。兩位侍立部將，左邊無鬚者為甘輝，右邊濃鬚者為萬禮。

｜陳耀昌攝｜

陳永華家中奉祀的太子爺。

｜台南官田慈聖宮主委陳俊銘醫師提供｜

一六六二年荷蘭人決定投降，與鄭成功展開和談。此為鄭成功接見荷蘭代表圖。
出自《被遺誤的福爾摩沙》（*'t Verwaerloosde Formosa*，1675年出版）。

赤崁樓。
出自日治時代《民俗台灣》雜誌。

間的爭鬥，絕不會像荷蘭人這樣對漢人趕盡殺絕。阿僯反而同情起那些被殺害的漢人。一時之間，阿僯懷疑這些荷蘭人並沒有比自己的部族高尚或文明。

事件過了半個月之後，烏瑪又到烏嘴鬚家走了一趟。阿興告訴她，荷蘭兵又來了好幾趟，搜查看看有沒有窩藏什麼人犯。阿興說，這些他都可以接受，不過荷蘭兵士把抓到的漢人頭子五馬裂屍，還強迫他們去看，他們都覺得受不了，太殘忍了。烏嘴鬚先是默然在側，然後才開口：「我們唐山的官員是會索賄，有時也會處死人，但是……」就不再說下去了。

烏瑪覺得，過去三族之間互相信任的默契，在這一次事件中被撕裂了。她想起幾個月前，她和小卡隆、小揆一前來時，老宋哥所說的一番話。她不知道這究竟應該怪起事的漢人，還是應該怪殘暴的荷蘭人？她覺得自己的族群不應捲入，但是顯然又身不由己。

❖

瑪利婭的心情也很矛盾。一開始她聽到郭懷一號召要殺荷蘭人，而漢人農民竟然有數千人一齊響應時，她覺得她對漢人以及漢人文化的好感，在瞬間幾乎完全破滅。她覺得人與人之間應該和好相處。她覺得，像她自己的一家人，捨棄了在台夫特的安定及享受，來到福爾摩沙，就是希望把教育、教義與文明帶給福爾摩沙人。在瑪利婭眼中，教義幾乎就是文明的同義字。而荷蘭人也供給漢人工作機會。漢人是自動來福爾摩沙的，而非像班達奴工一樣是被強迫抓來的。瑪利婭認為，漢人如果覺得薪資太少或賦稅太重，應該向漢人頭家爭取更多薪資，或由頭人向荷蘭人反應要求減稅，而不是殺荷蘭人。那是以大暴力去對付小暴力，更不合理。

然而，後來她獲知漢人抓到普羅岷遮省長卻未殺害，只用來當成談判的籌碼時，她又覺得漢人也許沒有那麼壞。等到維堡長官的屠殺與殘忍處刑方式一出來，她反而覺得長官做得太過分了。漢人、荷蘭人都讓她傷心；而福爾摩沙人為了獎金去殺人，也讓她感到無奈。當然她也知道，福爾摩沙人不能不聽荷蘭長官的話。

於是她更虔誠於宗教，認為只有宗教才能提升人的道德，才讓她覺得心安理得，覺得心靈平靜。於是，她決心更努力教導福爾摩沙人認字及信教。她想，只要大部分福爾摩沙人能像烏瑪那樣，荷蘭人就安全了，福爾摩沙人也有前途了。

❖

至於大員的公司頭頭們，在事件後的會議下了幾個結論：

一、漢人總是心懷不軌，而且國姓爺更可能有鼓動之嫌，因為事後偵訊時，幾個曾經參與郭懷一會議的漢人有三名提到說，他們以為鄭成功會派軍隊來裡應外合。於是大家對漢人的戒心更高了。不過也有不少荷蘭官員認為，這些小頭目把國姓爺拉進來是胡扯，因為他們知道國姓爺正在福建漳州打仗，自顧不暇。但是大家都同意，國姓爺很可能對福爾摩沙有企圖，此後對國姓爺的動向要有所警覺，對於已經在福爾摩沙的漢人也要有戒心。

二、必須更加籠絡福爾摩沙人。一則他們是本島主人，二則荷蘭既不能沒有漢人勞工，就必須保證福爾摩沙人站在荷蘭人這一邊，荷蘭人才會安全。

三、必須建設一個強固的普羅岷遮城，因此要再加稅。而加稅，只能從漢人身上去加。

四、與漢人的裂痕也應該彌補。然而荷蘭人想不出好方法。

至於巴達維亞方面則開始懷疑，在維堡與揆一的政爭之中，揆一才是正確的一方，揆一才是真正了解福爾摩沙的人。但在維堡的任內，福爾摩沙確實為荷蘭東印度公司賺了不少錢，他們認為維堡是個幹才，只是沒有福爾摩沙經驗，不太了解島內民眾的想法。於是，他們選任維堡的繼承人時，看上了前後有將近二十年服務經驗，而且會說講漢人語言[2]的凱撒[3]。

2 其實是閩南話。

3 凱撒（Cornelis Caesar）是第十一任台灣長官，任期為一六五三到五六年。

第二十一章 漳州府

阿旗師等三人離開之後，陳澤一直悶悶不樂。他預測，台灣方面很快會有悲劇發生。果不其然，才五、六天後，廈門就開始流傳台灣郭懷一等起事失敗、可能有三分之一漢人遭到荷蘭人和原住民屠殺的消息。消息迅速傳開，不到幾個時辰，在海澄的陳澤也聽到了。雖然郭懷一失敗的結果早在意料之中，但陳澤沒想到，還不到原先準備起事的中秋節就已事敗，而所聽到的漢人傷亡之眾，更讓他感到驚駭。他甚至不禁流淚。「我們可憐的漳、泉鄉親啊！」

當天晚上，竟有更讓他驚駭的事發生了。

有民眾自遭到圍城的漳州府城逃難而來，他們帶來消息。「兩天前，國姓爺築堤鎮門山，以水灌漳州城，結果淹死不少民眾不說，更慘的是，漳州城內本就糧少人多，連軍隊也吃不飽，這樣一來更是災情慘重。以前是戶戶有餓莩，現在是戶戶有死屍。

「漳州府內的民眾即使有餘糧，也不敢舉炊，因為一燒火就生煙，煙一出，那些挨餓的士兵連忙來搶糧。現在大家連樹葉紙張都拿來充飢，紛紛把家裡的金銀珠寶掏出來，只求換一頓飯！」

陳澤聽了，辛酸不已。他想不通為何國姓爺會引水灌城，這樣傷害比較大的反而是漳州府民，不是敵軍。

陳澤自己是漳州人，自然心痛不已。

更糟的是，這一狠招並未奏效，漳州府依然拒降。這時清廷援軍八旗猛將金礪已至，鄭成功只好撤退。陳澤在海澄城外迎接鄭成功。大軍雖見疲憊，但依舊井然有序，隊伍整齊。

國姓爺見到了陳澤，不禁叫出：「濯源[1]，想不到圍城半年，竟然一場空，白白犧牲了上萬弟兄與幾十萬百姓，我對不起他們。」說完，聲音已帶哽咽。

嚴格來說，鄭成功並沒有打敗仗，只是沒有打勝而已，可是他的表情像是打了一個大敗仗。「我水淹漳州府，心裡也很痛苦。我但求速戰，希望在金礪的部隊到達以前拿下漳州。誰知事與願違！」鄭成功閉著眼睛訴說，似乎強忍眼淚。

陳澤沒見過國姓爺如此哀痛。他原本就木訥寡言，一時也不知如何回答。

當夜，陳澤也把台灣傳來郭懷一等四、五千漢人被殺的消息稟告了國姓爺。鄭成功掩面嘆息，默默無語。

幾天之後，又有消息傳來。漳州之圍，總共軍民死者六、七十萬，其中三成是餓死者。戰後挖三大穴，穴前各立一碑，曰「同歸所」、「萬安所」、「萬公所」，來容納遺骸。

「真悽慘！」陳澤在心裡想，初聞國姓爺水淹漳州府的消息時，一時之間，無法了解為何用此殘忍手段傷害自己的鄉人，後來他想到一個可能：國姓爺是想速戰速決，取下漳州府，然後分兵台灣，援助郭懷一。但是現在回頭看，兩頭落空了，而且漳州和台灣的漳泉鄉親死傷都極慘重。

他想，國姓爺為了反清復明，寧可與父親決裂，讓父親及兄弟一家多人身陷滿清手中，本身的犧牲也夠大了。為了打勝仗，必須犧牲無辜民眾，也是無可奈何的事。

1 陳澤，字濯源。

但是，戰爭，殘酷的戰爭。戰爭殺人，是人殺人？還是上天殺人？他想到當初當儒生時所讀到的老子的話：「天地不仁，以萬物為芻狗。」

夜已深，窗外傳來打更的聲音。已經二更了，陳澤依然了無睡意，而三更四更之交，就要再起來練兵了。是天地不仁嗎？陳澤心中，悲痛泣血。

可以避免戰爭嗎？戰爭，哪一天才結束呢？四、五年來，他隨著國姓爺東征西討，從來沒有想過這個問題，今天第一遭。除非國姓爺投降，否則國姓爺不打清廷，清廷就要消滅國姓爺。而國姓爺投降了，清廷一定專心去對付永曆帝。永曆帝若被執，大明國就完了，漢人就要完全置於滿州韃靼人的統治之下了。想當年大明太祖朱元璋好不容易驅逐了蒙古人，如今不到三百年，眼看又要亡於滿州人，對不起祖先，也對不起後代。

想到後代，陳澤想，三十五歲了，我依然無子。「不孝有三，無後為大」，這又是另一件對不起祖宗的事。

陳澤一夜無眠。

第四部

1653~1655年

疫

第二十二章 海戰

瑪利婭在心裡盤算著，現在是一六五三年四月，如果楊恩如他的信裡所說的，一六五二年七月初自鹿特丹搭乘「鹿特丹市徽號」啟程，現在有可能到達巴達維亞了。如果一切順利，她希望楊恩可以在六、七月左右到達大員。

已經六年多沒有見面了，雙方靠著大約兩個月彼此一封書信來往，竟然能維持這麼久的感情，連瑪利婭本人都覺得不可思議。也許因為身處異國的鄉村，可以遇到的對象本來就很少，於是楊恩成了瑪利婭的精神寄託，更難得的是楊恩也如此癡情對待。

然而六月底，楊恩還沒到。反倒自國內傳來消息說，去年七月，英國海軍在北海的多佛海峽附近劫持了一艘商船，還好商船上的船員擺脫了劫掠，英國艦隊追趕途中，荷蘭的艦隊及時趕到，兩軍交火，雙方都有船隻受創。訊息並未能確定那艘船是否為「鹿特丹市徽號」，但船隻逃脫途中為英國船的大砲所創，造成一些人員傷亡，還好在荷蘭艦隊的救護之下，終於帶傷僥倖回到荷蘭。

瑪利婭聽到了憂心忡忡，但她故作堅強，白天裝出無事的樣子，只有夜晚偶爾哽咽。亨布魯克一家人也都日夜祈禱，希望楊恩平安無恙。

大員的荷蘭人聽到這個消息都有些不安。好不容易才結束三十年戰爭，爭取到獨立，而且迅速躍居第一海上強國，不料才四年，馬上捲入國際強權鬥爭。英國伊莉莎白女王在一五八八年擊敗西班牙的無敵艦隊，現在克倫威爾[1]則要挑戰荷蘭[2]！

八月底的時候，瑪利婭終於收到楊恩寄來的信。瑪利婭拿著信，心裡很高興，卻又緊張得兩手直發抖。這是一封好厚好厚的信。

親愛的瑪利婭：

感謝上帝，感謝耶穌基督，讓我還能寫這一封信給妳。我遭受了一場突如其來的災難。很幸運的，我幾乎是毫髮無傷。雖然我的財產遭受嚴重的損失，雖然我沒能如願到達福爾摩沙，雖然我很遺憾仍然未能見到妳。

在信中，楊恩詳細記述他怎樣高高興興地出了海，然後船在多佛海峽碰到英國艦隊，卻是海盜行徑，先是威脅性地向「鹿特丹市徽號」開了幾砲，兩艘英國戰船一前一後挾持著荷蘭船，要這艘商船乖乖跟著他們走。後來船上的水手慢慢看出來，英國艦隊要他們往泰晤士河河口的方向，也就是要俘虜「鹿特丹市徽號」。於是機警的船長率領技術高超的水手們，如何逃出英國艦隊的控制，如何驚險突破敵人的包抄追圍。在追逐途中，

1克倫威爾（Oliver Cromwell, 1599-1658）是英國政治家，因反對英王查理一世，國王和國會決裂後掀起內戰，後來克倫威爾處死查理一世，自命護國公，實行獨裁統治，權傾一時。他死後將護國公傳給兒子理查，但叛變四起，最後君主制於一六六〇年復辟。

2歷史上稱此戰役為第一次英荷之戰（一六五二到五四年）。一六四八年荷蘭獨立之時，以為戰爭結束，賣掉不少船隻作為商業資金。這段期間，英國意圖打破荷蘭海軍獨霸世界的局面，迭起衝突，到一六七一年第三次英荷戰爭後，荷蘭終於敗於英國。

遙遙看到了荷蘭的船艦，於是趕快發出求救信號。可惡的英國人竟然不顧無辜民眾的生命，對準「鹿特丹市徽號」開砲，有一顆砲彈直接命中甲板，造成幾位水手傷亡；另一顆則擊中右舷，穿越船壁，落在楊恩床鋪身邊不遠之處，擊中一位乘客。

這位可憐的鹿特丹商人正押著一批公司貨品，私下也帶著一批貨品，企圖夾帶到巴達維亞去，然後準備自班達群島運一些香料回來。我們兩位是鄰床，一路談得很愉快。砲彈正好擊中他的頭，可憐的人滿臉是血，而慈悲的上帝啊，我很幸運，只受了一點小傷。我趕快把他搬到另一張床上，找了一些布條為他止血。船醫過來只看了一眼，搖搖頭就離開，去救其他受傷的水手。我只好一直照顧著他，但這個可憐人頭部受傷太重，半個小時後就孤單地死去，沒有一位親人在旁邊。後來，一位臉色蒼白的牧師才匆匆跑來，但是他已經蒙主寵召了。

瑪利婭看到楊恩捨己為人的行為很是高興，深覺自己找到一位勇敢善良的男士。楊恩回到荷蘭後，東印度公司答應他，不必再付任何費用，就可以搭任何一班船到東印度或到福爾摩沙，甚至日本。但問題是，經過這次風波，航向東方的船班大受影響，目前可說是遙遙無期。

瑪利婭看到了這裡，很是失望。

楊恩又繼續寫：

我知道妳一定會很失望，我也非常難過。我們的故事感動了我的姪女婿畫家法布里修斯，他為了鼓勵我，也為了安慰妳，正在為我畫一幅畫，特別以妳所想念的台夫特為背景，已經開始畫了。法布里修斯還說，妳前封信提到的東方畫法，他很感興趣。而他要畫這幅畫，也是讓妳知道，他對色彩及光影的捕捉應用有了新心得，可以不同於林布蘭，他非常自豪。台夫特有一位叫維梅爾[3]的年輕畫家來拜他為師。我先寫這封信向妳報平安，希望再過一、兩個月，這幅畫就可以到妳手中。

瑪利婭看了這封信百感交集，心中又是感動，又是高興，又是難過。

兩個月後，瑪利婭果真收到這幅畫，畫小，內容卻是無比精彩。她簡直不相信在小小的三十乘十五公分的畫面上，畫家能夠同時精彩地表現室內近景和室外遠景，真是前無古人。他以老禮拜堂為中心，把台夫特的街景畫得如此精緻、如此細膩、如此動人，對映著蔚藍的晴空。瑪利婭看了畫中的楊恩，過去七年間，楊恩有些老了；還有，他什麼時候抽起菸斗來了。

這幅畫讓她愛不釋手。她掛在臥室的牆上，每天都要看上好一陣子。

3 維梅爾（Johannes Vermeer, 1632-1675）為荷蘭畫家，終生在台夫特度過，著名作品有《戴珍珠耳環的少女》、《台夫特一景》、《倒牛奶的廚娘》等。

第二十三章
婚宴

對福爾摩沙的荷蘭人來說，宴會是大家的最愛。這是一六五四年迎接春天的第一個舞會，更何況，舞會的主人又是社交圈很受歡迎的佩得爾上尉夫婦。他們的美麗女兒瑪格麗特要嫁給眾人尊敬的柯來福牧師，大家公認這兩位是非常適配的一對。

這個婚宴是大員荷蘭人的盛事，不，是整個荷蘭東印度公司在福爾摩沙的盛事。大家一掃過去一年半「Fayet」郭懷一事件以後的陰霾，也一掃過去維堡長官在福爾摩沙最後一年的陰沉氣氛。所有的賓客以非常歡欣鼓舞的心情，迎接新長官到來的第一個春天，參加這個結婚舞會。

佩得爾上尉年已半百，他蓄著灰白色短鬚，向上微翹，甚是威嚴。佩得爾家在福爾摩沙是顯赫又備受尊敬的家族，他自一六三〇年代就來到大員，四〇年代後期成為公司在福爾摩沙的軍隊最高領導。他雖然官位不高，但可說是荷蘭東印度公司在福爾摩沙的第三把手與定心丸。長官及議會議長來來去去，而佩得爾十多年來一直長居大員，成了荷蘭人心目中的中流砥柱。

上山下海，佩得爾什麼都做。船擱淺了，他上去救難；漢人在野地不法捕鹿，也是他去調查，而且成績輝煌，連嫌犯都抓到了。公司要在島上尋求好木材製作船桅、蓋房子，也是他遠赴淡水，一路深入高山，結果在屈尺發現了東印度地區最美麗的樟樹林，讓公司又多了一大筆收入。

特別是 Fayet 事件之後，大家都把帳算到維堡頭上，認為他政策不當而引起動亂；同時把功勞記在佩得爾身上，認為是他指揮得宜，才能把荷蘭人的死傷減到最少。

當時 Fayet 的群眾幾乎封鎖了普羅岷遮城，列陣在台江海邊，準備在初登陸時，利用荷蘭人在短距離內無法發揮長槍優點的劣勢，以刀劍狙擊荷蘭人。沒想到佩得爾隨機應變，漢人船隻尚未上岸，荷軍就趁著台江水淺，先行下水衝至水深約六、七十公分處，把船翻過去，然後倚著船背，向漢人群眾開槍。漢人沒有想到這一奇招，毫無還擊之力，終於潰退而向南部移動。漢人本來準備重整旗鼓再奮力一擊，結果佩得爾又想出一個策略，讓福爾摩沙人繞到漢人的背後發動攻擊。因此，Fayet 的亂事得以平定、荷蘭人死傷甚少，佩得爾在公司的眼中居第一功。

他做事身先士卒，又很體恤部下，在荷蘭人圈子很受尊敬。佩得爾常常到各部落出任務，或陪著長官到各社巡視。他為人豪邁，大碗喝酒、大塊吃肉的作風，福爾摩沙原住民很吃這一套。對原住民的頭人，他會勾肩搭背，動作親熱，語言上又能溝通，讓福爾摩沙人受寵若驚，因此他很受福爾摩沙人的歡迎。

這次 Fayet 事件中，維堡發動福爾摩沙人來護衛荷蘭人，原住民紛紛響應，也有賣佩得爾的面子之意。其實連漢人商人及頭家，如何斌，也對他十分奉承。不過因為郭懷一的事件，漢人農民及勞工自然是恨他入骨。

佩得爾除了女兒瑪格麗特，還有兩個男孩。大兒子托瑪士也在大員當軍士，小兒子威廉在大員出生，自小就在大員街上和漢人小孩嬉戲，也常在何斌的大員家中出入，學得一口流利的漢人語言。何斌試著教他認識漢字，他也學得不錯，於是威廉當起荷蘭和漢人之間的翻譯及文書證件工作，儼然是個語言與法律專家了。

這天晚宴中，幾乎人手一杯國內運來的 Mom 啤酒；官階高的還有葡萄酒可以喝，低階士兵喜愛烈酒的則喝便宜的 Arrack 蒸餾酒。福爾摩沙的荷蘭人也許因為身處異鄉，有不少人酗酒，因而鬧事或酒後的意外事件時有所聞。

新任長官凱撒來到會場，帶來一個有趣的消息。廈門的國姓爺寫信來，指明要海勒曼醫生[1]到廈門去為他看病。好幾年前，海勒曼醫生曾經到他父親鄭芝龍家裡治病，可惜這位醫生已經調到巴達維亞。

新任長官凱撒說：「不管怎樣看，這是個好消息，表示國姓爺對我們沒有敵意，相當信任我們。」原來，大員的公司高層對國姓爺與 Fayet 事件的關聯一直存有疑慮。國姓爺這封信讓凱撒放心不少，大家也都贊成凱撒的看法。

那麼要派什麼人去呢？公司在大員設有一家醫院，大家公認拜爾[2]是最好的醫生。拜爾本人也在宴會上，聽到大家公推他，臉上露出猶疑的表情。

「國姓爺是怎麼樣的人呢？」

荷蘭人來福爾摩沙三十年了。最近十年，國姓爺一直是他們在大明國方面打交道的對象，但幾乎沒有人見過他。老一輩的荷蘭人比較熟悉他的父親「一官」鄭芝龍，因為一官會講荷蘭話，常與荷蘭人直接打交道，但國姓爺與荷蘭人較無來往，大家只知道他們父子都是大明國的大官員。而此時，韃靼人幾乎占領了大明國的土地，一官也已投降韃靼，然而國姓爺不但不肯投降，還率領一支二、三十萬人的軍隊和韃靼人作戰，兩邊已經打了八年。國姓爺雖忙於戰爭，但他依然保有父親當年創建的海商勢力，幾乎壟斷大明及大清沿海與洋人的貿易，過路的船隻也都向他繳稅。

「推算起來，應該是三十出頭的年紀，他母親是平戶的日本人。」新港社政務官優士德[3]在一官投降韃靼以前就來到福爾摩沙，這方面的見聞較多。

大家想，何斌應該最清楚。何斌說，他確實與國姓爺的部下有些往來，特別是鄭泰[4]。國姓爺把海商方面的事都交給族兄鄭泰，但是何斌說他只見過鄭泰，沒見過國姓爺。鄭泰的手段很靈活，是個商業好手。

「國姓爺因為媽媽是日本人，所以膚色比一般漢人白皙，也有日本人的暴烈脾氣與一絲不苟，」何斌向大家描述他聽說的鄭成功，「聽說他治軍很嚴格，所以軍隊紀律一流，常以寡擊眾，得到勝利，但他的缺點是殘忍、多疑。兩年前為了攻下漳州府，造成漳州軍民好幾十萬人傷亡。而且他容易發脾氣，有時部下的表現讓他不滿意，就會殺人。不過拜爾醫生此行是賓客，放心，他不會對醫生有什麼不敬的。我們漢人對賓客及醫生都很大方，少不了一番獎賞。醫生，你走運了。」何斌笑著拍拍拜爾醫生的肩膀，拜爾聽了才放下心來。

佩得爾也過來湊興說：「醫生，你過去以後，順便了解一下國姓爺的兵力如何，大家都把他說得像是神人一般。」

拜爾做了個鬼臉，說道：「上尉，你不要害我。我還想回來，做情報探子是你們軍人的事。」大家都大笑。

瑪利婭也來參加宴會。她向長官抱怨，最近由祖國來的船班變得好少，她每隔好幾個月才能收到楊恩的信，也好久才能把信寄回歐洲。

長官早就認識亨布魯克家這位聰明又能幹的女孩，對她和藹一笑說，他也很無可奈何，因為英荷戰爭的關係，大船幾乎都不到東方來了，附近只有小船。也因為國姓爺和韃靼之間戰爭的關係，轉口貿易大受影響。因此，國姓爺這次來向荷蘭人求醫，大家才這麼高興，認為這顯示國姓爺仍然與荷蘭人維持良好關係。只要等戰爭過去，或是國姓爺和韃靼達成和解，與大明或大清的轉口貿易就會再度興旺。

---

1 此前的一六四一年，鄭芝龍曾請荷蘭當局派醫生為他的繼母黃氏治病，當時由大員渡海至廈門的是海勒曼（Philips Heylemans）。

2 拜爾（Christian Beyer）是德國人，派駐福爾摩沙的外科醫師。

3 優仕德（Joost van Bergen van Damswijk）於一六三四年來到台灣，沒多久就學會西拉雅語，經常擔任翻譯官，也協助甘治士傳教，並在原住民部落擔任政務員。

4 鄭泰和鄭成功同一祖父，是鄭成功的堂兄，也是戶官（財政部長）。何斌向鄭泰借貸不少錢，鄭泰可說是何斌的恩人。

瑪利婭沒有說出口的是，楊恩在上一封信中抱怨，因為他在上次的失敗航行中遭受到重大的經濟損失，可能要再積蓄個一、兩年才能成行，反正最近到東方的船班也很少。

從楊恩的信中，瑪利婭感覺到楊恩心情低落，對前途沒有信心，很擔心他有些失去鬥志，不像當初劫後餘生、自覺幸運的高昂意志。在法布里修斯的畫中，楊恩雖然蒼老了一些，但表現得自信滿滿；現在，他似乎陷入低潮了。

她回信說，她在福爾摩沙很好。她也說，漢人有一句話「大難不死，必有後福」，所以要楊恩放心。她安慰楊恩，英荷戰爭總有一天會結束，等結束了，船班自然就多了，那時再來大員。她可以等。

在福爾摩沙的台夫特人不少，而法布里修斯又把豔陽下的台夫特畫得如此燦爛奪目；畫小而美，攜帶輕便，於是瑪利婭經常帶著畫給朋友們觀賞，只是不說出畫中人的身分，說那是畫家的樂器商人親戚。大家莫不稱讚這是精品，是福爾摩沙現有最好的一幅歐洲畫。

看慣漢人畫作的何斌也說，漢人的畫沒能像這樣表現得明豔與意境兼具。何斌很感慨地說，漢人的畫風長於山水風景，畫建築物與人物就比不上歐洲畫了。大家都說，連前長官維堡所收藏的歐洲畫，都沒有一幅比得上這幅畫。這幅畫是台夫特的驕傲，也是現代荷蘭的驕傲，必將流傳千古。這些稱讚的話，聽得出來都是真心的，讓瑪利婭開心極了，她也愈發思念楊恩。

何斌觀賞著瑪利婭帶來的畫作時，佩得爾的小兒子威廉也湊過來。威廉向瑪利婭說：「大家都說亨布魯克牧師家有個才女，今天終於有緣見到妳了。」威廉要比瑪利婭小個五、六歲，卻一副老大的口吻，瑪利婭忍俊不住，笑了出來，說：「榮幸之至。」

何斌在旁邊說：「這位小哥也很聰明啊，整個福爾摩沙能把漢人語言，其實應該說是福建話，講得最好的荷蘭人，就是他了。而且不僅會說，還會讀、會寫。」

威廉答腔：「是啊，怎麼可以只有漢人會荷蘭文呢？連福爾摩沙人都在學荷蘭文，荷蘭人不懂漢人語言及文字怎麼行呢？何況漢人文化確實是博大精深！」

一句話說到瑪利婭的心坎裡。她想，是啊，如果荷蘭人要有效統治漢人，應該多多學習漢人語言與文字才是。她想，回家以後，她要與父親商量，讓她也像威廉一樣會說漢語。

第二十四章
生根

這天，亨布魯克家好熱鬧，因為有兩個家庭來此作客。

一位是新港社政務員優士德，另一位是大目降社的學校教師杜文達（Johannes Druyvendaal）。兩個人來到福爾摩沙都超過十年了，原住民的語言說得很好。亨布魯克一家初到大員時，向兩人學過西拉雅語，並請教一些西拉雅人的習俗。

相同的是，兩個人都娶了福爾摩沙原住民為妻。優士德夫婦生了三個女兒，老大已經十二歲，最小的也有六歲；杜文達夫婦則有一對男生雙胞胎，還未滿三歲。

兩家的兒女都在部落出生、在部落長大。優士德的三個女兒長得像歐洲人，連頭髮都是紅褐色的，眼珠也帶著藍色，卻是滿口流利的西拉雅語，反倒荷蘭話說得結結巴巴。杜文達的雙胞胎則長得像福爾摩沙人，尚在牙牙學語。

這三個家庭在一起，結果大人和大人以荷蘭話交談，小孩子們反而說起西拉雅話，只有對長輩說話時才用荷蘭語。

安娜摸著優士德大女兒的頭，驚訝地說：「哇，長這麼高了，還是個小美女呢！」

優士德說：「牧師和夫人，您們來到這裡，一晃也五年了。你看，現在連小彼得都會跑會跳了呢。」

亨布魯克說：「唉，真是啊，時間真快。想當年，我們一家初來到福爾摩沙，拜你們為師學西拉雅話，真謝謝你們啊！」

原來優士德一六三四年就來到福爾摩沙。他很有語言天分，沒多久就學會了西拉雅語，於是自一六三九年開始，每年三月召開的地方會議都邀請他當翻譯官。後來他在新港社協助甘治士傳教，也擔任新港社及大目降社的政務員。

他和甘治士愛上了福爾摩沙，也都愛上了福爾摩沙的女人。但是巴達維亞教會沒有批准甘治士和原住民少女的婚事，甘治士無可奈何，後來娶了巴達維亞總督史必克與日本夫人生下的歐亞混血美女莎拉，但莎拉十九歲就病死於福爾摩沙。優士德則是個自由市民，沒有這個限制，於是快快樂樂和他喜愛的原住民女人結了婚，請尤羅伯牧師證婚，組織家庭，在新港社定居下來，以福爾摩沙人自居。

杜文達則是在一六四四年來到福爾摩沙，在新港社及大目降社擔任教師。他的西拉雅話也說得很好，很受到原住民的敬愛。可能受了優士德的影響吧，四年前杜文達也和大目降社的原住民女性結婚，不久就生了一對可愛的雙胞胎。

杜文達在旁稱讚亨布魯克的女兒們：「牧師，你們家的女兒才真是漂亮又乖巧呢！」杜文達的原住民太太接口說：「她們是在荷蘭出生的，西拉雅話說得這麼好，真不簡單。而彼得是在這裡出生的，荷蘭話和西拉雅話也都講得很好，好羨慕喔。」

優士德說：「真糟糕，我那三位女兒的荷蘭話一直說不好。所以，倪但理他們強調要在學校加強荷蘭語的教學是有道理的，否則我們下一代的荷蘭語都會咬到舌頭，更不用說讀與寫了。住大員和赤崁的荷蘭家庭，平日仍然用荷蘭語交談，下一代的荷蘭話還可以講得不錯，我們這些住在鄉下的可不行了。」

亨布魯克夫人說：「說得也是。所以學校的荷蘭文教育就很重要了。」

杜文達卻說：「可是，荷蘭政府不准我們的混血下一代回荷蘭，那他們荷蘭文說得多好又有何用？還是把這裡的語言說得好一些比較實際。」他想了想，又加上一句：「我已經決定在這裡落地生根了。下一代荷蘭文能流利最好，不流利，我也不強求了。」一席話說得眾人一陣沉默。

優士德說：「好了好了。今天來，是向牧師先生夫人報告一個好消息，就是我們兩家都向公司申請發給土地，因為我們已經決定在福爾摩沙定居下來，公司也准了，每人有一百六十摩肯[1]的土地可以開墾耕作。我們家的土地在大目降社的南邊，杜文達家的在大目降社的西邊。」

亨布魯克夫人睜大眼睛：「哇！一百六十摩肯，你們成了大地主啦。這麼大的土地，要幾天才走得完?!」

杜文達笑著說：「是啊，我也沒想到公司會這麼慷慨。我打算請一些漢人農民來種甘蔗。這裡的土地肥沃得很，將來做成蔗糖外銷到日本，只要不遇到荒年，大概收入不會太差。」

杜文達太太說：「可是最近常出現蝗蟲，很是恐怖，這可有些傷腦筋。」

亨布魯克說：「不用擔心。土地是永久的，蝗蟲則不可能年年都來，有土斯有財！」

亨布魯克夫人說：「荷蘭政府早在幾十年前就有計畫移民整個家庭到北美洲的新阿姆斯特丹，聽說自前年起，又准許荷蘭家庭移民好望角。但為什麼沒有人移民到福爾摩沙來？」

杜文達說：「不管政府怎麼決定，我自己早已決定了，就是永遠留在這個島上，落地生根。」他指著在廚房幫忙的太太：「老實說，海倫雖然是福爾摩沙人，但是很溫柔、很善良、很肯學習、很能持家，兩個小孩也很可愛。而我的土地既廣大又肥沃，種什麼，活什麼。我對我擁有的這個家非常滿意。」

優士德也點了點頭，附和地說：「福爾摩沙的女人真的又善良、又能幹、刻苦耐勞，是好妻子、好媽媽。」

亨布魯克說，福爾摩沙人是很善良。但在這裡有一個問題，除了要管理福爾摩沙人，還要管理漢人。如果漢人人數不多還好處理，但如果漢人的人數比福爾摩沙人多，那可就有點複雜。

眾人興致高昂的談話聲突然低了下來，大家不約而同想到去年郭懷一的事。

優士德嘆了一口氣說：「唉，這是個隱憂，沒錯。但去年 Fayet 聽說是受了國姓爺的煽動，因為很巧在那天下午，長官收到一封耶穌會神父衛匡國[2]自唐山寄到巴達維亞再轉來的信，特別向我們提出警告，表示國姓爺可能會對福爾摩沙有野心。」

亨布魯克說：「聽說國姓爺的兵力高達三十萬人，而且他對韃靼人的戰爭不太順利，很怕他有一天打不過韃靼人，在唐山那邊不能繼續下去，難保不會另找出路而竄到這裡來。」

杜文達接口說：「我們荷蘭人的海軍，世界第一，巴達維亞也不會坐視不管，放心啦！而且，福爾摩沙人是站在我們這邊的，國姓爺的兵士雖多，有福爾摩沙人多嗎？」杜文達說得興起，「而且我們來福爾摩沙是合法的，是有條約約定的。就好像我的一百六十摩肯土地是合法的，是公司給的，誰也不能拿走。我真愛死了那一大片長滿青色作物的土地，還有溪流池塘中的菱角、魚、蝦，連作夢都會笑。」

「牧師，這就是聖經上說的，流著牛奶與蜜的土地啊！」杜文達說完，還做了一個鬼臉。眾人也跟著都笑了起來。

1 Morgen（摩肯）是荷蘭語的「早晨」之意，指一個早上的時間可以用牛耕種的土地面積，相當於八千五百平方公尺，大約二英畝。由於當時荷蘭人稱農地為 akker，漢人取「ker」的音，轉唸為「ka」，即閩南語的「甲」。

2 衛匡國（Martinus Martini, 1614-1661）是義大利人，一六四三年來到中國的耶穌會士，深入研究中國歷史和地理學，是繼馬可波羅和利瑪竇之後，對歐洲和中國之間的科學文化交流有所貢獻的重要人物。

第二十五章 蝗災

然而這塊流著蜂蜜與牛奶的土地，卻發生了一個前所未見的可怕景象。

事情是一六五四年五月開始的。

那是個禮拜上帝的日子，天氣很好。傍晚，烏瑪、直加弄、阿僯，還有阿僯的集會所的男子，以及部落裡的一些女性，眾人聚集在麻豆溪畔，互唱著西拉雅的情歌，打情罵俏，大家興致都很高。

突然，遠方好像出現一片烏雲，先是長長地伸展，然後寬寬地延伸，天空為之昏暗，還有嘈雜的拍打翅膀的聲響。下一刻，無數的蝗蟲降落在對岸直加弄的田園裡。剎那間，土地上原先翠綠的顏色不見了，變成一幅顫動的土黃色。然後不到半小時，數以萬計的蝗蟲又振翅而起，一陣騷動之後，又突然一片死寂，大家望著天空中呼嘯而去的蝗蟲，嚇得說不出話來。再往地面一看，原來綠油油、抽出花穗的稻子，全部像被剃了光頭似的，只剩一小截。

這個原住民呼為「直加弄」的區域除了直加弄家的土地外，還有一大部分屬於公司所有，承租給漢人，種了甘蔗和水稻。這一大片正待收穫的稻米，全部遭了蝗蟲的毒口，而甘蔗株也成了禿頭矮株。眾人目瞪口呆，看著這一幕，有如恍神，直到烏瑪像大夢初醒似的撲坐倒地上，大喊：「這一季的稻米，全沒了！」

第二天，蝗蟲大軍又來。這一次，遭殃的是烏嘴鬚老宋哥家的田園。整個蓮霧園本來已經開花結苞，結果全部被一掃而光，整株樹變得光禿禿，更不用說稻米了；芒果園本來成熟的芒果，也被啃得像個大麻子似的。阿興氣得說：「只剩下埋在土裡的番薯吃不到！」然而就連青翠的番薯葉也啃得差不多了。

還好第三天下雨，蝗蟲飛不起來，總算有個令人安心的一天。

亨布魯克則收到大員長官派人專程送來的急報，於是把麻豆社的頭人集中到禮拜堂來。

從大員來的信差說，蝗蟲成災的現象，去年在北部雞籠出現過，沒想到現在擴散到南部來。而前兩天，不只是麻豆社，大員也遭受波及。長官及評議會憂慮，這麼多的蟲害必將飛遍本島，將土地上所有作物咬光光，農夫也將無法播種耕種。大員附近的甘蔗園，所有的植株頂端都被吃掉了，幸而附近田裡的穀物正好在蟲害到來以前已然採收。許多蝗蟲被強烈的北風吹落下來，數量多到城堡裡的水井好像鋪上一層黃紅色的布。

長官召開緊急會議決定，一是禁止輸出所有的穀物，二是訂定十天後為全體居民禁食禱告的日子，藉以向上帝祈求息怒，並赦免已經感受到的處罰。大員方面的惶恐，亨布魯克當然早就想到了。聖經在〈出埃及記〉十章一到二十節所敘述的每一段文字，他幾乎可以背出來：

耶和華對摩西說：你進去見法老。

摩西、亞倫就進去見法老，對他說：耶和華希伯來人的神這樣說：你在我面前不肯自卑要到幾時呢？容我的百姓去，好事奉我。

你若不肯容我的百姓去，明天我要使蝗蟲進入你的境內，

遮滿地面，甚至看不見地，並且吃那冰雹所剩的，和田間所長的一切樹木。

你的宮殿和你眾臣僕的房屋，並一切埃及人的房屋，都要被蝗蟲佔滿了；自從你祖宗和你祖宗的祖宗在

世以來，直到今日，沒有見過這樣的災。……

耶和華對摩西說：你向埃及地伸杖，使蝗蟲到埃及地上來，……到了早晨，東風把蝗蟲颳了來。……遮滿地面，甚至地都黑暗了，又吃地上一切的菜蔬和冰雹所剩樹上的果子。埃及遍地，無論是樹木，是田間的菜蔬，連一點青的也沒有留下。

於是法老急忙召了摩西、亞倫來，說：我得罪耶和華──你們的神，又得罪了你們。現在求你，只這一次，饒恕我的罪，求耶和華──你們的神使我脫離這一次的死亡。

摩西就離開法老去求耶和華。

耶和華轉了極大的西風，把蝗蟲颳起，吹入紅海。

亨布魯克沒想到，這些聖經上描述的可怕景象，今日竟然真的出現了。而且不只在麻豆社，也在雞籠，在大員，大半的福爾摩沙都受災了。

上帝發怒了！

大員長官要求全民禁食禱告的決定，也正是亨布魯克牧師心中想到的。於是，他立刻請原住民的長老把這個訊息傳達給部落的每一個人。

烏瑪把這件事告訴直加弄的時候，直加弄的母親佟雁正好在旁。也是尪姨的佟雁說，麻豆社幾百年來未發生過這樣的事，一定是得罪阿立祖了。她冷冷地說，我們麻豆社人需要的是祭典與牽曲，不是禁食與禱告。

烏瑪和直加弄知道，母親一直反對他們信奉荷蘭人的上帝，仍然認為他們應該要祭拜阿立祖。其實當年的尤羅伯和其後的亨布魯克都不禁止麻豆社的人拜阿立祖，但自從十多年前，一群尪姨被驅逐到諸羅山之後，等於禁止尪姨的存在。也就是說，可以有祭拜阿立祖的儀式，但不可有尪姨的角色。換句話說，由尪姨問神、卜卦、牽曲的傳統就中斷了。

佟雁雖然沒有被驅逐到諸羅山，從此低調地在麻豆社做一些簡單的儀式，不敢張揚，但對這些事耿耿於懷。麻豆社老一輩的人也有同樣的抱怨。他們反諷說，如果讓荷蘭人只有禮拜堂、沒有牧師，行嗎？

然而，事有湊巧，宣布要禁食禱告之後的第二天，有微風自西方與西北方吹來，一直在大員與麻豆社等地飛翔的蝗蟲，隨著這微風，全都飛往內陸而去。大家說，神蹟出現了，因為風力完全不強，但蝗蟲真的不見了。雖然蝗蟲並沒有像〈出埃及記〉說的，掉入海中而死光，但大員商館的人和亨布魯克等教士們都相信，這是萬能又憐憫的上帝終於平息了祂的聖怒。

可是好景不常。幾天以後，來了幾次地震。而在地震之後，可怕的蝗蟲不但再度出現，而且更多。麻豆社還稍好，從大員來的人說，從赤崁到鹿耳門的海岸漂流著滿滿的蟲屍，從港道中流了出去，船竟然幾乎無法進出。更恐怖的是海岸堆積了厚厚一層蝗蟲屍體，多到漢人必須穿著長靴，在高達腳踝處的死蝗蟲堆中走路！

於是，輪到漢人頭家與農民受不了了。

荷蘭人禁食求神，漢人則決定靠自己，出錢出力，因為他們更有切身之痛，必須走過死蝗蟲堆的人是他們，而被吃掉的作物也大半是漢人栽種的。

來自大員的人說，從未見過漢人那麼合作，那麼慷慨捐錢。漢人自掏腰包，合計捐了五百兩日本丁銀。漢人的想法是土法煉鋼。他們決定發揮「愚公移山」、「精衛填海」的精神，以重賞之下必有勇夫的做法，請長官代為發出公告：一斤重的蝗蟲可以換到五分錢，而且這個獎賞對全島各地都有效。

在麻豆社的亨布魯克牧師及新港的優士德政務員都收到這些懸賞文。於是撲滅蝗蟲成了全民運動，所有福爾摩沙人和漢人都動員起來。結果只過了一天，五百兩日本丁銀就花掉了一大半，但蝗蟲依然肆虐，依然抓不勝抓。因此從第二天起，收購蝗蟲的價格馬上減半。

因為天天撲捉到的蝗蟲太多，漢人商人和農夫奉獻出來的錢在三天之內就花光了。於是在大員的公司評議會做出決定，昭告大眾，公司重申撲捉蝗蟲的承諾，獎金由公司承擔，只是收購價格又降低了。

然而，蝗蟲仍然源源不絕。五月二十四日是聖靈降臨節，但降臨的是蝗蟲，多到天空完全遭到覆蓋，地面也完全遭到覆蓋。田裡的作物不消幾個鐘頭便全被吃光。更可怕的是，蝗蟲飛走之後，留於田裡的幼蟲和蟲卵比飛走的蝗蟲數量還要超過十倍以上，大家看了都起雞母皮。

於是亨布魯克一家人全面出動，率領原住民還有老宋哥一家人及其他漢人，大家齊用火攻，寧為玉碎，把幼蟲和作物一掃而盡。火攻之後，想到所有農作必須重新再開始，心中不免難過，不過總算一口氣滅了無數蝗蟲，又覺得高興。大家心裡有數，飢荒不可免了。

而且，接連數天發生了幾次地震，人心更是惶惶，因為這正好是禁食禱告後的第二天！尪姨佟雁以及老一輩的人，甚至年輕一輩的，要求祭拜阿立祖的呼聲更高了。有人在夜間用石頭丟禮拜堂。

這期間又有壞消息傳來。在荷蘭與英國的海戰中，荷蘭雖然不算輸，荷蘭艦隊司令特羅普[1]卻殉難了，荷蘭損失了一員驍勇的將領。特羅普曾經把英艦驅趕到泰晤士河的河口，差點就進入倫敦了。而在英國，現在是那個令人討厭的克倫威爾僭位中。

由於荷蘭的船隻大都用於對英國的戰爭，到亞洲的船隻被迫減少。祖國來船延誤，讓大員的荷蘭人很是擔心。而船隻少，當然也影響了貿易，一六五二年以後，大員商館的收入開始走下坡。

一連串的壞消息，整個島上幾乎沒有一個人不是憂心忡忡，沒有一個人是快樂的。

亨布魯克忙了幾個月，終於倒了下來，全身酸痛。食物本來就少，他又食不下嚥，瘦了好幾公斤。瑪利婭姊妹每天晚上聽到老父的咳嗽聲，真是不忍。還好上帝保佑，將近一個月之後，亨布魯克終於慢慢康復了。

亨布魯克收到一封優士德自新港社寄來的信，說在新港社，被蝗蟲咬斷的稻桿又開始發芽，而且重新長稻穗了。優士德非常興奮，在信上說：「這真是萬能的上帝因憐憫而做的特別奇妙工作。為此，我們從內心讚美和感謝。」

然而，在虎尾的牧師巴克拉士（Johannes Baccerus）前往大員路過麻豆社時，向亨布魯克說，虎尾的狀況非常糟糕，眾多蝗蟲把稻子全吃光，而且剪斷了稻穗，今年的收成前功盡棄。巴克拉士和亨布魯克都同意，蝗蟲雖然可怕，但最可怕的正要到來，那就是「飢荒」。所以，要開始準備如何應付。

在這期間，瑪利婭姊妹也跟著忙上忙下。瑪利婭自我解嘲說，她忙得連想念楊恩的時間都沒有了，更別說寫信。偶爾在晚上，瑪利婭望著牆上那幅法布里修斯的畫，向畫中人做個飛吻，說：「對不起，楊恩。」有時瑪利婭會想，法布里修斯應該把畫中的楊恩畫成正面，而不是側面，這樣她才會覺得楊恩注視著她。

瑪利婭自父親那兒聽說，因為特羅普將軍殉難，大員的人判斷荷蘭可能會與英國達成和平協議。如果恢復和平，到亞洲的船班增加之後，希望楊恩明年可以動身前來。而這次，船應該可以一路平安到達福爾摩沙了。她好希望明年年底可以見到楊恩。

瑪利婭想念楊恩時，就會撫弄著楊恩送她的木笛，吹奏那首〈我的愛人在福爾摩沙〉。但是媽媽不准她入夜後吹奏，說那樣會破壞夜晚的寧靜，擾人睡眠。瑪利婭抗議著，因為有時深夜萬籟俱寂時，她猶可聽到遠處傳來的老宋哥彈著月琴，以沙啞聲音所唱出的漢人小調。三年前，老宋哥還沒有這種習慣，但這一年來，他唱歌的次數愈來愈多，聲音愈來愈沙啞，曲調也似乎愈發淒涼。

1 特羅普（Maarten Tromp, 1598-1653）是英荷多年海戰的重要將領，最後於斯赫維寧根（Scheveningen）海戰陣亡，死後成為荷蘭人民心目中的英雄。

第二十六章 飢荒

蝗蟲、地震之後，竟然還有風災。

亨布魯克簡直心力交瘁。八月中旬一陣可怕的暴風雨，把麻豆社的教堂、學校教室和一些民宅都吹垮了。雖然瑪利婭、烏瑪、阿僯等人已經盡力整修，但是亨布魯克望著風災過後的禮拜堂和教室，依然覺得很不理想。阿僯等人住的集會所也在漏水，還有一些道路泥濘不堪，急待修復。

而亨布魯克最害怕的還是飢荒。

風災的重建工作告一段落後，他馬上到福爾摩沙原住民的各個居處去探視，看看還有多少存糧。

麻豆社人沒有貯積很多糧食的習慣。來自大明的漢人有豐富的逃亡經驗，歐洲人也歷經多年戰亂，懂得居安思危。福爾摩沙人卻完全不懂這些。他們過去太好命了，田野有鹿，水中有魚，耕作只是為了副食，幾乎未曾遭受飢餓之苦。烏嘴鬚年輕時決定留在麻豆社、不回唐山的原鄉時，就曾經很羨慕地說，這些「番仔」真是「天公仔囝」。另外一位漢人的教書先生則形容，福爾摩沙人是無憂無慮的「葛天氏之民」。牧師聽說，那等於是歐洲人講「烏托邦」的意思。

然而自從漢人和荷蘭人紛紛到來，為了將鹿皮外銷日本、鹿脯外銷唐山，捕鹿數量驟升，鹿群已經明顯減少。荷蘭人又把獵鹿的權利外包給漢商，成了贌稅的一部分，福爾摩沙人反而只能每兩個月獵鹿一次。嚴重的蝗災從五月開始。七月中，巴克拉士牧師來此。八月起，亨布魯克牧師開始要福爾摩沙人多多採收水中植物，像菱角等，也多抓點魚。但問題是，這些食物都不能久放，而福爾摩沙人喜歡生鮮食物，不喜醃肉、鹹魚。

他也去向老宋哥等漢人拜託，請他們把番薯以較便宜的價格多賣一些給教會。可是今年的番薯價格很好，在大員那邊很搶手，老宋哥很為難，於是對亨布魯克說，他可以維持原來的價格不漲價，但是無法賣太多給教會。老宋哥也幫忙說服了其他的漢人農家，以平價賣了一些食物給教會。

果然暴風雨過後不久，有些較窮苦的福爾摩沙人開始短缺食物了。亨布魯克先以教會餘款收購的食物分給福爾摩沙人。過去教會和學校會發棉布做的制服給福爾摩沙人，以獎勵他們上學。今年為了收購食物，衣服就不發了，以康甘布向漢人換了食物，但也很有限。眼看食物沒有幾天就快發光了，亨布魯克趕快寫信給大員長官，請求當局送一些小額的現款到麻豆社，如果缺乏現款，則送些衣服過來，用以鼓勵當地人修復建築物。

隨後兩週，亨布魯克又寫了兩封求助信，乾脆要求公司撥放糧食給福爾摩沙人。[1]凱撒長官對亨布魯克是很尊敬的。他在第二天馬上寫了回信，表示大員的糧食也不足，無法再分配食物到麻豆社或其他福爾摩沙原住民區域，但表示已經向日本緊急進口白米，只是還不知道日本可以賣多少米給福爾摩沙。在這以前，請大家先

1 一六五四年八月二十八日、九月二日和十八日的《熱蘭遮城日誌》分別記載亨布魯克向大員長官求援的三封信，針對九月十八日的第三封信有如下記載：「今天我們收到牧師亨布魯克從麻豆寄來的一封信，署期昨天，我們從而更得悉那邊飢荒的悲慘狀況。在那些原住民當中，有很多人現在因已缺乏可跟贌商交易（糧食）的東西，只好拿出他們最寶貴的財物，珊瑚和衣服等物，出來賣了……有時候僅剩一兩個竹筒的米，其他時間因飢荒所迫，不但已經開始吃生的而且不健康的野果，甚至吃香蕉樹幹之類不能吃的東西來代替米。因此該牧師認為，現在是尊貴的公司向這些可憐人表現慈祥的適當時機，並可因而及時避免所有不幸事故發生。」

自行設法捱過這一段日子。

於是，烏瑪和瑪利婭姊妹幫忙去採菱角，幸好這是菱角盛產的季節。直加弄和阿僯等人則去抓魚，可是仍然僧多粥少。捱過九月，麻豆社原住民都忍不住了，他們早在八月底就向牧師要求去狩獵，只要能殺幾十頭鹿，全社就可以換來一頓豐盛美食。但是亨布魯克拒絕了麻豆社原住民的提議。

蕭壠社人也有同樣的請求，希望開放獵鹿。蕭壠的牧師不敢作主，信到了長官凱撒桌上。亨布魯克直接向麻豆社居民拒絕了獵鹿的請求，也向公司長官凱撒報告了這件事。於是凱撒正式發了公文，苦口婆心勸福爾摩沙人不要這樣做。公文上說，因為鹿群已經愈來愈少了，再開放狩獵，會使鹿群滅絕，結果必將使後代貧窮困乏而已。

福爾摩沙人反彈了。他們說，荷蘭人嚴厲禁絕獵鹿，可是有一些不法漢人會在夜間用捕獸器抓鹿、吃新鮮鹿肉，荷蘭人卻放任他們的違規行為。而且荷蘭人不讓福爾摩沙人獵鹿，是因為已經標售獵鹿權給出價最高的漢人商人。公司真正怕的是，開放狩獵會影響到承租獵鹿權的漢人商人的利益。其實大員赴日本的船隻繼續出口鹿皮、赴唐山的船隻出口大量醃鹿肉，然而福爾摩沙人拒絕吃醃鹿肉。

公司不得已承認，聖經上埃及的慘狀出現在荷蘭統治下的福爾摩沙；他們也真正了解，受到影響最嚴重的是這塊土地的主人，福爾摩沙原住民。

於是，凱撒長官派出佩得爾，率領十二個士兵，從大員坐船到魍港及笨港深入巡視，果然查到五百五十個已埋設好的捕獸「套索」[2]，也抓到好幾十位漢人。而荷蘭人也讓步了，放寬對福爾摩沙人的狩獵限制，改為一個月可以捕鹿一次。為了應付漢人贌商相對而來的抗議，他們則給了一些降稅補償。

因為飢荒，荷蘭人和福爾摩沙人有了裂痕。尪姨和一些長輩說，一些福爾摩沙人改信荷蘭人的神，祖靈生氣了，才有蝗災、有地震、有風災、有飢荒。他們也開始算舊帳，說鹿群應該是他們的，不屬於漢人，也不屬於荷蘭人，原住民應該擁有對鹿群的自主權。

而有些漢人對福爾摩沙人冷嘲熱諷，說基督並沒有為他們帶來庇護與好運。這些，在在挑動著原住民的神經。過去兩百多名尪姨被荷蘭人趕到諸羅山，最後只剩下幾十個人存活下來，這更是被尪姨們廣泛宣傳為荷蘭人和信教的福爾摩沙人冒犯祖靈的最大罪狀。

幸好日本方面真的運來了許多白米。何斌年輕時曾經在日本住過，他說，日本肯出口這麼多白米，真是異數。要不然就是荷蘭人很會談條件、做生意。

而且長官對福爾摩沙人確實非常大方，顯示亨布魯克及巴克拉士兩位牧師的努力確實感動了大員當局。當局發放了三十多萬磅米，像是蕭壠社和麻豆社的窮人，每人可以領到八十磅白米；何斌說，日本人一年都沒有那麼多白米可以吃。飢荒是解了，福爾摩沙原住民對荷蘭人的信任與服從卻已大不如前。其他漢人頭家則抱怨，漢人也有許多人吃不飽，但長官對漢人不太關心，漢人像是二等居民。

荷蘭人則認為，他們已經盡了最大努力，這是有目共睹的。福爾摩沙人是均貧，所以大員當局把救濟重點放在原住民。而有錢的漢人很多，他們應該拿出一些錢來救濟貧窮漢人。

漢人頭家說他們已經做了。農曆七月十五日中元普渡正是飢荒最嚴重的時候，大員的頭家們聯合起來，在赤崁的大井頭到普羅岷遮城廣場之間的大路上，連擺了三天三夜的流水席，讓所有飢民不但吃得飽、也吃得好。而且漢人頭家說，不要忘記當初捕殺蝗蟲時，是漢人先自動自發出了許多錢，之後荷蘭公司才跟進。

總之，全福爾摩沙的人都在怪荷蘭人。何斌在一旁又是辯解、又是譏諷地說，荷蘭人做到流汗，卻被嫌到流涎。

2台語稱「吊仔」，現在原住民還在用。

第二十七章 阿立祖

因為接續而來的蝗災、地震、颱風、飢荒，加上熱症[1]，麻豆社人心惶惶。部落裡的十二位長老一致表示，今年秋天農曆九月十六日阿立祖生日時的夜祭，一定要辦得非常盛大隆重。

大家嘴上不說，可是都心知肚明，自從荷蘭人來了以後，奉祀阿立祖的儀式愈來愈隨便，參加的人也愈來愈少。今年的厄運連連，許多人認為是阿立祖發怒了，特別是老一輩的人認為，荷蘭人迫害尫姨一事不可原諒。所以，一定要有一個盛大儀式，向阿立祖表示懺悔。

尫姨佟雁更是聲明，即使信了基督教的人也要參加今年的夜祭；部落裡的長老已經發誓會和缺席的人沒完沒了，甚至到禮拜堂去丟石子。

烏瑪心中有些兩難，她雖然信仰了基督上帝，但心中並未真的放棄對阿立祖的信仰。她知道漢人也都是遵奉多神的，像烏嘴鬚不但拜觀音、拜關帝、拜玄天上帝，也拜祖先，他們家的神明桌上有好幾尊神佛。烏瑪希望自己也能這樣做。

於是，烏瑪想去向亨布魯克牧師求情，希望亨布魯克允准教徒也可以參加夜祭。誰知，平日嚴肅的亨布魯克竟然一派輕鬆地撚著長鬚，再三回答：「我聽不到妳說什麼。」臉上則現出頑皮促狹的微笑。牧師重複說到第三次的時候，烏瑪突然恍然大悟，原來亨布魯克是「眼不見為淨，耳不聞為安」。烏瑪想不到平日一板一眼的牧師也有裝糊塗和稀泥、通達人情的時候，不禁噗哧笑了出來，一面跑出禮拜堂，一面回頭高興大喊：「謝謝您，牧師！」

西拉雅的部落都有公廨，也就是供奉阿立祖的地方。公廨不只一個，而最大的公廨常位在部落的中心地帶。公廨通常分成三室，正中的一室供奉阿立祖。

奇的是，神壇上安奉的不是神像（因為阿立祖是無形無相的），而是三具製作精緻的白甕壺，外包紅布，內盛清水，水中則浮著一片香蕉葉。西拉雅人認為，祖先的靈魂會棲息水中，而香蕉葉可作為祖靈休息處。瓶口插著甘蔗葉，代表阿立祖的神威，防範祖靈外逸。壺後則插著竹條，稱為「將軍柱」，柱上綁著野豬或鹿的頭殼。瓶前另鋪著香蕉葉，也供有一碗清水，作為悠遊曠野的祖靈歇足處；供品則包括檳榔、小米酒、圓仔花、雞冠花。每逢舊曆的初一、十五兩天，由社中長老執事恭捧壺甕到溪畔換水，然後灑掃公廨、呈上供品，接著由尪姨唸咒，長老摘除壺口的甘蔗葉，換清水，行跪拜禮。

夜祭前天，部落裡的婦女在家做糯米丸，壯丁則出外狩獵。山豬是最上品，山羊次之，山羌嫌小。梅花鹿的鹿皮雖然是上品，但鹿肉不好吃，所以通常上不了供桌。

到了九月十六日的日落時分，公廨前的廣場先搭起竹子做成的好幾排長方形供桌，由社內年長者擺上已宰殺、掏去內臟、洗滌乾淨的全豬全羊，並有糯米丸、油飯、小米酒、檳榔等作為供品。

公廨的廣場四周種植了排列整齊的高大檳榔。夜祭當天，除了老人、嬰兒及行動不便者之外，幾乎全員到齊。烏瑪、直加弄及阿僯等人均戴著檳榔花編成的花冠，站在檳榔樹下，眾人圍著供桌繞成一圈。

1 很可能是登革熱，或那時漢人所稱「天狗熱」。（中研院台史所翁佳音教授提供）

天色已黑，烏瑪舉頭望天空，繁星閃爍，月朗天門。而在廣場上，長老們點燃了公廨雙邊的火把，跳躍的火焰映著作為祭品的牲畜及環繞的人群，使整個廣場籠罩著一股神祕的氣氛，彷彿祖靈就在周遭。

這時，部落內輪值的執事頭人長老站在公廨正門前，先將由麻豆社南邊大河取得之清水盛於壺中，再一手執壺、一手灑水於地，一面唸著烏瑪等人聽不懂的祝詞。然後，第一階段奉獻禮開始，由長老、尪姨率領大家向阿立祖行奉獻禮。年長者先，以後視年齡輩分，依序跪拜、灑酒、做法禮，祈求每一壯丁皆可娶妻飽食。

大約是月上中天之時，是第二階段的謝天地。這時，大家把所有供品轉向公廨外的天空。在長老、尪姨引導下，社民向天空行三跪拜禮，感謝上蒼一年來的庇佑，使莊民五穀豐收、身家平安，也邀請悠遊在外的祖靈回來，共享盛宴。

午夜時分，「牽曲」登場。因為阿立祖愛穿白衣，不喜煙火，於是少女們頭帶圓仔花、身穿白衣，手牽手圍著壺酒，吟唱跳舞，述說先祖當初開墾時逢七年大旱的艱辛歷程，歌聲低沉緩慢哀傷。烏瑪每次都覺得，西拉雅人是快樂的族群，何以牽曲的歌聲不能快樂一些，一定要如此悲愴淒涼？常有人流淚慟哭不能自己。在牽曲階段，尪姨佟雁唸咒出入舞陣，取壺中所裝之溪水，滴在牽曲少女及社民身上，以表示不忘本源。

牽曲結束後，獻豬的壯丁剁下豬頭交給頭人，其餘各自收回。頭家依社民一年中的功績，將豬頭賞給有功者。里加今年在蝗災之時，率領大家撲滅蝗蟲，於是大家公推里加榮獲豬頭大賞。第二天，里加小心翼翼，先剔除了豬頭肉，再將豬頭殼整理乾淨，曬乾後送回公廨，綁在將軍柱上，並將圓仔花的花圈掛在將軍柱上，另在壺口新插上圓仔花、雞冠花。

夜祭結束後，里加因為得到獎賞豬頭的殊榮，喜不自勝，典禮之後做菜大宴賓客。佟雁也因再度發揮尪姨的重要角色，非常高興。烏瑪和直加弄等年輕人則因得以兼顧禮拜及夜祭，心中振奮不已。

在夜祭中，烏瑪向阿立祖許願，希望能早日達成生兒育女的希望。

麻豆社的年輕婦女私下傳說，尪姨們不喜歡婦女生育太多小孩，所以會施咒語或草藥，讓年輕的懷孕婦女流產。也因此，比起漢人家族，麻豆社人的小孩數目要少很多。

烏瑪想，過去沒有漢人來的時候，為了鹿群與人群的平衡，也許這樣做是必要的。唯如此一來，西拉雅人的嬰兒就少了，再加上以前不同部落之間有獵頭的習俗，使得各社的壯丁數目不太增加。壯丁數目少，人口繁殖慢，所以幾百年來，西拉雅人的人口幾乎不太有變動。

烏瑪則發現，漢人家庭為了農耕需要勞力，人丁繁衍遠多於麻豆社人。

西拉雅族人靠鹿群就可維生，已經是過去的事了，時代已變，環境大不相同，現在福爾摩沙原住民也必須靠農業生產了。烏瑪這樣想，直加弄也同意，因為他在直加弄區的土地無法仰賴原住民耕作，必須去招募漢人，這樣會讓收益好了許多。但是很明顯的，漢人的勢力一直往原住民部落延伸。

漢人家庭的耕作所得遠多於麻豆社族人，因此今年的飢荒對漢人的影響較少，對麻豆社人影響大。而漢人的人口優勢不但展現於農作生產，也逐漸表現在土地取得方面。烏瑪想，麻豆社人一定要增加人口，才能增加勞動力。烏瑪和直加弄開始體會到人多就是力量，希望自己能早日生兒育女，也希望麻豆社人能多子多孫。

烏瑪覺得，她必須把這種環境的變遷、生活方式的變化分析給尪姨們聽，特別是佟雁，請她們不要再進行墮胎了。這不是基督教義的有罪或無罪的問題，而是因為自己族人想要壯大、要避免被漢人逐步侵占，就要人多。人多，才能勢眾。

夜祭過後一個多月，十一月初，傳來大量白米由日本運來、抵達大員的消息。麻豆社人手中終於分配到數量不算少的白米時，佟雁和長老們更加相信，就是因為這次盛大虔誠的夜祭才讓阿立祖息怒，而使全社馬上有了福報。於是佟雁更加得意揚揚了。

第二十八章 地方會議

阿僯和烏瑪到田園裡採了檳榔花，再配上野百合花、牽牛花、雞冠花。正好現在是三月春天，阿僯還爬上一株開滿紅花的高大莿桐樹，折了一串莿桐花下來，編了一個鮮豔奪目的大花冠。

這個花冠要送給里加，因為里加即將擔任麻豆社的頭人了。

兩人正喜孜孜地要離開，烏瑪說，且慢，又去採了一枝番麥花的長穗，插在正中央。

番麥是荷蘭人引進來的新作物，番麥花有荷蘭的象徵。番麥耐乾旱、易活，結出來的果實又好吃，而且不必去殼，摘下來沾個油醬，火上一烤，香噴噴的，是里加的最愛。

里加一向不喜歡荷蘭人，認為荷蘭人唯一的好處就是引進了番麥和番薯，讓麻豆社人有新食品可以填飽肚子。還有他們引進的蔬果，像是芒果、蓮霧、荷蘭豆等，都非常好吃。但是烏嘴鬚則說，他在唐山早已見過番薯與番麥，這些是閩南漢人的稱呼，也是閩南漢人把這兩種植物引進福爾摩沙的，而不是紅毛人。烏嘴鬚不服氣地告訴麻豆社人，許多植物都是漢人引進的，漢人對福爾摩沙很有貢獻。里加對漢人同樣不太有好感，也就懶得爭論，不同意，也不否認。

里加最痛恨荷蘭人的地方則是關於梅花鹿群。福爾摩沙本來是原住民和梅花鹿的世界，有時一群梅花鹿多達一、二千隻。荷蘭人來此之前，原住民有自己一套捕鹿準則，用套索獵鹿，而漢人向原住民收購鹿皮。

荷蘭人來了以後，把捕鹿權包租給漢人，原住民只能每兩個月獵一次鹿。漢人是以陷阱獵鹿。套索一次只能捕一隻鹿，陷阱則每次可以捕獲五、六百隻鹿，而且落入陷阱的鹿隻必須用棍子敲死，生產的毛皮帶有血漬，價格不到套索取得的乾淨鹿皮的一半。荷蘭人因發放獵鹿執照而取得暴利，漢人則對鹿群大開殺戒，大量生產鹿皮也獲得暴利，結果鹿群愈來愈少。原住民只能在很有限的時間點去狩獵，等於被迫退出梅花鹿的交易市場，減少了許多收益。里加與一些老族人每每說起這個就憤怒不已。

此外，里加堅信阿立祖，對荷蘭人迫害尪姨的做法非常不諒解。

這樣的人會被荷蘭人指定為頭人，連里加自己都不太相信；何況里加的哥哥桑布刀曾在麻豆社事件中殺了不少荷蘭人。里加平日雖然不喜歡荷蘭人，但荷蘭人給了他這個榮譽，他倒是很乾脆地接受了。

荷蘭人通常在麻豆社任命三個頭人，這次因為直加弄的父親提大羅過世，所以要補一位頭人。麻豆社的政務員本來想推薦直加弄，因為直加弄既虔信基督，又在蝗災、風災與飢荒之中不遺餘力地幫助其他族人，大家都很感謝他。但亨布魯克向政務員說，直加弄是提大羅的兒子，由父親傳給兒子，有些像世襲制，這樣反而觀感不佳。而且他認為直加弄還很年輕，輩分不足，不適合西拉雅人一向尊老、習慣以年長者為長老的傳統。他說，反正將來一定輪得到直加弄的，不必急於一時。

於是，亨布魯克推薦了里加。他說，里加剛剛在夜祭中獲頒豬頭的榮譽，輩分又高，在麻豆社中享有聲望，這個頭銜是錦上添花。如果能把里加這樣的人物拉攏過來荷蘭這一邊，對荷蘭才是真正有利。亨布魯克的分析，政務員聽進去了。里加戴著烏瑪和阿僯送的花冠，由政務員帶領著，到了赤崁北邊荷蘭長官的別墅。別墅中有個大庭園，就是會場。

以今年而言，三月十八日是荷蘭長官和北部各社頭人見面的日子，三月十九日則和南部各社頭人見面。

會議當天一大早，里加和各社的頭人一起列隊，緩步走入庭園觀禮。熱蘭遮城方向傳來三聲禮炮，荷蘭人司儀說，這表示福爾摩沙長官和評議會議員已經乘坐小艇啟程，越過台江，即將到達赤崁。接著，長官別墅庭園這邊也響起了連串禮炮，表示祝賀大會開展。然後又有公司船艦的士兵鳴放禮槍三輪作為呼應。

幾分鐘後，鼓聲和號角聲響起，在音樂聲中，長官率領評議會議員，由六十名裝飾漂亮的前導儀隊士兵及六名衛士護送，徐徐步入會場。於是士兵再鳴放三輪禮槍，以回應熱蘭遮城的禮炮聲。

里加跟著其他原住民頭人，列隊在一旁觀禮。接著，各村頭人依序一一上前，向長官致意，眾人再進入白色大帳的長桌前就座。長官和議員們則高坐於石頭搭建的漂亮涼亭內，俯視著長桌，然後長官開始致詞。

里加坐在長桌邊，心裡早有準備，但方才的這些儀式依然讓他有震懾的感覺。里加想到，烏嘴鬚宋哥曾向他說過漢人在唐山的「官府威儀」。他感慨著，福爾摩沙人沒有統治階級，所以沒有發展出這種統治者的官威儀式。這幾年，原住民與荷蘭人或漢人的來往明顯處於劣勢，在主權上受制於荷蘭人，在土地上則逐漸喪失於漢人。這是他決定接受頭人這個頭銜的主要原因，他希望能阻擋這個趨勢。

長官正在致詞，有一位荷蘭人通事將之翻譯成西拉雅語。里加認得這位通事叫優士德，來福爾摩沙已經快二十年了，娶了大目降的原住民妻子，也生了孩子，西拉雅語說得很好。

里加想，像優士德這樣的荷蘭人，或烏嘴鬚那樣的漢人，都娶了福爾摩沙女人，組成家庭，等於認同了福爾摩沙。里加覺得，心理上，他不應該再把他們當成外人。平常的日子裡，他們與原住民的感情也算不錯，然而實際上，優士德與烏嘴鬚等人在心態上認同了福爾摩沙的土地，卻並未認同原住民部落，並不認為自己是部落的一份子，因此部落的人也不怎麼喜歡他們。里加心裡覺得好矛盾。

長官的致詞不長，很快就結束了。然後，上一任的頭人向長官繳回籐杖，表示他們已卸任。同時，各社頭人依次向長官報告過去一年來的部落概況，若有重大事件亦一併說明。

再來是籐杖授與的儀式。新一屆的頭人依序向長官領取籐杖，宣誓「在上帝的見證下擊掌，宣誓他們會忠於長官，服從命令，誠實清廉，合於領袖風範」。大部分的頭人都可以獲得連任，但也有行為不當而不再繼任的。大部分的頭人接下籐杖時，都發出歡悅的呼聲。

里加由長官的手中接過籐杖時，也依規定做宣誓。他心情很複雜，一種又悵然、又歡喜的混合感覺。他想，時代不同了，哥哥桑布刀應該會同意他的做法吧！

最後，荷蘭長官宣達未來一年的政令。有一點讓里加覺得怪怪的。荷蘭長官特別叮囑原住民「盡量不要和漢人來往」，因為「本島的漢人不很可靠，因此，各社長老都要以我們的名義命令社民，盡可能少和漢人交往，以免被他們邪惡的行徑所勾引，他們一有機會就占據原住民的土地，拿走原住民的金錢」。

里加雖然對唐山來的漢人沒有什麼好感，但他想，不論原住民或荷蘭人對漢人都愈來愈依賴，公司卻如此公開表示對漢人的厭惡，這不是很矛盾嗎？何況漢人的人數如此眾多，而且只會愈來愈多。

會議裡，長官也命令，村社若已設立學校並學習基督教教義，長老們必須協助牧師、探訪傳道和學校教師進行神職和教育工作，給予應有的尊敬。而且長老們不但自己要上教堂，也要鼓勵孩童和少年人上教堂。過去為了避免原住民教徒懶於上教堂，曾規定一些罰款辦法，那些罰款以前用於建設教堂與學校，但自去年起，牧師會於適當時機將款項分發給最勤勞用功的學生。

長官又說：「由原住民提供用來建造新的教堂、學校與教師房屋的竹子、椰子樹等建材，將如數償付給原住民；原住民可以清楚看到，這些學校的設立別無用意，完全就是為了他們的益處，要使他們和他們的孩童在基督教的美德中受教育，進而得以真正認識神。」

大會圓滿結束後，荷蘭人宴請各社頭人，讓大家盡興而歸。里加喝得大醉。在敬酒及歌唱聲中，他下了決定：回去之後，他執意不去做禮拜。如果明年荷蘭人要收回籐杖，就讓他們收回吧！

第二十九章
讀書聲

瑪利婭非常高興，因為爸爸聽到她希望能像威廉・佩得爾一樣學習漢人語言時，不但立刻表示同意，還露出嘉許的眼神。可惜接下來的蝗災與飢荒把大家搞得疲憊不堪，好不容易稻米發下來，飢荒稍解，已是一六五五年初春了。

亨布魯克說，三月下旬的地方行政會議就快到了，他會帶麻豆社的三位頭人到赤崁一趟，順便也問一下何斌，若瑪利婭要學漢人語文，應該如何開始。

亨布魯克事先寫了信給何斌。何斌說，不敢勞駕德高望重的亨布魯克遠赴大員去找他，他會在赤崁恭候。最近兩年來，赤崁又比以前繁榮了，已經有四條大街。何斌在赤崁也有房子，還有一個很雅緻的庭園[1]。

何斌笑著向亨布魯克作揖：「令嫒真是才女。在唐山，女孩子念書的很少，漢人的觀念是『女子無才便是德』。」亨布魯克說：「歐洲沒有這種觀念。像我們在福爾摩沙人區域辦學校，女孩子和男孩子一樣可以來上課。歐洲還有女王呢，像英國的伊莉莎白，還有西班牙的伊莎貝拉，都非常傑出。」

何斌說：「其實在我國的歷史上，女孩子也是可以念書而很有學問的。像唐朝有個女皇帝叫武則天，比男人還有學問，也更能幹。唐朝也有女詩人。在唐朝，人們的作風是很開放的。唉，其實，聽說秦淮河的名妓也講究琴棋書畫。不過我知道令嫒想學的是大學問，而不是雕蟲小技。」

瑪利婭說：「何大人，我只希望能夠懂得漢人書畫，至少能與漢人對談就是了。」

何斌說：「我要先解釋一下，我們漢人的幅員非常遼闊，因此各地所說的語言不太相同。例如大明國皇帝居住的北京，所用的北京話或官話，和我們大員漢人所說的閩南方言就非常不一樣，簡直是互相不能溝通。但是，我們漢人所用的文字則完全相同。漢人能統一為一個國家，可以說是靠著這個統一的文字系統。所以令嫒將來會學到的，文字方面是所有漢人皆通用，發音方面則屬於在大員、廈門、泉州、海澄及南洋的唐人所用，和內陸或北方的漢人是不太一樣的。」

亨布魯克和瑪利婭不約而同點點頭說：「原來如此。」

何斌又說：「在大員既懂荷蘭話、又懂漢文的人，甚少。大概就是一些像我這樣的華人頭家了。但以漢人的禮節，又不好找個男教師來為妳上課。正好賤內雖然生於廣南，卻是漢文、廣南文皆通，因為自小在家擔任掌櫃，所以讀、寫都不錯，又懂得荷蘭語，所以就請她每週來為妳教一些漢字吧！可是妳不像威廉・佩得爾，妳住在麻豆社，這麼老遠來到赤崁也有些為難。我知道麻豆社有位烏嘴鬚來福爾摩沙很久了，當年也做過通譯，不知妳平日是否方便向他學學？」

於是，瑪利婭每逢禮拜一、三，天方亮就自麻豆社出發，來到赤崁何斌家，由何斌的妻子教她漢文，兩個時辰後，再啟程返回麻豆社。卡森少尉派了一個士兵，每次專程護送瑪利婭前來。瑪利婭在麻豆社，則常常去烏嘴鬚家練習一些對話。

她被漢人文字有趣的象形意象迷住了，原來水就是，山就是，日就是，月就是。又覺得漢人對

1何斌的故居是「吳園」，位置是現在台南市民權路二段三十號的台南公會堂，以前叫台南社教館。

女性的歧視比歐洲人厲害多了，女生的心肝就是「奸」；結「婚」是女生昏了頭；女人在屋頂下是「安」；小豬在屋頂下反而是「家」……。想不到在文字的構成中就透露出漢人的哲學與思考，真是太有趣了。

而福建話的發音與意境也是多采多姿。雖然學起來不容易，但瑪利婭聽多了，也就模仿得唯妙唯肖。困擾她的，則是漢人喜歡用典故，若不懂得一些歷史典故，實在不太容易進入狀況。何斌則笑著說，你們不是也很喜歡引用聖經的故事嗎？瑪利婭想想也是，這才恍然大悟，西方文明的基礎是宗教，而東方文明的基礎則是所謂的「聖賢」。

瑪利婭既聰明又認真，一年之後，真的讓她的漢文也似模似樣了。

第三十章 吳豪

陳澤接到一個他想不到的命令：護送他的同袍戰將吳豪到福爾摩沙治病。

這兩年，國姓爺不知為了什麼原因，突然興起一陣狂熱，喜歡找福爾摩沙的紅毛醫生治病。去年（一六五四）三月，他寫信給凱撒長官，指明要海勒曼醫生為他治療左手臂的一個瘡。荷蘭人當然答應，於是在四月間，派了德國人拜爾醫生到廈門。

陳澤十多年前當海員時到過巴達維亞與大員，懂得一些荷語，因此拜爾初抵廈門時，陳澤幫忙打點他的生活起居。但真正與拜爾接觸最多的則是鄭泰。鄭泰是鄭成功的族兄，也是財務大臣，很有鄭芝龍的風格，通曉多國語言，除了日語講得和日本人幾乎一樣好，荷語、葡萄牙語、西班牙語甚至越南話都粗略可通。

拜爾在廈門從五月住到九月初才回大員。國姓爺對他很是禮遇，但他有一次向陳澤及鄭泰透露，他很感謝國姓爺對他不時賞賜，不過覺得國姓爺對他並非完全信任，因為他調配出來的藥方，國姓爺有時接受，有時置之不理。鄭泰說，國姓爺本來就是疑心病頗重的人，又說，政治上居高位者莫不如此，要拜爾體諒。拜爾又說，他看出一個玄機，如果是外用的藥，國姓爺會接受；內服的藥，國姓爺就不使用。

鄭泰又說，這其實表示國姓爺認為洋人醫生在外用藥的造詣比漢人傳統醫學好，而國姓爺可能對漢人傳統調理藥方比較有信心；漢人大都認為洋人醫生精於開刀、止血、消毒，漢醫則重體內之五行順暢及陰陽調和。國姓爺既然請了醫生來，不會不信任，只是有所選擇。拜爾想想，甚為合理，也就沒有再說什麼。

到了七、八月，國姓爺的膿瘡果然慢慢好轉，國姓爺和拜爾都很高興。拜爾說他有些想念家人，於是請鄭泰轉呈國姓爺，要求回大員。其實拜爾沒有向鄭泰說出口，卻寫信告訴大員長官的是，他看到國姓爺常因一些細故，就以可怕的方式處死兵士將領，甚至國姓爺自己的親人和妻妾也常受到重罰，他因此害怕自己的生命是否真正安全。而且他感覺到，唐山人心裡對基督教徒有敵意，而自己的名字「Christian」正是基督徒的意思。拜爾每日都生活在恐懼之中，所以希望能早早離開國姓爺，離開廈門。

國姓爺送給拜爾一個大紅包表示謝意，然後請陳澤陪伴拜爾，護送他到大員。陳澤讓拜爾下船後，未多停留就回廈門。

今年夏天，陳澤的同袍吳豪對清兵作戰時，被鏢鎗擲中大腿，傷口甚深，好不容易將血止住。幾天以後，紅腫痛熱，吳豪不斷呻吟，傷口時有黃色膿液流出，惡臭難當。於是國姓爺又想到大員的歐洲醫生，親自寫了信拜託凱撒，說要送一個部爺過來求醫，於是會說一些荷蘭話的陳澤再度前來。這次吳豪來，住在何斌家中，陳澤也跟著在何斌家過了一夜。陳澤對何斌說，想不到十年不見，大員如此繁華，有國際港口城市的架勢了。何斌說，大員身處沙洲，腹地太小，他看好未來普羅岷遮城及赤崁那一帶的發展。何斌住的大員街全是有名漢人頭家、日本商人和荷蘭商人所住，街道是青石鋪成，宅第俱是新蓋，帶有洋人風味。

陳澤看得新奇，心中不免感慨，過去海澄在月港時代雖然繁華，但終是典型唐山式城鎮，而大員兼具西方與唐山風味。海澄在戰火之中沒落，廈門也屢遭戰火，大員則三十年來一片昇平，迅速繁榮。陳澤想到兩年多前阿旗師代郭懷一去求援之事。如今熱蘭遮城就在眼前，他望著城堡，望著大海，望著大員，望著港口中的荷蘭大船與從唐山來的小船，不覺想起一千年前陳子昂的那首詩：

前不見古人，後不見來者；念天地之悠悠，獨愴然而涕下。

雖然場景不同，但陳澤現在有著這首詩所描寫的感慨。

陳澤見到了古人，也見到了來者。古人是福爾摩沙原住民，來者是碧眼白膚的紅毛人。雖然早已有些漢人稀稀落落地到這塊土地上謀生，很可惜一直未能正式占有這塊土地，竟讓紅毛奪了先機。即使是鄭太師爺，也是在荷蘭人來台灣的第二年才開始在魍港等地發展。顏思齊雖然稍早，也未能在這塊土地率先插上明確的漢人旗幟，更不幸才一、二年就暴病死亡。

陳澤曾聽人說，當年顏思齊和鄭太師爺以為魍港、笨港等地與大員分屬兩個不同島嶼，後來才知道和大員一樣都位處福爾摩沙這個大島，也屬於紅毛的地盤，只好放棄，回去安海發展，但又心有不甘。如果當年漳泉人氏能比荷蘭人早些經營這個島嶼，那就好了。

他想到約五十年前陳第寫的《東番記》，那時如果朝廷不要以為這是「東番之地」，而由官府正式派人來經營，今日之局面當有不同。如今荷蘭人已捷足先登。陳澤的船在黑水溝上，好遠就可以見到龐然大物的「台灣城」。這是漢人對熱蘭遮城的稱呼。現在，更難得有機會得以就近觀察，台灣城真的是居高臨下，氣勢宏偉。陳澤不能不佩服紅毛人的建城設計，巧妙地配合了地形地勢。熱蘭遮城俯視了所有航道，而且本體又有下城與上城之分。下城周長二百四十丈，有三個稜堡，上城則有四個稜堡，加上荷軍火力驚人，真的是易守難攻。何況紅毛在水上還有高大船艦，可攻可守。最重要的，紅毛與大明曾有交換文書之約，而當時擔任「通事」的，正是國姓爺之父鄭太師爺。

陳澤望著大員市街熙來攘往的人群，大半是漢人，而街上各種日常生活相關的商店，包括裁縫店、雜貨店、理髮店、餐飲店，都是漢人開的，漢人甚至開了麵包店。在大員街上，漢人有自己的廟宇，也有中藥店。大員的繁榮，至少有一半是靠說福建話的漳、泉鄉親。大明人去南洋的，也都是漳泉的「生理人」，因此荷蘭人還有整個南洋的洋人，都以為漳泉人氏所用的福建話就是唐山話。想到這點，陳澤不禁得意地笑出聲來。

荷蘭人的外傷治療醫術果然了得，不到一個月，吳豪的傷就好了大半。吳豪不耐異地寂寞，早早趕回廈門。兩人再度相遇，陳澤把他在大員的感想告訴吳豪，吳豪則有不同看法。他認為如果大員不是荷蘭人經營，就不可能有如此興旺的轉口貿易與國際化氣勢。吳豪說，即使是當年的鄭太師爺船隊，也只限於南洋，無法遠赴錫蘭、印度，遑論到歐洲做貿易。

吳豪說，最近國姓爺似乎和清廷有些談判動作，但他不以為國姓爺會接受清廷冊封。他覺得國姓爺是以談判來拖延時間，先休養生息，以籌畫下一波的大動作。他認為國姓爺想營造出一個決定性的戰役，以之打開新局面，而不是一直在閩南沿海和清廷作拉鋸戰。

「等國姓爺覺得他的準備工作完成，和議的幌子就破裂了，戰爭又不遠了。」吳豪望著遠方海面，突然嘆了一口氣。

陳澤感覺到，兩人都沒有說出口的是，大家都有些疲憊了，但又不願投降清廷。陳澤對國姓爺百折不撓的精神衷心佩服。國姓爺幾乎是「求戰」，而不是打仗而已。他永遠不會累，永遠充滿鬥志，像是個「戰神」。

戰爭，毫無止境的戰爭。他相信，不久之後又要投入戰場了，然而韃子的統治似乎愈來愈穩固。戰爭，到底何日才會停止？除了和韃子打仗，還有其他的路可以走嗎？陳澤在心裡自問。

第三十一章
爆炸

這天，瑪利婭照常來到赤崁，上完漢文課，才要離開何斌家，卻看到小佩得爾面色凝重，在何斌家門口等她。「家父請妳到普羅岷遮城內的辦公室去一趟。」

進了佩得爾辦公室，卻見辦公室中已另有一中年人，戴著寬大禮帽，衣著甚是華麗，卻顯得疲憊而肅穆。佩得爾介紹說：「這位是尼古拉・維梅爾[1]先生，剛從台夫特來。」

來人脫下帽子，向瑪利婭行了個大禮，但並未開口。

佩得爾要瑪利婭先坐下來，然後一副難以啟齒的樣子：「去年（一六五四）十月十二日，台夫特市區有一家軍火店的三十噸火藥發生大爆炸，一大片地區都被夷為平地。很幸運的是，這一天剛好有許多市民去海牙市場趕集，不過依然死傷慘重，幾乎每一個家庭都有朋友或親戚罹難。而不幸的是，我們得知，妳那一幅畫作的畫家法布里修斯，在爆炸時受了重傷，兩天後過世了。他那時正在作畫。畫中的模特兒，一位叫楊恩・范布來

1 尼古拉・維梅爾（Nicholas Vermeer）來台灣之後，以自由商人的身分留在福爾摩沙，駕著自己的戎克船，在大員、澎湖、淡水之間穿梭，成了少數踏遍福爾摩沙南北各地的荷蘭人之一。

伊森的男士，也不幸死亡。」

瑪利婭突覺四周一片死寂，眼前一片灰白……

她甚至不知道自己是怎麼回到麻豆社的。她醒來時，已經在自己家中的床上，母親和姊姊焦急地站在她床邊。然後，幾乎是一整個白天與夜晚，瑪利婭不哭、不說、不吃，眼睛直挺挺地望著天花板。一家人不知如何去安慰她。亨布魯克默默地把瑪利婭最珍視的那幅畫自牆上拿了下來，放在她的身邊。「楊恩！……」瑪利婭終於哭出聲來，媽媽隨即把她擁入懷裡，撫著她的頭髮喃喃說著：「哭吧，孩子，痛快地哭吧……」

第五部

1656~1660年

祈

第三十二章 圍頭立功

一六五四年年底，大清順治十一年，大明永曆八年十一月，清廷試圖招降鄭成功為「海澄公」的協議，歷經一年多談判，終於正式破裂！

十七歲的大清皇帝愛新覺羅福臨降旨，任命他的族兄愛新覺羅濟度為「定遠大將軍」，命他統帥重兵，剿平霸占漳泉、頑抗清廷已經十年的逆賊鄭森（鄭成功）。順治皇帝又一舉欽授了三位滿州重臣為輔佐，分別是巴爾楚渾（多羅貝勒鑲紅旗滿州固山額真）、吳達海（固山貝子議政大臣鑲白旗滿州梅勒章京）、噶達渾（兵部尚書正紅旗蒙古固山額真）。這樣的大陣仗，前所未見！

這是順治皇帝親政之後，最重要的一次軍事任命。

他沒有用漢人降將吳三桂或尚可喜，而是任命最親信的族兄濟度為主帥，顯示他對「平定鄭逆」的高度重視。濟度是「鄭親王」濟爾哈朗的世子，濟爾哈朗是先皇皇太極最親信的堂兄弟，順治未親政時，濟爾哈朗和多爾袞齊名並列為攝政王。而濟度自十六歲就追隨父親征戰，此時才二十二歲便已英名遠播。順治皇帝同時降旨，申斥「同安侯」鄭芝龍未盡心力去招撫自己桀驁造反的兒子鄭森，並派兵抄同安侯府。

同安侯一家，包括鄭芝龍本人，以及兒子鄭焱、鄭垚、鄭鑫，也就是曾由順治皇帝本人賜名世忠、世思、世蔭的鄭成功的三位弟弟等，全部下獄論處。只有幼弟鄭淼除外，他雖然也由順治賜名世襲，但一向跟在大哥鄭成功身旁，沒有降清。

濟度率三萬滿蒙騎兵，由北京出發，到了福州，加上一路上聚集的部隊，軍力接近二十萬人。

鄭成功嚴陣以待。他採用了新進策士、才二十三歲的參議陳永華的建議，選擇在海上迎戰，避免陸上迎敵，因為海戰才是鄭軍所長，陸戰則難敵滿蒙三萬鐵騎。為了營造海戰的條件，鄭成功壯士斷腕，棄安海，退守廈門。在過去和談的一、二年間，鄭氏部隊多少享受到故鄉的家園與天倫之樂。此時，鄭成功為了以身作則，把父親鄭芝龍經營了二十六年的安海鄭氏府第，一把火燒成灰燼，讓隨軍將士心甘情願離開鄉閭家園。然後，他又把依山險要之邑的惠安、漳州等城垣拆除，夷為平地，讓遠來的清兵在陸上無險可守。

年少氣盛的濟度打造了戰船百艘、招募水師數千，準備自泉州攻擊廈門的鄭成功水師。這是清廷第一次成立大規模的水師部隊。濟度重用了屢立軍功、已守住泉州府十年的韓尚亮為先鋒。清軍水師數千多為福建本地人，諳熟波濤，慣於帆桅，精於水戰。濟度和韓尚亮都信心滿滿，志在必得。

而鄭成功只剩下廈門、金門、銅山等島嶼，陸上根據地只有海澄。若敗，將不堪設想，幾乎是退無死守。

一六五六年六月十日，大明永曆十年，大清順治十三年，農曆四月十八日。

圍頭灣是自泉州灣出航到金廈海域的必經之地。陳澤奉鄭成功命，率信武營及「內司鎮左協」王明等水師，共十四艘大帆船，在圍頭灣守株待兔，要伏擊清兵的船隊。

鄭成功另派了十二艘大船，在金門料羅灣隨時等候增援。

陳澤審度了地形與海流，命王明率三艘大船在轉角處窺視來往船隻，其餘兵船則先隱匿在小港灣內。

鄭成功靠著鄭家遍布各地的「仁、義、禮、智、信」海五商，以及「金、木、水、火、土」陸五商系統，情報工作一向做得很好。清兵水師聚集泉州港，本就不易隱匿，而鄭成功先前已在當地埋伏探子，一見有動靜馬上回報，因此得以及早布局。

韓尚亮率領了五、六十艘兵船，趁夜航向金門料羅灣，自以為人不知鬼不覺。不料船隊到了圍頭，正要航向金門，突然右側砲聲隆隆，馬上有一艘兵船應聲起火沉沒，鄭軍的大砲船也隨之現身。想偷襲人反被偷襲，且見敵船高大，韓尚亮頓時心生怯意。六十艘小帆船進也不是、退也不是，竟在原地打轉。

鄭軍一夜等待，果然沒有落空，軍心大振。鄭軍船大，清軍船小，陳澤乘勝，命己方大船乘風勢及海流向清兵小船衝撞，並發砲轟擊。清兵陣勢大亂，有的著火，有的翻船，將士紛紛落水。

此時天已微亮，突然狂風大作，陰翳濛霧，視線模糊，巨浪洶湧。鄭軍占熟悉地勢之利，陳澤急命船艦退泊原來隱匿的港灣。而清兵船小，又無處可泊，想退回最近的深滬灣卻遙不可及。於是，有硬闖圍頭灣而被鄭軍活逮者，有被浪打而漂向青嶼和金門、登岸逃生乞降者，有被吹向外海而不知漂向何方者。

清軍幾乎全軍覆沒。兵船十艘被擒，三十餘艘焚燬，多艘被吹散漂流，逃回的不到十艘。連韓尚亮都溺斃殉職。濟度不得不承認水師終究非鄭成功敵手，黯然偃兵息鼓。

國姓爺大喜，論功行賞。陳澤獲首功之褒，授封為「護衛中鎮」。擊沉第一艘敵船的王明也獲拔擢升級。大挫敵軍，鄭軍一片喜悅。

卻不料兩個月後，一六五六年八月十一日（永曆十年，順治十三年），禍起蕭牆，鎮守海澄的黃梧竟然叛變，獻城降清，清廷授以「海澄公」。而海澄城內大量的軍備物資也都落入敵手，鄭成功大受打擊。

海澄本是陳澤家鄉。家鄉淪陷，讓他大為傷心。還好家人都已避居廈門。

海澄叛變是重大事件，連荷蘭人都在九月十四日的《熱蘭遮城日誌》記上一筆：「因這城市的失去，很多人覺得國姓爺將遭受韃靼人沉重的壓力，因為這個海澄一直是他的穀倉。結果如何，有待時間揭曉。」

第二年，陳澤與陳斌、甘煇合守羅星塔，又轉戰浪崎，真的是戎馬倥傯。這一年，鄭成功改「護衛中鎮」為「宣毅鎮」，於是「宣毅鎮陳澤」之名號從此確立。

第三十三章 剝與復

台夫特大爆炸，不但奪走了瑪利婭的最愛楊恩，也奪走了許多人對台夫特的記憶，乃至於對荷蘭的記憶與聯繫。例如像尼古拉．維梅爾，親友的死傷與令人驚心動魄的災後慘狀，使他的心靈大受創傷。雖然他還有個族姪在台夫特當畫家，這兩年也正拜法布里修斯為師，但尼古拉說，他不忍再回到台夫特了，甚至不忍再回到荷蘭。他要留在福爾摩沙，至少留在東方發展。

亨布魯克一家也有一些親朋好友受傷或遇難，因此一家人的心情都很低落。

禍不單行。福爾摩沙也出現重大災害。

一六五六年九月、十月，連續幾個大颱風挾著巨大風雨來襲，自北到南許多地方都慘遭風吹水淹。熱蘭遮市鎮有許多房屋倒塌。何斌的一棟新蓋房屋也倒了。漢人有不少房子被吹得七零八落，連一座漢人寺廟也千瘡百孔。有許多婦孺被壓死或淹死。

荷蘭人統治的整個福爾摩沙地區幾乎成水鄉澤國。海灘上到處散落漢人男女的死屍，河流也沖來許多福爾摩沙人的死屍，慘不忍睹。大員當局估計，至少有近千人死於水災及風災，傷者更是無從估計，災情慘重。

北線尾沙洲本來有一些漢人漁民住家，全部被沖得無跡可尋。居民也自此不見蹤影，大概都溺死了。

荷蘭人初來福爾摩沙時，本來在北線尾築了一個海堡，因風雨交加而完全倒塌，五個荷蘭人被壓死，其他的人也全被壓傷。[1]

不少船隻也受損了。海岸上擱淺、損壞的荷蘭人船隻不在少數，漢人小漁船被吹散、吹爛的更多。

災後重建的工程很大，而荷蘭東印度公司因為國姓爺的禁運，財務狀況本已捉襟見肘，再加上此次農作、房屋都有重大損失，更是雪上加霜。

麻豆社的教堂和講台、學校和教師的住家等許多房屋都倒塌損壞，原住民和漢人的房屋也多有損傷。亨布魯克牧師向大員長官請託，希望房屋用磚頭重建，或至少用磚坯（曬乾的泥磚）建造，以求一勞永逸。

在風災與水患之中，瑪利婭終於恢復了過來。她本來就是活潑好動、關懷他人的女子，只是心底的傷痕讓她有時會突然陷入一陣落寞。現在她回過神，積極加入重建工作。

在風災和水患的摧殘中，卻傳出了烏瑪懷孕的好消息。烏瑪好高興，直加弄也很興奮，連梅雍和里加都笑口常開。亨布魯克牧師感動地說，上帝給予人類的庇佑，就是源源不絕的生命力。人類用這樣的強韌生命力來克服上天的災難，一直繁衍下去。瑪利婭在旁聽了，想到楊恩，心裡特別感慨，傷心楊恩沒能留下子嗣。

烏瑪在這一次懷孕過程中小心翼翼，不敢喝酒，也不敢做重活，甚至辭去了心愛的學校助理教師的工作。但她也聽到台夫特的不幸，知道那對亨布魯克一家人打擊重大，因此三不五時到禮拜堂去幫忙牧師，也偶爾送些點心水果給安娜，順便探望一下心情低落的瑪利婭。

---

1 荷蘭人稱之為 Redoudt Zeeburch，興建於一六二七年，改建於一六三一年。據文獻記載：「建築一座石房，疊造一座砲台，砲臺扼守港道出入口，港道另一旁為築有熱蘭遮城的大員島。……改建後，為三層建築，上層樓架有六門大砲，海堡的牆壁厚二點五公尺。」三百多年來，台江地形滄海桑田，無法獲知「海堡」的確切位置。一九九八年台南市政府修建堤岸工程，發現疑似荷蘭時期磚石結構，但並未確定，於是以塑膠布覆蓋遺址，再以軟質細砂回填，待以後正式考古挖掘。

烏嘴鬚過世了，阿興成了一家之主。他的幾個姊妹也都長大了，嫁了漢人。雖然他們的媽媽是麻豆社人，但是兒女們都穿漢人服飾，自認是漢人，表示不願意嫁給麻豆社人。有些麻豆社男人去向她們求親，都碰了釘子，麻豆社男子因而忿忿不平。但是，形勢比人強，於是有些麻豆社男人開始學習漢人的語言。更奇的是，有些麻豆社女子也開始想嫁給漢人，學起漢人的語言來。結果，學校雖然繼續教荷蘭文，但大家只是應付應付，私下反而熱中於學習漢人的語言，甚至文字書寫。

郭懷一事件後，福爾摩沙的漢人由將近二萬人減少了兩成，然而由於移民源源不絕，因此很快又增加，單是大員的漢人就已近二萬。赤崁地方也愈來愈繁榮，漢人在這裡不但有商店、有市集，還蓋廟、蓋漢人醫館，就連地方的名稱也有兩套稱呼，荷蘭人有荷蘭人的稱呼，漢人有漢人的稱呼。而漢人多的地方，福爾摩沙人就撤守了。久而久之，連地方名稱都漢名化了。

烏瑪講這些事情給瑪利婭聽時，口氣中帶著不平。既不平自己族裡的女子喜歡嫁給漢人，又不平麻豆社的土地慢慢被日漸增多的漢人移民買走，或像阿興這樣的漢人和原住民配偶所生的第二代繼承。

瑪利婭口中應付著，但不是很認真在聽。她仍然思念著楊恩，可是她知道，沒有了楊恩，沒有了台夫特的回憶，她將來再回到荷蘭的可能性愈來愈小了。瑪利婭望著烏瑪的大肚子，開始在心中問自己，未來自己會有的小孩嗎？

烏瑪的話讓她最感慨的是，連福爾摩沙人都熱中於學習漢人的語言。她想，那麼距離赤崁最近、漢人最多的新港社，應該有更多人學習漢人語言吧！只有荷蘭人沒有想到應該學漢人語文。荷蘭人認為自己是統治者，所以漢人和原住民應該來學荷蘭文，而荷蘭人不必去學其他語言。但問題在於荷蘭人是少數。

二、三十年以前，荷蘭傳教士為了向原住民傳教，曾經自願去學原住民的語言。但是傳教士幾乎未曾把漢人看成傳教的對象，因為漢人有自己的宗教。雖然也有少數漢人改信基督教，像何斌，但是絕大多數的漢人不信基督教，也不太學荷蘭語。

因為傳教士沒有積極向漢人的圈子傳教，荷蘭教士也就少有人認真去學漢人通用的福建話。至於行政人員和軍士，像佩得爾那樣長久居留在此地的人少之又少，他們流動性大，沒有耐心去學漢人語言。結果，荷蘭人要靠懂荷蘭話的漢人頭家才能管理漢人、了解漢人。

瑪利婭想，這樣是不對的，對荷蘭人非常不利，因為漢人的人數已經愈來愈多，超出荷蘭人太多了。

瑪利婭想，自己大概和杜文達、佩得爾等人一樣，一輩子會留在福爾摩沙了。楊恩過世後，荷蘭的記憶愈來愈遙遠。雖然有些荷蘭男子有意無意向她表示好感，她已經不為所動了。

爸爸在福爾摩沙一直做得很起勁，應該會再留下來。再過兩年，爸爸在福爾摩沙就滿十年了，要決定是否續訂合約。而媽媽安娜一切唯爸爸是從。小妹克莉絲汀娜和弟弟彼得還小，至於姊姊海倫及大妹漢妮卡，最近似乎都有了結婚對象。瑪利婭想，既然自己將來會在福爾摩沙過一生，那麼一定要學會漢人的福建話、看懂漢人的書，不但要會講、會聽，而且要會寫。

於是她更認真學漢文。老宋哥過世之後，她就向阿興學，但阿興的漢文遠不如老宋哥。她想到何斌告訴過她的，目加溜灣社住了一位漢人學者。她想，既然這位學者來福爾摩沙也七、八年了，又住在目加溜灣，應該懂得西拉雅語言，所以她希望能向這位學者學漢文。

她請父親的朋友、住在大目降社的杜文達幫忙，帶她和亨布魯克牧師去見這位漢人學者。這位學者的頭髮已然花白，但是看起來仍很硬朗，精神極佳。他對牧師及瑪利婭非常客氣，不過聽到瑪利婭要拜他為師學漢文，卻有些慌張，一直顧左右而言他。到後來只好向牧師承認，說是因儒家規矩，他不願意收女弟子。

瑪利婭失望而歸。歸程中經過烏瑪的家，想順道去探訪一下。走到門口，卻聽得宏亮的嬰兒哭聲，原來烏瑪三天前在梅雍的照護下，順利生了一個健康男嬰。梅雍抱著嬰兒，得意地炫耀著。瑪利婭也很替烏瑪高興。

再不久，海倫和漢妮卡相繼結婚了。海倫嫁了助理范．畢爾賀（Johannes van der Burch），漢妮卡嫁了下席商務員范．弗斯登（Dominicus van Vorsten）。兩位新郎都住在大員，於是海倫和漢妮卡也搬到大員去了。

烏瑪讓小孩受了洗，名叫「貝加禮」。也取了一個荷蘭名 Antonius，表示對亨布魯克牧師的敬意。

以後瑪利婭的日子就是三件事：教麻豆社人學荷蘭文、自己學漢文，以及陪烏瑪的小孩玩。海倫和漢妮卡出嫁以後，瑪利婭在學校的工作加重了。漢文方面，阿興向她介紹一位也住在麻豆社的漢人，這個人在唐山時還應試過，當過鄉生。幾年下來，現在瑪利婭的漢文很有長進，甚至可以欣賞一些漢詩，也開始了解一些漢人聖哲的思想，像論語、孟子、莊子之類。瑪利婭特別喜歡老莊的灑脫哲學，漢人奉為聖人的孔子、孟子，她倒不特別敬佩。

至於烏瑪，則當著快樂的媽媽。有梅雍又有瑪利婭幫忙，孩子長得茁壯。於是有一就有二，第二年年底又生了一個女孩，西拉雅名「寧娥」，荷蘭名字則叫 Maria。有了孩子，日子好像過得特別快，不知不覺中，一六五九年到了。亨布魯克果然決定留下來，他現在幾乎是有史以來連續留在福爾摩沙最久的荷蘭教士。小女兒克莉絲汀娜亭亭玉立，彼得也長得和媽媽安娜一樣高了。瑪利婭已經很少想到荷蘭，福爾摩沙就是她的家。

白天的瑪利婭依然充滿活力與笑容。但是到了夜晚，一天的忙碌過去、疲憊到來，她還是會想起楊恩。過去楊恩與瑪利婭兩地相思時，瑪利婭喜歡在睡前對著星空吹奏楊恩送她的笛子，因為這使她想起她與楊恩相處的那個夜晚，然而每每被媽媽安娜制止，因為媽媽說麻豆社的夜晚太謐靜了，不適合吹笛子。

楊恩死訊傳來的第二年，一個禮拜日的春日午後，瑪利婭自教堂做禮拜回來之後，默默走進房裡，把她保存著楊恩近一百封信件的木盒子捧了出來，埋在住家旁邊一棵開著火紅花朵的莿桐樹下。自此以後，瑪利婭每每在黃昏時分，或坐或站於莿桐樹下，對著夕陽吹奏笛子。

以前瑪利婭吹的曲子，節奏大半是輕快喜悅的；現在，同樣的曲子，她吹得較慢，竟變得有些淒楚。

第三十四章
北伐

國姓爺起兵迄今，一晃十二年了。

這十二年間，儘管國姓爺奮戰不懈，但總是在東南一隅，無法突破。而滿州人利用降將打天下，局勢愈來愈不堪，永曆王不斷西退，幾乎已經無路可走。國姓爺雖然兩度出師勤王，但卻無功而返。數年前甚至因國姓爺南下勤王，後防空虛，廈門竟被清軍攻破，鄭氏家產損失慘重。國姓爺怒斬叔叔鄭芝莞，以為懲處。

國姓爺領悟到，侷處福建，終無法突破。他是大開大闔之人，於是決心奮力一搏，以求打開局面。

滿蒙騎兵讓漢人部隊吃盡苦頭，國姓爺針對戰場上騎兵的特性，試圖發展新戰術。

一六五七年，國姓爺殺了清軍驍將阿格商之後，發現阿格商過去之所以在戰場上衝鋒陷陣、驍勇異常，除了本身確實武藝高強之外，他穿了一件鐵甲衣，也是個重要原因。

國姓爺想起小時候看過的日本武士甲冑。他靈機一動，設計了一套鐵衣、鐵面，請工官馮澄世依樣製作，有些材料還自日本進口。士兵們穿了鐵衣，果然是刀槍難入，只是太重，行動不便。鄭成功以重量訓練克服了這個困難。於是「鐵人部隊」成立，由「左虎衛」陳魁統率，這是十七世紀的「裝甲部隊」。

接著，富有創意的國姓爺又想出一個點子。對付騎兵，就要砍馬腳；要砍馬腳，士兵裝備要輕便，並精熟翻滾動作。

鄭成功想到利用福建特產的藤。藤做盾牌，質輕方便，又浮力大，可以涉水。作戰時大家以藤牌相連擋住敵人刀箭，然後滾地至敵陣，專砍馬腳。藤牌軍先逼使敵軍落馬，鐵人部隊奄至，斬人像切菜瓜。於是清人的騎兵優勢全失，屢次被國姓爺軍隊所破，「藤牌軍」聲名大噪。這是十七世紀的「體操部隊」。

陳澤也意外發揮他當海員時學到的祕技，立下戰功。陳澤年輕時，在各港埠見到洋人繪製地圖的技巧遠勝漢人，在旁觀看竟看出心得，也懂得繪製地圖，這是漢人少有的專技。事隔多年，竟然也派上用場。國姓爺既要遠征，沿線補給非常重要，於是計畫襲取各地之清軍囤糧，但人生路不熟。於是陳澤自告奮勇，先祕密勘查興化、涵頭、黃石等地，然後繪製地圖交給國姓爺。大軍依照陳澤所繪地圖，攻擊當地的清守軍劫取糧倉，果然成功。於是陳澤繪製地圖的特技傳遍全軍。

一六五八年七月，國姓爺決定在福建之外另闢新戰場。他命令將士們取足七個月的糧食，自廈門北上，進圍浙江溫州。清兵雖想重施故技，乘虛進攻廈門，但有了前車之鑑，鄭軍此次自是有所防備，來犯的清軍被金廈守軍殺敗，解除了後顧之憂。

鄭成功的大軍繼續北上，開往舟山群島駐紮。除演兵操練外，並於七月二日為不久前英勇殉職的「戎政」陳六御、「前鎮」英義伯阮駿等將士舉辦祭祀大典。陳澤曾經擔任過陳六御的副手，對這位老長官也很是感念。他想，國姓爺雖然帶軍嚴格，時有誅殺，但對下屬也確是真心關愛，有功時不吝獎賞或拔擢，所以才能全軍一心、以少敵多。這場祭祀，儀禮隆重，國姓爺真情流露，眾軍感泣。

九月七日（農曆八月九日），風平浪靜，鄭成功到了羊山島。九月八日中午召集軍事會議，各提督來到鄭成功所在的中軍船議事。此時黑雲微起，風勢也開始變大。

於是鄭成功催促各鎮將領歸回原船，傳令各大、小船找港灣停泊，他本人也轉到另一艘大船上，作為新中軍船。不料隨即風起浪湧，迅雷電閃，雨大如注，一片昏黑，對面亦不相見，只聞驚恐呼救、拆裂衝擊之聲。

國姓爺行軍時，家眷一向隨行。管船都督陳德跪告，說：「原來的六艘中軍船本來近在此邊，現在盡被打散。風濤異常，本船的船桅也多有折損，請藩王上棚拜告，祈求上天停風息浪。」倔強的鄭成功責罵說，天意所在，哪裡是人所能求禱。

再一會，椗手又報，所繫的草椗又折斷一股，其他官員都跪求哀勸。國姓爺無法推辭，勉強上船四拜，竟然馬上雲收雨息，波浪轉靜。自午時到申時，方才霽靜。再令人查訪，六艘中軍船全不見蹤影，只見船槳漂浮在岸邊。國姓爺家眷包括六位妃嬪及三位兒子、其他男女老少眷屬，以及駕船的哨兵共二百三十一人，俱溺死於水中，只有一位老婦人及老船夫浮水逃生。國姓爺先是一怔，接著慘然一笑，命令收屍埋葬。

兵士死傷亦達數千人，北伐之事只好作罷。

羊山的大挫折沒有讓鄭成功灰心。方滿一年，他再度宣布北伐。有了去年的慘痛教訓，他專責陳澤與「忠靖伯」陳輝保護眷船，隨後而行。這個任命顯示國姓爺已將陳澤當成「侍衛長」心腹。鄭成功將「宣毅鎮」擴編為「宣毅前鎮」和「宣毅後鎮」，「宣毅前鎮」由陳澤領軍，當年去台灣請荷蘭人療傷的吳豪，則被任命為「宣毅後鎮」。

不料，第二次北伐功虧一簣。本來一路勢如破竹，連下瓜州、鎮江，並包圍金陵城，清廷大震，順治皇帝慌了手腳，先說要避歸滿州，又說要親征鄭成功。

一六五九年八月二十九日，鄭成功率領將士遙祭明孝陵，臨江賦詩，一展儒將本色：

縞素臨江誓滅胡，雄師十萬氣吞吳。
試看天塹投鞭渡，不信中原不姓朱。

矢志抵抗異族的鄭成功，說這些話卻偏偏用了異族胡人苻堅「投鞭斷流」的典故，也忘了苻堅的結局是在淝水大敗。更不巧的是，鄭成功竟也重蹈覆轍，大敗而歸，結果中原真的從此不再姓朱。

鄭成功本認為金陵城指日可下，卻因志得意滿，一時輕敵，反被清軍內外夾擊，幾乎全軍覆沒。士兵折損三分之二，將領損失過半，主將甘煇、萬禮及統率鐵人部隊的「左虎衛」陳魁都殉亡了。鄭成功的精銳喪失殆盡。陳澤伴著慘遭空前挫敗的延平王，乘著海船，回到金廈。

陳澤不敢相信，那麼多年來並肩作戰的袍澤，如今突然都做了古人。這場大戰，他沒有真正參與，因為他在後方伴著國姓爺的家眷，因此對陣亡的同袍，他有著沒能共同作戰的遺憾。然而，他思考更多的是，在這樣慘烈的損失之後，國姓爺將何去何從？

滿州人已經慢慢在中原生了根，投降的將領愈來愈多。永曆王只能不停往西逃，明朝的宗室幾乎快滅絕了。而鄭成功父弟一家俱為清廷下獄，多位王妃及兒子也因征戰喪生海域。如此不利之形勢，卻看不出鄭成功有一絲動搖。清廷再來招降，他不理，堅決不改抗清之志！陳澤實在佩服鄭成功百折無悔的精神，但也擔心局勢愈來愈不利。他心中一直在想，有沒有第三條路？不知道國姓爺會不會也有這種想法？

第三十五章
福爾摩沙神學校

亨布魯克又是高興，又是生氣。

高興的是，他夢寐以求的福爾摩沙神學校終於可以設立了。

生氣的是，他代表大員教會，向巴達維亞教會建議「讓他與其他人有機會學習更多南路語言，以助當地教學」，卻被拒絕了，理由竟然是「我們看不出亨布魯克能改進他的語言能力」，這簡直是個羞辱。

更令人生氣的是，巴達維亞教會的信中還寫了一句：「原來，這麼多年我們在南路教學所使用的，一直是南路原住民不懂的語言。」

所謂的南路語言，是指大員以南的放索人[1]、魯凱人等族群使用的語言，他們不屬於西拉雅族，所以語言不同；而教會一開始在南路教學時，尤羅伯使用的是大員以北西拉雅人所用的語言，自然事倍功半。因此亨布魯克要求從根本做起，學習他們的語言，卻被澆了一頭冷水。對南路的傳教工作而言，這真是個壞消息。

1 放索人為平埔一族，原居於現今高雄縣楠梓坑到左營舊城附近，一六三五年荷蘭人驅散達卡里揚社時，放索人也遷至屏東平原的東港溪以東。

大員教會也向荷蘭東印度公司董事會提出要印刷機印教科書，同樣被拒絕了，理由是「連巴達維亞都還沒有印刷機」。然而讓牧師們不平的是，巴達維亞的教徒哪有福爾摩沙多！還好，亨布魯克聯合柯來福、李奧納兩位牧師提議建立「福爾摩沙神學校」，這一項總算通過了。雖然不是如亨布魯克所願設立在麻豆，而是設在蕭壠，但這總是北路地區的好消息。

大員以北的傳教工作一直很順利，大員以南則不太順利，南路的原住民一向比較桀驁不馴。這一來，南北差距更大了！亨布魯克心想。

加上烏瑪等一些虔誠教徒也都參加了夜祭之後，亨布魯克一個人靜靜思考了好幾天。

他的內心自然不希望看到烏瑪等人再去參加夜祭，可是他將心比心，覺得要烏瑪他們去面對長輩那麼大的壓力，實在太困難。一方面，亨布魯克想起了歐洲的宗教戰爭，信奉改革教派的荷蘭人就是因為不滿信奉舊教的西班牙人的宗教壓迫，起而反抗。荷蘭人本來認為福爾摩沙人沒有什麼宗教觀念，現在看起來並不正確。

二十年前，尤羅伯等人認為，尪姨不像是宗教中的神職人員，倒比較像女巫。而且荷蘭人剛開始向福爾摩沙人傳教時，認為是教化福爾摩沙人、給予正確的是非觀念、破除巫術、減少墮胎等犯罪行為，而不是強迫福爾摩沙人接受新宗教。然而，烏瑪等人堅持去參加夜祭之際，亨布魯克開始領悟，尪姨不是女巫，也像祭司。

亨布魯克只好自我安慰，把西拉雅人祭拜阿立祖的行為視為祭拜祖宗，不必視為是祭拜另一個異端的神祇。這樣去看的話，參加夜祭的行為就不算是罪不可赦。

這裡的漢人常說，孔子總說「己所不欲，勿施於人」，荷蘭人自然不能太強迫原住民。更重要的是，亨布魯克剛來福爾摩沙時，把原住民看成上天交付他們牧養的羊群，現在他已慢慢把原住民看成親人或朋友。

亨布魯克因此認為，要求西拉雅人信仰基督、放棄祭祀阿立祖，第一要慢慢來，事緩則圓；第二要讓福爾摩沙人對基督教義有深入的了解，而不是像過去只背誦教義、唸唸祈禱文而已。於是，他認為該從原住民的

「思想改造」做起，而思想改造就必須自原住民的青少年做起。

亨布魯克苦思了兩週，擬了一個洋洋灑灑的大計畫，並獲得柯來福及李奧納牧師的同意，於是向大員長官與評議會提出，也呈交巴達維亞教會。

亨布魯克正式提議在福爾摩沙建立神學校，訓練年輕原住民當教士。學生人數約為三十人，需寄宿學校，年齡十到十五歲，亨布魯克並且對教學方式提出具體建議：

一、學生早上學拉丁化的西拉雅語，下午學荷語。

二、學生每日作息如下：

六至八點：副校長講授基督教教理問答。剛開始用西拉雅語講課，學習有進展後再用荷蘭語講授。

八至九點：早餐

九至十點：寫作

十至十一點：基督教教義（校長講授）

三至五點：荷蘭語

禮拜四停課，為「遊戲、休假日」

亨布魯克對於學校的內部管理也有一套計畫，幾乎是鉅細靡遺，可以看出他的用心良苦及行事細密。

一、副校長須監督全體學生在日出之前盥洗、著衣與梳髮，從而整潔、虔敬地跪下，參加晨禱。

二、上課前後得固定禱告。

三、三餐（早餐，十二點午餐，六點晚餐）開飯前後得禱告。

四、午、晚兩餐時，得聽讀一章聖經經文。

五、每位學生得輪流讀經文及感謝禱告。
六、未得校長之許可，學生不准在宿舍之外逗留。
七、學生若犯錯，副校長只能用戒尺打一下，以示懲罰。
八、校長可自行決定處罰未經允許而曠課的學生。
九、每日任命兩位糾察生，登記在學校內不講荷蘭語或任何行為不檢的學生，報告給副校長。
十、副校長得努力看管學生的清潔衛生，以及學校、宿舍井然有序等事。

亨布魯克原本提議將神學校設立在麻豆社，因為麻豆有現成的磚屋，還有很大的閣樓，沒有太多漢人的喧擾，而且此地會說西拉雅語言的荷蘭人最多。此外，麻豆較蕭壠或新港更接近獵場，也有較多人從事捕魚之業，沒有斷炊之虞，不會影響求學。最後雖然是設在蕭壠，亨布魯克還是當了校長。

這樣一來，他就辛苦了，必須麻豆和蕭壠之間兩頭跑，自麻豆到蕭壠要花上近兩小時。而因為大部分的時間必須在蕭壠，有時夜宿在蕭壠的學校，沒有回麻豆的家，因此麻豆的家常常只有媽媽、瑪利婭、小妹妹克莉絲汀娜及小弟弟彼得。烏瑪忙著帶小孩，也少有時間過來。麻豆家有奴隸幫忙照顧，瑪利婭捨不得父親在蕭壠太勞累，於是有時也到蕭壠，一方面幫忙處理神學校的事務，一方面也陪陪爸爸。前任總督卡隆的兒子小卡隆則回來當副校長。

學生們都非常認真，很遵守校規，讓牧師們很有成就感。瑪利婭也覺得，這樣的生活很有意義。

第三十六章
山雨欲來

「斌官背叛公司，捲款逃到國姓爺那邊去了！」

一六五九年的夏天，來自大員的客人帶來這個勁爆的消息。

客人是佩得爾家的兩兄弟，小托瑪士及威廉。他們跟著瑪利婭的姊姊海倫、姊夫范．畢爾賀、大妹漢妮卡及大妹婿范．弗斯登，自大員前來麻豆社度假。

威廉．佩得爾自小就穿梭在何斌家。何斌的爸爸生前曾抱過他，還給他一枚純金戒指當滿月禮物，何斌家的子姪輩也都是他的玩伴。威廉之所以會說大員漢人所用的福建話，就是這樣學起來的。他一向把何斌看成「叔叔」或「前輩」，因此最是感慨。

而像亨布魯克一家人在福爾摩沙也有十年以上，目睹了歷代大員荷蘭長官對何斌的信任。長官們也許彼此不是互相對味，像維堡與揆一，但他們全都非常倚重何斌，對他十分禮遇。因此，何斌的叛逃讓公司上下都非常心寒。

小托瑪士說：「非我族類，其心必異啊！」

亨布魯克說：「先別這樣驟下結論，何斌這樣子走法，把家當都捨棄了，一定有他的苦衷。何況在他走之前，也曾被監禁看管論罪。狗急跳牆，何況是人。他是否遭受了什麼委屈呢？威廉，你知不知道什麼內情？」亨布魯克知道威廉和何斌關係較密切，指名他把來龍去脈說清楚。

范・弗斯登不服氣地插嘴：「斌官確是捲款逃走。苦主除了公司以外，大員市的漢商被騙的也不少。」

威廉支著下巴，有些懶洋洋地說：「這事其實說來話長，也真是有些複雜。」

他啜了一口葡萄酒，又剝了一瓣橘子塞入口裡，叫聲「好酸」，然後才像回憶一般慢條斯理地說：「大家可還記得，在凱撒長官任內的最後一年，我記得是一六五六年六月，國姓爺來了一封措詞嚴厲的信，表示要對大員實施貿易封鎖。我之所以記得這麼清楚，是因為斌官為長官翻譯這封信件時，特別拿給我，要我詳細讀一遍，還問我看懂多少。」

瑪利婭說：「真的？我怎麼不知道有這件事？」因為瑪利婭清楚記得，前幾年，她為了學漢人語言前去何斌府邸，曾見到國姓爺的部爺吳豪來請大員的荷蘭醫生替他療傷。她也記得，更早之前在威廉的姊姊瑪格麗特和柯來福牧師的婚宴上，那時的凱撒長官還得意揚揚地說，這樣表示國姓爺很信任荷蘭人，只要將來國姓爺和大清國達成和解，轉口貿易就可以恢復興旺了。而瑪利婭也知道，一六五七、五八年近兩年來，大員商館又因貿易興旺而獲利大增。例如一六五八年度支出三十九萬荷盾，收入五十九萬荷盾，總盈餘二十萬荷盾，讓巴達維亞荷蘭總督馬綏掘[1]非常高興。

亨布魯克牧師最近已續約，再留福爾摩沙；續約後他和媽媽去了一趟巴達維亞進行教會交流，方才回來麻豆社。而爸爸決定續約，有一部分也是因為大員的貿易又欣欣向榮，讓爸爸對福爾摩沙有信心。因此，她不清楚在她心情最低落的一六五五及五六年，大員與國姓爺的通商關係陷入低潮，也不知道原來鄭荷之間這幾年來波折不斷。

威廉還來不及回答，她便問：「我以為我們和國姓爺一直保持很好的關係呢。那麼，那時候國姓爺為什麼對大員商館實施斷航禁運呢？」

瑪利婭的妹婿范．弗斯登是下級商務員，對這些事的來龍去脈比較了解，插嘴說道：「這事要自更早的一六五五年說起。那年七月，國姓爺寫信給凱撒長官，抱怨說馬尼拉對他的船隊很不友善，殺他的船員，奪他的船貨。國姓爺說，他屢次交涉未獲改善，西班牙人或者強奪貨物不付款，或者不按約定價格，隨意丟了一些錢充數了事。國姓爺的結論是，他實在忍無可忍，不能讓他自己和他的善良同胞被西班牙人這樣欺凌，因此下令禁止所有漢人船隻到馬尼拉，並寫信來要求大員的荷蘭人也配合。」

「凱撒長官當時回信說，荷蘭與西班牙已經恢復和平，不再敵對，因此很抱歉，他不能這樣做，」范．弗斯登敘述當時的情形，「過了兩個月，國姓爺又來了一封信，寫給何斌和大員所有漢人頭家，由他們轉告大員長官凱撒。國姓爺說，新任的巴達維亞總督對他很不友善，他的船隊在巴達維亞備受刁難。巴達維亞想獨占利益，不准他的船去滿剌加、柔佛和彭亨[2]。而且不只如此，國姓爺有一艘去蘇門答臘舊港的船，被搶走四百擔胡椒，讓他蒙受巨大損失。國姓爺鄭重警告，如果不能有所改善，一切後果由大員商館自行負責，他也將不再相信他與荷蘭之間的友誼。他將發布公告，禁止所有漢人船隻前來大員或福爾摩沙的任何港口。」

「我還清楚記得國姓爺的用語，」小威廉插嘴道，然後他作勢一字一字地唸出，「他說：『金石之言，言出必行。』」

范．弗斯登繼續說：「同一封信中，國姓爺也用很嚴厲的口氣命令大員漢人，要他們遵守他對馬尼拉發布的貿易禁令。斌官和大員的漢人頭家們一收到這封信，立刻翻譯，並轉呈大員長官和巴達維亞總督。」

1 馬綏掘（Joan Maetsuycker, 1606-1678）是荷蘭人，從一六五三到七八年擔任巴達維亞的荷屬東印度總督，是任期最長的一位。
2 滿剌加為今日的麻六甲，柔佛和彭亨也是今日馬來西亞的地名。

「凱撒長官輕描淡寫回應說，大員的商人也不喜歡去馬尼拉，因為馬尼拉確實有欠款的行為，」范．弗斯登滔滔不絕地說，「但是依照條約，荷蘭人和西班牙人仍是朋友。至於國姓爺命令大員的漢人商人對馬尼拉的禁運公告，大員當局決定不予公布，因為這對公司與荷蘭人造成主權損害。」

范．弗斯登停頓一下，眼光向眾人掃視了一遍。「而巴達維亞更是打馬虎眼，僅說『查無此事』，不予理會，擺明了不配合。」

瑪利婭接口說：「巴達維亞這樣也太過分了，那就不能全怪國姓爺。」

范．弗斯登拿起一杯啤酒，一飲而盡，說道：「威廉，以後的部分由你來說吧！」

威廉瞄了瑪利婭一眼，接下去說：「後來，就是第二年，我剛剛也提到，一六五六年六月底，國姓爺又送來一封對大員公司全面禁運的信。斌官將那封信翻譯成荷文時，我也加入一些意見，使措詞用字更為精準。國姓爺的信常是長篇大論、鉅細靡遺，卻又措詞有力、語意明確，看來有條有理，絕不模稜兩可。而他做決策，既果斷有魄力，又周全細膩，令人覺得義理人情兼顧，是個很厲害的對手。」

「我記得很清楚，在那封宣布對大員禁運的信中，國姓爺對大員的所有漢人發出三點命令，」威廉的聲音很高昂，帶著手勢，「首先，他宣布要對我們大員貿易制裁，又理直氣壯列舉了許多禁運理由，好像道理全在他那邊。接著，他故示寬大，訂下一百天的緩衝過渡期，表示允許他地的船隻有充裕時間在期限內歸航，等到屆限一到，就嚴格執行禁航。連可以或不可以帶回什麼貨品都寫得清清楚楚。最後強硬宣示，犯禁的漢人不但沒收貨品，人員也一律處死，絕不寬貸。」

威廉愈說愈激昂：「讓我們的荷蘭長官及評議會最受不了的是，信的對象針對福爾摩沙的每一位漢人，擺明了公然侵犯荷蘭人在福爾摩沙的管轄權，完全不把我們放在眼裡。但問題是，他的抗議相當有理，讓我們無法反駁。他的手法實在太厲害，不論是福爾摩沙還是其他港口的漢人船隻，都不敢違背他的命令，這是最可怕的地方。」

范．弗斯登點頭附和，接下去說：「是的，公司最無法忍受的是，國姓爺幾乎把大員、全福爾摩沙，甚至包括馬尼拉、巴達維亞的漢人，都看成是他統治下的子民。而且他還真的說到做到。在大員及福建間往來的船隻，當月來了四十八艘，去四十七艘，到了下個月前來的船隻即銳減為五艘，去十九艘。再過一個月只剩下來一艘，去八艘。之後，也就是一六五六年九月，一直到隔年夏季一整年，大員及福建兩地間未見一艘往返船隻，來往完全斷絕。平常聽公司的命令、居住在福爾摩沙的漢人商人，全都陷入困境。」

在旁邊聽了很久的小托瑪士也開口了。「國姓爺的執行力確實很可怕，所以他的軍隊能以少敵多，讓韃靼的軍隊贏不了他。聽說他令出必行，處罰嚴格，親疏不計，這一點拜爾醫生當年就領教過了，」小托瑪士說著，兩手一攤，「拜爾醫生當年去廈門替他醫病，看到他動不動就殺兵士、殺將領，甚至殺自己的侍僕，嚇得他不敢久留，趕快跑回大員。」

范．弗斯登繼續原先的話題：「然後，就是一六五七年的幾個大颱風，讓整個福爾摩沙好像泡在水裡，不但死了近千人，房子倒塌，糧倉浸水，糟糕的是稻米和蔗糖的收成也大受影響，大員公司遭受到前所未有的財政困境。於是那一年十二月，揆一以議長的身分接任公司在福爾摩沙的長官位置。凱撒這一任可說運氣不佳，又是蝗災，又是水災，人際關係也不順，真是做得灰頭土臉。」

「一六五八年一月揆一正式接任時，可說是百廢待舉。不但財務不振，且因前兩年的幾次水災，原住民村社疫病流行，情況嚴重，因此一六五七年的地方會議史無前例停辦了。此外又有熱病肆虐，公司員工有不少人病故。因此，整個福爾摩沙很是蕭條，」說到這裡，范．弗斯登眉毛一揚，「我覺得揆一長官是個很有眼光的人，他的對策是先讓經濟繁榮起來，而最重要的就是重開海峽兩岸的通商貿易，也就是設法重啟和國姓爺通商的大門。」

瑪利婭又問：「那麼，揆一是做到了。他如何讓我們與國姓爺之間的貿易又變得如此興旺？」

范・弗斯登苦笑了一下。「這就是斌官的功勞了。但也因為如此，種下今日的禍根。」

瑪利婭說：「這話怎說？」

佩得爾兄弟和范・弗斯登都苦笑而不語。

瑪利婭恍然大悟：「於是何斌就當了特使，而且成功完成使命？」

威廉說：「正是。何斌帶了高達六千荷盾的厚禮到廈門[3]，不但進貢給國姓爺，連他的部下鄭泰等近二十人也都人人有份。」

「何斌說，漢人做事就要講究這樣的禮數，」威廉做了個不屑的表情，「他一去三個月，終於帶來國姓爺的回信。信中開出三個條件，最主要是要巴達維亞保證，他的船能自由開往荷蘭人所控制的各處港口，並得到補給。這還算合理。於是第二天，揆一馬上召集評議會，決定答應國姓爺的條件。」

「於是何斌又跑了一趟廈門，更表示公司願意每年給國姓爺銀子五千兩、箭十萬枝、硫磺一千擔，作為回報。福爾摩沙北部的硫磺礦很豐富，是做火藥的上好材料。何斌很懂得國姓爺的心理。國姓爺要打仗，就要保障軍火的長期穩定供應。因此國姓爺馬上下令重開兩岸的貿易。

「於是，已經一年多不見蹤影、由唐山來航的貿易船隻，再次出現於大員港口。大員的貿易盛況復活了，入港的船隻多到要排隊，原來空空如也的倉庫也宣告爆滿。因此過去兩年，大員商館大大獲利，揆一長官和巴達維亞的長官都很高興，聽說公司的股價也跟著水漲船高呢！[4]我們送給國姓爺的大禮，至少得到十倍以上的回饋。」

久坐旁聽的亨布魯克夫人不禁好奇問道：「那何斌又做了什麼壞事，不但被免職，還被拘留？」

范・弗斯登又接著說：「因為何斌搞兩面手法。除了檯面上向我們報告的以外，檯面下與國姓爺有暗盤交易，沒有據實以報，因此公司覺得這傢伙對我們荷蘭人的忠誠度有問題。」

范・弗斯登望了望大家，表情無奈地說：「說起來，我們不得不佩服國姓爺和他的貿易主管鄭泰，他們實在是精打細算的『生理人』，不只是會打仗而已。在過去，大員出口到唐山的貨物商品是在廈門課稅，聽說鄭泰私下向何斌建議，改為在大員出口時就課稅，既方便又可以防止走私，稅收一定增加。」

威廉插嘴說道：「其實國姓爺家學淵源，他的父親一官不但是精明的商人，也是狡猾的海盜，又有語言天分。大概廈門、泉州的漢人都有這方面的天賦吧，點子多，算計精。當年樸特曼長官明裡暗地都吃了一官不少苦頭。」

范・弗斯登點頭苦笑，表示同意。「何斌第一次到廈門交涉的時候，鄭成功就已提出，要何斌在福爾摩沙代他徵收關稅。這樣一來，何斌也可以在中間收取佣金。而鄭泰願意為何斌擔保，他又曾對何斌有私恩，所以何斌就答應了。」

瑪利婭問道：「這樣做，對公司有什麼損害嗎？」

范・弗斯登眉毛一揚，說：「問得好。理論上來說，何斌這樣做，對公司並沒有損失。問題是他自己私底下進行，所有大員商館的荷蘭人都不知情，被蒙在鼓裡。這是誠信問題。」

「這樣的事終究只能瞞得了一時，」范・弗斯登的語氣帶著譏諷，「何斌為國姓爺在福爾摩沙徵稅的事，終於在今年三月被另一位漢人頭家杉叔揭發了，杉叔還說這老狐狸擅自增加稅額，方便自己揩油。長官揆一很生氣，他認為何斌對公司忠誠度不足，而且擅自加稅會導致有些商船不來大員，對公司的利益造成傷害。

3 當時荷蘭東印度公司一般工人的月薪約十荷盾左右。如果十荷盾相當於現在二萬五千元，則六千荷盾等於一千五百萬元。

4 阿姆斯特丹證券交易所於一六〇九年成立，是世界上第一個證券交易所，而荷蘭東印度公司是第一家股票上市的公司。在當時，荷蘭是歐洲最不集權的一個國家，東印度公司卻是一個集權的國家化組織，最高權力握在十七人的管理委員會手裡。

「於是長官命令稅捐處調查，拘捕何斌，交由熱蘭遮城法院審判。結論是何斌免去所有職務，取消薪俸和頭家資格；他多年來經營赤崁到大員的渡船權利和所得，以及其他所有特權，全部註銷。何斌被處以大量罰鍰，又被大批債權人索債，終於宣告破產。」

「更令人生氣的是，」范．弗斯登愈說愈激昂，「這老狐狸也不知如何買通獄卒，竟然全家逃出大員，行蹤成謎，不過他父親是國姓爺父親一官的舊部，因此最有可能去了廈門。他逃走之後，從大員到馬尼拉到巴達維亞、從安南到廈門到長崎都為之撼動，因為這些港口都有他的船在跑，也有他的生意聯結。他平日以舉債方式擴充事業，又是漢人之中最大的貿易商和贌商，不但欠公司錢、欠荷蘭人錢，也欠漢人朋友錢，這些私人債務竟然高達五萬里耳！有人因此連帶破產。當局擔心，大員會因此產生金融風暴，許多地方的漢人商家也將因此而跑路！」

一直旁聽不語的牧師突然開口：「聽說國姓爺最近與韃靼人的戰爭大敗，所以有可能攻打福爾摩沙，也可能攻打呂宋。公司方面的看法如何？」

這是個大家都關心的問題。每個人都一臉肅穆，默不作聲。最後小托瑪士開口了：「我先說國姓爺的近況好了。長久以來，父親和我一直密切關注國姓爺與韃靼人的戰爭。雙方本來一直互有勝負，但是今年夏天有了重大變化。」

「以前國姓爺只在東南沿海和韃靼人作戰。今年春天，國姓爺率領三十萬軍隊向北突擊，竟然一舉包圍大清國第二重要城市的金陵，聽說在北京的韃靼皇帝嚇得差點遷都。如果國姓爺拿下金陵，以後大概不會留在東南沿海，我們的壓力就解除了。可惜他大敗而歸，人馬損失了一半以上，聽說有些他的敗兵逃到福爾摩沙北部的一些港口來。現在韃靼人正想乘勝追擊，對國姓爺趕盡殺絕。以國姓爺的軍力、大清國的氣勢來看，國姓爺能不能挺住廈門、金門兩個小島，大有疑問。」

「最近出現了一些奇怪的現象，」小托瑪士繼續說，「大員出現五、六十艘漢人帆船匯集，空前之多。而聽說南洋的漢人船隻也有集結的現象，返回廈門的船隻大增。我父親判斷說，可能是國姓爺要把他在海外的船隻全部召回。父親很是擔心，萬一國姓爺召回商船的目的是想改裝為戰船，那麼是要對抗大清國，還是要對大員進攻，就要好好監視了。」

一席話說得眾人的心情更加沉重。

小托瑪士回答道：「父親的判斷是，現在是冬天，吹東北季風，還不適合國姓爺由廈門向大員進攻。但如果到了明年春天三、四月，風向改吹西風或西南季風，那時就不無可能了。」

眾人面面相覷。

瑪利婭的姊姊海倫問：「國姓爺有多少軍隊？」

威廉說：「他全盛時期有三十萬，聽說今年的戰役損失了大約三分之二。就算是還有十萬人好了。更重要的是，他的部隊聽說裝備不差，也有大砲及火槍。父親承認他們人多不好對付。家父認為，最重要的是利用我們的優勢，以強大的海軍和大軍艦把他們堵在外海。他們船小，禁不起大浪，也禁不起我們大船的衝撞。總之，絕不可讓他們登陸上岸。一旦他們登陸成功，那麼多的軍隊會造成很大的麻煩，所以第一道防線應該放在外海。我們需要更多的艦隊來增援，再以熱蘭遮城的大砲讓他們的船隻進不了台江內海。目前，所有船隻航道均在熱蘭遮城的砲火射程之內，他們應該是無隙可乘的。」

瑪利婭問道：「長官有做出什麼因應措施嗎？」

威廉說：「好像過了這個耶誕假期之後，就要召集評議會，看看是否要寫信向巴達維亞總公司求援吧！」

眾人憂心忡忡，最後亨布魯克牧師帶領大家祈禱，祈求上帝保佑福爾摩沙，保佑荷蘭人，保佑公司。大家同時懷著憂愁與希望，各自離去。

第三十七章
獻策

何斌，著名的大員漢人商人，前荷蘭東印度公司大員商館通事，在四年之中第三度出現在廈門國姓爺的大營中。

但是這一次，他的身分不一樣了。現在，他是以「捲款私逃」的罪名遭到大員通緝的要犯。大員的漢人商家罵他「錢到廈門，債留大員」。

何斌滿腹委屈地向老友鄭泰和吳豪訴苦：「我借來的錢都用於船隊的擴充。我的船隊跑日本、跑廣南、跑暹羅、跑麻六甲、跑巴達維亞，自然需要巨資。」

何斌說，前幾年，他有一艘船持荷蘭通行證，先是運氣不好，在廣南遇到強盜，貨物被搶了，脫險後又誤駛進大清國的廣東海域，船被沒收，船員也被扣押，花了一大筆錢才贖回。這讓他損失慘重，也對清廷恨之入骨。何斌說，那次打擊之後，他的處境大不如前，才會借了許多錢來週轉。

何斌的身分非常複雜，他除了是貿易商人，也是荷蘭通事，向大員商館領薪水；又是福爾摩沙島上最大的贌商，向大員商館繳贌稅。他「走路」廈門之後，留下的債務與收入成了一筆爛帳。

何斌辯解：「我被敵對漢人商家陷害，說我私自加稅，及為國姓爺收稅，引發荷蘭人對我仇視，不但免職拘禁，還斷我銀根，害我一時無法週轉。其實我的資產遠大於負債。」

然而因為何斌倒閉，大員有不少漢人商人被連累破產，也牽扯到鄭泰。鄭泰在大員有兩棟房產，被荷蘭人扣押。

何斌來到廈門其實有好幾天了，好不容易靠著鄭泰的幫忙，這一天，國姓爺終於召見了何斌。前兩次，他代表大員荷蘭商館來晉見國姓爺，也都帶來豐盛的禮物。他這次雖然以逃亡之身晉見國姓爺，口氣卻依然高調。

他向國姓爺跪拜，表示帶來無價之寶。他打開包袱，是一個城堡的精緻模型。侍立一旁的陳澤去過赤崁，知道那是普羅岷遮城。

國姓爺請何斌平身，賜坐，相當禮遇。

何斌有不錯的口才，才能兩度為大員荷蘭人擔任來使。這時，他朗朗陳述：「台灣田園萬頃，沃野千里，餉稅數十萬。若得此地，可以雄其國；使人耕種，可以足其食。上至雞籠、淡水，硝、磺有焉。且橫絕大海，肆通外國，置船興販，桅、舵、銅、鐵，不憂乏用。移諸鎮兵士眷口其間，十年生聚、十年教養，而國可富、兵可強，進取退守，真足與清人抗衡也。」

接著自懷中掏出一張地圖，雙手奉上，獻給國姓爺。「若天威一指，台灣唾手可得。」何斌面露微笑，但表情很認真。

鄭成功接見何斌，以為何斌是因代理他徵收來往大員與唐山的貨物稅而被荷蘭人迫害，才落此田地。他本來以為，何斌是想求他寫信給大員申冤，沒想到，何斌另有所圖。

鄭成功聽著何斌的話，陷入深思。鄭成功對台灣並不陌生，甚至覺得台灣與他的命運有微妙的相關。一六二四年，就是因為李旦派他的父親鄭芝龍到澎湖當荷蘭人通事，因此他出生時，父親竟不在母親與自己身邊。

後來父親又到了台灣，和顏思齊既合作又競爭，仍然無暇回平戶探視自己的妻兒。

不到一年，顏思齊暴卒，也給父親一個警惕，台灣是瘴癘之地，必須小心。這成為鄭芝龍又回到安海的考量因素之一。一六二六年，母親田川氏又生了弟弟七左衛門，可是此後，父親不再出現日本，因此弟弟冠了母姓，成為田川七左衛門。後來他在七歲時被父親接回安海，弟弟則長留日本陪伴母親。一六四五年，父親把母親迎到安海之前，他屢被父親的其他妻妾與異母弟弟們排斥，心情不佳時只能寫日文信給平戶的弟弟和媽媽。一直到現在，他和弟弟還是偶有書信往來。

鄭成功想，如果不是為了荷蘭人，他父親和母親不會分開，他的童年不會如此不快樂。而這一切，又都是為了荷蘭人想據有台灣的野心。對台灣，鄭成功有複雜的感覺。

「田園萬頃，沃野千里，餉稅數十萬。」鄭成功反覆默唸著何斌方才的三句話，心中不禁感慨萬千。父親到台灣時，台灣仍是一片蠻荒瘴癘。真難想像，短短三十多年，在荷蘭人的經營下，如今已是此等規模。他想，這些年來，台灣在荷蘭人的治理下，人口、物產和貿易大有進步。而家鄉福建，反而是戰亂年年，城鎮破敗，田園荒蕪，人口減少。

他心中一陣刺痛。這是多麼大的對比。家鄉何其不幸，而台灣卻又何其幸運。

何斌的建議確實有其見地，可替自己和屬下的未來另闢一番天地。然而他又不喜歡何斌的做法。何斌獻圖，顯然早有預謀。「飼老鼠，咬布袋」，他並不喜歡這種小人。鄭成功是個鐵血漢子，父親要他降清，他都寧可移孝作忠。對降將，他並不具有好感。一六五二年，清軍的庫成棟殺了長官陳錦，向他報功求賞，反而被處斬。前不久他的屬下黃梧降清，則讓他盡失陸地上的原有根基。他討厭因利益而隨風兩邊倒的人。

不過，何斌終究是因為自己才出事的。鄭成功本人也一直視台灣漢人為自己的國人。而且何斌是由侍奉紅毛轉為侍奉自己，對何斌的行為，他歡迎中又帶著一絲不屑。

他也覺得，如果鄭家軍的主力轉往台灣，則大明在東南牽制清兵的力量將大為減少，這對於在西南與清兵苦苦周旋的永曆帝必是一大打擊。如果永曆帝不幸因此為清兵所執，自己將終生難逃其疚。因此，除非西南之局先破，否則鄭家軍隊自行放棄漳、泉沿海，轉往台灣，必將引人非議。他想起在金門的魯王和在舟山的張煌言[1]。他決定，這件事要從長計議。

主意既定，他示意左右，厚備賞賜給何斌。他對何斌的建議沒有表示拒絕，也沒有表示興奮。鄭成功知道，作為一個領導者必須有決斷，也必須「天威難測」，不能讓屬下一眼看穿自己的心思。

於是他微微一笑，握著何斌的手，表示由衷謝意，並親送何斌出門。

何斌離去之前，不忘用眼神向侍立於鄭成功之側的陳澤打了個招呼。四、五年前，陳澤送吳豪去大員就醫時，曾在何斌家住過一夜。陳澤覺得何斌變老了，也清瘦許多。

何斌離去之後，鄭成功似乎是累了，並沒有再與屬下討論或問話，逕自走入內室。

---

1 魯王朱以海是明太祖第十子朱檀的九世孫，清兵南攻後曾與張煌言、鄭成功等臣子合力抗清。但魯王原本的據點舟山被攻破，輾轉逃至金門。後來鄭成功攻台，反對攻台的張煌言則留在浙東。魯王最後卒於金門，張煌言則為清兵所俘而殉國。

第三十八章
揆一

威廉．佩得爾又由大員來到蕭壠社，大家看得出來，他喜歡上克莉絲汀娜了。克莉絲汀娜雖然才十六歲，已長得亭亭玉立，非常甜美可愛。亨布魯克一家人也都喜歡威廉，瑪利婭則喜歡和威廉交換一些學習漢人福建話的心得。

由於亨布魯克要花許多時間管理蕭壠的神學校，一家人最近搬到了蕭壠。瑪利婭與烏瑪等麻豆社友人依依不捨道別。還好兩地相距不遠，而且亨布魯克依然兼管麻豆的禮拜堂，所以瑪利婭還是常常回到麻豆去。

威廉來到蕭壠，憂心忡忡地說，現在大員瀰漫著一股恐懼的氣氛，恐懼國姓爺會來攻打大員，而大家對大員的漢人也開始疑神疑鬼。

有些謠傳是因為漢人的異常行徑而起，例如從福爾摩沙輸出到唐山對岸的物品，比輸入數量要高出很多，懷疑漢人商人正在脫產運回唐山，以便在必要時隨時走人。此外，與大員荷蘭人關係良好的桑哥、六哥、東集和財哥等幾位主要漢人頭家和富人士紳，也私下向荷蘭高層表示憂心，他們聽到國姓爺將攻打大員的傳言，預料不久可能會出現漢人逃亡潮。

長官揆一認為，空穴不來風。他斷定，鄭成功確將攻擊大員。威廉說，爸爸老佩得爾也認定如此。

揆一和老佩得爾的看法是這樣的，國姓爺與大清國的戰況形勢已經逆轉，自從國姓爺在金陵大敗之後，最近是滿州人攻、國姓爺守，而且守得很辛苦。一般認為，國姓爺守得了一時，守不了永久。再從大員漢人的動向去判斷，不少漢人已經開始變賣財產，準備離開大員，表示大員即將有狀況。

亨布魯克聽了，對威廉說，蕭壠和麻豆的政務員已下令荷蘭軍士進入警戒狀態，同時要求福爾摩沙人加強戰備，隨時聽命，準備支援公司。

威廉向亨布魯克一家人娓娓轉述揆一的想法。揆一認為，熱蘭遮城扼守大員與赤崁，他對大員這一帶防守有信心。他害怕的是鄭成功的部隊自北路的笨港或魍港一帶登陸，或自南路的打狗或蟯港附近登陸。

揆一對北路的原住民四大社比較有信心，但認為南路的原住民不太能相信。南路原住民大概會倒向勝利的一邊，所以揆一要求北路的原住民協防笨港及魍港一帶的海岸，而南路決定靠荷蘭人自己，命令南路的政務員諾登[1]召集各社的荷蘭人武裝起來，發現有狀況時就反擊，絕不可讓國姓爺的軍隊登陸。

諾登是德國人，一六四三年就來到福爾摩沙。他長期駐在南路，是極少數會說南路原住民話的公司人員，也娶了原住民的女性為妻，生了四個小孩。二十年來，諾登一直是公司在南路福爾摩沙的重要柱石。

「我爸爸常向諾登開玩笑說，你的姓氏的意思是『北部』，怎麼一直都待在南部。」威廉說。

威廉又說：「揆一考慮到目前散居各社的漢人可能會和國姓爺的軍隊裡應外合。他認為大員與赤崁的漢人可以就近鎮壓，大部分的漢人頭家更被集中在熱蘭遮城看管，不至於出大問題。但是南北各社的漢人就很危險，所以下令把北路鄉下的漢人農民集中在虎尾壠看管，虎尾壠的政務員和學校教師也要武裝起來，而且要中

1 諾登（Hendrick Noorden）是德國人，他在一六六一到六二年間留下日記，詳細記載鄭成功攻台期間的見聞，成為研究當時歷史的重要資料。

港社[2]的軍隊退到虎尾壠，集中防守自虎尾壠到打狗中間這一段海岸線。鄉間的穀子也都運到熱蘭遮城。」

瑪利婭說：「可是阿興那一家人都還在麻豆社啊！」

「當然只能先看管在福爾摩沙時間較短的漢人，至於第二代漢人，特別是和原住民所生的，他們在島上已經很久，是不可能管得到的，」威廉苦笑說，「揆一也不准漢人漁民出海，以免他們為國姓爺領航。對了，揆一不久前曾向巴達維亞要求在打狗建立我們在福爾摩沙的第四個碉堡，但是巴達維亞覺得太花錢，沒有答應。大員以南有不少漢人漁民，揆一長官對南路非常不放心。」

克莉絲汀娜問：「『第四個』？那第三個在哪裡？」

威廉回答說：「一六三六年，公司在魍港建造了比較簡單的菲立辛根堡，一直派有二、三十名士兵駐紮防守，後來一六四四年因颱風造成的洪水暴漲而沖壞，於是公司又在對岸較堅固的地質上重建一座磚造碉堡。這個碉堡是魍港的行政中心，僅次於大員的商業中心及戰略地區。此外，淡水也有安東尼堡，是一六四四年建的，以當時巴達維亞總督安東尼．范迪門[3]的名字命名。有不少人以為淡水的城堡是西班牙人留下來的，其實是荷蘭人整修擴建原本西班牙的淡水城砦。」

威廉言詞之間對揆一充滿尊敬：「揆一的思慮很周密，執行能力又強。他最近發出告示，將許多未收割的稻田放火燒掉，以免成為國姓爺軍隊的糧食。今年三月底的地方會議也宣布延期。最重要的是，長官已寫信去巴達維亞求救兵，現在就看巴達維亞的援軍何日到達了。」

威廉一副很有信心的樣子，瑪利婭則是愈聽愈是憂心。

她想，聽說國姓爺的兵力至少也有五至十萬人，而福爾摩沙的荷蘭士兵只有一千出頭。即使巴達維亞再派一千人來，有可能守得住嗎？

當年郭懷一事件時，漢人農民輕易集結持刀持斧的五千人，就讓荷蘭人備感威脅。這次是征戰多年的漢人正規軍，兵力是荷蘭人的數十倍，有可能抵擋得住嗎？而且如果戰場是在福爾摩沙，即使荷蘭人勉強打敗了國姓爺，福爾摩沙的情況也一定不堪設想。

再說，現在荷蘭人完全不能信任福爾摩沙的漢人，將來即使打勝國姓爺，與島上漢人的關係要如何恢復友好？而福爾摩沙如果沒有了漢人農民，將來又如何像目前一樣生產豐富的蔗糖與稻米？若更深層考量，不管有沒有國姓爺的外在威脅，如果不能得到漢人的合作，長久而言，荷蘭人如何在福爾摩沙立足？

瑪利婭想，絕對不能長久與福爾摩沙島內的漢人為敵，否則就像漢人說的「舟中敵國」。荷蘭方面一定要改變長久以來對漢人不信任的心態。除非決定將來不准漢人到福爾摩沙來，否則大員長官必須改變方針，不但要籠絡原住民，也必須要籠絡漢人。

至於如何解決國姓爺的威脅，如果揆一的分析是正確的，那麼，除非能夠真正解決國姓爺的部隊，否則這個威脅將長久存在。即使今年國姓爺攻不下大員，明年、後年還是可以捲土重來。而既然國姓爺也有死敵韃靼人，荷蘭為什麼不與韃靼人聯合起來夾擊國姓爺，徹底擊潰他的勢力？如果未來的貿易對象改為大清的韃靼人，則大員和日本的貿易也不必受到國姓爺的干擾。況且韃靼人是陸上民族，對海上貿易沒有興趣，荷蘭人反而可以獨霸。

於是瑪利婭把她的想法告訴威廉，她認為揆一不應只仰賴巴達維亞的援軍，而是應該主動聯合大清國的韃靼人。

瑪利婭說，荷蘭應該與大清國皇帝尋求合作，雙方聯合包夾國姓爺，給予決定性的一擊。所以巴達維亞的

2今苗栗竹南。

3安東尼．范迪門（Antonio van Diemen, 1593-1645）是一六三六到五四年的荷屬東印度總督，他於一六四二年派兵驅逐台灣北部的西班牙人勢力，因此一六四四年建成的堡壘以他的名字命名。安東尼堡即現在的紅毛城。

艦隊不必到福爾摩沙來，而是應該去配合大清國，直接攻打廈門與金門的國姓爺。

威廉聽了瑪利婭的一番分析，大表贊成。他站起來，作勢向瑪利婭行了一個軍禮，說：「佩服，佩服，這應該是最正確的戰略思考。我回到熱蘭遮城後馬上稟告揆一長官。」

亨布魯克也笑著說：「瑪利婭，妳好像真的應該生為男人才對！」

第三十九章
慈濟宮

同安白礁村慈濟宮。

白礁位在九龍江北岸，和海澄隔江遙遙相望。同安雖和惠安、南安一樣屬於泉州，但地緣關係，居民反與一江之隔的漳州要來得親近。這個慈濟宮是保生大帝吳夲的開基祖廟。

吳夲，是五百多年前白礁村人氏。吳夲精通醫術，又慈悲為懷，有神醫美名，救活鄉民無數。一〇三六年，為治療閭里病人，登山採藥，卻失足墜崖而死。鄉人感念，尊他為「醫靈真人」，在此建廟奉祀。一百多年後的南宋紹興二十年（一一五〇年），皇帝賜廟額「慈濟」，號「保生大帝」。

漳、泉人士都非常崇信保生大帝。陳澤小時候經常隨著家人來此上香，佑禱一家平安。

陳澤執香，肅立在保生大帝神像前。他有多年沒有來此進香了。而此次前來，也算是機緣。國姓爺授他重任，飭令他招募水師新兵三百名，並伐良木，要造大船十二艘。陳澤馬上想起白礁。附近山林有一些樹木，也許是造船良材；而白礁子弟都是自小在水中長大，驍勇善泳，是當水師的一流好手。

自金陵一役，國姓爺部隊人員損失三分之二，因此亟需補充兵員。國姓爺特別交代要上好林木，顯然是要製造大型船艦，像大福船或海滄船。而國姓爺也特別交代，這次募來的年輕好手除諳水性，亦需孔武有力，因為除了水師，他還要訓練新人為鐵人部隊。

鐵人部隊是國姓爺在一六五七年時，請工官馮澄世模仿日本武士打造甲冑，還有護面、護手、護眼等裝備，且持重劍，另帶銃彈三粒在身，遇敵時擲擊。鐵人部隊由陳魁、林勝率領，陳澤也會參與訓練。

金陵一役，陳魁、林勝不幸殉難，鐵人部隊亦損失大半。此次國姓爺把招募鐵人部隊的責任交付陳澤，陳澤備感責任重大。他想，國姓爺要造大船、練新兵，顯然有新計畫，而且可能遠行，難道又要第三次北伐？

白礁的年輕人本多捕魚維生，今因戰亂，生計困頓，聽到陳澤募兵的消息，竟然一來就是三百多位，超過預期。陳澤大喜，當下編成隊伍；又在較遠山中伐得不少好木材，於是任務完成。臨去時，陳澤又來到慈濟宮向保生大帝答謝。保生大帝的造型，在唐山的神祇之中，是難得的和藹慈祥，臉色紅潤，面帶微笑。

陳澤點了三炷香，下跪膜拜時，突然心頭靈光一閃。他想，他知道國姓爺造船徵兵的目的地是哪裡了。造大船，表示遠行；國姓爺缺糧，因此不太可能北伐。倒是台灣，可以幫忙國姓爺解決清虜施行「平海五策」[1]所產生的缺糧難題。他想，這應該是保生大帝要傳給他的訊息。

他想到兩年前何斌來獻策時說的，台灣沃野千里，糧食無缺。然而台灣城的守備確實嚴密，是他親眼看到的。紅毛的火銃，唯有鐵人部隊的甲冑才能應付。於是陳澤開始思索，如果有一天面對紅毛，需以何策破解？國姓爺至今仍未透露半句，自屬極機密，他也不能胡言亂猜。

他舉香三拜後，抬頭凝視保生大帝的慈悲法相，更覺得保生大帝是在向他微笑，似在讚許他這位鄉里後輩。陳澤一陣感動，熱淚盈眶，喃喃祈禱：「願大帝保庇弟子陳澤，保鄉衛民，佑我大明！」

---

1 黃梧叛離鄭成功，向清廷投降，並提出「平海五策」，包括將沿海省分的居民遷入內地、將所有船隻全部燒燬、斷絕鄭成功與鄭芝龍的聯繫、遷毀鄭家祖墓、將已投誠之鄭軍官兵分散墾荒以杜絕後患，目的是斷絕鄭成功從陸地與海上獲得補給的機會。

第四十章
國姓爺

當瑪利婭向威廉．佩得爾建議，荷蘭人是否應當主動出擊國姓爺的時候，此刻的鄭成功也正面臨著從未有過的困局。

兵敗金陵之後，清廷試圖要對鄭成功趕盡殺絕了。

一六六〇年六月，清廷安南將軍達素率滿漢大軍二十萬，自福建、廣東兵分多路，向僅剩金門、廈門兩個彈丸之島的鄭成功進攻，希望能一舉殲滅，除去這糾纏多年的大患。

達素統領八百艘清廷水師船隻，分別自不同的港口出航，布滿了狹窄的金廈海域。這是清廷有史以來規模最大的水軍行動。過去鄭成功部隊的降清將領，包括施琅、黃梧，全都傾巢而出。這些人都是水軍出身，善於海戰。

更可怕的，鄭軍竟有內奸。守高歧的陳鵬已和施琅暗中搭上，準備內應。

然而，鄭成功如有神助，以剩餘的四百艘船艦，在一天之內大破清軍。整個金廈海域滿是漂浮的屍體與破碎的船骸。達素和施琅駕小船逃命。鄭軍再度神奇地以少勝多！

鄭成功的將士們大笑：「達素像是一條狗，夾著尾巴逃走！」

如李科羅神父[1]所說：「鄭軍憑著海寇難以馴服的勇氣，在一天之內大獲全勝。」李科羅是義大利天主教道明會的神父，他是利瑪竇的族人後輩，先到馬尼拉唐人區的澗內學了福建話，前幾年來到廈門之後，和國姓爺交好。國姓爺特別准他在廈門傳教，蓋天主堂。

鄭成功還生擒了許多船隻及人員，將四千多俘虜或割耳、或削鼻，再送回陸上，向清廷示威。達素逃回福州後，羞愧自殺。

同一時間，巴達維亞接到了揆一要求增援福爾摩沙的報告。七月十七日，巴達維亞總督派范德蘭（Jan van der Laan）為司令官，率領十二艘船艦、一千四百五十三人，載了武器、糧食、蔬菜、測量器材及其他必需品，浩浩蕩蕩開向福爾摩沙。

九月十九日，艦隊十一艘抵達大員。不但在大員的荷蘭人興高采烈歡迎，連在蕭壠社的亨布魯克一家聽到這個消息也興奮落淚。祖國的船艦一下子來了十一艘，帶來幾乎比原來熱蘭遮城守軍還多的士兵，大家都覺得心中的恐懼頓時煙消霧散。

然而，艦隊才到幾天，范德蘭卻說出讓大家為之震驚甚至洩氣的一席話。他說，他不是來此協防的，而是勘察局勢。他真正的目標，是希望能一舉攻下葡萄牙人的澳門。

不論福爾摩沙長官揆一如何試圖說明，有數不清的證據顯示國姓爺正準備攻打福爾摩沙，范德蘭始終認為，鄭成功要攻打大員是「荒謬的謠言」、「無稽之談」；大員商館所做的一切都是多此一舉。在范德蘭的心中，協防大員格局太小，只有攻下澳門才是揚名立萬，他要當名留青史的英雄。

「即使國姓爺真的來犯，」他狂妄地譏諷揆一太膽怯，「我們荷蘭是世界首強，怎麼可能敗於武器落後的東方人之手！以大員現有的軍力，足足可以擊敗烏合之眾的大明狗！」

開了幾次的評議會，范德蘭總是舊調重彈，表示大員安全無虞，艦隊來此是多此一舉白花錢。為了補償損失，應該遵從巴達維亞的優先意志，進攻澳門。

在這期間，瑪利婭透過威廉·佩得爾向揆一建議：「不必強留范德蘭，讓他離開。但不是讓他到澳門打葡萄牙人，而是誘使他到金門去打鄭成功，那也是立功。」

揆一苦笑著告訴威廉，他也同意這在戰略方面是上策。但早在一六三三年，那時的大員長官樸特曼率領荷蘭船隊，在金門料羅灣和鄭芝龍的海軍打了一仗，結果鄭芝龍的水師以小船勾住了荷蘭的大船，小船上的漢人水手先引燃小船、衝向大船，再迅速跳水逃生，荷軍大敗。有此殷鑑，現在荷軍在戰術上仍沒有必勝的把握，何況如今鄭成功在金廈的部隊人數遠多於當時的鄭芝龍。

而且，揆一覺得范德蘭自大魯莽，如果真的遠征金廈，他並不看好。而且如果挑釁失敗，反而讓國姓爺師出有名來攻打大員。

揆一說，要出兵金廈攻打國姓爺，不能孤軍深入，一定要先和大清國韃靼皇帝談好，兩軍合擊。可惜大清國迫不及待去攻打國姓爺，不久前一戰大敗，錯失了和荷蘭分進合擊的機會。

范德蘭一再堅持要走，揆一和評議會則盡量拖住他，要他延後再做決定。最後，在兩邊無法達成共識之下，一向做事明快的大員評議會，做出一個不可思議的愚笨決定。

評議會竟然寫了一封信給國姓爺，問他會不會攻打福爾摩沙。國姓爺的回答當然是不會。揆一表示不能相信，但范德蘭還是像賭氣似的，在一六六一年二月二十七日帶著一部分軍隊離開了。

范德蘭離開後，揆一還是把聯合大清國夾擊鄭成功的想法提出來，和大員評議會討論。大家都認為，這是

---

1 李科羅（Victorio Ricci, 1621-1685）於一六五五年到廈門，鄭成功延攬他為幕僚，多次前往馬尼拉與西班牙人交涉。李科羅在一六七三年出版《傳教會在中華帝國的活動》（*Acts of Order of Preachers in the Empire of China*）三卷，為研究鄭成功的第一手寶貴史料。

釜底抽薪、一舉解除國姓爺長期威脅的好主意。但問題是，大員沒有足夠的船艦，也沒有適當人選去北京和大清國的韃靼皇帝商量。

范德蘭及艦隊的離去，自然是國姓爺期待良久的。

六十天以後，國姓爺進攻福爾摩沙。福爾摩沙的命運從此劇變。那之後再過二百八十八天，荷蘭人永遠離開了經營三十八年的大員。

真正屬於漢人的台灣，就此誕生。

第六部

1661年
交戰

第四十一章 鹿耳門

一六六一年四月三十日的清晨，微曦之下的熱蘭遮城籠罩在一片濃霧之中。今天是禮拜六，城樓上即將換哨的衛兵懶散地打了一個呵欠。

海風逐漸將濃霧吹散之時，哨兵隱約看到，遠處出現了長得看不到尾端的帆船隊。這些帆船有大有小，船隊前面的幾艘都是大船。哨兵大吃一驚，身體前傾，舉起望遠鏡，終於確定大叫：「有敵人打過來了！」

然而，這些船並非直接往熱蘭遮城駛來，而是開向更遠處，熱蘭遮城大砲射程之外的鹿耳門海溝。

熱蘭遮城有南北兩個水道，這兩個水道都覆蓋在大砲射程內。隔著北水道再過去也是一片沙洲，叫做北線尾[1]。過去荷蘭人建設普羅岷遮城之前，有意發展北線尾，在北線尾的北端蓋了一個商館，後來因颱風受損而廢棄。北線尾之北面則隔著一條叫「鹿耳門」的淺海溝，和更遠方的沙洲遙遙相望。鹿耳門海溝很淺，稍大一點的船就不能通過，所以荷蘭人在鹿耳門沒有設置防禦措施。

敵人船隻在鹿耳門海溝前開始列隊，顯然是想渡過鹿耳門，進入台江內海。荷蘭士兵現在已經可以清楚看到，這些船掛著大明國姓爺的旗幟。領港船在前，之後就是大型帆船，在第七條還是第八條船上，甲板上搭著漂亮的帳篷，一位將軍穿著金光閃閃的鎧甲，端坐在帳篷中央。荷蘭軍士猜想，那就是久聞其名的國姓爺。

國姓爺帶著一些將士換了小船，登岸踏勘營地，而後似乎是在測量水深，再又回到船上。

荷蘭士兵放心了。他們相信國姓爺的人馬不熟悉這裡的地形與地勢。他們甚至幸災樂禍，準備看到這些國姓爺大船擱淺在淤淺的鹿耳門海溝內。但是他們也認為，國姓爺的船隻不可能馬上知難而退，於是仍然迅速備戰，以防這些帆船轉而攻向大員港或熱蘭遮城。荷軍依然樂觀認為，熱蘭遮城的險阻與炮火，會把進入這邊南北水道的敵人完全殲滅。敵艦進不了台江內海。

沒想到，荷蘭人眼睜睜看著領頭的大船竟安然渡過鹿耳門海溝，進入台江內海。大船過了之後，小船更是快速駛入。荷蘭士兵張大了眼睛，不敢置信。霎時間，遠處的台江內海入口處布滿了國姓爺的帆船，密密麻麻。小船伸出長長的木桅桿，讓遠處的海面突然間好像變成一片光亮亮不長葉子的林木。

荷蘭兵大駭。他們引以為傲，認為一夫當關、萬夫莫敵的城堡大砲，竟然完全失去作用。他們站在城堡上，目瞪口呆，看著敵人的船隻一一開進了台江內海。

長官揆一早已聞訊登上城頭。普羅岷遮省長猫難實叮[2]正好在熱蘭遮城過夜，得知消息後，立刻登上渡海舢舨，趕回赤崁。

荷蘭人驚慌失措了，他們曾因害怕國姓爺來襲而做過演練，但是在演習中從來沒有料想到這一幕。

事態出奇嚴重。敵人的動作太快了，短短幾個小時，進入內海的敵人船隻已經超過一百艘，而且迅速開始試圖截斷熱蘭遮城和普羅岷遮城之間的聯繫。

荷蘭軍士開始發抖了。

1 北線尾舊稱北汕尾，「汕」是沙洲高處脊部之意。

2 猫難實叮（Jacobus Valentijn）又譯巴連泰，是當時普羅岷遮城首長。

第四十二章 卡珊德拉

上午的陽光灑滿台江內海水面的時候，載著鄭成功兩萬大軍的船隊在鹿耳門溝外列隊，等候漲潮。

不久，船隊開始魚貫通過鹿耳門。然後，如同水銀瀉地，幾個小時之後，數百艘帆船布滿了台江水面，風帆千朵，非常壯觀。

於是，台江沿岸自赤崁、新港、蕭壠到麻豆，沿岸居民不論是福爾摩沙人或漢人，都起了騷動。

自從兩個多月前，范德蘭帶著艦隊與士兵離開之後，大員的防禦措施也跟著鬆動，本來集中在城堡中看管的漢人紛紛再回到家中。現在，除了少數和公司關係密切的漢人頭家之外，漢人農民和工人紛紛走上街頭，手舞足蹈，向內海裡愈來愈近的國姓爺船隊大聲歡呼。

在油車行、以前郭懷一的村落，長長的海岸邊以禾寮港[1]為中心，聚集了數以千計的漢人。「迎接國姓爺，趕走紅毛狗！」的喊叫聲響徹雲霄。

平時在街道上巡視的荷蘭士兵已經不見，措手不及之下，他們避入普羅岷遮城和附近的馬廄、糧倉，準備應戰。

連遠處村社的福爾摩沙人也紛紛跑出來，以看熱鬧的心情跟著亂呼亂叫。

在蕭壠，瑪利婭一家人也聽到原住民的鼓譟聲。

禮拜六的中午，在神學校住校的原住民學生都已經回家了，教士老師與語言老師也大半不在校內。瑪利婭和弟弟彼得跑到海邊，他們看到遠處海面上大大小小的國姓爺船隊。

從海邊回神學校的路上，他們遇到一些福爾摩沙人，平日眼光中的敬意似乎不見了，有些人帶著似笑非笑的表情，有些則臉上帶著譏嘲。雖然瑪利婭一家搬到蕭壠才一年多，不像在麻豆與原住民混得很熟，但至少平時蕭壠人見到他們總是充滿善意的。

現在，敬意和善意都感覺不到，瑪利婭不寒而慄。她趕回神學校，向亨布魯克建議，速回麻豆。在麻豆社，他們有像烏瑪那樣如同家人的福爾摩沙友人。

於是，亨布魯克要大家盡速收拾隨身行李。

揆一長官派遣來的信差正好也到了。信差是個班達黑奴，他喘著氣，豆大的汗水自頭頂流下，一臉恐懼之色。他把信交給亨布魯克，瑪利婭注意到他的手抖個不停。

牧師問他，來的途中有沒有看到國姓爺軍隊。黑奴搖搖頭。

亨布魯克召集了蕭壠所有荷蘭東印度公司的宣教士、教師和軍人，商量逃亡路線，男女奴僕則去準備牛車和食物。揆一的指令是要大家集中到熱蘭遮城去。

亨布魯克問了信差，知道信差拿到信時，國姓爺的船隊還在鹿耳門外，尚未進入台江內海。

亨布魯克推斷，現在敵人很可能已經在赤崁周遭登陸。他向大家分析，不要說前往熱蘭遮城已不可能，即使到普羅岷遮城都有可能遇上國姓爺的軍隊。

---

1 禾寮港為今日台南永康的洲仔尾地區，是鄭成功大軍登陸台灣的地點。

一位老士官也說：「敵人在東南方，我們往南走，是羊入虎口。而要我投降，我可不幹。你們是平民還好，我們軍人投降，難保不會被他們殺了。我們應該往西北跑。」他建議先到麻豆，然後往東北的哆囉嘓，再靜觀其變。

蕭壠政務員巴克斯（Gillis Box）夫婦則不以為然。他們說，到了哆囉嘓又如何？還是會被國姓爺的軍隊追上，而且現在福爾摩沙人也不是很可靠，因此只有逃向熱蘭遮城，和荷蘭人在一起，才有武力保護。亨布魯克說，自普羅岷遮城到熱蘭遮城的渡船船伕是漢人，而且水面上全是敵人的船隊，水路大概走不通了。唯一可能是自普羅岷遮城往南，經海牙人之林[2]，再走狹陸，經過海邊的林投園，再到熱蘭遮城。但這條路很遠，被敵人抓到的機會也很大。而且亨布魯克點出，漢人一向對基督徒有敵意，他認為宗教人員也很危險。

巴克斯說：「那至少先到普羅岷遮城，普羅岷遮城可以守個十天半個月吧！」說完，眼睛望著太太。

士官搖搖頭，插嘴說：「普羅岷遮城應該已被包圍了，不太可能進得去。」

巴克斯太太手上抱著四個月大的嬰兒，嬰兒大概肚子餓了，開始啼哭。巴克斯太太邊哄著嬰兒、邊說：「我也主張向南走，即使遇上國姓爺的軍隊，只要投降，國姓爺也不見得殺了我們。」

母親安娜本在猶疑中，但瑪利婭選擇往北。她說，先到麻豆，與麻豆的荷蘭人聚集之後，再往北到哆囉嘓。大部分的士兵也選擇往北。

於是，十五輛牛車中，八輛往北，七輛往南。往南的是巴克斯政務員一家，還有助理員派克等行政人員、三名士兵、家屬及數位奴僕，一共三十人左右。

往北的近四十人。亨布魯克夫婦、瑪利婭、十七歲的克莉絲汀娜、十一歲的彼得由同一輛牛車載著。另外，助理牧師、助理教師、士兵、家屬和女奴由男奴駕牛車，急往麻豆出發。離開蕭壠的時候，他們遠遠看到蕭壠的原住民頭人，執著荷蘭人所頒發的籐杖，在公廨前的廣場大聲吆喝著。有一些蕭壠人圍著他。

「他們大概也在開會討論對策。」瑪利婭說。

牛車大約一個半小時到了麻豆。由於福爾摩沙長官揆一派專人來送信，麻豆社的荷蘭人也知道國姓爺來攻打大員的事了。亨布魯克建議麻豆社的荷蘭人跟著他一起向北走。

瑪利婭衝進家中，到房間裡取下牆上那幅畫有楊恩的法布里修斯畫作。畫雖然不大，但在這樣的逃亡過程中，不能不說是個累贅。瑪利婭想了一下，還是塞進了行李。

麻豆社的居民果然比蕭壠人友善，有不少人到禮拜堂來向亨布魯克一家人道別。烏瑪一手牽著兩個小孩，手上還抱了一個更小的，急急趕到，哭著把瑪利婭抱得緊緊的。直加弄則帶來一堆食物和飲水讓大家吃，然後幫忙餵牛。

離開麻豆社去哆囉嘓時，瑪利婭往後看。她不敢相信、也從未想過，她會在這樣的情況下離開住了十三年的麻豆社，離開她所熟悉的一草一木，離開她在這裡的朋友。牛車經過她常常對著夕陽吹笛的那棵莿桐樹下時，她突然驚覺，難道就此一去不回了嗎？兩行熱淚不禁奪眶而出。

現在車隊有二十多輛牛車，浩浩蕩蕩，但卻是逃亡的隊伍。除了一位儲備教師堅持留下，麻豆社的多位教師、十六名兵士、家屬及男、女僕，幾乎都隨行。路上風光一如往昔，一家人都默默無語。克莉絲汀娜的手一直發抖，安娜把她擁在懷裡，但是亨布魯克和瑪利婭都知道，風雲已經開始變色了。

眾人知道，揆一的戰略是把敵人攔在外海，沒想到國姓爺的大批船隊竟然一開始就長驅直入內海。想來，揆一所倚賴的熱蘭遮城砲火與大船艦的阻擋完全失效了。如此一來，脆弱的內陸就會讓國姓爺的部隊予取予求。普羅岷遮城這邊能撐多久不知道，而一旦普羅岷遮城失陷，熱蘭遮城失去赤崁方面的內地補給，將成孤

2音譯為哈赫拿爾森林（Hagenaer），可能為今日台南市法華寺或竹溪一帶。

城。儘管火力強大，食物飲水總是有限，必須能撐到巴達維亞援軍來救，才有可能把國姓爺驅離福爾摩沙。

瑪利婭默默在心裡盤算。現在是五月，吹西南季風，如果揆一派船到巴達維亞求援，逆風而行，運氣好的話，也許兩、三個月到，運氣不好的話，還不一定到得了。如此則巴達維亞的援兵要過四到六個月才有可能抵達，也就是九、十月左右，那麼希望到年底，戰亂可以過去。到了那時，就可以回到麻豆社或蕭壠社了。

然而瑪利婭又想，這是最樂觀的想法，萬一天不從人願，援兵到來之前，熱蘭遮城就撐不住了呢？國姓爺就占領整個福爾摩沙了呢？

瑪利婭不敢再想下去了。

❖

哆囉嘓到了。國姓爺攻入福爾摩沙的消息早已傳到此地。只有一個探訪傳道和兩名單身士兵留在這裡觀望，另外一位行政助理及一位荷蘭士兵因為娶了當地原住民女人為妻，並已有小孩，所以沒有離開，其他二十多位則已逃散。據留下來的人說，有四輛牛車往北，應該是往諸羅山的方向走了。另外兩輛則往東走，不知向哪裡去，因為往東不是山區，就是河谷。

除了亨布魯克的隊伍，也有一些人是從大目降及目加溜灣逃過來的，因此來到哆囉嘓的荷蘭人竟然已有一百五、六十人。眾人聚在一起，商討下一步要怎麼做。亨布魯克不論聲望與輩分都是最高的，因此大家希望知道他的想法。

亨布魯克喝了一口杯子裡的水，說道：「這水好甘甜。」

那位駐守哆囉嘓的荷蘭士兵說：「這是取自十多年前，荷蘭人在此挖的井，長年不竭，水質又佳，哆囉嘓的人幾乎都飲用這井的水。」

一位來自大目降社的士官，兩鬢已斑白，看起來有些年齡，露出若有所思的神情，開口問道：「牧師，您們可知道，二十年前我們自葡萄牙人手中取得滿剌加的故事？」

亨布魯克好奇地問：「什麼故事，我不知道？」也有人問道：「滿剌加在哪裡？」

老兵娓娓而道：「滿剌加位在馬來半島上。如果船順著印度沿岸航行過來，要到東印度群島，例如巴達維亞或盛產香料的班達群島，必然要經過的海峽就是滿剌加海峽。滿剌加本來是個信奉伊斯蘭的蘇丹國。一五一一年，葡萄牙人的大帆船來此，驅逐了蘇丹，占領滿剌加。葡萄牙人在那裡建了一座城堡，叫AFAMASA，就是『著名』的意思。」

「對葡萄牙人來說，他們船隻自歐洲出發後，歷經茫茫大海的危險行程，這裡是終於苦盡甘來、可以喘一口氣的地方。我們公司要和葡萄牙人競爭，最希望的是拿下他們的澳門，因為澳門是葡萄牙人和東方人交易往來的大門，滿剌加只能說是休息站。結果，荷蘭人一直拿不下澳門，但成功拿下滿剌加。一六四一年，二十年前，我們得到柔佛蘇丹[3]的幫忙，自陸上進攻，終於成功把葡萄牙人趕出了滿剌加。

「十多年前，我曾在滿剌加工作兩年，聽到一個故事，是關於荷蘭人怎麼獲勝的。那時，葡萄牙的城堡依山面海而建，有點像我們的熱蘭遮城，只是小多了，但還是非常難以攻打。我們首先由海路進攻，傷亡了將近千人卻仍然攻不下，後來自陸路才成功攻了下來。而自陸路進攻之前，先派人在夜間潛入滿剌加，到城內三保山下一個百年前大明人挖的水井下毒。這個大井的井水是葡萄牙人的重要水源，結果葡萄牙軍隊都中了毒，根本站不起來，無法應戰。所以荷蘭人很輕鬆就把滿剌加拿下來了。

「對了，順便說一下，其實最早去滿剌加的不是葡萄牙人，而是大明國的航海家鄭和。他在一四〇六年之

3柔佛蘇丹王朝（Johor Sultanate）於一五二八年建立，一九四六年成為馬來西亞的一部分。

後到過滿剌加六次。後來大明皇帝把宮女當做公主嫁到那裡，除了豐富嫁妝，還有五百名大明國男女侍僕陪嫁，那個井就是大明公主派她的部下挖出來的。荷蘭人占領滿剌加後，也很怕有人在水裡下毒，因此把井加蓋，圍得緊緊的。」

亨布魯克已經聽出端倪，直接就說：「不行，絕不可以這樣做。在井水裡下毒，也許會讓追來的國姓軍隊誤飲，但是一點用處都沒有，只會更糟。」

「國姓爺的軍隊，不是滿剌加葡萄牙人的幾百名，可能是兩萬名或更多。這樣做只有更激怒他，派更多人來追捕，甚至殺害我們，」亨布魯克神情嚴肅，甚至有些生氣的味道，「而且，這樣做更傷害到哆囉嘓的福爾摩沙人，影響他們的生活與耕作，會讓哆囉嘓的原住民痛恨我們。絕對不可以這麼做。」

另一位荷蘭士兵也說：「絕對不可以得罪福爾摩沙人。沒有原住民的幫忙，我們什麼地方也去不了。」

原先提議的荷蘭老兵顯得有些不好意思，低聲說：「我只是說說往事而已。」

第二天起床，大家決定繼續往北。兩位哆囉嘓的荷蘭士兵臨行前，突然滿頭大汗、慌慌張張地翻箱倒櫃，一問之下才知道，他們原先放在儲藏室的槍枝、槍彈及火藥，竟然一夜之間全不見了，怎麼找都找不到。而哆囉嘓的福爾摩沙人都躲得遠遠的，不來打招呼，也不幫忙。

瑪利婭知道了，眉頭緊皺說：「糟了，會不會我們昨晚的討論被福爾摩沙人聽到，因此他們有些誤會了。唉，還真解釋不清呢。」

於是哆囉嘓的行政助理去找當地的頭人，說他們昨天只是講一些滿剌加的往事。頭人光顧著打哈哈。

大家都感覺到福爾摩沙人的態度起了變化，心情很懊喪。另外，大家也發現，部落附近的漢人明顯多了起來，雖然不是穿軍服，像是一般民眾，也不像有惡意，卻頻頻出現漢人與原住民竊竊私語的畫面。荷蘭人開始有恐懼感了。大家知道哆囉嘓不能久留，於是整理隊伍，向諸羅山出發。

去諸羅山的路上，瑪利婭心情惡劣。福爾摩沙人態度的改變，使她覺得過去的日子一去不復返了。她昨天還樂觀估計年底可以返回麻豆社，現在則不這樣想，她認為荷蘭人在福爾摩沙的根基完全動搖了。即使這次戰勝了國姓爺，荷蘭和所有漢人幾乎已經不可能再彼此互信，也難保未來國姓爺不會捲土重來。然而沒有漢人，大員商館將難以生存。先不說貿易，大員所有麵包店、裁縫店等日常生活必需品都是漢人供應的，沒有漢人，荷蘭人連生活都有問題。

更致命的是和福爾摩沙人的關係。公司和教會過去二、三十年來打下的基礎，此刻突然分崩瓦解了。亨布魯克一家人都感受到原住民態度的改變。

瑪利婭回想起五天前，四月二十七日，那時國姓爺的部隊還沒有來，麻豆社就發生了亨布魯克難以置信的事：一群麻豆人到山上去，帶了三個人頭回來。他們圍繞著人頭跳舞，大肆慶祝。亨布魯克下令禁止，譴責他們不應該回到過去的行為，但他們粗魯地公開反抗他。這是十多年來從沒有過的事。

兩天後，瑪利婭自烏瑪那裡聽到，是頭人里加煽動族人這樣做的。烏瑪還說，不要說是她透露的。瑪利婭從未見過烏瑪那麼緊張。

瑪利婭覺得，荷蘭教士們三十多年來對原住民的努力，似乎完全失敗了，荷蘭人大概即將永遠失去福爾摩沙。雖然大員及赤崁的戰事方才開始，她卻有不祥的預感。她自忖，自己像極了特洛伊戰爭中的卡珊德拉[4]。

4 特洛伊的卡珊德拉公主曾獲阿波羅賜予預言能力，她卻拒絕阿波羅求愛，於是阿波羅對她下了一個詛咒，使別人永遠不相信她說的話。後來她預言木馬若進入特洛伊城，特洛伊必將毀滅，卻無人相信她說的話。

第四十三章 北線尾

陳澤奉國姓爺之命，率銃船六十艘、水師千名、陸師三千，在北線尾登陸部署。

陳澤的心在顫抖。他從未統帥過這麼大的部隊，除了他自己宣毅前鎮的六百人馬，還包括國姓爺部隊中最精銳的鐵人部隊及藤牌軍。他率軍在北線尾登陸後，國姓爺的主力部隊隨即渡過台江內海、深入敵境，等於把後防完全交給了他。然而實際上，在後的陳澤即將面對紅毛的主力部隊，他的四千人與其說是後防，毋寧說是在最前線。

七個月前，陳澤認為保生大帝給他指示，如今竟然一步一步成真了。國姓爺真的大舉征台，而他，顯然即將和敵人主力部隊、熱蘭遮城的守軍展開第一場戰役。這場戰役，將是決定性的。如果陳澤敗了，局勢不堪設想，國姓爺率領的部隊將成紅毛的甕中之鱉，因為後路被斷；而陳澤如果贏了，幾十年來在大員海岸耀武揚威的紅毛人熱蘭遮城將成孤島。

七個月前，陳澤在白礁慈濟宮的預感，讓他這幾個月間不斷設想，在各種狀況下遇到紅毛該如何因應。因此，他早有盤算。於是，國姓爺在鹿耳門溝口派他到北線尾登陸時，他大膽向國姓爺要了鐵人部隊和藤牌軍做支援，而國姓爺竟然如數撥給了他。

那是昨天上午的事。國姓爺通過鹿耳門海溝之前，親自下船勘察形勢。國姓爺觀察良久，沉吟了一陣之後，決定撥四千精兵給陳澤，人數之多出乎他的意料之外。國姓爺沒有多言，然後自國姓爺的眼神，他知道國姓爺的託付。

他小心翼翼，耐心守在鹿耳門溝口等待。一直到天黑，才讓第一批八百名弓箭手先行上岸，利用已廢棄的紅毛碉堡作為掩護，很快地布署在碉堡兩側。這是農曆四月初二的晚上，月色很弱，對他的行動很有利。

然後，第二批軍士上岸了，這次是五百名鐵人部隊，作為中軍。再一個時辰之後，第三批軍士上岸了，這次是藤牌軍，各有五百名，分別為左、右翼。而戰船上，除了有水師近千名，陳澤還保留了三百名弓箭手、二百名鐵人部隊、三百名藤牌軍在船上，機動待命。

子夜時分，陳澤已經布署完成，鬆了一口氣。他宣布，只留小部分部隊值哨。他要其餘的將士在決戰前夕有個好眠。

兩個月前，國姓爺召開軍事會議，就進攻台灣一事徵求諸位將領的意見。陳澤心裡有數，國姓爺既已決定招兵造船，應該心意已決，開會只是程序與宣誓。而結果也如同預期，大部分將領不是反對、就是猶豫；國姓爺最親信的提督馬信，態度模稜兩可；去過台灣療傷，對台灣防禦系統最了解的吳豪更是直言反對。

陳澤對國姓爺的作風已有相當了解，國姓爺並不畏難也不怕冒險，他要的是「突破」。北伐是突破，可惜功敗垂成；征台如果成功，也是一大突破。國姓爺心中既然已有定見，會議中只要有一人贊同，國姓爺就會順水推舟。陳澤雖然了解國姓爺，但個性不喜多言，也不喜出鋒頭，所以在一旁默默無語。總算後來楊朝棟與陳永華稍表贊成之意，國姓爺果然馬上順水推舟，拍板定案。

九天前，四月二十二日，大軍自金門料羅灣出發。料羅灣是二十八年前，國姓爺的父親鄭太師爺大敗紅毛艦隊之處，選擇從此地出發，自有討個吉兆之意。而對陳澤，這等於提醒當年鄭太師爺擊敗紅毛之策略，自有可效法之處。

出發時，每名將士只發了五天糧食，足見國姓爺有速戰速決之意，希望能在五天內攻城掠地。然而，大軍一開始並不順利。國姓爺在澎湖未能補充到足夠糧食，而且適逢大風，不利出航，眾將領大多認為仍須等待。沒想到國姓爺在風雨陰霾中，傳令冒風濤進軍，不許延誤。陳澤想，國姓爺的勇氣與意志，真非常人所及。

國姓爺祭拜了玄天上帝後，向眾將領提出的訓示，更讓陳澤動容。

國姓爺說：「天意若付我平定台灣，今晚開駕後，自然風恬浪靜矣。不然，官兵豈堪坐困斷島受餓耶？」又說：「本藩矢志恢復，切念中興。自當竭誠禱告皇天，並達列祖，假我潮水，行我舟師，爾從征諸提鎮營將，切勿以紅毛砲火為疑畏，當遙觀本藩鷁首所向，銜尾而進。」國姓爺這番話讓眾將士感動，軍心大振。

陳澤想，國姓爺的堅定不但感動了大家，也感動了上天。本來風雨不斷、波濤洶湧，到了三更竟然真的雲收雨散，船行快速，果然順利到了台灣。陳澤想，如果留在澎湖等待風停，一旦延誤而使軍糧不足，大軍的士氣馬上會潰散。陳澤由衷佩服國姓爺的果決與判斷。

而昨天清晨，國姓爺依何斌之獻策，船隊為避紅毛砲火，不從大員港而由鹿耳門進入台江。雖說此計絕佳，但鹿耳門溝水深極淺，連小帆船都通不過，何況是大型船隻。

不料今早卻是大潮驟起，讓鄭成功的大小四、五百艘船隻竟然魚貫通過鹿耳門。奇兵突入台江內海，把紅毛嚇得目瞪口呆，不知如何是好。

「神蹟！」「天佑國姓爺！」鄭氏軍隊雀躍歡呼，不像在戰場，倒像在競技場。將士的士氣高昂到極點！

陳澤也充滿信心。他進入帳內，向他帶來的保生大帝像合掌祈佑，賜他與他的部隊智慧與運氣。陳澤知道，現在他和屬下都不缺勇氣與力氣。去年造訪白礁慈濟宮之後，他把保生大帝視為他的庇佑之神，於是後來又走了一趟慈濟宮，請求分靈奉祀，因此他的營帳裡祭拜著保生大帝神像。

天色微亮。在台灣的第一夜，就這樣過去了。陳澤拿著望遠鏡，見到台灣城在正前方右側巍然而立，城樓上人影走動已十分明顯，大員市街的房子也清晰可見。

「天意在此，今日必勝紅毛！」陳澤伸出右手，握起「宣毅前鎮」副將林進紳的左手，兩人雙手高高舉起，意氣煥發地一齊大喊：「贏！贏！贏！贏！贏！贏！」眾將士也跟著舉手高呼：「拚！拚！拚！拚！拚！拚！」

❖

同一時間，荷蘭大員長官揆一由老將佩得爾陪同，在城樓上審視情勢。

昨夜，揆一幾乎未曾闔眼。整個局勢在一天之內變得如此惡劣，讓他憂心忡忡。昨天下午國姓爺的兩萬大軍竟然橫渡鹿耳門，直接在普羅岷遮城附近登陸，而他雖然火速派出艾多普上尉（Joan van Aeldorp），率兩百多位軍士由熱蘭遮城馳援，卻被鄭成功的軍隊阻絕，上不了岸，只有六十名軍士進得了普羅岷遮城。城內軍士不滿兩百，而軍火、補給更是少得可憐！

普羅岷遮省長猫難實叮來信說：「城中只有四缸火藥、一千五百發子彈、一櫃半已爛掉的荷蘭引線、四分之一束不能用的爆炸用引線、四桶半火藥、五十袋稻子、一甕鹹肉和一小桶燒酒。」

揆一忿恨大罵：「猫難實叮真是失職！」但是，罵有何用？從去年，他就呼籲要加強防備國姓爺，不想普羅岷遮城的戰備竟然如此不堪！

猫難實叮要求加派四百名士兵，但是熱蘭遮城本身士兵人數也有限。可恨哪，范德蘭二月離去時帶走了不少兵士與補給。

在晨曦之中，佩得爾顯得十分驚訝，指著遠處的北線尾北端叫了出來：「長官，您看！」鄭成功的軍隊居然連夜紮了營，成列的白色大帳整齊地排在岸邊，甚是壯觀，看樣子有好幾千人。

「國姓爺的軍隊真多啊！」揆一喃喃地說。

佩得爾的長子小托瑪士也在支援普羅岷遮城的援軍中，昨天下午左臂不幸被砍成重傷，還好後來救回熱蘭遮城內，現在仍發著高燒，因此佩得爾還在氣頭上。「人多有何用！讓我去把那些舞刀弄棍的敵人趕下海！」

揆一望著遠方一片白色的鄭軍營帳，正色說道：「托瑪士，不要衝動。國姓爺軍隊的裝備比我們想像的好，有鎧甲鐵帽，也有步槍火器。聽說他們向葡萄牙人買了火砲和彈藥，可能也有自己生產製作的火彈，可不是只有弓箭、刀劍。他們能以少敵多，和韃靼大軍周旋了十多年，絕非弱者。」

佩得爾有些不服氣地大聲答：「你看我的！」

兩個鐘頭後，佩得爾率領了二百四十名火銃隊，乘船出發了。揆一在城堡上，拿著望遠鏡觀戰。

波濤拍岸，規律的浪潮聲陣陣傳來，有若戰鼓聲。

在北線尾北邊遠處，敵人的部隊已經開始列陣，他們沿著海岸排成一長列，在北線尾的海岸上拉出一條長弧。而老佩得爾與兵士們分乘大、小船隻，在北線尾南岸迅速登陸。

揆一站在城堡高處，望著兩軍列陣及遠處大海，突然感覺到，自己有些像是二千五百年前同樣站在海邊城樓上觀戰的特洛伊王。特洛伊城面對的是自西方渡海而來的大批希臘聯軍，而他面對的大明國國姓爺大軍，不也是自西方渡海而來？

❖

陳澤自從在白礁慈濟宮膜拜的那一天起，就開始為今天做準備。

現在，他的長蛇陣布陣完成，等著紅毛的火銃隊來。他持著望遠鏡，看到一批紅毛軍隊終於出城，向自己這一邊攻來了。紅毛的服裝十分鮮豔，他看到每個紅毛都執著火槍。他估計紅毛部隊大約二、三百人。紅毛最強的是火器，因此他把中軍擺在最靠近海岸處誘敵。他想，紅毛一定會藉著強大火力，先求中央突破，於是他把最不怕火器的鐵人部隊擺在中軍。

今早列陣時，他向兵士們解釋：「我們人多，所以布成長蛇陣，擊頭則尾應，擊尾則頭應，擊中腹則首尾皆應！我們不會被切斷，相反的，敵人一定會被我們包圍，是不是？」兵士們都大叫：「是！」

然後，他又告訴士兵，他已交待船隻內待命的藤牌兵、鐵人部隊和弓箭手八百名作為伏兵，乘船繞道，在北線尾西南岸登陸，自敵人後方反包圍，一定能殺得紅毛措手不及。

陳澤又向士兵說：「我這是學當年井陘之戰中韓信的背水列陣。我們反包圍時，敵人只得乖乖束手就擒，不然就是落水！」

佩得爾在列陣時向他的部下說：「敵人雖多，但他們以刀、槍為主，不足為懼，我們一定能夠以一擋十。我們的強大火力，會讓他們發抖。而且他們是分散的。兄弟們，我們集中火力，中央突破，把他們趕下海！」

佩得爾的軍隊列成十二人方陣，慢慢向鄭軍推進。果然如陳澤所料，紅毛面對中軍而來，令他暗喜。他在中軍後暗藏了五十門船砲，準備殺得紅毛措手不及。接著，陳澤一聲令下，萬弩齊發，箭如驟雨，連天空都昏黑起來。荷蘭軍士也開始放槍回敬，槍聲大作，硝煙瀰漫。荷蘭艦艇則在海上助威，向岸上的鄭軍開砲，砲聲隆隆。

有許多鄭軍倒下來了，但馬上自後面及旁邊又補充上來。荷蘭人發現，敵人不怕槍聲，也不畏戰。他們高喊著，不停地衝過來。荷蘭士兵砍殺得手都軟了，敵人依然像潮水一樣湧來。鄭軍也有船砲助威，造成傷亡，讓荷蘭人吃驚。荷蘭士兵的陣式被衝亂了。敵人太多，荷蘭士兵發現兩軍相接時，本來在兩翼的鄭軍逐漸往自己部隊的方陣包夾，而且原本殿後的荷蘭士兵們，發現敵人不知何時在背後登陸。他們被包圍了！

在城樓上觀戰的揆一，看到有一支敵軍繞到北線尾西南角，像一隻匕首，自後面刺向荷軍，就知道大勢不妙了。他向佩得爾高喊，要佩得爾注意後面的伏兵，然而距離太遠了，呼叫聲完全被戰場上的廝殺聲淹沒。

揆一發現了一個很可怕的情況：鄭成功的軍隊完全不怕死，前仆後繼。正中央的鐵人部隊不怕子彈，而自兩側出現的藤牌軍行動迅速，躲在藤牌之後，一個翻滾，向荷軍砍出一刀，人影馬上不見，荷軍紛紛哀號倒地。於是戰場上被包圍在中央的荷軍不是倒地、就是驚惶失措亂竄。鄭軍不但沒有被逼下海，反而是荷軍開始後退了。

揆一心中暗罵，怎麼方才自己會想到特洛伊之戰，真是不祥！在特洛伊戰爭中，特洛伊王就是看到自己的兒子暨大將赫克托被阿基里斯所殺，還把屍體拖在馬車後，繞城三匝！現在，荷軍的赫克托、身經百戰的佩得爾，也發現自己太小看鄭軍了。他下令荷軍重新整合，希望能集中火力，擺脫鄭軍的包圍。

可是，太遲了。鄭軍的伏兵已從背後登陸，陳澤大聲喊著衝殺包圍！荷軍發現，不只對面及兩側有敵人，背後也有弓箭、火槍、炸彈紛紛來襲，而更多的是鄭軍的吶喊聲，以及突然在自己腳上砍一刀的藤牌兵。

荷軍完全被衝散了。看起來，戰場上鄭軍無所不在。現在荷蘭士兵發現，他們每一個人幾乎都被六、七個敵軍包圍住。連佩得爾自己也身陷重圍，他的大腿被藤牌兵砍傷，一度仆倒，依舊奮力站起；他大喊著，激勵部下……

然而，他的背後又被劃了一刀。在劇痛及昏眩中，他半跪倒，以槍枝支撐著自己。此時，一位持刀的士兵出現在他面前，他的脖子一陣疼痛，感覺到自己的血濺到臉上，眼前一黑，就再也起不來了。

戰場成了屠場。荷兵四處逃竄，幾十位傷兵零零散散逃回領港船上。領港船慌忙逃逸，駛向熱蘭遮城港口，然而後面的鄭軍帆船跟著追來了。

不到一小時，陸上的戰役結束了，而海上的戰爭正要開始。佩得爾出征時，揆一同時下令戰艦赫克托號、格拉夫蘭號及通訊船瑪利亞號配合著攻擊鄭軍船艦，也向北線尾的鄭軍發砲。

鄭軍有六十艘大小銃船來應戰。「左虎協」陳沖、「侍衛旗」陳廣領著一艘艘大福船，每船有兩門火砲，但比起荷軍的巨艦，威力自然相差甚多。

號稱世界最強的荷蘭海軍絕非浪得虛名。赫克托號是荷蘭大型戰艦，在全球也算數一數二。荷蘭軍艦破浪而行，國姓爺的小船應聲翻覆，或被大砲擊沉，或被大船撞沉。局勢對鄭成功的小船顯然不利。

然而，天意真的是站在國姓爺這邊。就像特洛伊之戰，眾神的手勢一比，特洛伊的勇士赫克托就注定要犧牲一樣。船上的荷軍正歡呼時，風卻突然停了。荷蘭船艦雖大，但沒有風就動彈不得；鄭軍船隻雖小，但他們可用人力划槳，在大船中穿梭而行。而且有些小船的水兵潛入水中，顯然是企圖在荷蘭大船底下打洞。荷蘭水兵慌了。

同一時間，陳澤已在陸地上大勝，但他並未退出戰場。他的部隊有陸師、也有水軍；陸師勝了，水軍也正要開始發威。他早就成竹於胸，要師法當年鄭太師爺在料羅灣大破紅毛艦隊的戰法，再給紅毛一次教訓。

陳澤的運氣不錯。整個鄭軍的運氣都不錯。當陳澤由陸轉海時，正是風停之刻。風一停，揆一立即決定加派戰艦羅特福斯號和領港船，載著三百烏銃隊增援參戰。然而陳澤的動作更快，他下令三十艘銃船火速包圍港口，堵住荷蘭援軍。他再下令，另外三十艘銃船逼進在港口外的三艘大型荷艦。

來自白礁的陳澤子弟兵划著槳，接近大型荷艦，然後把小船以繩索扣在大船上。接著，五、六艘鄭軍船隻再互相扣住搭靠，接著人先跳海，再快速引燃船隻。

鄭軍從這兩天的諸多好運氣認為，他們有神明的庇佑。不論在陸上、在海上，他們全是一副不怕死的作戰方式。荷軍雖然也奮力抵抗，割斷纜繩、滅火、以手榴彈及火砲轟擊鄭船，但是鄭軍的拚勁讓他們膽怯了。

一片火海！小船先著火，大船隨後也著火，然後一陣陣爆炸聲。雙方在煙火中做肉搏戰。過去在歐洲，荷軍一味地以砲戰定勝負，他們未曾遭遇這樣的殺戮戰場，只想趕快脫離這個人間地獄。

然而，陳澤的水軍咬住他們不放，每一艘荷艦都被好幾艘鄭軍船隻圍住。他們乾脆先點燃自己的小船，火船像箭一般衝向荷蘭大船，荷蘭士兵只能猛力以竹竿推開火船。整個海面硝煙瀰漫，殺聲不絕。

突然，一陣震耳欲聾的大爆炸聲。接著，海面上濃煙與火焰冒起，再慢慢消散。荷蘭巨艦赫克托號快速下沉。周圍的鄭軍小船也跟著消失了，無蹤無影。大爆炸之後，接著是一片沉寂。

熱蘭遮城上的揆一和其他荷蘭人看得呆若木雞。

陸上的赫克托勇將佩得爾，以及海上的巨艦赫克托號，在前後不到兩個小時之間，竟然都被國姓爺的軍隊殲滅了。他們不敢相信，世界第一強國荷蘭，一個上午不到，陸軍、海軍全都潰散！荷蘭人掩面嘆息了。

❖

趁著連鄭軍都因赫克托號的大爆炸而瞠目結舌時，受創的其他荷蘭船隻抓住機會，逃向外海。格拉夫蘭號往北而行，瑪利亞號則往南。

鄭軍則開始清理戰場，先把負傷的戰友救上船。不到兩個時辰的時間，陳澤在海戰和陸戰都立了大功。

然而，在喜悅之中，面對陣亡子弟兵的屍體，他落淚了。水面上，殘肢漂浮；陸地上，屍體遍野。到處都是傷者哀號聲。

有些荷蘭軍士負傷未死，漂蕩在海面上呻吟。方才兩軍交鋒時，互相忙著殺戮。現在，戰爭過了，小船上的鄭軍面對海面上負傷的荷軍兵士，既不能救，也殺不下手，放任他們繼續漂流著。

而在陸地上，陳澤的兵士也回到戰場。他們太疲憊了，無法再去區分鄭軍或紅毛遺屍。陳澤指示下屬，把屍體集中在一起，挖了大坑，就地掩埋。

海與陸又恢復了平靜。然而，歷史將就此改變。改變歷史的人，則有多人埋入了地下，或沉入海底。

陳澤早已身經百戰，但沒有一次戰役像這一次讓他這麼驚心動魄。

望著海陸戰場上眾多雙方戰士的遺體，陳澤心中喟然感嘆。一將功成萬骨枯。他不是第一次參與海戰，當年圍頭灣之戰、去年的金廈海戰，他都大敗清廷的海軍，可是論及戰況、傷亡，未有如是之慘烈。

陳澤是勇猛的，但他從來不是殘暴嗜殺的。

戰場清理完畢之後，陳澤在北線尾他的紮營之處，用茅草搭了一個簡單的「保生大帝廟」，把白礁慈濟宮分靈而來的保生大帝神像供了起來。他再跪拜，由衷感謝保生大帝的庇佑。

第四十四章
普羅岷遮

熱蘭遮城和陳澤打了兩場水、陸大戰，可是在普羅岷遮城，荷蘭守軍幾乎束手無策。

鄭成功的軍隊登陸禾寮港之後，唯一遭遇到的抵抗，是來自熱蘭遮城的艾多普上尉企圖增援普羅岷遮城。普羅岷遮城本身幾乎毫無作為，只能自城堡和馬槽用步槍零星射擊，以及在夜間派人出來燒燬糧倉。

連鄭成功本人也沒有想到，荷蘭人在內陸的防禦竟如此脆弱。他的軍隊所到之處，迎接的大都不是荷蘭士兵的炮火，而是漢人的歡呼聲。

「我的軍隊不像打仗，像在行軍。」鄭成功望著他全副武裝的部隊，戴著光亮頭盔，擊鼓吹管，整齊行進，漂亮的絲質旗幟垂旒迎風飄揚。一些較高階的軍官騎馬飛奔著。道路旁，不時有漢人帶著飲水和食物，佇立等候。

國姓爺躊躇滿志，他得意地向身旁的馬信說：「這是簞食壺漿，以迎王師啊！」

國姓爺的部隊在登陸的第一天下午，就捉到蕭壠政務員和他有孕在身的太太。國姓爺派他們帶著信，向荷蘭人招降。

北線尾海陸雙勝，讓鄭軍完全控制了台江內海。

第五天，缺水、缺糧、缺彈藥的普羅岷遮城，不戰而降了。第七天，荷蘭的普羅岷遮省長猫難實叮帶著一百四十名行政人員、牧師及兵士，以及一百零七名家眷和奴僕，舉著白旗出降。

鄭軍的水師有許多是漳州子弟。他們為了慶祝勝利，在赤崁海邊以茅草蓋了一間小廟，感謝出身漳州月港的「水戰之神倪聖公」神恩浩蕩，庇佑他們打了勝仗[1]。

1 即台南市中正路一三一巷內的總趕宮。

第四十五章 諸羅山

過了諸羅山，就不再是說西拉雅語的族群了。

三十七年前，顏思齊和鄭芝龍等人曾在這一帶活動，但只是借地而居，重點放在海邊與海上發展，而非陸地開發。二十年前，諸羅山還是一片荒涼，那時荷蘭人把西拉雅二百五十多位尪姨流放到這裡，八年後只有四十多位還存活。這件事大大觸怒了老一輩的西拉雅人。而今，近三百位荷蘭人卻為了逃難而來到諸羅山。「報應啊！」亨布魯克心裡想著。亨布魯克對諸羅山不陌生，他初來的幾年，諸羅山是他的轄區。事實上，也是他為那四十多位尪姨向大員請命，請求准予回到原村社。

諸羅山和一、二十年前已經大大不同了，荷蘭人在這裡挖了井，也做了一些水利設施，因此這裡有了公司的農田，漢人稱為「王田」。其次，這裡距離魍港和笨港都不遠，兩地有不少漢人向內地開墾，就集結到諸羅山附近，因此已有了市集的模樣。還有，這裡獵場的梅花鹿依然成群，要比麻豆、蕭壠多得多。

亨布魯克到達諸羅山的傍晚，又有其他各地的荷蘭人陸續到來，包括虎尾壠的慕斯牧師（Petrus Mus），以及其他行政官員和教師。

也有從魍港的菲立辛根堡逃到這裡來的幾位行政人員與家屬。他們說，第一天下午，國姓爺軍隊就到了魍港。魍港的荷蘭士兵駕著小船逃出海了，行政人員和其他家屬只好往內陸逃難。

因此，逃難到此的荷蘭人及公司人員人數已在三百人以上。最意外的是，大目降社教師杜文達的兩個小孩也來了。杜文達娶了大目降社原住民女性為妻，先有了一對雙胞胎男孩，後來又生了兩個小孩。大目降的荷蘭人逃難時，杜文達因為妻子是原住民，認為自己應該沒事，就決定留在大目降。後來想想又有些不安，於是託大目降的荷蘭士兵，把十歲雙胞胎男孩也帶到諸羅山。

諸羅山的原住民對他們算是相當友善，但三百人的吃住問題不是小事。於是大家四處張羅，甚至想到，如果國姓爺的部隊不來諸羅山，應如何自力更生。

意外的，在第二天，有七位漢人自動送了些食物過來，為首者是位六十歲左右老叟。老叟說，他在島上三十多年了，先住魍港，後來向內遷徙，是這裡荷蘭「王田」的贌商。他覺得荷蘭人的治理還算公平，而他有今日榮景，也是拜荷蘭人之賜。他指著立於身後的六名壯漢說，這些都是我的子孫輩。漢人老叟的態度讓大家感到欣慰，就在諸羅山暫留了下來。

到了諸羅山的第八天下午，沒想到有位班達黑奴騎馬而來，說是普羅岷遮省長猫難實叮派來的信差。旁邊都跟著一位漢人軍爺，也騎著馬，打扮甚是威風。

眾人第一次看到鄭成功部隊的軍爺，心情大為緊張。不料，亨布魯克代表接過信之後，這名軍爺就帶了黑人信差轉頭馳去。眾人鬆了一口氣。

信很長，亨布魯克方一讀信，就「啊」地驚叫一聲，頹然坐下，卻又一語不發，然後很快把信看完。牧師把信交給慕斯，嘆了一口氣說：「猫難實叮已經把普羅岷遮城獻給國姓爺，投降了。信是國姓爺叫猫難實叮寫的，希望我們也投降，全部到普羅岷遮城去。」

原來普羅岷遮城被圍了四、五天之後，不戰而降。國姓爺於是要猫難實叮寫信，分送給逃離各村落的牧師、政務員及其他荷蘭人。猫難實叮的祕書奧瑟威珥（Paulus Ossenwaeyer）不在，於是由漢人譯員吳邁口述漢文信，再由已經在福爾摩沙十九年、漢文不錯的測量員梅氏[1]譯成荷蘭文，交給信差。信差四處打聽，終於在諸羅山找到他們。

這封信大意是說，普羅岷遮城的二百七十多人投降之後，國姓爺對大家比預期來得寬大，發給荷蘭人的米糧比給漢人軍爺的還要多。如果各村社的荷蘭人也投降來赤崁，國姓爺說，保證對大家都同等待遇。大家留在村社裡的財物，現在由他的部隊先行保管，將來也可以發還。

「李奧納牧師、溫慎（Arunoldus Winsen）牧師現在也都在赤崁。」亨布魯克告訴太太安娜。

安娜問：「那麼，我們也去赤崁嗎？」

亨布魯克沒有回答，突然把安娜擁入懷裡。一向嚴肅的牧師竟然哭出聲來。

霎時間，眾人大多哭了起來。瑪利婭卻沒有哭。這在她的意料之中，只是沒想到來得那麼快，沒想到普羅岷遮城會不戰而降。她默默走開，望著日落，又體會著卡珊德拉的感覺。荷蘭人在世界上縱橫四海、所向無敵，卻在福爾摩沙面臨著日落。她自己呢？下一步，要怎麼辦？她在心中默唸著耶穌基督之名，請求庇佑，也祈求自己保持清醒。

❖

來自赤崁的信，讓大家心中猶存的一線希望完全破滅了。

第二天，眾人又討論了一整天。

魍港、笨港都被國姓爺的軍隊占領了，不可能由這兩地出海。另一條出海的可能是往北到淡水。過去到淡水都是走海路，可是現在沒有船可走。至於陸路，虎尾壠的慕斯牧師說，他知道過了虎尾壠後，會經過大肚番王的領域，大肚番王統治的地方不小，而且一向很強悍。後來一六四四年被布恩上尉[2]降服，打通了自大員到淡水又到雞籠的完整道路。後來大肚番王病逝，由他兒子繼承，這幾年和荷蘭人關係如何不太清楚，充滿變數。這樣一說，大家就猶疑起來了。

如果不依照國姓爺信中所寫的投降並到赤崁，那麼唯一的可能是往東，到高山上去。

諸羅山和麻豆社、蕭壠社、新港社等沿海部落不同，諸羅山位在內陸，東邊可以看到綿亙不絕的高山。這些歐洲人沒有見過這樣高的山。荷蘭是一片平原，德國的山也不太高。

行政人員、牧師、教師及婦女，大都同意到赤崁。決定上山的，大約有兩類人，一種是娶了福爾摩沙人為妻而生有子女的，他們的子女不能回荷蘭，寧可全家上山；另外是士兵，他們說寧可到高山上，也不願去赤崁向國姓爺投降。他們認為，投降大概也是死路一條，可能還要受辱，而他們有火槍在手，到山上還可以和土著相處一陣。

前一天來過的漢人老叟，這日再度前來。他們表示，漢人稱呼東邊的山為阿里山，沿著八掌溪的河谷上溯可以到山上。山上的土著也會獵人頭，但他們偶爾出現在山下，並不算凶悍，也並非見人就殺。

漢人老叟看到杜文達的雙胞胎，直呼可愛，表示願意收養這對雙胞胎；雙胞胎一副福爾摩沙人的長相，又會說西拉雅語。老叟認為，他們收養雙胞胎，即使國姓爺的軍隊來了，也不會有危險。亨布魯克也覺得老叟應

1 梅氏（Philippus Daniel Meij van Meijensteen）是荷蘭東印度公司派來台灣的土地測量師，普羅岷遮城投降後，他留在鄭成功身邊擔任翻譯，直到一六六二年搭船離開為止。他寫有《梅氏日記》，從鄭成功登陸台灣，一直記錄到他離台的那一天，目前珍藏於荷蘭國家檔案館。

2 布恩（Pieter Boon）是荷蘭東印度公司軍官，幾次征伐台灣各地原住民族社，包括西部地方北達雞籠、淡水，於淡水興建安東尼堡（今紅毛城），甚至遠達東部的噶瑪蘭和薩奇萊雅（今宜蘭和花蓮）。

該可靠。雙方約定，等將來局勢穩定，杜文達夫婦也相對安全了，再將雙胞胎送回大目降。老叟一口答應。

於是，夜色來臨的時候，大家差不多也決定明天的去路了。多日來的疲憊，反而讓大家有個好眠。好不容易，眾人放心入睡，睡得深沉。

而瑪利婭，她把那幅有楊恩和台夫特的畫像抱在胸前，望著星空，思索著明天，還有明天以後的命運……

明天，會有二百多人，向赤崁走去，向國姓爺投降。

明天，會有四、五十人，決定向東方的高山摸索而上，向命運挑戰。

明天，那一對雙胞胎，會留在漢人老叟的家。

明天，還有一些人，決定暫留在諸羅山。

然而，過了明天呢？

她想，她終究不是卡珊德拉，對未來的命運，她無法預知。

她想，國姓爺真的像猫難實叮的信所描述的那麼寬大嗎？荷蘭人的命運會比特洛伊人好一些嗎？

明天，還有明天的明天……

她的人生從來沒有這樣過。她要面對的，是完全未知的明天。

瑪利婭不禁悲從中來。她從未想到，自己的人生會是這樣。她再向上帝祈禱。

第四十六章
撫番

登陸後短短五天就拿下普羅岷遮城，國姓爺非常高興。在北線尾立了大功的陳澤，也被鄭成功召見，當面褒獎了一番。

「濯源，你們打了漂亮的一仗，」鄭成功高興地叫著陳澤，「赤崁不戰而降，我的戰術成功了。兄弟們一上岸，我就派兵切斷新港社與赤崁的聯繫，也派兵去魍港及笨港，以防紅毛自後面進攻我們。

「我也派了原先在這裡的漢人去各部落，向土番示好籠絡。有好幾十社的土番頭目來向我們表示歸順，南北都有。我賜給他們錦袍、冠帽，當然還有賜宴。」

鄭成功笑出聲來，說道：「好酒幼菜，終究是最通人心脾的！」

陳澤很少看到鄭成功如此得意。

「番仔和郭懷一時完全不同了。這次他們完全背叛紅毛了！」鄭成功又說，「濯源，台灣的港口除了大員之外，蚊港[1]居次。那也是我父親的故地，你陪我去巡視，順便到土番的村落走走，收攬人心。只要番仔不和

---

1 蚊港即魍港，魍、蚊的閩南語發音相同。

紅毛狗聯手，我們必勝！我昨天又叫猫難實叮寫了一封信給台灣城的揆一勸降。等巡視回來，如果台灣城還不投降，我們就開始攻城，希望端午之前能畢竟全功。」

於是，國姓爺帶著馬信、陳澤和戶官楊英，以及三百名親兵，全部騎馬，全副武裝，盔甲光鮮明亮，每個人都在槍矛上插一支小旗，佩戴了箭，由大員羊廄[2]的總部出發，先往南，然後轉北，經赤崁北去。

經過赤崁時，已投降的普羅岷遮省長猫難實叮早已誠惶誠恐地在大街上迎接。鄭成功告訴猫難實叮：「本藩要去蚊港巡視，回來就要攻打熱蘭遮城。如果揆一不投降，你就等著看好戲吧！」說完這句話後，策馬就走，讓猫難實叮站在那裡發愣。

出了赤崁，國姓爺要陳澤注意村落中的糧食作物栽植。此時，國姓爺已不若方才的歡悅，嘆一口氣說：「台灣城能不用打就不打。我們兵多，糧食消耗極快，還得假裝大方配給紅毛降虜。何斌這傢伙說，一旦到台灣，則糧食無虞，結果我們來台灣才七天就缺糧。這個狐狸，真是膨風。」

鄭成功揚了一下馬鞭，加快腳步，並說：「我已寫了三封信向揆一勸降。我費盡苦心，威迫利誘想招降揆一，可是這揆一倒比較像個硬漢，不像猫難實叮。我估計紅毛若有援軍，也要等明年西南季風來。我們有足夠時間慢慢打下台灣城，但我可不希望拖那麼久。」

陳澤問道：「紅毛知道我們缺糧嗎？」

鄭成功遲疑了一下，說：「也許知，也許不知。」

沿途有不少漢人夾道相迎，但國姓爺在意的是村社土番。快到新港社時，見到長老們率土番百人左右出迎，還帶著小米酒、檳榔、芒果及糬，讓鄭成功笑逐顏開。他下馬執著長老們的手，賜以酒食及衣冠。有當地漢人為國姓爺做翻譯，土著伏地稱謝。國姓爺表示會尊重台灣土番對土地的原有權益，土番也以歡呼回報。

經過新港禮拜堂時，發現空置的禮拜堂已見破壞。將領們以為國姓爺會下令拆除教堂，國姓爺卻只看了幾眼，淡淡地說：「教堂很壯觀喔。」就沒再說下去。他一路參觀了新港、蕭壠、麻豆及目加溜灣，國姓爺的指示和原住民的反應都差不多。

陳澤發現，國姓爺對紅毛公司的田園、漢人稱為「王田」的制度，極度表示興趣，多所垂詢，甚至問到細節。對於其他未開發的田野，其所有權是否屬於土番，他也一問再問。鄭成功喜歡吃魚是有名的，因此相當注意各處水產漁獲。他似乎對稻田及番薯田較有興趣，也相對注意到荷蘭人的井及所建造的灌溉溝渠。看得出來，他對甘蔗田不太注意。

鄭成功到了蚊港後，有老者自稱是鄭太師爺舊部，帶了國姓爺至一處破舊茅屋，說是當年顏思齊與鄭芝龍歃血為盟立誓之處，並對目前繫獄北京的鄭太爺表示關心。鄭成功沒有回答，默然佇立良久。不一會，緊閉雙目，似是感慨萬千，又似在默禱。

2 鄭成功將軍隊指揮所設在羊廄。

第四十七章
赤崁

瑪利婭和她的家人自諸羅山來到赤崁已經七天了。在這期間，令瑪利婭很意外的是，國姓爺對待荷蘭人真的比想像中要寬大許多，反而是福爾摩沙人對荷蘭人相對殘暴！

七天前，亨布魯克牧師帶著二百五十多人，包括一百四十名白人男子、一百多名家眷及僕人，來到赤崁。國姓爺已經把普羅岷遮城改為漢人軍爺在赤崁地方的行政辦公中心。現在，官階最高的是楊朝棟，荷蘭人稱他為「本府」[1]。至於鄭成功的指揮大營仍然在較南方的羊廄。

原先自普羅岷遮城走出來投降的公司人員有二百七十名，再加上自諸羅山來的二百五十多人，已經太擁擠，因此楊朝棟把一百多名荷蘭軍士及未婚者遷到新港社居住，政務員及牧師則大多留在普羅岷遮市鎮內。亨布魯克很受到尊重，他們一家人並未被拆散，而是分配到城內兩間不算小的房間，與測量員梅氏毗鄰而居。

就如原省長猫難實叮的信上所寫的，國姓爺給了荷蘭人相當程度的自由。雖然有漢人軍爺看管，但沒有受到監禁，只是下令白天不許離開赤崁市鎮，以及晚上敲鑼後不許到街上來，等於是宵禁。

雖然國姓爺的軍隊也缺糧，不過荷蘭人每人可以分配到四斗[2]米，小孩減半；還有豬、羊肉可以吃。也分配到鹽，甚至有酒喝。每一家都分配到飯鍋。

瑪利婭從梅氏口中得知，諸羅山的一行人來到赤崁之前，竟有荷蘭降兵在晚上喝酒喝得醉醺醺，不管宵禁命令，也不肯聽從上級軍官的勸阻，在街上發酒瘋。鄭軍戍衛為了嚇阻，逼不得已用箭射他們的小腿。

「丟臉啊！」梅氏嘆息著。

梅氏已在福爾摩沙當了十九年的測量員，會說流利的漢人語言，所以這次代表貓難實叮和國姓爺談判。鄭成功也知道荷蘭測量員的技術世界第一，兼又語言可通，因此對梅氏特別看重。

亨布魯克一家人自梅氏的敘述，大抵描繪出過去十多天的戰爭與談判經過。梅氏告訴他們一家：「敵人比我們想像的驍勇善戰。他們衣盔堅固，武器不差，而且戰術靈活，加上兵士非常拚命，完全是不要命的打法。

「五月四日，普羅岷遮城投降以後，國姓爺就移師，想奪取大員市鎮，於是揆一把大員的荷蘭人和糧食緊急移入熱蘭遮城。當天，國姓爺的藤牌軍出現在大員市街，於是揆一把大員收藏十多萬張鹿皮的倉庫、木材工廠和來不及搬走的穀物全都燒了。隔天，大員市街立即被敵人攻下。

「老實說，不能怪貓難實叮在普羅岷遮城不戰而降，因為普羅岷遮城雖有一百多個士兵，但缺水、缺糧、缺彈藥。」

亨布魯克冷冷地說：「準備不周也是一種過錯，一種失職。」

梅氏顯得很尷尬，趕緊轉移話題。「五月三日那一天，熱蘭遮城派了兩個代表來和國姓爺談判。來的是評議員范伊柏倫（Thomas van Iperen），以及檢查官李奧納都士（Leonard Le Leonardus），由威廉．佩得爾擔任翻譯。」

1 鄭成功改赤崁為東都明京，設一府（承天府）、二縣（天興縣、萬年縣）。楊朝棟為承天府府尹（知府），他自稱「本府」，所以荷蘭人以為「本府」是他的名字。

2 米一斗約十台斤，四斗約四十台斤。

老佩得爾英勇戰死沙場的事，荷蘭人皆已盡知。克莉絲汀娜聽到威廉的名字，忙問道：「威廉還好嗎？」

梅氏說：「他父親不幸殉職，哥哥受重傷，但他還好。」

亨布魯克對范伊柏倫很熟悉。范伊柏倫在淡水、雞籠當了很長一段時間的政務員，非常認真、負責。亨布魯克也認為他確是不錯的談判人選。

「他們見到了國姓爺，先表示如果國姓爺願意退兵，揆一長官願意送銀十萬兩，並年年納貢。但國姓爺一口拒絕了。兩位代表又提出另一可能：賠款，並割讓赤崁，只求保有熱蘭遮城，以繼續做轉口貿易，」梅氏嘆了一口氣，接著說，「國姓爺語氣強硬地說，他來這裡，是來要回全部福爾摩沙，他們稱這裡為『台灣』。『台灣』和『大員』用漢人的語言唸出來，幾乎是同音的。國姓爺高聲怒罵說，台灣本來就是他父親所有，自然也是由他繼承土地，而不屬於荷蘭人。過去幾年，他只是把台灣『借用』給荷蘭人，現在，他要收回自用了。

「范伊柏倫語氣委婉，向國姓爺敘述公司與他父親鄭芝龍一官將軍的關係，表示一官將軍在一六三〇年，就認可福爾摩沙島確已成為荷蘭人的領地，這個所有權迄今未曾受到反對或抗議。范伊柏倫更強調，也因此，一官將軍得到當時長官樸特曼的支持，用荷蘭人的船隻、貨物和流血流汗，全力打敗海盜李魁奇，使一官將軍恢復在廈門的勢力。雙方還曾訂約，建立並維持友誼。因此他懇求國姓爺，緬懷過去交情，大家坐下來協商對話，最好能訂約來解決爭執。

「可是，國姓爺絕口不提他父親與公司之間的約定，一再堅持他擁有福爾摩沙的土地和城堡。他甚至出言恐嚇，一旦逼迫他使用武力，荷蘭人再來求饒就太遲了，屆時連婦女孩童也不會放過。兩位代表說他們得先向揆一長官報告，允諾隔日上午會有書面答覆，請求在此之前暫時停火。

「後來兩位代表得到國姓爺的特許，進入普羅岷遮城會見猫難實叮，我也被召去與會，」梅氏談到普羅岷遮城決定投降的經過，「兩位代表向猫難實叮說，他們在綠谷[3]看過敵人的軍營，甚感驚訝。估計見到的士兵有一萬多名，架有七門大砲，有兩門是可以發射十八磅的大砲，其他則可以發射十二磅及八磅。國姓爺也恐嚇，他們在廈門還有一百多門大砲，每門配有三百顆二十八磅的砲彈，是國姓爺的父親在一六四四年向澳門的葡萄牙人購買的，有一些已在半路上，即將運到赤崁來。」

梅氏轉述當時的情形：「兩位代表向猫難實叮表示，熱蘭遮城決定奮戰到底，但已無力援助普羅岷遮城。議會授權省長自行斟酌防禦或投降。於是猫難實叮決定投降。第二天，五月四日，我代表猫難實叮走出普羅岷遮城，去求見國姓爺，商談投降條件。」

瑪利婭說：「所以你見到國姓爺本人了？他長得如何？」

梅氏做了一個驚奇的表情：「他五官端正，皮膚白皙，眼睛很大，甚至可說是英俊。鬍子不多，但長及胸部。他穿著黃金刺繡的官袍，戴著便帽，竟是文人打扮，不是我們想像的武將或海盜的樣子。」

亨布魯克說：「他確實是讀書人出身。但過去聽拜爾醫生說他脾氣暴躁，六親不認，一動怒就殺人。」

梅氏說：「他說話的聲音很嚴厲，近乎咆哮，令人生畏。但行事卻似乎還算講理。我進了帳內，被迫跪下。出乎意料的是，當我講完猫難實叮提出的投降條件，國姓爺幾乎馬上同意，非常乾脆。唯一不同意的是，不准原本在普羅岷遮城內的人去熱蘭遮城。雖然我多次強調，我們許多人在熱蘭遮城有親人，但國姓爺堅持不准。他說，可以送我們到馬尼拉或日本，甚至巴達維亞，就是不能到大員。」

瑪利婭說：「老實說，這也不算不講理。在熱蘭遮城未投降之前，他當然不會讓荷蘭人又全部集合一起。」

梅氏說：「猫難實叮只好同意。於是他騎馬出城，到國姓爺營中簽了投降協定書。國姓爺准許我們多留在普羅岷遮城兩天打點東西，然後他給了猫難實叮一件有絲線和黃金刺繡的官袍、金藍絲製腰帶、一雙黑絨金漆

3 綠谷位於今日柴頭港溪中下游，當年此地有一片樹林，荷蘭人稱之為綠谷。綠谷與北線尾沙洲的一角隔著台江內海相對。

官鞋，還有一頂和他戴在頭上完全一樣的帽子，褐色尖角，帽沿有小金片，也插著一根白色羽毛。以漢人的觀念，這是賞賜給下屬的意思。」

「還有，」梅氏苦笑了一下，「我進去的時候，何斌也站在國姓爺帳外，和我握手表示歡迎。前一天，他也在國姓爺的身邊擔任翻譯。他好像相當受到重用。」

亨布魯克做了一個鄙夷的表情，但沒有說話。

梅氏接著說：「五月六日黃昏，我們出城投降了。坦白說，在這以後，國姓爺對我們不錯，對所有約定都誠實履行。他似乎是個言出必行的人。他分給我們四斗白米，連自己的將領都只有三斗，兵士可能還更少。」

瑪利婭想起過去威廉說的，國姓爺在信中曾寫下：「金石之言，言出必行。」

梅氏猶疑了一下，又說：「國姓爺允許的事項似乎比我們期待的還要多。他表示，只要在諸羅山的荷蘭人立刻來赤崁，他將允許我們回去自己的村子繼續居住，直到離開這個島。在那期間，我們可以將物品變賣成金錢，被原住民和他的士兵拿走的物品和家具也會設法歸還，還有更多諸如此類的承諾。像麻豆政務員夫婦真的回了一趟麻豆社原居處去拿東西。

「另外一件事，五月五日我與省長再去國姓爺營帳時，看到帳幕外有十六位福爾摩沙各村社的頭人排列成兩行，身上也穿著用各色絲線和黃金刺繡的藍色官袍，腰圍金邊的藍色絲帶，頭戴像國姓爺一樣的帽子，也有一片狀如皇冠的金葉，但無白色羽毛，卻有像他所有士兵常配的紅色羽毛。幾天前，這些頭人是我們所任命的新港、蕭壠、麻豆、哆囉嘓和目加溜灣各社的長老，顯然大部分的福爾摩沙人已經投向敵人一方。」梅氏感嘆地說。

「果然，」亨布魯克也跟著長長嘆了一口氣，「再怎麼樣也想不到，他們態度變得那麼快啊。」

第二天早上，更恐怖的事情發生了。外面傳來非常嘈雜的喧嘩聲及慘叫聲，亨布魯克由瑪利婭陪著走出屋外，看見杜文達和一位留在麻豆社的學校臨時教師柯林（Frans Cleen），兩人被五花大綁，跪在普羅岷遮城外的廣場上。「本府」楊朝棟就站在他們面前，猫難實叮也站在旁邊，臉色慘白，兩手不停互擰著，不知是生氣還是恐懼。

猫難實叮告訴亨布魯克，麻豆社的福爾摩沙人檢舉告密，說這兩個人向原住民威脅：「明年將有比竹葉還多的荷蘭人回來福爾摩沙，把國姓爺的軍隊和其他漢人通通殺死、趕走。」

再片刻，楊朝棟宣布他們的罪名及判決：「謀反，處死。」

於是，圍繞在旁的一些原住民發出一陣歡呼聲，然後一擁而上。亨布魯克看不清他們在做些什麼，卻聽得有原住民用荷文大叫：「讓你像你們的神耶穌一樣升天吧！」只聽見兩人不斷哀號。下一剎那，亨布魯克看得目瞪口呆，瑪利婭以手蒙住雙眼，轉身跑回屋內。

原來，那些原住民打扮的民眾，仿效把耶穌釘在十字架上的樣子，把他們兩人釘在兩塊斜向交叉的長木板上，然後高高舉起。七道鮮血沿著釘上的傷口流了下來，滴在地上。

猫難實叮衝向前去，向府尹楊朝棟抗議，但一向好說話的楊朝棟卻悍然不理：「不准任何人接近他們，不准給吃的喝的，也不准讓他們提早斷氣。違者將同樣被釘！」

兩人不斷哀號。城內和城外的荷蘭人都哭了。

亨布魯克忍住淚水，向楊朝棟要求做宗教儀式，安慰這兩個可憐人。楊朝棟倒是准了。於是亨布魯克懇切向神禱告。他禱告得那麼大聲，所有荷蘭人都聽得清楚。大家噙著眼淚，一起跟著亨布魯克為這兩人禱告。

隔日早晨，他們被釘在十字架上載往新港示眾，一人一台牛車，有三小時的路程；隔日預計從新港載去蕭壠，有四小時路程；再從蕭壠去麻豆，一小時路程；從麻豆去目加溜灣，三小時路程；再從目加溜灣回新港，又有一小時的路程。柯林在第一天從新港去蕭壠的途中就死了，杜文達一路呻吟，挨到第二天也死了。

瑪利婭的心碎了。讓她心碎的，不是國姓爺或他的部隊，而是她相處了十二年的福爾摩沙人。

❖

國姓爺對荷蘭人不錯，反而是對他自己將士和其他漢人商人的嚴苛，讓荷蘭人驚心不已。

宣毅後鎮吳豪到台灣才不到一個月，就被處斬了，罪名是他在一位大員漢人頭家的家中挖出四、五千兩銀，卻擅自分給士兵作為賞賜。但是，有漢人偷偷告訴荷蘭人，吳豪會被殺頭還有一個更大的原因：他曾公開反對攻打台灣，說「大員港淺，大船難進，且水土不服，多瘴病」。他對國姓爺說，鹿耳門港道在熱蘭遮城大砲射程內，但國姓爺發現並非如此，因而大怒。荷蘭人有不少人認得吳豪，聽到這個消息，心情非常複雜。

而以前舉發何斌擅替國姓爺徵稅、和大員荷蘭商館關係良好的大員頭家桑哥，他的女兒被國姓爺收為小妾。去年第一位向揆一提出警告，表示國姓爺會來攻擊大員的漢人頭家，也迅速被逮捕斬首。至於因偷竊被捉到的人，往往砍掉左手、割掉鼻子和耳朵，此類刑罰幾乎天天發生。

荷蘭人覺得國姓爺的性格充滿矛盾。他聰明、守信，但卻殘暴、急躁。而下屬對他敬畏有加、絕對服從、不敢反駁，也令他們難以理解。

第四十八章
奉使記

兩天後，五月二十四日，一位漢人軍爺來到亨布魯克住處，帶他去見楊朝棟。亨布魯克嚇了一跳，因為楊朝棟說國姓爺要召見他。

他坐著牛車往南走，由瀨口轉入鯤鯓，經過一片林投園，到了羊廄。這裡離大員市鎮似乎不遠。

進了國姓爺的帳幕，國姓爺已經在等他。很意外的是，國姓爺並沒有要他跪下，而是很客氣地請他坐下，還準備一些糕點和茶。站在旁邊的漢人通譯也面露驚奇。國姓爺比他想像的年輕。自從亨布魯克來到福爾摩沙，就一直聽到大家在談論國姓爺，也聽過梅氏的描述；想不到國姓爺久經沙場，卻沒有歷經風霜的感覺，看起來也很年輕。在漢人中，他的長相真的算是斯文清秀，雖然蓄了鬍子，但臉上非常潔淨。

「你來台灣多久了？」這是國姓爺的第一句問語，口氣很溫和。

「十三年多了。」亨布魯克正色回答。他閱人甚多，但第一次感受到所謂「不怒而威」。

「我聽楊府尹說，你很勇敢，對朋友也很好，你的同伴被釘在十字架時，你出來為他們大聲祈禱。而且我也聽說，整個台灣的荷蘭人都很尊敬你。」

亨布魯克的心被觸痛了。「殿下，那是極端野蠻的行為。」他耿直地表示不滿。

「那不是我的意思，」鄭成功竟然沒有生氣，「是土番痛恨你們，不是我。」

鄭成功接著說：「我今天要你來，就是要向你說明這一點，我並不敵視教徒，我的父親本身就是天主教徒。大明也不敵視基督教，大明永曆皇帝的生母也是天主教徒。而且，我在廈門有一位道明會神父的好朋友李科羅，你聽過他嗎？」

亨布魯克搖搖頭。「我們是改革教派，和天主教教會沒有什麼往來。」

鄭成功又說：「我絕非敵視你們基督教或洋人。甚至我有一位洋人姊夫，叫 Antonio Rodrigues，他是在澳門的葡萄牙人。我的姊姊也是教徒，教名叫 Ursola de Bargas。」

牧師第一次聽到這件事，露出驚訝的神色。鄭成功接著說：「我知道你們荷蘭人和葡萄牙人的關係很不好，我很不喜歡馬尼拉的西班牙人，但我對你們荷蘭人沒有惡意。」

亨布魯克想，他也該表示善意，便說：「殿下很遵守雙方在赤崁簽的約定，我代表荷蘭人表示感謝。」

鄭成功突然哈哈大笑，還頓足兩下，讓亨布魯克嚇了一跳。「你知道嗎，我從來沒有如此善待降者。過去與清兵作戰，投降的人如果願意為我所用、加入我的部隊和韃子作戰，他們就成為我的部下。如果是為了逃生而放下武器，但不願成為我的部下，我還是饒了他們的命，只是必須先割下他們的鼻子或手掌，再放走。」鄭成功正色道：「我不能容許我饒了他們的命，而他們回去以後再度與我為敵。你說，這樣有沒有道理？」

亨布魯克沒有回話。他以前沒有想過，荷蘭人或其他歐洲人又是如何對待投降者。

鄭成功繼續說：「我們漢人的觀念裡，投降不能只是放下手中武器而已，要連『心』也投降。投降以後，就要臣服對方，為對方所用。不願投降，則得自殺。這是我的觀念，不但大明人的觀念如此，日本人的觀念更是如此。不願投降，就不能怕死；既已投降，就要聽命新主人、忠於新主人。兩者只能選擇其一。我的母親是日本人，我小時候在日本長大。

「我想你應該聽過我的事蹟。我的父親投降了滿州韃虜，但我不願意，為了忠於大明，我只能移孝作忠。我和父親關係破裂，結果，父親及我的幾個弟弟，還有其他族人，現在都下獄了。可是我不後悔。一個人的立身之本，就是要忠，」說著說著，鄭成功的兩眼竟然含著淚水，「我們很重視對國家要效忠，就好像你們對上帝要虔誠一樣。」

鄭成功說：「你們既然投降了，就應該對我忠心。當然，我不至於要你們赤炭的荷蘭人和我的軍隊一齊去攻打熱蘭遮城，但至少你們不能再幫忙熱蘭遮城，所以我不准你們去大員，這是我寬大的極限。」

亨布魯克默不作聲。

鄭成功豪邁一笑，大聲說：「我想，你看到我的軍隊了。你們的軍隊雖然裝備不錯，熱蘭遮城的防禦也做得很好，但是我的軍隊一定可以攻得下來，只是時間的問題而已。」

亨布魯克還是默不作聲。

鄭成功突然睜大雙眼，凝視亨布魯克，本來已經很大的眼睛幾乎跳了出來。他頓了一下，然後慢慢地說：「既然是戰爭，就免不了犧牲及流血。但是我希望你們了解，我真正的敵人是滿州人，不是你們荷蘭人，我只是來要回原來屬於我父親的土地。只要目的達成，我也不希望雙方做無謂的犧牲，流不必要流的血。」

亨布魯克點點頭。

「我知道你們的人都很尊敬你。事實上，過去幾天你的作為也讓我尊敬你。所以，我希望你能為我帶一封信去給你的揆一長官，請熱蘭遮城裡你的同胞們認清現實。我想你也同意，這一場戰爭，你們沒有贏的機會，請他們不必做無謂的抗爭，流不必要流的血。」牧師聽到國姓爺把最後兩句又重複了一次。他想，國姓爺是希望能不戰而屈人之兵。他想，國姓爺真的不是魯莽武夫。

「只要他們退出城堡，我必寬大對待。我對你們的寬大，就是證明。」

亨布魯克聽了，依然默不作聲。

國姓爺大概認為牧師已經默許，就說：「請牧師先在此用個午餐，然後小歇。我會派我的將領總爺、你們原本在普羅岷遮城的祕書奧瑟威珥，還有兩個通譯陪你們一起去。只要揆一長官答應投降，獻出熱蘭遮城，和平馬上到來。如果不投降，那麼本藩馬上下令開砲屠城。我的軍隊已經準備完成，但此非本藩所樂見。請你帶著我的信去，我希望你能說服他們，認清事實，面對現實。」

亨布魯克還是默默無語。他的心裡痛苦掙扎。通譯來告訴他，已經決定在下午四點出發，那時已近黃昏，天氣會涼爽一些。

通譯很小聲地告訴他，再過幾天就是端午節，這是漢人的重要節日。這有兩個意義，一是表示夏天快到了，二是國姓爺希望能在端午節之前拿下熱蘭遮城。如果必須動武，國姓爺希望在端午節以前獲勝，大大慶祝一番，否則再過去就是溽暑，打起仗來很辛苦。

四時正，一行人出發了。國姓爺的將領、奧瑟威珥和他，三個人騎著馬，兩位漢人通譯李仲、胡興則步行。他們自羊廄出發，沿著狹長的陸地走去，兩邊是海，沙岸上長著林投樹。

馬走得很慢。落日的餘暉照在熱蘭遮城牆上，有些反光。熱蘭遮城的身影愈來愈大。旁邊的漢人通譯高舉著白旗，讓熱蘭遮城守軍可以遠遠看到。牧師遙遙望見城堡的旗桿上飄揚著久已未見的荷蘭祖國三色旗，眼淚奪眶而出。

牧師想，這一帶自羊廄到熱蘭遮城，還有再過去，他相當熟悉的大員市街，都是荷蘭人在過去三十多年的建設。大員市街有個貧民院，本來是要建賭場的，但是有漢人反對，他也受漢人之託，向長官力爭。長官從善如流，不建賭場而建貧民院。

牧師感嘆著，荷蘭人對這塊土地與人民沒有虧欠啊。這塊土地本來屬於福爾摩沙原住民，他們性格喜歡互鬥，部落村社之間的對抗與爭戰不斷進行，所以任何村落總是暴露在危險中。各村社之間互獵人頭，懸在家門上，獵獲人頭者稱為壯士。結果，各社人口不見成長，也沒有農耕，沒有文化。荷蘭人來到福爾摩沙，鎮服了他們，大體上禁絕了獵人頭的惡習，也替他們創造了文字。三十多年間，來到這個島上的數十位宣教士，都為這裡奉獻了他們寶貴的時光，有些人甚至貢獻了生命。

他想起十五年前，尤羅伯在他家客廳講的那一席話，讓他決心離開台夫特，離開荷蘭，全家來到這萬里迢迢之外的蠻荒之域。現在福爾摩沙已非蠻荒。七年前的蝗災、五年前的水災都造成飢荒，他自己努力營救原住民，結果生了大病。幸好痊癒之後，又建立神學校。他覺得那是他生命中最有意義的一段日子。

除了教士們和教師們的貢獻，各地的行政人員也對這個島盡了不少心力。當年飢荒，公司緊急自日本進口了許多白米，優先發放給原住民，仁盡義至。他們還分析飢荒的發生，部分原因是福爾摩沙人除了生產自己部落的日用之外，對耕種經濟作物沒有興趣。而這裡不像好望角，距離荷蘭太遠了，無法輸入荷籍農民。正因為如此，大員商館採取的替代方案是鼓勵漢人由唐山移民來此。正好大明國內亂，移民數量大增。

然而，如果不是公司鎮服了原住民、保護了移民開墾者，漢人豈能在此順利生產稻米與蔗糖？就像諸羅山的漢人老者說的，荷蘭人為漢人創造了一個理想環境，建立了各種制度，並維持公共安全，提供公共設施。於是，大員和赤崁成了無論一貧如洗的漢人移民或腰纏萬貫的漢人頭家都能安心居住、置產的海外新天地。任何政府徵稅都是天經地義的。大體上，荷蘭人營造了漢人屯墾區，受益的也是漢人。

當然，荷蘭人自漢人移民所繳付的人頭稅、贌稅、關稅，收到了他們所要的利益。但比起呂宋的西班牙人，他覺得荷蘭人在福爾摩沙的做法確實延續了荷蘭「包容」、「寬大」的立國精神。他不敢說荷蘭人做得十全十美，但至少荷蘭人、漢人和原住民，在過去一、二十年間是互相依賴、互相獲利、各取所需的啊。

他又想起郭懷一。他見過郭懷一，因此，他和其他荷蘭人不同，對 Fayet 很有些同情。Fayet 所抱怨的重稅與騷擾，基本上是可以經由溝通而解決的。他很遺憾，後來釀成了雙方的兵戎相見，以及對漢人的屠殺。在這個不幸事件中，那時的荷蘭長官確實犯了一些錯誤，種下惡因，導致荷蘭人與漢人移民雙方的嫌隙及不信任，讓其他荷蘭人的努力大打折扣，終於讓國姓爺乘虛而入。

然而，不能讓國姓爺的武力一筆抹煞了公司對這塊土地、原住民甚至漢人的貢獻！公司如果輕易屈服在國姓爺的武力下，是對荷蘭人過去三十七年努力的羞辱，也是對他自己一生努力的羞辱啊！

亨布魯克下定決心，明白他進了熱蘭遮城之後要說些什麼了。「國姓爺，」亨布魯克在心中吶喊，「你要為你的大明盡忠，我也要為我的荷蘭盡忠！」

熱蘭遮城的城門已經在望。他已經可以看到城門上「'T Casteel Zeelandia Gebouwd anno 1634」的大字。城門開了，他看到掌旗官騎著馬，率領一隊全副武裝的士兵走了出來，迎向他們。

漢人軍官和兩位漢人翻譯留在城外，只有他和奧瑟威珥進了城。

❖

兩天後，亨布魯克驚魂未定地回到赤崁家中。

安娜看到兩夜未歸的丈夫平安返家，又哭又笑，顧不得旁邊還有漢人兵爺。瑪利婭也趕快送了水過來。

自昨天夜裡開始，台江內海對岸砲聲隆隆，雙方展開激戰，大員的鄭軍和熱蘭遮城的荷軍以大砲互轟。不少漢人傷兵被送到赤崁，幾乎所有的房子和角落都擠滿了人。赤崁的五位歐洲醫生整天忙著為漢人傷兵包紮，連停下來吃一口飯的時間都沒有。而整整兩天沒有亨布魯克的訊息，讓安娜心中充滿不安，甚至恐懼。

一臉疲憊的亨布魯克強打著精神，告訴安娜：「我去了一趟熱蘭遮城，見到海倫和漢妮卡，還有我們的女婿們。他們都很好，妳放心。國姓爺寫了一封勸降信，要我帶去城裡。揆一在議會當場宣讀那一封信。長官和議會都決定不投降，」亨布魯克在倦憊中不忘稱讚揆一，「長官很堅強，也很有計畫。我也鼓勵他們不要投降，還為他們禱告。

「我在熱蘭遮城住了一夜，向長官和議會報告了過去三週以來赤崁及各村落的狀況。昨天下午四點，我離開城堡，回到國姓爺的軍營，向他報告說，熱蘭遮城表示將奮戰到底。」亨布魯克輕描淡寫，沒有提到他離開城堡之時，兩位女兒如何哭著死命拉著他、不讓他回去，而他又如何說了一番慷慨激昂的演說，讓周圍的人幾乎落淚。

「國姓爺勸降不成，非常生氣，於是到了晚上開始砲轟城堡。不過，要比砲火，熱蘭遮城的火力顯然較為優勢，我看到漢人這邊多人死傷。

「國姓爺昨天晚上沒有放我回來。我本來想，以他的個性，以他對待自己手下的做法，他一定會殺我。我一夜緊張未睡，也不可能睡著，因為砲火太大聲了。沒想到今天下午國姓爺放了我，還派一位軍爺護送。」

亨布魯克終於睡了一覺，醒來以後神采奕奕。他對家人說：「方才一覺醒來，我在想，如果國姓爺拿下了熱蘭遮城，他也許就不殺我；如果沒有成功，他大概會殺我和奧瑟威珥洩憤吧！」

砲聲在昨天晚上就停息了。瑪利婭告訴他，外面許多漢人傷兵由大員方面抬了過來。

「看這樣子，熱蘭遮城是守住了，我真高興，」亨布魯克苦笑著，「所以，我還不能算是安全。」

第四十九章 轉變

當鄭成功來到台灣、亨布魯克一家人匆忙離開麻豆社的時候，麻豆社人的反應是複雜的。

年輕的一代陷入迷惘，像烏瑪等年輕人，他們已經相信、習慣了荷蘭式的一切規律。亨布魯克和瑪利婭離開的那個禮拜六，烏瑪還沒有體會到，這象徵巨變，以及另一個時代的來臨。

亨布魯克一家及其他荷蘭人離開後不久，就有一些漢人衝進村落，說國姓爺鄭成功率領大軍，已經在赤崁登陸。他們大喊：「變天了，變天了！」

第二天就是禮拜天。烏瑪在禮拜堂前徘徊，有幾位平日會做禮拜的年輕人也來到這裡，彼此交換眼色，卻默默無語，大家心知肚明。這天早上，禮拜堂前的兩門小砲寂靜無聲。十三年來一直在這裡主持禮拜儀式的亨布魯克不在了，他們家那幾位和善的兒女也不在了，連荷蘭士兵也不在了。麻豆社裡的年輕人，還真的有些不習慣。

而老一輩的人大都笑嘻嘻的。最高興的當然是佟雁等尪姨。像里加等老人開始唱歌，狂飲小米酒，一副解脫的樣子。然而酒醒之後，里加又覺得對未來充滿了不確定而開始不安。

於是，里加召集了十二名長老在公廨集會。

國姓爺鄭成功的名號，他們早已多次聽漢人提及，大家也都知道國姓爺是大明國的大將，有許多船隻與軍隊。聽說現在海的對岸由大明國改為大清國了，而鄭成功仍然和大清國對抗著。

福爾摩沙人本來不涉入大明國和大清國的戰爭的，荷蘭人好像也沒有。

因此在會議中，大家所討論的第一點是，漢人和荷蘭人的戰爭，哪一邊會贏？里加哈哈大笑說，有什麼好討論的，從荷蘭人倉皇逃散的樣子，就知道國姓爺和漢人會贏。附近有些漢人已經在歡呼了，甚至連烏嘴鬚的子女們也都露出雀躍高興的神情。

然後，又有人提出，那麼在兩邊的戰爭中，麻豆社人有沒有決定要幫哪一邊？

有人說，漢人占優勢，自然要幫漢人。

有人說，說不定再過一段時間後，荷蘭人的援軍來了，會轉敗為勝，先觀望一下吧！

也有人說，聽說鄭成功對荷蘭人說，這塊土地是他父親的，他來要回去。可是，這塊土地在荷蘭人來之前，明明是我們的啊，怎麼可能是漢人的，或是鄭成功的？為什麼要幫鄭成功？一時之間，大家面面相覷。

里加望了望牆角處荷蘭長官授予的籐杖，說：「老實說，我也不覺得一定要支持哪一邊。我們先站在中間，兩邊都不幫，看哪一邊打勝了再說，大家覺得如何？」里加的話得到不少人的附和。里加又建議，先派人到新港社、蕭壠社、目加溜灣社及大目降社，各社聯合行動。大家都同意了。

長老會議又決定，先不准人們去破壞禮拜堂。牧師和其他荷蘭人的財產也都派人看著，盡量保持原狀。

第二天就有漢人軍官騎著馬、帶著部隊來了。漢人士兵拿著槍，槍上有漂亮的絲綢旗子，每個人背後也背著一桶弓箭。漢人部隊來了約百名，附近的漢人家族自動跑過來當通譯。這幾年，粗通漢文的麻豆社人愈來愈多，所以雙方語言上的溝通並不困難。漢人軍官帶來豐盛禮品，說是國姓爺來向各番社表示敬意。

漢人軍官又說，他們希望麻豆社的人不要幫助荷蘭人。漢人部隊的秩序很好，並不擾民。他們在河邊的草地紮了營。頭一、二天有當地漢人家庭送了食物、飲水，後來的幾天軍隊開始自尋食物。士兵們看到梅花鹿非常高興，就擲槍、射箭，殺了三隻鹿，麻豆社人有點不太高興，但也不能說些什麼。

第二天，漢人軍官說，希望再過兩、三天能帶領麻豆社的頭人到大員去朝見漢人的藩王國姓爺。里加想一想，就說要去聯絡其他各社的長老，再一起前去朝見。漢人軍官很高興，說藩王一定會有豐富的賞賜。里加和其他各社的長老聯絡，各社都表示，既然國姓爺表示善意，大家也願意以禮回報。

兩、三天之後，里加和各社長老一同出發去赤崁，回來時帶了漢人藩王鄭成功賞賜給他們的錦衣、帽子及靴子，漂亮的程度更在荷蘭人的衣袍之上。里加回來之後，興高采烈地穿上衣帽、鞋子，逢人就講著他去赤崁的見聞。

再過六、七天左右，漢人藩王鄭成功親自到麻豆社來巡視，原住民對國姓爺愈來愈有好感，里加等所有長老均夾道歡呼。這在荷蘭時代是不曾有的事，那時只需規規矩矩行禮及握手。

藩王說，他的漢人部隊人數很多，所以他要徵收各社之間的未開墾土地，生產糧食作為自用，原住民已經開墾的土地則依然屬於原住民。里加嘆了一口氣說，看起來國姓爺決定長久留在這個島上了。烏瑪和直加弄在一旁聽了，心裡更是納悶：「這還用說嗎？」

大家都在想：「走了荷蘭人，卻來了更多的漢人。」

里加等老一輩人仍舊開心，因為可以回到過去的生活方式了。

對烏瑪等年輕人而言，他們受了二十多年的荷蘭式及教會教育，急遽的轉變讓他們有些迷惘。顯然荷蘭文是不用也不能再學了，可是西拉雅語呢？烏瑪等年輕人很喜歡有自己的文字、可以寫信可以記事的感覺。她們捨不得放棄西拉雅文字。她們用拉丁字母寫西拉雅文已經用得很熟了，很親切也很方便。如果放棄好不容易學好的拉丁化西拉雅文字，再去學漢文，那麼和學荷蘭文有何兩樣？

再來是部落裡的習俗。西拉雅族是長老制度，由長老決定一切，而長老都是年紀比較大的人，他們緬懷過去無拘無束的生活，懷念獵頭的快感。荷蘭人來了以後，他們的生活受到牧師規範，獵頭習俗遭牧師禁止，心中頗有怨言。現在荷蘭人走了，他們興高采烈，認為又可以回到以前的生活方式了。

烏瑪等年輕人則不喜歡再回到過去的生活方式，年輕人認同荷蘭人的道德觀與秩序。但是形勢比人強，看起來以後必須再聽長老的話。

烏瑪、直加弄和阿僯更擔心的是，漢人一下子來了這麼多，他們來的人數顯然比荷蘭人多出許多倍，而且來的都是年輕男子，他們要住、要吃，甚至要娶妻、要生小孩……不問可知，這些會對麻豆社的未來造成很大的衝擊。

還有漢人的治理方式也是未知數。漢人如果來了很多，他們的風俗習慣會不會對麻豆社人產生衝擊？荷蘭人來此，改變了大家原來的生活方式，難道換做漢人，就像老一輩所想的，從此可以恢復過去的生活方式？烏瑪等人很是懷疑。

烏瑪等人想，我們又要面臨一次翻天覆地的變化了……

第七部

1661年
圍城

第五十章 女通事

亨布魯克本來已經不計生死了，所以在熱蘭遮城的時候，他要他的荷蘭夥伴不要投降，然後又不顧兩個女兒的勸阻，毅然回去向鄭成功覆命。

沒想到，他眼中的「暴君」國姓爺沒有殺他，甚至還叫兵士護送他回赤崁。而且攻打熱蘭遮城失敗後，對他也沒有責怪或懲罰。

亨布魯克迷惘了……他想，以歐洲人觀點，無法了解國姓爺。

幾天之後是漢人的端午節，「本府」楊朝棟還派人送了粽子當禮物。又透露說，再過幾天，國姓爺打算把大部分荷蘭人遷移到新港社，只留省長貓難實叮、測量員及醫生，因為國姓爺要授予他們任務。

端午節之後，國姓爺把赤崁改為「承天府」，大員改稱「安平鎮」。安平，是國姓爺在唐山的家鄉的名稱。另外，過去的北路改稱為「天興縣」，南路則稱為「萬年縣」。荷蘭人原有的僕人或奴隸，有些也收編成軍隊，有的給步槍，有的給大刀。

國姓爺也命令梅氏等測量員到鄉下去測量土地，準備派他的士兵下鄉種田。每個將軍都有責任區，其大小依部隊人數而定。

亨布魯克一家開始準備搬到新港社。行李不多，因為他們匆匆出走，期間在士兵監督下回去麻豆社一趟，拿了一些衣物，但亨家本來就過得簡單。

一陣敲門聲。梅氏走了進來，一臉困惑，向正在奉上飲料的瑪利婭說：「我剛剛做了一件事，不知道是對妳好還是害了妳？」

瑪利婭奇道：「什麼事？」

梅氏說：「方才國姓爺問我，在赤崁的荷蘭人除了我之外，誰最精通漢人語言。我回答說，亨布魯克家的二小姐很是聰明，不但會原住民語言，連漢文也會說、會看。

「不料國姓爺聽了大感興趣。他的想法是，目前的翻譯工作，對話口譯沒有問題，但在書信條約方面，如果是漢文信，由吳邁先讀，我再翻譯成荷文，這比較不成問題，他信得過；如果是荷文信，有些字吳邁不一定看得懂，特別是字的語氣，不易抓得精準，往往需要我的解釋，吳邁再翻譯成漢文。因此，一旦我離開赤崁，到外地專做測量工作，國姓爺認為翻譯的工作可能會出問題，因此他希望能有一位懂得漢文、可以代替我的翻譯工作的荷蘭人。國姓爺想了一下問我說，那麼亨布魯克家的二小姐能不能勝任這個工作？我被他的想法嚇了一大跳，老老實實地說，她一定可以勝任。」

第二天，輪到瑪利婭和亨布魯克全家嚇一大跳。國姓爺派了禮官來到亨布魯克家，表示國姓爺翌日辰時要召見亨布魯克一家人。

❖

瑪利婭作夢也沒想到，她竟當了國姓爺的「通事」。雖然沒有正式職銜，也不需值勤，但必須隨時待命。國姓爺召見，是難忘的經驗。就像梅氏所形容，國姓爺五官端正，清秀卻帶威儀。那一天，國姓爺非常溫和，似乎有好興致，露出笑容，但是不經意間常常皺眉。

她想，國姓爺不像是個神采飛揚的英雄，倒像一個背了不堪負荷重擔的苦行者。她想起普羅米修斯。

國姓爺對他們一家非常禮遇，準備了五張座椅。國姓爺早已見過亨布魯克，而他見到瑪利婭和克莉絲汀娜時，臉上閃過驚訝表情。雖然一閃即逝，但是瑪利婭確信沒有看錯。

召見的過程很簡短。國姓爺的語氣十分和善，先謝謝牧師那天為他送信。他說，可惜未成功，但仍然表示謝意。之後，國姓爺一一詢問每一個人，包括小彼得，是否習慣赤崁的生活。牧師代表家人稱謝，表示一切還好。國姓爺對他們全家為了在麻豆社傳教，一住十三年，表示敬佩。國姓爺再度主動提到，自己父親是天主教徒，還取了教名 Nicolas，所以他對天主教或基督教完全沒有排斥之意。然後，他用漢語直接和瑪利婭交談，問瑪利婭是否願意幫他寫荷文信件。

國姓爺雙眼注視著她。瑪利婭低下頭，也用漢語回答，只要有助於國姓爺和荷蘭人雙方和平及利益的事，她都願意做。國姓爺開懷暢笑，說難怪何斌說她是才女，漢語說得不錯，回答又很得體。國姓爺提到何斌，瑪利婭心中一震，心想，不知何斌向國姓爺說了多少自己的事。

國姓爺接著說，既然瑪利婭答應協助他做荷文書信文件的翻譯工作，亨布魯克一家可以留在赤崁而不用遷去新港社。亨布魯克和安娜表示謝意。

臨去之時，國姓爺送了一個田黃印章給瑪利婭，上頭刻的竟然就是「瑪利婭印」四字。國姓爺說，那是很珍貴的一種玉石，即使在唐山也很罕見。

這中間還有一個插曲。因為梅氏向國姓爺說的是「亨布魯克家二小姐」，所以國姓爺初見瑪利婭和克莉絲汀娜時，以為瑪利婭是大女兒，克莉絲汀娜是二女兒。後來才弄清楚，她們另外有兩位姊妹在熱蘭遮城內。

瑪利婭第一件差事是在十多天以後，地點在國姓爺的官邸。除了鄭成功，通事吳邁也在。

鄭成功拿了一封荷蘭文的書信給瑪利婭看，瑪利婭發現吳邁其實已經把這封信寫成漢文，呈在國姓爺的書桌上。信件是原本的南路政務員諾登寫的，收信者是普羅岷遮省長猫難實叮，但是這封信落在國姓爺的手中。

看完信後，瑪利婭不禁動容。這封信竟然是遠自福爾摩沙東部的卑南地區村落寄過來的。原來在南路擔任政務員的諾登，四月三十日那天也收到了揆一要他速回熱蘭遮城的信。機警的諾登做出判斷，以局勢的演變來看，他不可能到得了熱蘭遮城，於是帶著原住民太太、兒女及其他同伴，一行十一人往南直走，再往東，翻過橫亙福爾摩沙的高山[1]，走了好幾天，終於由福爾摩沙西岸走到東岸，輾轉到了和荷蘭人頗有交情的卑南部落。而現在，這十多人就在卑南部落。

瑪利婭曾經聽荷蘭人來福爾摩沙最久、已經殉職的老佩得爾說，二十幾年前，荷蘭人一直認為東部福爾摩沙山中有黃金。為了尋找金礦，派了醫生衛瑟琳[2]遠到東部卑南附近探險，可惜金礦沒有找到，衛瑟琳醫生反而得罪了卑南的原住民而被殺。在瑪利婭心目中，那是遙不可及的地方，而諾登竟然到了那裡！

諾登在途中也收到省長猫難實叮為鄭成功所寫的招降書，如同亨布魯克等人在諸羅山收到的。諾登不為所動，等到他抵達卑南以後，就寫了這封信痛罵猫難實叮輕易投降，還為敵人寫招降書，太丟臉了。

瑪利婭看了信，佩服諾登不但能跋涉千里找到安全處所，又寫了這一封大義凜然的書信。她也想，當日他

1中央山脈的尾端，約相當於清朝的浸水營古道。

2衛瑟琳（Maarten Wesseling）是丹麥人，曾任職日本長崎商館，約於一六三七年到台灣，奉命前往台東卑南調查傳說中的金礦。

們在諸羅山，如果繼續往北走上一、兩個月，應該可以到淡水吧！那時如果往北走，會是什麼命運？瑪利婭心中一陣迷惘。

她也迷惘，為什麼國姓爺給她看這封信？難道國姓爺要她寫回信給諾登嗎？因為諾登在信上還說：「相信國姓爺不會為了我們少數幾個人而派兵遠征，大動干戈。」

正猶疑間，國姓爺開口了：「這位諾登，帶著十幾人走那麼遠的路，不容易啊。而且這封信也寫得不錯，理直氣壯。」國姓爺笑了笑。瑪利婭訝異，雖然諾登罵了國姓爺，國姓爺似乎並不生氣。「你們紅毛確實有幾位好漢，我尊敬好漢。」

國姓爺又說：「我考慮寫回信給他，告訴他，這封信到了我的手裡。我想妳會喜歡看到這封信，所以找妳來。但我現在決定不回信了。」

「瑪利婭，」國姓爺直呼她的名字，讓她嚇了一跳，「其實，我對你們荷蘭人的看法和對韃靼人是不同的。對韃靼人，我有家國之恨；但對你們荷蘭人，我沒有。所以我不會趕盡殺絕，也不希望做無謂殺戮。」

「熱蘭遮城的揆一，我只要包圍他，讓他們糧食盡了，自己投降吧，」國姓爺平靜地說，「再說，我也希望你們的人和我合作。我的主要敵人還是韃靼人。我希望，等我取得了熱蘭遮城，你們的人可以繼續留在福爾摩沙，做我的子民，將來和我一起打韃靼人。不肯留的，我會放你們回去巴達維亞。」

「妳也知道，我的子民，除了漢人，有黑人、有葡萄牙人，當然也可以有荷蘭人。

「我希望透過你們荷蘭人更進一步了解西方世界，西方進步的技術我也希望能夠學習，例如我對你們的外科醫術甚是佩服，過去曾經拜託你們的醫生去廈門。我也喜歡你們的測量技術、天文知識等。我們大明的崇禎皇帝，也曾經任命你們的湯若望當欽天監。湯若望是個教士，可是他入境隨俗，行唐山禮，講唐山語。我的朋友李科羅也是這樣的。我希望令尊等荷蘭牧師也能如此。

「我也知道，令尊到了熱蘭遮城並沒有遵照我的意思去勸降，但是我包容了，沒有殺他，因為之前我並沒有把荷蘭人看成自己的子民。不過，最近我改變了想法，我希望你們荷蘭人也能為我做事，成為我的子民。我會對你們很好，也不會禁止你們荷蘭牧師傳教，條件是要用漢人的語言去傳教。像利瑪竇、湯若望，或是我在廈門的朋友李科羅，都是這樣做的。不要用你們本國的語言，這讓我覺得不舒服。我的這一番話，請妳轉告令尊和其他的牧師。

「我希望，你們荷蘭人能和我合作，一起來開發台灣。台灣還有很大的地方沒有開發。我已經派梅氏去噶瑪蘭做土地測量，那是雞籠再過去，你們紅毛沒有去過的地方。」

瑪利婭其實也聽過噶瑪蘭，因為前些年公司曾在那裡設置交易所。她想，國姓爺對我們荷蘭人並非完全了解，但她不敢說出來。

鄭成功的語氣突然又變得高昂，豪氣干雲地說：「我相信，一年之內，我可以在這個島上走完一圈。」

瑪利婭發現，國姓爺是個情緒變化極快的人，個性也是一樣，忽而凶暴，忽而又仁慈，難以捉摸，不容易用歐洲人的想法去理解。

荷蘭人在福爾摩沙長達三十七年，但島上仍有許多地方完全沒有去過。而國姓爺，瑪利婭不禁向他偷瞄了一眼，雖然他長得並不高大，即使在漢人之中也只是中等身軀，然而那種咄咄逼人的精神與毅力，讓瑪利婭覺得，他像個巨人。

來到赤崁之後，她對國姓爺一直是有敵意的，即使上次國姓爺召見她與父親，國姓爺特別表現了善意。但是此刻，面對這位東方敵人，國姓爺今天講的話讓她很感動，竟也微妙地萌生出敬意。

第五十一章 屯田

鄭成功軍隊紛紛往南及往北去屯墾的時候，陳澤仍然帶著他的宣毅前鎮兵士，留在北線尾。他的任務依然是看守鹿耳門港道，看守海岸。北線尾是他的福地，也是國姓爺的福地。他在北線尾用茅草蓋了一間奉祀保生大帝的小廟，日夜虔誠上香祝禱。

自六月中旬，鄭成功把大本營放在承天府。他把大約五千兵力交由馬信統帥，以陸師為主，指揮部設在羊廄，這是包圍台灣城荷蘭人的左路；右路就是北線尾和鹿耳門，由陳澤統帥的千餘兵士，以水師為主。

「濯源，你為我好好看住紅毛，我要派其他人去解決糧食問題。」六月初，鄭成功有一次召見他，如此說道。隨後，他看到國姓爺驚人的規畫能力與執行能力，彷彿心中早有一個治理台灣的方案。執行時，鄭成功保持了一貫的嚴苛與效率。

鄭成功把一萬二千官兵派去北邊的各村社。荷蘭人人數少，來了三十七年，真正有影響力的地方只到虎尾壠稍北。中部的大肚王雖然曾經參加一次地方會議，但是處於半獨立狀態。鄭成功則計畫在兩個月內往北推展到新港仔及竹塹[1]，那已經是荷蘭人勢力的兩倍距離遠了。南路也派了六千人，計畫到鳳山及觀音山屯墾。

國姓爺自從在六月底召見瑪利婭一次後，一直到七月中旬才又第二次召見她。而瑪利婭驚喜地發現，除了國姓爺的要員馬本督及楊本府之外，已經一個多月未見的梅氏竟然也在場。梅氏全身曬得黝黑，而且瘦了一圈，顯然這一趟工作非常辛苦。她想：「梅氏回來了，我的通事工作可以結束了。」

「瑪利婭，」國姓爺喚她的名字，顯然有著好興致，「我和梅氏在聊天，請他把這一趟的見聞告訴我。他這一趟走得很遠。我本來要他走到噶瑪蘭的，但是天氣不好，我特許他回來休息幾天。」

國姓爺的談興似乎很高。他的面前攤著一張大地圖，旁邊還有幾張似乎是梅氏畫的各地方小圖。他要梅氏在大地圖上指出適合屯田及造鎮的所在，然後要馬信和楊朝棟也表示意見。

梅氏報告的時候，瑪利婭看到國姓爺命令屬下用算盤做計數；她在何斌家也看過漢人用算盤做生意。當梅氏講到麻豆社附近的造鎮計畫時，國姓爺手中執著一支指揮棒，指著梅氏所畫地圖的一點說：「那麼，這裡是一條溪的出口，也是海邊一個港灣？」梅氏稱是。鄭成功又轉頭向馬信說：「那就找個大約六百人左右的部隊去駐紮，可以稱為『海墘營』[2]。」一位站立的執事馬上把他說的話記錄下來。

國姓爺隨後又問梅氏，在麻豆社附近，荷蘭東印度公司贌租田園的狀況如何。國姓爺對梅氏的發問，不但包括土地的大小、到海岸的距離，還包括種植的面積，同時自己計算著需要的人力數目，也似乎預先演算未來稻米的收成量。

瑪利婭發現，國姓爺對數字異常敏銳，而且心算很快，這很出乎她意料之外。一位將軍，竟然有如此精密的數學心思。她想，這個人真的有多方面才能！

梅氏的報告與國姓爺的詢問，整整三個小時才結束，瑪利婭已覺疲倦，而國姓爺依然神采奕奕。

1新港仔，今苗栗縣後龍鎮新港；竹塹，今新竹一帶。
2今台南下營。「墘」是閩南話「水岸」之意。

會議結束，國姓爺對每人都有賞賜，而且人人不同。給瑪利婭的是一對漂亮的白玉鐲，放在兩個錦盒內，還特別說，一只要給瑪利婭，另一只給她妹妹。瑪利婭大為尷尬，卻又不敢拒絕，趕緊稱謝告辭。

然而，這也是國姓爺最後一次召見她。

梅氏回來赤崁只休息了幾天，就又回去測量了。亨布魯克和瑪利婭去梅氏的家裡探望。經歷過去一個月的工作後，梅氏似乎感觸良多，話匣子一開說個不停，主題則一直繞著國姓爺。

梅氏的感慨是，國姓爺不但是軍事專家，在土地規畫及農業計畫方面也很有一套，而且規畫的精密度及執行的效率都讓他嘆服。而鄭軍的吃苦耐勞，他認為荷蘭人更是遠遠不及。

「國姓爺用行軍接棒的方式進行屯墾，而不是隨興開墾。他等於把整個福爾摩沙分配給他的官員和將領，進行有計畫的墾殖。首先，他避開原住民的村社，但在距離原住民村社約步行一、二小時的距離，一定設立據點。另外，大營區和大營區之間的南北距離大約是八小時路程。每個大營區都要在正中央建造一個大鎮，作為官員或將領的屋處，邊界則造較小的城鎮，用以保衛大鎮，互為犄角[3]。

「每一位土地測量師都要確實測量每一塊領地，指出應該建造城市和鄉鎮的地方，使每一個城市盡可能距離海邊大約四小時路程，並可容納數百個士兵居住。在這樣的地方，我都要豎立大柱子。另外，每一小時的路程要插一個路標。」梅氏讚嘆國姓爺有極佳的數字概念，這一點正好與瑪利婭的印象一致。

「瑪利婭，以妳的麻豆社為例，國姓爺先找了一個溪口的海灣戰略位置，設了『港墘營』，後在港墘營東邊內陸大約兩小時路程之處找了一大塊地，由他的大將林鳳去負責開墾農田和建造城鎮。國姓爺還笑著對林鳳說：『這裡找不到什麼特點可以命名，乾脆用你的名字，叫林鳳營好了！』[4]林鳳大為驚喜，說他一定努力開墾，」梅氏很稱讚國姓爺的用人之術，「國姓爺嚴苛重罰，但也不吝賞賜，難怪部下很聽命。」

梅氏談到這個，順便問了瑪利婭：「上次國姓爺賞賜妳和妹妹的玉鐲，應該是很上品吧！」

瑪利婭頗覺尷尬，想要趕緊避開這個話題：「我不懂得玉。不談這個，再繼續說國姓爺如何指示他的部下進行開墾吧。我很擔心，平原土地都被國姓爺的士兵占光了，將來福爾摩沙人只能困守在自己的部落，或搬遷到更內陸的山腳下了。」

梅氏說：「妳的顧慮倒是真的。國姓爺像是在下棋，土地是他畫成的棋盤，而兵士就是他的棋子。福爾摩沙人的村社，都被漢人的小部隊棋子包圍住了。口頭上是尊重原住民，其實他們的村社受到包圍，活動範圍自然也被限制住了。而且各社之間成了漢人天下，彼此無法聯繫。」

瑪利婭聽了，嘆了一口氣。雖然佩服鄭成功，卻更憂心原住民。

梅氏又說，國姓爺做事情毫不馬虎，一絲不苟，又長於分工。「測量師測量完後，每一個領地派一個將官，帶領一千人左右，選擇在平原水邊或山腳下水邊成立一個大鎮。然後每一、二百人為一群成立村落。每個人都很認真耕作土地，無論年紀多小，都必須種很多番薯，多到足夠維持三個月的生活。而且漢人對土地的利用非常驚人，村社裡外沒有任何一個角落漏掉，全都種滿了作物。」

「國姓爺很有效率，或者說，他是個急性子，」梅氏做了一個嘆服的表情，「他把公司擁有或私人養的牛全部收集起來，共有上千隻。他也收集了許多鋤頭和農具，然後馬上把牛和農具發放下去，要求轄區內每一個士兵都能立刻開始耕種。」

「國姓爺不但要開墾，而且想要精確預估田地的產量，他命令每個士兵都要開墾耕種半甲的土地，違者處

3 鄭成功非常有國土規畫概念，應與他的海商頭腦有關。

4 另有一說，鄭成功的大將並無林鳳其人，倒是「勇衛」黃安手下有個名叫林鳳的部將，於一六六六年攻打雞籠的荷蘭人時戰死，似乎不太可能以他為地名。歷史上另有一個赫赫有名的林鳳，是在南海出沒多年的海盜，一五七四年前後兩度攻打馬尼拉，與西班牙人大戰好幾天，惜未成功；「林鳳營」可能是他當年在倒風內海的岸上根據地，因此得名。

斬，」梅氏誇張地叫著，「天啊，半甲哪！那可是好大好大的範圍，大約兩個人的工作量！國姓爺的手下真是不好當。那些士兵雖然辛勤工作，但天氣不好，連日大雨導致溪流氾濫，稻作被水沖失，因此真正種出稻子的田地還不到四千甲。」

梅氏嘆了一口氣，繼續說：「我們荷蘭測量員也都累得半死，每天有做不完的工作，要走好幾十里路，食物又少，根本是處在半饑餓狀態。妳看我，才一、二個月，就變得又黑又瘦滿手傷痕。比起來，赤崁是天堂。還好我這次有機會回來休息，補充體力，否則真會死在半途。不知國姓爺的手下怎麼受得了？」

「有一次我收到國姓爺寄來的一封信，命令我要誠實、認真測繪稻田，不可受到任何誘惑，而讓漢人農民隱匿漏報田園面積，讓他的稅收遭到損失，」梅氏苦笑著說，「信上還說，如果我誠實工作，就會允許我和省長猫難實叮一起先去暹羅、再回巴達維亞，還有重賞；但如果不照實測繪，不但得不到這些許諾，還會失去所有的尊重和好處。國姓爺駕馭部下恩威並施，真有一套。我們歷任的大員長官都比不上。」

亨布魯克說，他聽說荷蘭士兵也參加開墾。「確有其事，但是……」梅氏長長嘆了一口氣說，「參加屯墾的荷蘭降兵不獲信任，大家不當他們是同伴。那些漢人異教徒士兵半強迫原住民款待他們，我們的士兵則不受平等對待，食物常不足，不是病倒，就是累倒，很是可憐。」

瑪利婭說：「原住民的日子過得還好嗎？是否不如我們在的時候？」

梅氏說：「應該是吧。聽說國姓爺曾訓令部下不要叨擾原住民。但老實說，有成千的部隊要填飽肚子，談何容易，只好厚著臉皮向原住民要一些食物。有些士兵乾脆半騙半搶！而且，過去公司把牛隻借給原住民使用，國姓爺則把牛都沒收了，交給自己的軍隊使用，福爾摩沙人自然不服氣，只是他們好像敢怒不敢言。」

亨布魯克聽了，神情黯然。瑪利婭也想起直加弄，那一塊叫做「直加弄區」的田地，現在大概都變成國姓爺部隊的屯田區了吧！她想。

第五十二章
孤城

熱蘭遮城被國姓爺包圍，滿三個月了！

五月一日北線尾一役失利，熱蘭遮城遭到圍城時，揆一點算了一下，城內有士兵八百七十人，砲手三十五人，婦女和兒童二百八十人，奴隸及其兒女五百四十七人，總共有一七三三人。因為早有準備，米還相當多。鹿肉乾、荷蘭牛肉及豬肉九十甕，但缺青菜、水果。燒酒八甕，西班牙酒五甕。經過九十天的圍城，大家節儉食用，米還夠，但肉類已經所剩無幾，更是很久沒有吃到青菜和水果了。

「福爾摩沙的水果非常豐富，我們卻吃不到水果！」眾人嗟嘆著。

揆一靈機一動，叫士兵在城堡的角落試種綠豆。很幸運的，海風雖大，豆芽倒是長得不錯。

揆一想，至少得撐六個月，希望能等到救兵。如果依照正常季風，明年初春才可能有援軍到來。如果長崎或澳門方面有人把這個消息傳到馬尼拉，那麼大員被圍的消息也許可以早一些傳到巴達維亞。他寄望，五月海戰所失聯的格拉夫蘭號等艘船艦能帶來援兵；通訊船瑪利亞號太小，他不敢期待。

五月二十四日，亨布魯克曾奉敵人的命令，前來熱蘭遮城勸降。揆一對這位已來福爾摩沙十三年、五十四歲、蓄有銀白美髯的牧師，一向有著崇高的敬意。而這位勸降特使不但沒有勸他們投降，反而勉勵他們奮戰到底，絕不投降。他要大家毋忘對國家的義務，要撐到巴達維亞的援軍到來！

亨布魯克在議會上的言論慷慨激昂，讓他難忘。

「我很清楚，我說這些話是自判死刑，然而我絕不會因畏縮而忘卻自己對上帝和公司的義務。我寧願冒一千次我和我妻子生命的危險，也不願為敵人所利用，不願成為背叛上帝和同胞的賣國賊！」在場人士都被他大義凜然的言辭所感動。

隔天下午，牧師堅持回敵營向國姓爺覆命，大家都苦勸他不必徒然犧牲。海倫和漢妮卡兩姊妹拉著他放聲大哭。牧師不為所動，表示要做一個讓敵人尊敬的荷蘭人。牧師甚至反問女兒，是否希望他為了愛惜自己的生命，而使同胞與作為人質的母親和弟弟妹妹被敵人殺害？兩姊妹無言以對，只能痛哭流涕緊抱他，最後雙雙跪倒在地。

連旁觀者都落淚了。

出城時，亨布魯克對揮淚送別的士兵說：「同胞們，我這一去必死無疑，但希望能因此拯救你們和陷在敵營中的同胞。別人也才不會怪我，說我躲在城裡，犧牲了許多虔誠的基督教徒。但願上帝保佑大家，祂一定會救你們脫離險厄。大家要堅忍、奮鬥，不要灰心。」

亨布魯克的話激勵了他們。第二天，國姓爺的大砲沒有打倒他們，他們反而給敵方予以重擊，讓國姓爺嚐到他來福爾摩沙之後的第一次敗仗！

今天，七月三十日，揆一想，總算撐過三個月了！再撐三個月，援軍有可能來嗎？亨布魯克還活著嗎？並沒有傳來亨布魯克被國姓爺處死的消息。殘暴的國姓爺，真有可能放過牧師嗎？揆一自問著。

一陣緊急敲門聲之後，一位傳訊兵衝了進來，竟然興奮得有些結巴：「有……有……一艘『荷蘭號』來……來了，在……在南水道口。」

援軍到了！比大家期待的早多了。熱蘭遮城內歡呼陣陣！

❖

鎮守北線尾的陳澤接到鄭成功的命令，要他的部隊注意，這幾天會有紅毛的大船自巴達維亞來。國姓爺指示他要緊緊盯住，但不要輕易開火。

國姓爺的情報，來自較南方叫小琉球的島上。有位漢人自小琉球專程來到赤崁向國姓爺報告，前幾天有一艘紅毛戰船來到小琉球補給飲水及食物，並問起台灣城的近況。船上水手告訴當地漢人，這船上有位紅毛大官，準備來接任大員長官一職，但遠遠看到熱蘭遮城掛起戰旗，深感訝異，因此來探問。這位新任長官竟然完全不知道福爾摩沙的戰爭，而且以為國姓爺還在廈門，帶著要給國姓爺的一封信，希望維持雙方友好貿易關係。

於是陳澤多派了十艘戰船，在外海巡弋。兩天之後，果然出現一艘荷蘭大船。這艘叫「荷蘭號」的紅毛大船自然看到了陳澤的船遠遠盯著他們，因此到了大員外海一直徘徊觀望，似乎不敢入港。陳澤要他的水兵緊隨其後。「緊緊盯住，讓紅毛緊張。除非對方先開火，否則我們絕不先開火。如果紅毛大船想上岸，就先以快船堵住前路。」

❖

揆一心中納悶，若是援軍，不應該只有一艘「荷蘭號」。他猜想，這應該是不知情、誤打誤撞的商船吧？揆一也怕這船不知熱蘭遮城處於戰爭狀態，貿貿然開進來，中了國姓爺軍隊的砲火。於是他派了領港員彼得茲搭舢舨前去警示。彼得茲帶回來一封信。

揆一看了信，啼笑皆非。他本以為來的是巴達維亞的援軍或商船，結果來的竟是自己和福爾摩沙大員評議會所有成員的撤職令。

敵人已經兵臨城下三個月了，巴達維亞不但一無所知，還怪罪他及所有大員評議員。這簡直是笑話一則。可是揆一笑不出來。他想，大概是帶領艦隊回航的范德蘭，以及過去在大員的死對頭、現任巴達維亞評議員的維堡不停地中傷他。他嘆了一口氣。公司不聽他的第一手分析，卻聽信那些小人無中生有的謊言。

他想到漢人說的「飼老鼠，咬布袋」。但是，有什麼用呢？他只能先辦理移交，再趕回巴達維亞為自己辯駁。他苦笑了一下。其實也不用爭辯，國姓爺已經攻過來了，表示自己的分析才是正確的。

於是揆一決定遵命，趕快辦理移交。然而讓他啼笑皆非的是，繼任的長官人選，巴達維亞檢察官范奧迪賽（Harmen Klenck Van Odessen）已經到熱蘭遮城大門口，卻遲遲不敢接任。他推諉著不肯上岸，賴在外海。

陳澤也看到熱蘭遮城有領港船出來了，並和紅毛大船有所接觸。奇怪的是，領港船出來了幾次，但大船似乎沒有上岸意圖，一直在外海繞圈子。

來船孤單，又看不出是何意圖，陳澤不敢輕易開火。而且外海水深寬廣，不利己方船小速慢，陳澤心中有著顧忌。他決定投石問路。

第二天，陳澤命令十艘小船作勢要包圍大船。果然不久，「荷蘭號」大船加速前進，向北開去了。

陳澤屬下大笑說：「什麼荷蘭號，是唬爛號！」

困守熱蘭遮城的荷蘭人更沮喪了。

不過，陳澤要屬下加強戒備，他告訴屬下：「有一就有二。紅毛的船一定會再來，大家把眼睛睜大了！」

膽怯的范奧迪賽在大員外海只停了一天，就揚帆遁走日本。他在日本停留兩個月才啟程回航，一直到四個月後的十二月二日回到巴達維亞，成為十七世紀的「奧迪賽東方漫遊記」。

第五十三章
援軍

國姓爺在承天府內大發雷霆，痛罵何斌。

在廈門時，何斌曾告訴他，來到台灣，一切糧食問題就可迎刃而解，結果讓他大失所望。軍隊來到台灣的第七天就開始缺糧，現在有四分之三的官兵必須耕作覓食，只能用四分之一大約六、七千人的兵力去包圍紅毛的台灣城。

何斌也曾告訴他，紅毛的援兵要到明春才有可能自巴達維亞來到大員。然而，這天才八月十一日，黃昏時分，陳澤就派人火速趕來通報，說在外海看到紅毛艦隊，一共有十艘以上甲板船，還有一艘較小的快艇。他宣何斌前來，何斌竟然躲起來了，不敢見他。「何斌這騙仙，見到他，就把他一刀砍了！」國姓爺咆哮著。

更糟的是，現在是雨季，河水暴漲；兩萬多士兵大部分已分散到南北各地去屯墾，來不及趕回。而且前一陣子因為飢荒嚴重，甚至有些士兵偷了帆船又逃回福建！這些是外界不知道的。

台灣土番的反應也讓他料想不到。

本來他很擔心過去與荷蘭關係不錯的西拉雅四社，但是軍隊上岸後不到五天，西拉雅人就前來輸誠，令他大為得意。

之後，卻是一連串的壞消息。兩個月前，南部的瑯嶠宣布要與他為敵，殺了七、八百個士兵。接著上個月，中部大肚番王阿德狗讓聯合了幾個番社，突襲援剿後鎮和後衛鎮，殺死了一千四、五百人；他派左先鋒楊祖前往征討。昨天又有壞消息傳來，征討軍去了三千人，只剩二百人，連楊祖都被土番用鏢槍射成重傷，眼看是活不成了。楊祖身經百戰，每次總是奮不顧身衝第一，全身傷痕累累，是隨鄭成功來台的第三號將領，官階之高，僅次於周全斌和馬信。沒想到未死於清狗、未死於紅毛，卻將死於土番之手。冤啊！

他正為土番的事煩心、為楊祖之死傷心，結果竟然出現更重大的壞消息。

這簡直是晴天霹靂！紅毛援軍怎會來得如此之快？比他推算的要早太多了。那天「荷蘭號」出現，他以為即使荷蘭號發現大員有異，回去巴達維亞通報、組成援軍，一來一往最快也要四個月。怎麼才十三天紅毛援軍就到了，這是怎麼一回事?!

紅毛援軍竟然一來就是十一艘大船，而且正好是己方軍力最空虛的時候。

國姓爺心亂如麻。然而，他很快就鎮定下來，想好對策。

❖

八月十二日近午時分，猫難實叮被邀請到國姓爺官邸。使者對他說：「國姓爺賜宴。」國姓爺禮數很周到，不但有轎子侍候，還有儀隊前導。最意外的是，國姓爺還親自到門口迎接！

這是前所未有的禮遇。但是，猫難實叮有啼笑皆非的感覺。這裡本來就是公司的別墅[1]，他閉著眼睛都可以走！有些園子裡的花木還是他自己種的。

「花木依舊，人物全非啊！」猫難實叮百感交集，苦澀、憤怒，混合著希望⋯⋯

說「希望」，是因為兩個小時之前，梅氏告訴他，今天早晨有荷蘭軍士自普羅岷遮城後面的高地看到，外海似乎來了好多艘大船。士兵很興奮地說，那應該是巴達維亞的援兵來了！

這燃起他的希望，希望援軍能再奪回赤崁。他也知道，現在赤崁的漢人兵力十分單薄。他和梅氏仔細算過國姓爺在赤崁的可用之兵，只有護衛軍六十二人、劊子手約二十五至三十人、幾個照料他們的葡萄牙人。本來屬於荷蘭人的黑人奴隸，也變成國姓爺的軍隊，或發槍、或配刀；再加上三、四十名行政官員及僕役，赤崁的全部兵力不會超過三百人。

而且，他們還缺糧！

他想，國姓爺看到援軍來到，必是心慌了，因此有求於他，才會如此禮遇。他精神一振。「國姓爺當初能渡過鹿耳門、直取普羅岷遮城，其實是運氣好，」他想，「我們很快就可以再度揚眉吐氣了。」甚至心中有些洋洋自得。

別墅裡的裝飾、布置和家具已完全改為漢人的型式。猫難實叮不得不承認，要比他原來的布置華麗多了。

國姓爺親切地挽著他，到餐桌就座。他真是有些受寵若驚了。

餐桌是上好木頭做的，雕工精緻，透著香味，還鋪著刺繡的餐巾。而桌上盡是佳餚珍饈。

國姓爺先向他敬酒，是他沒有喝過的。國姓爺說，這是家鄉的釀法，是用米釀成的。國姓爺先客套地問了一下他的生活起居是否習慣，他也客套地回應了一下。國姓爺不停斟酒敬他。他想不到國姓爺的酒量竟然如此之好，他自忖酒量不差，卻也覺得有點招架不住，似乎有些輕飄飄了。

國姓爺故做不經意地提到，荷蘭人來做生意的船隻，最多一次來多少艘？

他回答，一次大約一、二艘。

1 國姓爺的府邸是今天的開元寺。

國姓爺又問，如果一次來十艘，是否可能？公司曾經同時派那麼多船來做生意嗎？

猫難實叮雖然腦子有些輕飄飄，自然也知道國姓爺所指的是今天早上在大員外海看到的荷蘭艦隊，於是他老實不客氣地回答，公司每年派許多船來做生意，但未曾同時有這麼多船組成一個船隊，那肯定不是來做生意，而是派來和公司的敵人作戰的。

「況且，」猫難實叮帶著酒氣說，語氣不禁透露著得意，「船上的三面旗幟，就是代表海軍司令官、副司令官，以及海軍准將。」

國姓爺說，他不相信巴達維亞總督已經得到他來圍攻大員的消息，那麼，派來艦隊的動機是什麼？國姓爺提到兩週前那艘荷蘭號，也提到巴達維亞可能會派新長官到大員。國姓爺說，他相信大員新長官會有信給他。

猫難實叮想到范德蘭去年來大員時的言詞，就回答這無法知道，也有可能要去澳門和葡萄牙人作戰。

國姓爺突然話鋒一轉，輕描淡寫地說，要猫難實叮準備好行李，兩、三天之後會把他送到廈門，等明年漢人的新年時，先經暹羅，再送回巴達維亞。

猫難實叮嚇出一身冷汗，酒意全消。他驚悟到，自己還是國姓爺的俘虜，生死全在國姓爺一念之間。援軍到了又怎樣？他心中又回到黯然。

他想到，前不久國姓爺因為赤崁軍力單薄，收編了本來屬於公司的黑人奴隸，每人發了一把槍，漢人稱之為「黑人步槍隊」。這樣，總數也才三百人。

他想到，國姓爺怕在赤崁的荷蘭人做內應，所以要把領頭的他送走！他絕不願到那陌生的廈門。於是他趕緊站起，屈身向國姓爺懇求，希望能繼續留在福爾摩沙。

國姓爺詭譎一笑，語氣卻轉為嚴厲：「猫難實叮，你知道，我在唐山那邊對戰敗投降的人可沒有這麼仁慈。對投降的人，我的要求是：留在我的部隊，為我所用；如果不為我所用，就要接受懲罰，或割耳朵，或削鼻子，然後再放回去。

「而對你們，因為有協定在先。你知道，我是遵守約定的人。我把你們都看成我的屬下。你們的士兵，我一視同仁，分配到我的部隊裡，和我的士兵一起種田。需要時，他們也要和我們共同作戰。你看，你們的黑人奴僕，我已經編成黑人步槍隊。我的部隊裡也有一些善泳的葡萄牙人。只要忠於我，我是不分人種國籍的。

「所以，雖然你們援軍來了，但你們已經是我的屬下，要繼續對我忠心，絕不可背叛我。」

猫難實叮一膝著地，恭敬頷首，囁嚅同意。國姓爺要他起立，眼睛則盯著他，充滿威儀。猫難實叮不敢正視，不自覺垂頭看著自己的手，而手，卻不自主抖動起來。

「我是很有原則的人。像亨布魯克，雖然他勸降的任務失敗了，我也沒有懲處他，因為他守信用，因為他回來了。」

國姓爺攸然站了起來，走到神明廳供奉的一座神像前拜了三拜，非常嚴肅地說：「我在太子爺的神前發誓，只要你們繼續對我忠心，我就允許你們先留下，將來讓你們回到巴達維亞。」

「但是，」鄭成功一字一字地說，「如果你們敢有二心，有如此雞！」

鄭成功的家僕早已抓了一隻大公雞，立在神桌之側。公雞被壓於神桌之上，咯咯叫著。鄭成功拔劍在手，用力斬下，雞頭應聲而斷，雞血噴濺一地。

猫難實叮嚇得臉色蒼白，全身顫抖，只能一直說：「是，是，是。」

❖

兩個禮拜前，荷蘭號的范奧迪賽讓熱蘭遮城的一千七百人空歡喜了一陣。沒想到，現在大隊援軍真的到了！揆一高興得拍掌大笑，又忍住不落淚。下一刻，他納悶了。巴達維亞是如何這麼早就知道大員被圍？

此時老天又開起玩笑，才卸下一些食物、彈藥之後，又開始大風大雨，船隻只好再度離岸。

等到來援的哈塞爾特號船長躍上岸，他才恍然大悟。「班尼斯，原來是你！多謝了。」兩人緊緊擁抱。班尼斯（Cornelis Claesz Bennis）正是瑪利亞號的船長。揆一終於弄清楚，原來五月一日北線尾海戰後，班尼斯駕著受損的通訊船瑪利亞號逆風行駛，竟奇蹟似地回到巴達維亞，向荷蘭東印度公司總部報告大員戰事。巴達維亞如夢初醒，趕快派船隊來大員支援。

❖

紅毛援軍浩浩蕩蕩來到，國姓爺手下的官員大為緊張。他們平常出入都有僕役隨行、華蓋遮頂，現在則在城內踱著方步，無隨從也無華蓋。

已投降的荷蘭人除了猫難實叮以外，都掩不住興奮。猫難實叮只敢向同僚誇耀鄭成功賜宴招待之事，卻不敢提及先禮後兵斬雞頭的部分。

連一向為國姓爺所器重、會講漢人語言的測量師梅氏，也把鄭成功先前勉勵他的話拋之腦後了。他偷偷鼓勵一位善泳的荷蘭鼓手羅拔茲，趁著黑夜，自赤崁泅水渡過台江內海，進入熱蘭遮城，要他告訴揆一：「赤崁防務空虛，熱蘭遮城只要派五、六百人來，在赤崁市鎮放火，就可以輕易打敗為數不到三百的守軍。希望在神的庇佑下，可以收復普羅岷遮城。」

❖

羅拔茲在十六日成功進入熱蘭遮城。然而，情勢的演變卻讓荷蘭人大失所望。所謂「千算萬算，卻不如老天一算」，命運之神還是站在鄭成功這一邊！

援軍艦隊原本八月十二日就靠岸，因為大風大雨只好再度離岸，到了八月十六日竟然還上不了岸！

十六日天氣稍好，但水道風浪仍高，船無法入港。揆一開始擔心船艦擱淺，於是派領港員乘舢舨出港，命令艦隊去澎湖避風、補給飲水。十七日，風勢又轉強，艦隊只得放炮一聲，又航向澎湖。

接著，愈是害怕發生的事，愈是真的發生了。

厄克號在台江內海的北邊擱淺，困在蕭壠溪入海口的馬沙溝，四十二名船員全部落入鄭軍的手中！

這一帶的水路沙洲四伏，本就崎嶇難行，有時船隻甚至得倒著走，因此有些漢人叫這裡為「倒風內海」。

荷蘭軍隊的士氣，不論是艦隊或熱蘭遮城內，全都大受打擊。

❖

雖然意外來了大批敵人援軍，國姓爺章法不亂，立刻準備迎戰。

紅毛船八月十二日上午出現在大員。中午，在赤崁的鄭成功先禮後兵，先賜宴，再斬雞頭，把猫難實叮嚇得不敢妄動。

接著到了下午，鄭成功馬上召集軍事會議。

陳澤自從四月三十日攻台的第一天駐紮在鹿耳門及北線尾，這裡就成了他擴編的宣毅前鎮的駐防地。鄭成功等於把第一線的攻守重任交給他，和大員市街互為犄角，形成雙箭頭。大員市街是陸，北線尾是海；大員市街主攻，北線尾則監督外洋動靜，又扼守台江內海，可攻可守。

在軍事會議中，鄭成功向各鎮營將領詢問：「紅毛來勢洶洶，眾將軍可有良策？」眾人的眼睛都望著陳澤。自從上次陳澤在北線尾的海、陸大戰都大勝紅毛之後，大家公認他是攻打紅毛的第一驍將。

陳澤非但不善言詞，而且說話有些結巴，所以他發言一向簡短。這次他只說了一個字：「火！」

鄭成功大笑說：「濯源，你學孔明嗎？」

原來漢人的歷史並無海戰，只有水戰。三國志膾炙人口，連小兒都知道的赤壁之戰，就是以少勝多、以小搏大，火攻致勝的水戰經典。鄭軍與清軍水戰也都是在沿岸海灣，離外海甚遠。而荷蘭人的戰史，大部分不在江面河上，而在寬深海面，近則攀爬奪船，遠則砲戰擊沉，與漢人戰法不同。荷蘭人在北線尾海戰慘敗，也是因為荷蘭海軍不習慣在淺海域做船隻肉搏戰。荷蘭人是「海軍」，而鄭成功是「水師」。

陳澤有些靦顏了。他說話快了一些會結巴，於是慢慢地說：「我是說，太師爺在二十八年前勝了樸特曼，是用火攻。上次北線尾之役，我們勝了揆一，也是用火攻。這次要贏，還是火攻！我們船小，他們船大。以小敵大，火最方便。火可以把我們變得無限大。」

鄭成功笑道：「正合本藩之意。」

於是陳澤在赤崁準備了一萬根竹子，用來做竹筏，準備當火船用，裡面裝滿苧麻、麻布、茅草和其他易燃物，並放滿硫磺、瀝青、椰子油、火藥等引燃爆炸物。

「濯源，你知道嗎？這些硫磺有一部分是幾年前荷蘭人要求重開貿易時，由使節何斌帶來的貢品。」鄭成功率陳澤巡視部屬的工作進度時，看到這些硫磺，很高興地告訴陳澤。

一向拘束的陳澤也難得開懷大笑說：「這也算是另一種形式的草船借箭。天道好還，藩王洪福齊天！」鄭成功也跟著大笑。

真的是天佑國姓爺。連續幾天大風大雨，紅毛艦隊上不了岸，竟然離開了，而且還留下禮物！

禮物就是擱淺的厄克號。四十一名船員被鄭成功的部下手到擒來，一番拷問，把援軍的計畫和人數摸得清清楚楚。原來紅毛援軍只有七百人，不是原先鄭成功估計的兩千人。國姓爺大為寬心！

熱蘭遮城裡的揆一左等右等，等了二十天，竟還等不到艦隊回來，心裡發慌。反倒是鄭成功這邊有漁民來報，說在澎湖看到紅毛船隊的蹤跡。鄭成功給了一些賞賜，命令漁民繼續緊盯。結果，鄭軍對敵蹤的掌握比揆一還清楚。鄭成功心中大為篤定，於是好整以暇備戰。

九月八日，救援艦隊總算又回到熱蘭遮城。九月九日，指揮官卡烏（Jacob Caeuw）堂堂登岸。儘管一波三折，援軍終於到了，總算苦盡甘來！

揆一率士兵到岸邊列隊歡迎，軍樂齊奏，鳴炮五響，表示歡迎。兵士、火藥、補給全部上岸了。

讓揆一料想不到的是，法律專家出身、半路出家帶兵的卡烏，先前帶著艦隊離去、一去二十三天的行蹤，竟是跑到澎湖島上抓山羊、抓牛、抓豬，理由是為熱蘭遮城找食物。揆一原本希望意外到來的援兵，可以把國姓爺殺個措手不及，但這一來已完全失去先機。揆一在心裡暗罵卡烏貽誤戎機，但又不好發作。

熱蘭遮城總算士氣大振，這一次，真的要反攻了！

第五十四章
決戰

九月九日，紅毛的艦隊失蹤將近一個月後，終於又回來了。陳澤在北線尾遠遠望見，趕快回報赤崁。於是鄭成功再度召開軍事會議。

鄭成功問陳澤：「如果你是紅毛，你會怎麼做？」

陳澤回答：「紅毛可以有兩條進攻路線。一是從陸地攻大員，但紅毛沒有人數的優勢，而且在戰略上並不具有特殊意義。所以我猜揆一會以水師進犯赤崁，希望能奪下赤崁。若不能，至少取得台江內海的控制權，這樣就可以把我們鎖在內海裡面，兩邊主客之勢就易位了。久了，對我們很不利。」

鄭成功點首稱是，接著眉頭一皺：「大肚土番之亂好不容易平定了，卻搞得其他番社也有些不安分，絕不能讓紅毛和其他番社再度聯絡上，煽動其他番社造反！」

鄭成功把話題轉到紅毛：「這揆一，去年就料到我會來攻。現在，一個孤城，糧少人多，卻能撐四個多月而士氣不墜，也真不容易。面對揆一，絕不可掉以輕心。」眾將領從未聽到國姓爺如此稱讚敵軍將領，心中不免驚訝。

鄭成功又說：「上次濯源提到火攻，眾將軍也都同意，我軍已有足夠準備。這次的決戰會是水戰，最有可能在台江內海，眾將軍可有對策？」

陳澤說：「台江內海水淺，敵人的平底船太大，進不了台江內海。即使北線尾也有許多淺礁。」說著，自懷中取出一張地圖。

「這是過去一個月內，我派我的船隻，每晚測量北線尾沿岸和台江內海各地點水深的探測圖。我把沿岸水淺礁多之處標示了出來。」

鄭成功聽了，大為讚賞，命每個將領必須持有一張，細心研究。陳澤在年輕時的跑船生涯學到了繪圖絕技，前幾年曾獲國姓爺賞賜，如今再度派上用場。

陳澤繼續說：「台灣城附近水淺，不利大船。我當年來到台灣城，見城下有個紀念碑，得知第一任紅毛頭目就是因為初到此處，不諳這一帶的地形，座船翻覆而殉職。因此我建議，不管在北線尾或在台江內海，我們的船盡量靠著岸邊走，引誘紅毛大船也接近岸邊礁區，誘使他們擱淺！」

陳澤會知道第一任荷蘭長官宋克溺斃之事，得自吳豪。而吳豪早因反對國姓爺攻打大員而被藉故處死，陳澤思及此，心中不禁一陣唏噓。

鄭成功倒不知陳澤心中的這許多轉折，聞言大喜，下令部署：「就如濯源所言，大家盡量靠著岸邊行進。若真能誘得紅毛大船擱淺者，全船官兵重賞陞二級；若能擒獲大船者，陞三級！」

鄭成功部署既畢，就令大員和赤崁加強戰備。陳澤除防守北線尾外，又令兵船日夜在大員與赤崁之間巡弋，以防紅毛突擊赤崁。

❖

在熱蘭遮城內，揆一和議會也絞盡腦汁，希望想出一戰定江山的策略。現在他多了十一艘戰船和千名以上軍力，信心大增，其中包括八艘快船、三艘平底船[1]。

揆一擬定的戰略相當全面。第一步，海陸合轟大員，以大船的超強火力先讓大員鄭軍喪膽，然後出動士兵，奪回大員市鎮。第二步，以小艇殲滅普羅岷遮城附近水道的鄭軍船艦，奪回台江內海控制權。第三步，一舉肅清台江內海內、外的所有鄭軍船艦後，以陸軍反撲赤崁，重新控制整個福爾摩沙。

揆一要以海戰決勝負，他認為海軍是荷蘭所長。陸戰方面，國姓爺有鐵人部隊，不必去攖其鋒，因此他要以海軍奪回台江內海的控制權，切斷大員與赤崁的聯絡。他說，一旦荷蘭人不再困守熱蘭遮城，就可以積極策反新港社等福爾摩沙原住民，由他們反包圍鄭成功。他有信心反敗為勝。

揆一有祕密武器：小艇。上次他們因船隻太大行動不靈活而吃大虧，於是揆一改變戰略，除了大船外，也準備了小艇，小艇上有一或二門砲。他要用小艇來對付台江內海的敵人帆船。

九月十五日，揆一宣布，第二天漲潮時間始出擊。他詳細分派每一艘船的目標地點和任務：兩艘快船寇克肯號和安克文號停泊在大員北側和東南側，射擊大員市街和北岸，然後派遣可載大量兵力及小船的三艘平底船和一艘大帆船，載著水兵們經過大員後，向北到北線尾，在此放下所有小船和小艇，讓他們進入台江內海去攻擊國姓爺的帆船，希望一舉奪下台江內海的控制權。

議會宣布，凡能奪取、燒燬或破壞敵人帆船者，依船隻大小，論功行賞。於是荷蘭軍士人人摩拳擦掌。

九月十六日上午十時，決戰時刻來到。

荷蘭船艦出動了，砲聲響起，五艘大船一起對著大員發砲。大員市鎮彈如雨下。

國姓爺在赤崁承天府中全副戎裝督戰。戰馬不停來報：「午時，大員市街多處為敵砲所燬。砲台兩座損壞。帳幕多處起火。平民房屋倒塌者眾。官兵傷亡約百人。我方砲台繼續反擊平底船及台灣城，擊中敵人大船船舷，敵人應有傷亡。未時，砲台再損壞四座。彈藥庫中彈爆炸。官兵傷亡約三百人。」

鄭成功臉色愈來愈難看。於是，他走出承天府，親到岸邊督戰。

鄭成功命令赤崁的士兵兩百多人，持大刀與兵器面向海成列。一位年輕士兵穿了國姓爺的衣飾，立在國姓爺平日常用的紅色絲質鑾傘之下。鄭成功本人則另擇一隱匿處，舉著望遠鏡觀戰。

❖

幾個月前，不論水上、陸上，鄭成功都有人數及船數的絕對優勢。這次，遠不如前。

上次的北線尾陸戰，陳澤對佩得爾是將近四千對二百五十。而在海戰方面，紅毛艦三艘，而參與戰鬥的鄭軍船隻過百，是絕對優勢。

這次，陸路由黃安統兵大員千人於前，羊廄的馬信督軍約二千人於後。國姓爺在赤崁，只有三百槍隊。船艦方面，台江內海有三隊十五艘兵船，分由戎旗左協陳繼美、戎旗右協朱堯和水師羅蘊章指揮，護衛赤崁。陳澤仍在北線尾負責，他和宣毅前鎮副將林進紳領著二十多艘大帆船。不論赤崁或北線尾，皆準備了大批用來做火船的竹筏。但戰船總數只有五十出頭，水師人數全部加起來也才三千人不到。

因為兵員不足，國姓爺甚至把一些荷蘭降兵編入軍中，擔任搬運工、船伕等輔助工作。

而紅毛的船隊，這次要比上次強大許多，有十艘以上。而且紅毛大船火力凶猛，現在又有快船及小艇，以補大船機動性之不足。

1 八艘快船為海豚號（Dolphin）、納登號（Naarden）、季利奇號（Zirckzee）、邁登號（Muyen）、哈塞爾特號（Hasselt）、頓布魯夫號（Domburgh）、寇克肯號（Koukercken）、安克文號（Anckeveen），三艘平底船為洛南號（Loenen）、泰波德號（Ter Boede）、科登霍夫號（Kortenhoef）。

❖

在北線尾，扼守著鹿耳門和北線尾海域的陳澤，緊緊盯著熱蘭遮城的一舉一動。這兩天，熱蘭遮城外的船隻與人員動作頻繁，顯然在準備決戰。

清晨時，他有預感，大戰迫在眉睫，於是命令副將林進紳率領十多艘兵船，起碇、升帆，向南面的大員方向，徐徐而行。

果然在十一點左右，林進紳看到以科登霍夫號為前導的平底船船隊停在北線尾島南端，正把十三艘小帆船及小艇和四百多名水兵放了下來。依荷蘭人原訂的作戰計畫，這些小帆船及小艇要衝向赤崁，希望能將台江內海的鄭軍船隻殲滅，奪取台江內海的控制權，截斷大員與赤崁的聯繫。

荷蘭人完全沒有想到，這些小帆船和小艇才下了大船，還來不及往南轉進台江內海，敵人的帆船隊伍就突然出現在北面海域，已經來不及閃避。

林進紳的船隻像餓狼看到羊群，奮力追逐著小艇。他們包圍小艇，把小艇趕向岸邊。更糟糕的是，自南方來的海流很強，荷軍的小艇想轉入台江內海，但遇上逆流，前進不易！

荷蘭大船怕觸礁擱淺，不敢靠過來，只能砲轟林進紳的帆船隊，然而砲彈一一落空。

於是，有兩艘荷蘭小艇被鄭軍的帆船趕向岸邊，觸礁擱淺了，另外一艘也被撞翻沉沒。小艇上的荷蘭水兵少數跳水逃生，但被俘的居多。大船上的荷蘭軍隊只能眼睜睜看著同袍被敵人追殺、被擄，或被大刀砍死。

林進紳俘虜了五、六十名荷蘭水兵，大獲全勝。他依陳澤的指示，沿著岸邊航行，好整以暇回航，向陳澤報功。

荷蘭人出師不利，大為沮喪。荷蘭的大船不敢硬追，他們必須留在原定地點、遵照原計畫，砲擊大員的鄭軍砲台，以火力掩護衝入台江內海的十多艘小艇和小帆船。

❖

在赤崁觀戰的鄭成功也看到這一幕。

荷蘭人運氣不好，這天幾乎一點風也沒有。小艇上的士兵很吃力地划著，企圖接近鄭軍的帆船。鄭軍則以逸待勞。荷蘭士兵很努力，小艇很快逼近了鄭軍的帆船。小艇上載著二、三十名荷蘭兵，他們準備了火罐和手榴彈，擲入鄭軍的帆船內。

國姓爺看到有幾艘帆船起火了，甚至停了下來。荷蘭士兵很勇猛，鄭軍帆船一慢下來，小艇馬上圍過去。他們先勾住帆船，然後荷蘭士兵奮力想攀過去奪船，或焚船。

鄭軍也很勇猛，除了開砲，更善於射箭。有不少荷蘭軍士中箭落水了。而且，荷軍拋過去的火器和土彈，被鄭軍用草蓆接住，又拋了回來！

於是，兩方都有船隻著火。台江內海火煙瀰漫。

兩軍船隻短兵相接，兵士們開始做肉搏戰。雙方也都有船員掉入水中，在水中格鬥著。紅毛兵手上火器強大，許多鄭軍應聲倒地；鄭軍則是大刀和弓箭發威，而且人多，因此即使紅毛奮力攀上了鄭船，也往往寡不敵眾。有一艘鄭軍的帆船本來已幾乎被荷蘭兵奪走，鄭軍友船趕來弛援，終於又奪了回來。

自近午到現在，兩軍交戰已經超過五個鐘頭了，雙方損失慘重。在赤崁岸上的國姓爺看得焦急不已。

在北線尾的陳澤也在船上審度戰況。他看到荷蘭的平底船科登霍夫號和快船寇克肯號，兩艘大船在大員市街旁的海邊扼守要津，既猛烈砲轟陸上的鄭軍砲台，又成了荷蘭小艇的避難母船。

他轉身喊：「進紳，擒賊先擒王！寇克肯號就交給你了！」

於是林進紳奉陳澤之命，領了十幾位兄弟，跳下水去。

接著陳澤命自己的指揮船轉變方向。指揮船原本也靠岸而行，以躲避紅毛大船。現在陳澤藉著海流，故意把船開到科登霍夫號的正前方，挑釁地向大船轟了兩砲，又丟了一些火器和土彈上去；然後，船隻轉個大彎，沿著海岸快速划離。

科登霍夫號上的荷蘭士兵果然被激怒了，展開追逐。有一名在上次北線尾之戰逃回的士兵說，鄭軍這艘船是指揮船，船上可能就是上次重挫荷蘭艦隊的那位敵人水師統帥。於是科登霍夫號追逐不捨，不斷開砲。然而陳澤的指揮船閃避功夫了得，硬是毫髮無損！

已經近黃昏了，天色愈來愈暗，砲火點燃了夜空。雙方已經苦戰超過八個小時了。

陳澤的船隻沿著北線尾岸邊蛇行。科登霍夫號的船長警覺了，交待屬下不要靠岸太近。突然，一聲震耳欲聾的爆炸聲傳來，寇克肯號上火光沖天，在夜空中特別驚人。陳澤大喜叫道：「進紳得手了！」

原來陳澤囑咐林進紳帶著十多位兄弟，其中有兩位還是黑人。他們把火藥藏在不透水的油紙之中，潛水到了寇克肯號艦旁，趁黑攀上船，然後用火藥爆破了寇克肯號的主砲。紅毛不但主砲被毀、多人死傷，更慘的是大船受損，動彈不得。加上好巧不巧，船被潮水一推，竟然擱淺在鄭軍砲台下的海岸，於是寇克肯號成了鄭軍砲台的活靶，所有砲火都往寇克肯號飛去。荷蘭士兵紛紛跳海逃生。

城堡上的揆一聽到爆炸聲，知道情勢不妙，趕快派出一些單桅帆船增援。

荷蘭人禍不單行，寇克肯號的爆炸聲，讓正在北線尾岸邊追逐陳澤指揮船的科登霍夫號失了神，結果一個閃失，竟然也擱淺了！

陳澤大喜，掉頭過來要奪取科登霍夫號。有一些荷蘭小艇和單櫓帆船趕來救援，但是鄭軍的船隊也群集而來，結果荷蘭小艇反被包圍！

於是，勝負分曉了！

寇克肯號在鄭軍的大砲和火箭攻擊之下，出現連環爆炸，沉沒了。船員紛紛跳水求生，有不少人被俘，但有更多的荷蘭士兵捲入漩渦，再也沒有浮上來。

前來援助科登霍夫號的荷蘭水兵也有不少人被俘。科登霍夫號船長含淚棄船撤走。無人大船受到潮流沖推，漂流到北線尾岸邊，被鄭軍奪獲了。

在城堡上觀戰的揆一掩面嘆息。

荷蘭的敗訊接連傳來。安克文號也在追逐鄭軍船隻時，於北線尾擱淺，還好後來脫險。其他的哈塞爾特號、海豚號也都或燃燒或重創。大船受創，小艇頓失庇護，也跟著逃回。

林進紳不但成功爆破了寇克肯號的大砲、全身而退，而且回母船的過程中，他率領的那隊善於潛水的「水鬼」，又擄獲了幾位落水的荷蘭士兵。

確定已經大勝的陳澤，高舉著立功歸來的林進紳的手，雀躍歡呼。於是，他把林進紳在上、下午所俘虜的六、七十名紅毛水兵，交由林進紳去獻給國姓爺報功。

「進紳，你立了大功，由你把這些紅毛狗獻給國姓爺，一定會高升重賞！」陳澤拍著林進紳的肩膀，兩人相視大笑。

鄭成功聽得遠處的大爆炸聲，已猜到十之八九是荷蘭大船被子弟兵摧毀了，心中一顆石頭落地。不多時，果然接到傳令兵送來陳澤的捷報：「擊沉紅毛甲板船一艘。另俘獲甲板船一艘，小艇三艘，紅毛士兵六十餘人。」也得知將由林進紳獻俘報功。

亥時中，宣毅前鎮的哨船果然押來六十多名紅毛俘虜。國姓爺大喜，卻見領頭前來的幾位士兵個個哭紅了雙眼，然後全部撲倒在地，跪在國姓爺面前。國姓爺詫異問道：「你們哭什麼？進紳呢？」

士兵邊哭邊說：「林將軍被……被紅毛殺了……遺體在帆船上。」

鄭成功大驚，怒叫：「怎麼可能！」

士兵哭哭啼啼地述說詳情，原來林進紳帶著三十位兵士，另備了一艘哨船，把俘虜盡押上船後航向赤崁，準備向國姓爺報功領賞。

立了大功的林進紳，此刻終於出現疲態了。他倚在船舷，迎著海風，閉目養神。此時一位穿著鄭軍制服的士兵，靜悄悄走到他的背後，其他人也未加注意。士兵突然拔出大刀，朝他攔腰砍去。林進紳慘叫一聲倒地，鮮血直噴。

這位士兵竟奔向俘虜，用荷語打招呼。其他鄭軍急速圍來，並加緊押住俘虜。士兵自知寡不敵眾，最後露出笑容，把刀一拋，轉身一跳，躍入海中，在暗夜中很快便失去蹤影。

林進紳的下屬們趕快去救長官，但已血流過多，不治而亡。原來這位士兵本是赤崁的紅毛降兵，被派到鄭軍船艦擔任搬運工作，卻藉機叛變，殺了林進紳，想救荷蘭降虜不成，於是跳水逃逸。

國姓爺大吼一聲，眼睛似要冒出火來，蹲下去撫著林進紳的遺體，大叫：「可恨紅毛，恩將仇報！進紳，我一定為你報仇！」

國姓爺說到做到。經過簡單詢問之後，國姓爺命令士兵讓紅毛俘虜灌下烈酒，然後命令原來在普羅岷遮城投降的荷蘭降人執行斬首。這些荷蘭人的心也都碎了。

表面看似大捷，事實上應說是慘勝，因此國姓爺的心情並不好。大員軍火庫的爆炸、船隻的著火，都死了不少人。如果沒有林進紳的英勇冒險、陳澤的臨機應變，能不能打贏這一仗還是未知數。而最不甘心、也最不捨的是，立大功的林進紳竟被背叛的紅毛降兵殺害了。

鄭成功認為，他過去對紅毛降人仁至義盡，卻沒有得到應有的回報！最近，中部及南部土番開始攻擊他的軍隊，鄭成功已經懷疑是紅毛在後煽動搞鬼。現在，紅毛忘恩負義之舉，害他愧對部下！他決心，要讓紅毛的妄想，不論是已降的或求降的，徹底破滅。他對紅毛降人已再無憐憫慈悲之心。

殺無赦！鄭成功恨恨地說。

回到寢居的鄭成功愈想心情愈惡劣。他平日只在宴席上飲酒，絕少獨飲。這一夜，他一反常態，大碗喝著米酒。有時似是悲從中來，大力拍桌。侍從都嚇慌了，卻不知如何勸阻。

在心痛及酒醉中，國姓爺瞥見了放在案上一旁的三本名冊，順手一把抓了過來。第一本是留在赤崁的荷蘭人名單。國姓爺想到一個多月前他對猫難實叮斬雞頭的事，於是舉起朱砂筆，寫了「立送廈門」。接著又拿起第二本發放到赤崁之外各村落的荷蘭男子名冊表，寫了「殺殺殺」三個字，然後把名冊揉成一團，擲向侍從。再拿起第三本村落兒童婦女名冊表，卻坐在椅上愣住。侍者看到國姓爺對著名冊呆看了許久，好像是做不了決定的樣子。

第五十五章
破滅

揆一焦急地在熱蘭遮城辦公室內踱著方步。他真不能相信，他的將士已經那麼拚命了，還是一敗塗地。全世界最強的荷蘭海軍，以大型甲板船面對國姓爺的小帆船隊，竟然一敗再敗。他的小艇戰術，輸了。他的大船竟然像中邪似的，紛紛擱淺！

八月十六日厄克號擱淺，是個惡兆。全數四十一名船員被俘，處死。

一個月後的九月十六日，更慘。

寇克肯號，擱淺、沉沒。

科登霍夫號擱淺、被俘。

安克文號也擱淺，還好脫困安返。

台江內海海戰的結局竟然是：主力的平底船，有三艘因擱淺而慘敗！其他船艦雖然倖存，也遭到鄭軍的火攻重創，傷亡慘重。

在人員方面，正司令官頭部重傷，副司令官胸部重傷，哈塞爾特號船長班尼斯陣亡，海豚號舵手長陣亡，而不包括水手，有一百二十八名士官陣亡或遭到俘虜。

揆一回顧著歷史。在他記憶中，歐洲人在亞洲從未敗得如此之慘。歐洲人即使面對亞洲的王國，也都獲勝，而國姓爺不但不算是國王，還是大清國的「叛軍」。

歐洲人在東方，只有占地，沒有失地的。

「我創造了歷史嗎？」揆一苦笑著，握緊拳頭，重重在桌上捶了一下。

桌上，擺著一張紙。他在不知不覺中，已在紙上寫滿了哈塞爾特號船長班尼斯的名字。

對班尼斯，他尤其有著愧歉。班尼斯駕著通訊小船瑪利亞，冒著逆風，自大員奇蹟式地回到巴達維亞，為大員帶來了喜出望外的大批援軍。

劫後餘生，他並沒有要求留在巴達維亞，而是勇敢地回到福爾摩沙，勇敢地投入戰場。如今，殉職。

「班尼斯，我向您致謝與致敬。」揆一的眼眶盡是淚水。

第五十六章 報復

國姓爺一覺醒來，已是第二天的申時，他竟然睡了將近六個時辰。

昨日台江內海大戰雖然人員死傷不少，但至少是勝利了。短期內，紅毛再無反撲之力。

桌上很快又積壓著厚厚一堆新來戰報。但國姓爺督師竟日，寅時才入睡，國姓爺新娶的妃子和屬下都覺得沒有必要吵醒他，指示將戰報移請馬總督批示處理。

國姓爺梳洗之後，先指示要厚葬林進紳及其他殉難官兵，然後翻動桌上公文，指示侍從找尋那三本荷蘭人的名冊。侍從告訴他，已批示的兩本已交付執行。國姓爺先是一怔，想了一會兒，點點頭說，就這樣辦吧。

不久，侍從通報，承天府尹楊朝棟求見。原來是猫難實叮求楊朝棟來向國姓爺說情。

國姓爺嘿嘿兩聲，似笑非笑，倒有些像是哭臉。「雖然他沒有背叛我，但其他紅毛背叛我。看在那天斬雞頭的份上，我放他生路已是恩准。叫他快滾！備船，明天一早把他送走，我不要再看到那些紅毛狗！」

楊朝棟正待離去，國姓爺又宣他回來：「把測量師和醫生留下，包括梅氏。不管他們是在赤崁還是在村落，不可離去，還有用得到他們的地方。還有，本藩今天不見任何人。」

楊朝棟離去，屋內一片沉寂。國姓爺執著筆，面對第三本荷蘭女子與孩童的名冊良久、良久，終於落筆。

第八部

1661年
訣別

第五十七章 鄉居

八月十二日，荷蘭艦隊到來的當天下午，亨布魯克就被告知，要他們一家在第二天搬到諸羅山去。其實，留在赤崁的荷蘭人本來就已經很少，除了亨布魯克，只有猫難實叮、五位測量師、兩位醫生以及他們的家人與僕役。

亨布魯克夫人訝異地說：「到諸羅山，那麼遠的地方？為什麼不是到新港，其他人都在新港啊！」

瑪利婭笑著說：「援軍來了，國姓爺當然不會讓我們把這消息告訴新港社的其他荷蘭人啊！」

小妹妹興奮地說：「援軍來了，是否就可以打敗國姓爺了？」

亨布魯克平靜地回答：「沒那麼簡單，不要太樂觀。我們先依命令到諸羅山就是了。」

一家人到了諸羅山，往後的將近一個月間，反而覺得過了一段最輕鬆的日子。諸羅山雖然也有國姓爺的屯田軍隊，但他們多半忙於種田。

那位漢人老者偶爾會來看看他們，當然必須先得到軍爺的同意。不過，也許是因為亨布魯克的牧師身分，漢人軍爺們並不會刁難。

杜文達的雙胞胎兒子原本並不知道父親的死訊，由漢人老者告知這個消息後，痛哭失聲。老者也非常同情，一再向亨布魯克保證，他會視同己子，撫養小孩長大。而小孩也已改用老者的漢姓，取了漢名。只有遇到荷蘭人時，才偶爾私下以荷蘭名字稱呼。

雖然離開諸羅山才三個多月，瑪利婭發現，諸羅山的景觀已經改變許多；應該說，自赤崁到這裡，一路上的景觀都改變了許多。

以前，各部落沒有什麼章法地散居於福爾摩沙的土地上，由赤崁到諸羅山要彎彎曲曲經過各社。現在，道路變寬了，有些地方好像截彎取直。約每隔一個時辰，就會遇到一處數百名屯田官兵聚集的營區，粗具市鎮雛型。於是，舊村社和新市鎮沿著道路，以幾乎相等的距離，排列在這塊平原上。

瑪利婭深刻感受到國姓爺軍隊來了以後，因為人多而造成的快速變化。

聽說國姓爺帶來了二萬五千人的部隊。在大員及赤崁以外的約有二萬人，人數幾乎等同於原來在福爾摩沙的所有漢人勞動力。而且來者是軍隊，都是年輕壯丁。在國姓爺的國土規畫及軍事管理下，自赤崁到諸羅山之間的道路拓寬了，田園也開闢出來了。瑪利婭聽說，國姓爺的部隊也到了中部沙轆，以及北部的竹塹、淡水、雞籠、金包里，南部則遠至車城、瑯嶠，聽說還計畫到東部噶瑪蘭。

瑪利婭想，福爾摩沙原住民的居住環境一定也變了。她喟嘆著。不知烏瑪她們怎麼樣了？烏嘴鬚的家人怎麼樣了？這一次，她們也經過麻豆社附近，不過僅停留在國姓爺將軍的屯墾區，沒有進入烏瑪她們的村社。

瑪利婭看到麻豆社旁邊已經開闢出一大塊田園，兵士們很用心地開墾。聽梅氏說，國姓爺命令每一位士兵要開墾出半甲的土地。如果二萬名士兵都能在半年內做到，那麼耕地面積就變成荷蘭治理時的十倍以上。

國姓爺的軍隊都是拚命式的，在戰場上如此，開墾時也如此。瑪利婭想，比起來，我們荷蘭人比較養尊處優。國姓爺部隊不僅有人數上的優勢，賣命的程度也確有不同。

方才她與家人談論到來了十一艘大船的援兵，弟弟妹妹都興高采烈，父親默不作聲，她則表示「謹慎樂觀」。然而這一路所看到的變化，讓她的樂觀心情慢慢消失。

瑪利婭繼續想著，以數量龐大的漢人新移民和可怕的效率，福爾摩沙人大概很快會處於劣勢。她觀察到，過去來的漢人移民，十個之中還有一、二位女性，而國姓爺的部隊百分之百是男性壯漢，在新屯田區完全看不到漢人女性的影子。如果這二萬名漢人壯丁都去找一位福爾摩沙姑娘當牽手的話，大約就有一半的福爾摩沙男性找不到牽手了。還有，她相信這些漢人壯丁一來，一定不會放過那些本來就已日漸減少、仍然在原野上優雅吃草的梅花鹿。

她驀地想起，這一路經過的地方，有些就是以前的獵鹿場。「糟了，梅花鹿都到哪裡去了？」不但梅花鹿獵場不見了，瑪利婭也想到，此後福爾摩沙人還會再使用西拉雅語嗎？可以預見，漢人的文字很快會在原住民之間流行起來。更不用提基督教了。雖然國姓爺在兩個月前向瑪利婭說，准許荷蘭人用漢人的語文傳教，但是，真會有那麼一天嗎？

瑪利婭愈想愈難過。「不去想這些了！希望我們的援軍真能迅速扭轉戰局。」

在諸羅山，很少有外面的訊息。過去這一個月，他們家人整天聚在一起，幾乎不用工作。當地的屯田官兵本身缺糧，但仍然會分給他們一些穀類。漢人老者更是定期送來一些稻米，因此他們勉強還算溫飽。瑪利婭和弟妹為了表示感激，本來要到漢人老者那兒去做些家事、農事，但老者不肯。

他們時常會想著，熱蘭遮城那邊的戰事不知道怎麼樣了？

可是，四周只有可怕的寂寞。他們是諸羅山唯一的荷蘭家庭，外界訊息全無。

第五十八章 落日

十多名國姓爺的軍士突然來到亨布魯克住的穀倉。他們神情嚴肅，雖不粗暴，神色之間也不友善。在一位軍爺的命令下，他們把牧師雙手反綁。牧師並未掙扎，但十二歲的小彼得也被如此反綁時，牧師發出了悲鳴。媽媽和瑪利婭試圖去拉她們的兒子與父親，一名兵士凶惡地把兩人推開。兩人伏地痛哭，妹妹則畏縮地躲在牆角。牧師與小彼得被推上一輛牛車。

牛車一直向南行駛。日落時分，到了一個新村落，牛車停了下來。亨布魯克想，這大概是敵人軍隊的新屯墾地區，因為有不少軍士或立或蹲，正在談笑。亨布魯克與小彼得下了車，一位軍官走上前來，笑嘻嘻地說，牧師大概餓了吧。捧上來的飯菜卻是異常的豐盛，還有一杯漢人米酒。亨布魯克心裡有不祥的預感。他望著小彼得，憐惜地說：「慢慢吃！」自己卻吃不下，閉起眼睛，不停禱告。

飯後，亨布魯克和小彼得又被牛車載著，走了一段路，到了一處不知名的水邊。清澈的小溪旁開著不知名的野花，亨布魯克一抬頭，看到火紅的落日。他們下車後被蒙上黑布，又被拉到溪畔，強迫跪下。火紅的落日，是亨布魯克在人間看到的最後景象；溪水的潺流聲，則成了亨布魯克父子最後聽到的聲音。

約莫半個時辰後，有急促的馬蹄聲傳來。一位信差滿頭大汗奔馳而來說：「國姓爺有急令！」

軍官看了信，臉色蒼白，說：「糟了，我沒命了。牧師父子的死刑都已經執行了！」信差也頓時委靡在地，全身發抖。原來國姓爺的命令是「取消對亨布魯克父子的死刑」，但信差由赤崁跑到諸羅山去，再急急趕至此，已然不及。

第五十九章
遲到的信

國姓爺的部隊來了以後，福爾摩沙原住民的態度迅速轉變，倒向國姓爺那一邊，有不少人甚至做出仇恨基督教的舉動，這讓所有荷蘭人特別是牧師們感到很震驚。

可惜的是，下面這一封信，在一六六〇年四月十六日自阿姆斯特丹荷蘭東印度公司總部最高層十七人董事會寄往大員，亨布魯克和其他牧師們大都來不及看到。一六六一年八月，揆一和評議會收到這封信，但是也已太遲了。如果這封信能早幾個月到達大員，也許後來福爾摩沙原住民的態度會有些不一樣。

最高十七人董事會的來信內容如下：

大員：我們已接到長官揆一及其評議會一六五八年三月二日的文件。他們說，為了拯救土著不要偶像崇拜（雖然我們嚴禁，土著還是在做），已在宗教議會同意下發出禁令文告，如果再犯，將受最嚴厲的懲罰，像鞭笞或驅逐出境等。

我們絕不認為這是讓那些可憐愚昧的人放棄偶像、學到救贖的真正知識的適當方法，我們非常不喜歡你們的做法。如果那樣做，我們相信，他們將不太受如此嚴厲懲罰的影響。我們認為，基督徒不應訴諸此種手段。宗教議會竟然會同意這種方法，也令我們感到很吃驚，儘管那是為了使土著信基督教，但那太嚴厲、太殘酷了，所以我們不得不說我們不滿意那種做法。那也抵觸了我們荷蘭的立國精神及性格。所以，我們熱切希望那種威脅式的懲罰應加修飾，雖然可以不必公開撤回該禁令，但不要付諸實施。

而這一封信，正好是荷蘭東印度公司十七人董事會寄給大員的最後一封信。歷史，真是充滿了嘲諷。

第六十章
重訪

兩天之後，國姓爺的軍士又來到瑪利婭家。

牧師和小彼得被抓走已經兩天，音訊全無。安娜哭得像淚人兒似的，克莉絲汀娜整天不吃也不說話。瑪利婭忍著悲痛，打起精神照顧媽媽與妹妹。

這次不一樣的是，除了軍士以外，還有九位漢人女性跟著前來，老少皆有，另外還有一位班達女奴。除女奴外，她們裝飾甚佳，為首者尤其雍容華貴，似是國姓爺官府中人。瑪利婭認出其中一位中年女子，以前是何斌家的侍女，本來是侍候何斌妻子的。瑪利婭向何斌妻子學漢文時，她常常侍候在側，略會說一些荷語。但看起來，她在這群女眾中地位甚低，低著頭，默不作聲，只是跟在後列。倒是為首的中年女子雖不太說話，卻十分好奇地上下打量著瑪利婭姊妹，眼神甚至似有羨慕之色。她望著妹妹，用漢語說「好標緻的姑娘」。

何斌家的中年女子用不太流利的荷語，結結巴巴地介紹為首女子是國姓爺府中的女官。女官先用漢語發話，然後中年女子用荷語再說一遍。她請亨布魯克夫人和兩位小姐收拾行李，並請大家放心，表示母女三人不會受到傷害，可是兩位小姐要送到赤崁，媽媽則到新港社和其他荷蘭人婦女在一起，而且會有人照顧。

媽媽一直追問牧師和兒子的下落，女官只是一味搖頭，表示不知。她們的任務只是來接安娜母女。除了領頭的華貴女官外，安娜和瑪利婭姊妹每人都由三個人侍候。何斌家的中年侍女被分配為侍候瑪利婭，而班達老黑奴則是侍候妹妹克莉絲汀娜。除了這些，其他所有的問題，她們一概搖頭不回答。

瑪利婭看到這些女子確實充滿善意，心情才安定下來。三人皆打點了簡單行李。瑪利婭把楊恩的畫像和木笛小心翼翼地收在「甲萬」[1]之中。

牛車也有三輛。領頭婦女坐上第一輛後，其他三位女性恭恭敬敬、小心翼翼地把妹妹扶上車，神情動作倒像是侍女似的。瑪利婭則上了第二輛牛車，也是由那位何斌家女子小心扶上車，讓瑪利婭極不習慣。媽媽則上了第三輛牛車。更奇怪的是，隨行還有三十名士兵，一半在前，一半在後，另有一位騎馬的軍官來回巡視著。

他們走的路也和來時路不同，這是瑪利婭所熟悉的舊路，由諸羅山往哆囉嘓。哆囉嘓再過去，就是麻豆社了。麻豆社的外圍已有很大的改變。大半鹿場不見了，觸目所及均是軍隊屯墾區。烏嘴鬚家附近的漢人房子也變多了。麻豆社已經被包圍在漢人的田地與房子之中，與其他原住民社區像蕭壠社、新港社沒有直接接壤。

離麻豆社的老家愈來愈近，瑪利婭開始有些近鄉情怯的感覺，卻又很希望回去看看舊家。她不知道牛車會不會經過麻豆社內，還是自村落外繞過。

她鼓起勇氣向領頭的中年婦人表示，希望能在麻豆社停留兩小時、休息一下，也讓她們母女可以到舊居去看看。領頭婦人和騎馬的軍爺商量了一下，終於答應了，但只能停留一個小時。

遠遠看到禮拜堂的時候，瑪利婭又是高興、又是難過。牛車停在禮拜堂前，將近五個月以來，他們第一次再踏進這個由爸爸一手建立的禮拜堂。這個可容數百人的大教堂，應該是東亞最大的改革教派教堂，代表著爸爸十三年來的努力成果。

教堂自然是荒廢了，空氣中瀰漫著一股老舊的味道。她們很快到老家、教堂和學校繞了一趟，這些地方都沒有受到破壞，讓他們很是欣慰。

這是爸爸付出一生心血的地方，是全家住了十多年的地方。眼淚已盡，在瑪利婭的心中，道別的情緒大於哀傷。然而媽媽對著故居仍是不停流淚，低呼著爸爸的名字。

麻豆社的福爾摩沙人看到一群牛車載著盛裝的漢人婦女前來，一大批人湧到教堂前，但因為有漢人軍士在，他們也不敢太靠近。有幾個婦女和年輕人認出是老荷蘭牧師的妻子和女兒，隔著距離呼叫打招呼；也許是漢人軍士在，因而有所顧忌，不敢太大聲，也不敢露出太興奮的表情。但有些男人和老年人，則以譏諷的目光望著她們一家。

烏瑪、直加弄、阿僯都沒有出現在人群中，瑪利婭再懇求兩位領頭，讓她可以到烏瑪家。烏瑪和直加弄看到瑪利婭，不敢置信地叫著瑪利婭。他們問瑪利婭要去哪裡、為何來此，瑪利婭只是微笑搖搖頭，反問他們這幾個月的生活如何。

直加弄說，國姓爺的部隊來了以後，雖然沒有侵犯到部落內，可是部落外的田地大都被徵收了，牛隻也全部被徵收。國姓爺曾經來此巡視三次，最後一次大約是三個禮拜以前，那時正是收穫時節，國姓爺的官員告訴麻豆社的長老說，這裡的土地很肥沃，所以原住民不需要這麼大的土地，有些土地可以讓軍隊去耕墾，產量會更多。此外，原住民的耕作法不得要領，例如一顆一顆採穗，太沒有效率了，所以國姓爺的軍隊會來教他們耕作的方法。最近每個社都分發了一些鐵犁、耙、鋤。但是直加弄那塊地已經被徵收了。

瑪利婭奇道：「社裡不是原來有不少牛嗎？」後來才知道，荷蘭人逃難時，帶走了一半左右的牛隻，後來國姓爺的軍隊來此屯墾，又徵收了全部牛隻。最近國姓爺才又把牛隻發放給社裡，但每個村社只有一隻，並不夠用。

1甲萬是用來置放貴重物品的櫃子，類似保險箱的作用。

烏瑪帶著三個小孩，告訴瑪利婭，她深深懷念牧師一家人。「我們現在還用你們教的語言來寫字。直加弄和我打算將來在家繼續教導我們的小孩，讓文字流傳下去。」烏瑪低聲說。

瑪利婭聽了這番話，感動地眼眶濕了。她想起往日和父親教導原住民學習拉丁化西拉雅語的日子，她真懷念那段美好的時光。她希望，那些努力不白費。

烏瑪最大的小孩，教名取為安東尼，用的是牧師的名字。孩子已經四歲了，小時候瑪利婭常常抱他，這時又把他抱了起來。「希望以後，你真的會寫拉丁字母。」瑪利婭喃喃自語。

烏瑪又說：「麻豆社裡有好幾位漂亮女生，都嫁給國姓爺的將領或兵士。里加有一個兒子，本來很喜歡一個女孩，結果那女孩被漢人士兵娶走了。

「里加的兒子很傷心，夜半要潛入鄭軍營中刺殺那漢人士兵，結果沒有成功，反而被殺傷還被抓住，漢人軍隊把他送回部落，最後他竟然自殺了。」烏瑪無奈地說，她相信這種事以後會愈來愈多。

烏瑪煮了一鍋安娜最愛的「刺仔雞湯」，要款待瑪利婭一家。瑪利婭知道西拉雅人不吃雞的，心裡又是一陣觸動。漢人軍爺分享了雞肉雞湯後，就催著要趕路。瑪利婭一家依依不捨地和烏瑪、直加弄一家大小道別。瑪利亞有著預感，再也按捺不住流下淚來，抱住烏瑪：「永別了，烏瑪。永別了，麻豆社。」

第六十一章
落花

到了往赤崁與新港社的岔路口，牛車停了下來。兩姊妹下車和母親相擁道別，三個人的淚珠又簌簌滾落。雖然她們相信這些女子所說的，安全上無虞，但是此去前途茫茫，而且何日能再見到父親、母親和弟弟？

雖然已近黃昏，牛車還是繼續前進。天黑之前，終於趕到了公司庭園所在的綠谷地區。牛車走進一間有花園的大房子，瑪利婭依稀記得，這裡是以前一位有名的漢人頭家的莊園。庭院內有不少士兵，可是又不像軍隊紮營區。兩姊妹被安頓在兩個分隔的大房間。

竟日行路勞頓，瑪利婭雖然滿心疑惑，後來還是睡著了。

第二天，天色微明，瑪利婭就被何斌家的那位女侍叫醒。女侍向瑪利婭說，叫她阿珠即可。早餐是純漢人式的，有稀飯、小菜、花生、一杯杏仁茶，還有漢人稱為油條的食物，很是香脆。但是不見妹妹的蹤影。飯後，阿珠示意她洗澡梳洗。瑪利婭忍不住問妹妹在哪裡，阿珠說，妹妹已先梳洗完畢，因此輪到瑪利婭了。

一只大水桶內已裝滿熱水，瑪利婭洗了個舒服的熱水澡，站了起來正要擦乾身子，阿珠竟然撥開簾幕，雙手張著浴巾走了進來，瑪利婭又驚又羞。阿珠卻向她說，從今天起，她就是瑪利婭的侍僕，她唯一的工作就是侍候瑪利婭，她的責任包括侍候瑪利婭出入浴。瑪利婭一臉狐疑，但知道問了也是白問。

浴畢回房，昨日牛車上連阿珠在內的三位女子都已在房間內。床上擺著一套全新的大紅漢人女子霞袍，還有鳳冠。而原本瑪利婭放置在床上的荷蘭衣服則已摺疊整齊，移至床角。

剎那之間，瑪利婭醒悟到自己的命運了。她們兩姊妹將被發配給漢人做妾！

兩行眼淚流了下來。瑪利婭腦中一片空白，也不再問話了，木頭人似的任憑三位女侍為她妝扮。侍女很盡力地想把她妝扮成漢人女子模樣，但瑪利婭一頭鬈髮，雖然可以捲成漢人女子那種盤在腦後的髻，但前額的鬈髮很是怪異。還有，漢人講究纏足和三寸金蓮，瑪利婭卻是一雙大腳，而阿珠竟然也準備了漢人樣式的新鞋子，卻又大得可以合適。

三個人費了整整一個時辰，才為瑪利婭妝扮完成。

瑪利婭閉著雙眼，默默無語，心如死灰。突然隱約聽到不遠處的房間裡傳來像是妹妹的哭聲，然後轉為啜泣。瑪利婭叫了一聲克莉絲汀娜，淚珠又掉了下來。阿珠慌忙跪求她不要哭，因為好不容易才化好妝。

瑪利婭驚覺過來。她必須知道妹妹會被送到哪裡。她不再哭，希望能再聽到妹妹的聲音。她對阿珠說，室內空氣太悶，她要到窗邊透透氣。瑪利婭站了起來，打開面向庭院的窗戶，卻見庭院之中放著兩頂漢人的大紅轎子，有幾位漢人轎夫，還有二十來位穿著制服的漢人樂師，持著鑼鼓及漢人的提琴，他們叫做「二胡」，以及笛子，或坐或立，在庭院中休息，但已聽不見妹妹的聲音。

上轎的時候，瑪利婭被安排登上了後面較小轎子。瑪利婭故意把動作放慢，觀看著前面的轎子，妹妹似乎已經上轎。此時，樂隊和轎夫俱已站立列隊。瑪利婭注意到，妹妹的轎子較大也較華麗，轎夫和樂隊也比自己這邊多。

轎隊開始啟動。樂聲響起，瑪利婭忍著悲愴，傾身向前，一手把自己的蓋頭面紗拉起，另一手把簾子掀開一角。走了一陣後，隊伍向右轉，於是可以看到妹妹的轎子了。

她見到前導的樂隊走進右前方的一棟大莊園，然後妹妹的轎子也被抬進了莊園。莊園的大門口寫著荷文的標示牌，仍是「瑯嶠別館」。瑪利婭心頭一震，這裡原本是公司高級職員的別墅，而她在赤崁時曾聽說，現在已成為國姓爺在福爾摩沙的府第！此時別館內鞭炮聲正好響起，瑪利婭心裡一驚，頓悟「妹妹被送給了國姓爺」！她雙手一軟，放開布簾，身子也無力地斜躺下來。

妹妹的轎子和樂隊入了國姓爺府邸，瑪利婭的轎子卻仍繼續前進。樂聲已經變小了。瑪利婭閉上眼睛，任由轎子抬著。現在，到哪裡去，她已經不計較了。她心裡也有了譜，大概是某位將爺吧！

隊伍不久也停了下來，阿珠前來扶她下轎。下了轎後，眾女侍扶她入屋，在大廳之中坐定後，阿珠在瑪利婭的耳邊輕聲說：「這是陳澤將軍府邸。」

瑪利婭坐了一會，聽得有沉重腳步聲進了屋內。那人走到面前，先握住自己雙手，然後掀起面紗。瑪利婭自認已經心死，閉著雙眼，身子不動，卻聽得來人用荷語輕聲對她說：「瑪利婭，不要怕，我會對妳很好！」

（Geen paniek, Ik zal jij zorgen.）

瑪利婭聽到荷語，不覺睜開眼睛。自一早硬撐的堅強頓時崩潰，哇地一聲，大哭起來。

第六十二章
安頓

當陳澤和馬信同被召入國姓爺的內室，鄭成功當面告知他們，要送每人一位紅毛姑娘為妾，而國姓爺自己也要娶一位時，陳澤的反應始則驚訝，繼而感慨。

陳澤驚訝，是因為這違反國姓爺多年來的原則。國姓爺作戰，也許會殘忍屠城，但絕不會貪財掠色。國姓爺攻城時，如果軍民反抗劇烈而造成自己部隊的重大傷亡，他的報復絕不手軟。他曾經有五、六次屠城洩恨，陳澤看了很不忍，認為國姓爺心中有「順我者生，逆我者亡」的意識。曾經，他大膽請求國姓爺手下留情，國姓爺辯駁說，這是為了以殺止戰，讓敵人心寒，以減少自己兄弟的傷亡。

「濯源，對敵人仁慈，就是對自己殘忍。即使是平民，為敵軍做事，就是敵人。」

國姓爺的說法，陳澤並不同意。陳澤作戰勇猛，但絕不嗜殺。他常掛在口中的一句話就是「得饒人處且饒人」。但他也佩服國姓爺律軍律己都嚴格，不搶、不掠色，甚至不擾民，幾乎做到秋毫無犯。他認為這是國姓爺十多年來常能以少勝多的原因。

因此，當國姓爺告訴他要納紅毛的女子為妾時，他幾乎不相信自己的耳朵。這不是國姓爺的作風。國姓爺告訴他們，他本人要娶的是亨布魯克牧師的小女兒，而要陳澤娶的是牧師的另外一個女兒，馬信要娶的則是另一位牧師李奧納的小姨子。

陳澤感到不安。他年輕時到過洋人港埠，了解牧師在洋人心中的崇高地位，過去也聽到大員的漢人誇獎福爾摩沙紅毛牧師的奉獻精神，說他們和商館裡的紅毛人有所不同。他聽到紅毛宣教士如何去窮鄉僻壤、如何為這裡的土番製作出文字等感人事蹟。

陳澤在戰場上殺紅毛並不手軟，而前日林進紳被背叛的紅毛所殺，他也是義憤填膺。但是對紅毛牧師，他有著敬意。紅毛牧師和紅毛兵給他的感覺是不同的。對投降的紅毛兵，他可以看成降虜；對牧師，他並未看成敵人，雖然他不是教徒。

照理說，不論娶妻或納妾都是喜事，然而國姓爺的臉上並不見喜悅，反而帶著肅殺。因此馬信、陳澤雖然鞠躬稱謝，也不敢露出喜色。

國姓爺沉默片刻之後，又告訴他們，已將紅毛省長猫難實叮、其妻及五位孩子，還有家庭老師、僕役，以及當時留在普羅岷遮城的牧師李奧納及其家眷和其他四個家庭，共二十七人，分搭五艘帆船，送到廈門。等明年季風來時，再讓他們回去巴達維亞。馬信聽到李奧納牧師已離開台灣，似乎鬆了一口氣。

「至於亨布魯克……」國姓爺提到牧師時，看著陳澤，又頓了一下，「則與其他囚禁在新港的荷蘭牧師、政務員、軍職人員等，一同被處死了。還有一些女眷及僕役，也會發配給我們的其他將領為妾或為僕。」

國姓爺苦笑了一下，揮揮手，說：「沒事了。兩位將軍請回，盡快打點，準備迎娶新人吧。」又說：「對了，兩位將軍一向與同袍兄弟同住軍旅，現在紅毛大挫之後，諒已無再戰之力，最多只能死守。兩位也該安頓下來了。」

國姓爺表示，已著人安排房舍給兩位將軍作為宅邸，也各安排了僕役數人。陳澤、馬信聞得國姓爺如此周到，稱謝不已。

陳澤終於了解，國姓爺賜屋安頓高級將領是體恤下屬，但賜妾卻似出於報復之心，報復紅毛先投降，卻又因援軍到達而背逆他。這犯了國姓爺的大忌。

特別是林進紳之死，讓本來對紅毛甚為寬厚的國姓爺一怒而大開殺戒。陳澤想到老子說的「天地不仁，以萬物為芻狗」。再想到即將成為自己小妾的亨布魯克家小姐，心中又是憐惜、又是高興，又為不幸死難的牧師們感到難過，一時百味雜陳。

回到帳幕內，想到雖然和紅毛的戰爭未了，卻終於可以結束五個月來每天睡在軍帳中難以遮風避雨的苦日子。想到不但可以有自己的宅邸安頓下來，又有荷蘭佳人為伴，喜出望外。陳澤感動地跪倒，對著帳中奉祀的保生大帝與太子爺像，感謝上天與諸神的庇佑。

第六十三章
拉鋸

瑪利婭度過了在陳澤家的第一夜。

昨日，聽到陳澤用不太流利的荷蘭話告訴她不要害怕，她原來緊繃的心情頓時鬆弛下來。陳澤看到她大哭失聲，似乎慌了手腳，在她的背上輕拍兩下，立即招呼阿珠來照顧她。陳澤走出房間後，未再進來。

阿珠則整天隨侍著她。這位以前何斌家的侍女，現在非常盡責地侍候著瑪利婭的一切，從吃飯、沐浴到就寢。令她驚奇的是，三餐是荷蘭與漢人混合式的。陳澤未再出現，阿珠整日陪著她。晚上就寢時，阿珠也取出瑪利婭往日所穿的荷式睡袍，還說陳澤交待，在家中可以不穿戴漢人服裝，高興怎麼穿就怎麼穿。

阿珠說：「將軍大人說不想打擾夫人，所以先睡在別室。反正屋內房間多得是。」她一個人睡著大床，阿珠則坐在一旁的藤椅上打盹，讓瑪利婭覺得於心不忍，招呼阿珠到床上與她一起躺著睡。阿珠嚇得直搖手，瑪利婭只好不再強求。

陳澤顯然非常呵護她，宅中幾位僕役也把她當成女主人侍候。瑪利婭逐漸放心下來，心情也平靜許多。

「他似乎是個好人。」瑪利婭想。

前一天，陳澤輕柔地掀開她的蓋頭時，她眼淚汪汪，根本沒有看清楚陳澤的長相，只覺得這男子的聲音低沉和善，最詫異是他竟然會說簡單的荷語。

阿珠的荷語不怎麼流利，但瑪利婭的福建話不錯，所以沒有溝通的問題。阿珠說，她也是初來，但她覺得主人很善待下人。阿珠又說，主人是很得國姓爺信任的將軍，在福爾摩沙的幾次戰役都立了大功。

瑪利婭問阿珠，陳澤為什麼會說荷蘭語。阿珠說，她也不知道，不過依稀記得六、七年前，吳豪在何斌的大員家中養病時，好像來接吳豪回唐山的就是這位將軍。

瑪利婭聽到「戰役立功」，心想，難不成用漢人小帆船擊沉荷蘭大船赫克托號的人，就是他？想不到這位在戰場上十分勇猛的人，私下非粗獷之人。瑪利婭也想到，鄭成功同樣長得一副白面書生樣，一點都不像在戰場上馳騁廝殺的猛將。反而是死在戰場上的佩得爾才長得像屠夫似的，虎背熊腰，做事也非常粗線條。

「打仗真的是鬥智不鬥力。」瑪利婭感慨著。

這一天，瑪利婭才由阿珠那兒得知，一週前，荷蘭援軍又被鄭成功的軍隊擊敗。她想到幾個月前鄭成功召見她全家時說的一番話，希望亨布魯克當他的三浦按針[1]、南懷仁或李科羅。瑪利婭長嘆一聲。造化弄人，荷蘭和國姓爺偏偏是敵人，而且荷蘭竟然又被擊敗了。

荷蘭援軍再度潰敗，瑪利婭僅有的一絲希望也破滅了。她環顧四周，心想：這一生大概無法再回到荷蘭人的世界了，這個屋子就是我這一生的牢獄？她不甘心啊。這就是我的命運？福爾摩沙的卡珊德拉的命運？她又想到陳澤。我這一生就完全得看他的臉色了嗎？瑪利婭突然不再哀傷。她憤怒，她要反抗，她要和陳澤理論。

然而，陳澤沒有回來。瑪利婭的怒氣落了空。

中午飯後，阿珠告訴瑪利婭，主人遣了一位傳訊兵來說，他有三天的時間不會回來，但沒有說明原因。瑪利婭發現，她白天什麼事都做不了，她的心思要嘛想著家人，要嘛掛在陳澤身上，一個陌生的漢人男子。她既決心反抗他，又渴望見到他、認識他。她暗罵自己莫名其妙。

她問阿珠，知不知道妹妹克莉絲汀娜的去處，阿珠猶疑了一會後搖搖頭。瑪利婭明白，阿珠大概知道，但不能或不願告訴她。她大膽直問，妹妹是不是在國姓爺府邸，阿珠仍然回答：「請恕奴婢不知。」她問起母親，阿珠說，她母親在新港社有人照顧著，請瑪利婭放心。瑪利婭又問起爸爸與小彼得，阿珠只是搖搖頭。

❖

陳澤終於回來了，而且和她一齊吃中飯。瑪利婭知道陳澤在注視她，她低下頭來，不敢正視。陳澤為她夾了一塊豬肉，她輕輕說了聲謝謝，但還是鼓不起勇氣正視陳澤。飯畢，陳澤竟然走過來扶她起身，瑪利婭急忙自己站了起來，先頷首稱謝，又搖手婉拒。互動之中，兩人的目光第一次接觸。她看到了陳澤，應該是四十上下的年紀，面色稍黑，兩鬢卻微白。陳澤甚是高大，卻有些駝背。讓瑪利婭印象最深的，是陳澤的微笑。陳澤的微笑，讓瑪利婭覺得溫煦，也讓陳澤看起來爽朗。

見過鄭成功的瑪利婭覺得，兩人明顯不同。鄭成功是嚴肅的，鮮少帶著笑，有一股領導者的威嚴；而陳澤卻總是笑著的。瑪利婭感到欣慰，陳澤不是鄭成功那一型的。

瑪利婭回房之後，陳澤又外出了。其實，即使是方才在中飯時，陳澤也穿著軍裝。

到了陳澤家中之後，瑪利婭的世界反而變得平靜了。雖然她變得孤單，沒有其他家人，可是不必再風餐野宿，也不再覺得前途不可測了。

楊恩的畫像依然在她的行囊之內，但是她沒有勇氣去看那幅畫。至於笛子，自離開麻豆社之後就沒有再吹

1 三浦按針是英國航海家，原名為亞當斯（William Adams, 1564-1620），因船隻遇颱風損壞而漂流至日本，後來德川家康任命他為外交和貿易顧問，並封為武士、賜地，也賜名三浦按針，成為日本第一位白人武士。

過了。她又想起在諸羅山時，那種身為卡珊德拉的感覺。

瑪利婭心中很是矛盾。荷蘭人和漢人，雙方互視為戰場上的敵人；但在私下，陳澤對自己的態度，不像是對待戰敗的敵人，而自己對陳澤也起不了敵意。

她想，一定還有其他荷蘭婦女與她有相同的境遇，然而，其他的漢人將爺是否能像陳澤一樣？這很難說。她想，命運是殘酷的，讓她落入敵人手裡；但命運又是仁慈的，讓她遇上了陳澤。

瑪利婭來到這裡七天了。晚上，陳澤回來了，會在她的房門敲幾下，用漢語告訴她自己回來了。房門其實只是虛掩著，不過她沒有勇氣叫阿珠去應門，陳澤也沒有進來。

❖

瑪利婭的小圍城世界，平靜下來；熱蘭遮城荷蘭人的大圍城世界，戰鬥依然進行著。

永不服輸的揆一，在台江內海發動海戰的第二天，就又採取了行動。他計畫派四百人出城，自陸路狙擊鄭成功在羊廄的總部，希望能有一舉「擒賊擒王」的運氣。退一步說，若能取下大員市鎮，對低迷的士氣會是一大鼓舞。雖然海戰中損失了二、三百人，但是他仍有一千人上下的兵力。他還可以再戰。他要主動出擊。

然而，福爾摩沙議會的議員們，信心明顯動搖了。大多數人反對主動出城討戰，他們認為，陸地明顯是敵人的優勢。本來以為在海上可以擊敗敵人，可是鄭成功的軍隊不怕死，戰術又靈活，荷蘭人也難以取勝。鄭軍唯一的弱點是後勤供應，包括糧食與軍火。

糧食是國姓爺的大問題，但是他聰明地推展著兵農合一的屯墾政策，雖然造成兵員的戰力大打折扣，但是他依然可以用五千名軍隊來困住熱蘭遮城的荷蘭人。

至於軍火，鄭成功還是得仰賴自廈門來的船隻補充軍備。因此議會認為，與其出城討戰，不如設法阻斷鄭成功軍隊來自海上的補給。

可是，荷蘭人依然失敗了。卡烏率領的荷蘭艦隊雖然遠遠看見了廈門來的二十四艘補給帆船，卻仍無力阻擋。二十四艘帆船，秋毫無損地順利通過陳澤鎮守的北線尾邊的鹿耳門海溝，到達赤崁。

鹿耳門，成了荷蘭人的厄運之門。

法學出身的卡烏也氣餒了。他開始挖空心思，一心想脫離這個形同被詛咒的福爾摩沙戰場。他希望能早日回到那個陽光普照、人群熙來攘往的荷蘭人天堂巴達維亞。那裡沒有漢人軍隊，只有漢人勞工。他喜愛漢人勞工，他們能幹。但是他害怕漢人軍隊，漢人軍隊太可怕了，他不是漢人軍隊的對手。他在心中暗暗下了結論，也下了決定，一個不可告人的決定。

於是卡烏向大員議會提議，讓城內大約二百多位婦孺老幼先行離開。他說，他願意帶他們回到巴達維亞，一則可以讓他們脫離戰場，二則可以減輕熱蘭遮城的負擔。

卡烏的建議迅速得到了支持，但他「自告奮勇」帶隊回去巴達維亞，卻讓揆一看破手腳。先前卡烏到澎湖一待二十三天，使得熱蘭遮城失去制敵先機的優勢，這已經讓揆一懊惱。於是，新仇舊恨，一起湧上。揆一自然不肯讓卡烏由「戰鬥司令」變成「撤僑領隊」，便另外派了較不重要的人前往。於是兩人心中有了芥蒂。卡烏則認為，他遠自巴達維亞來擔任這個吃力不討好的火線任務，卻得不到揆一的感激。

十月中，眷屬船出發了。亨布魯克家的兩個女兒，海倫及漢妮卡，也在名單上。

至於鄭成功，為了林進紳的事而震怒、殺了許多荷蘭人之後，卻突然出現好心情。

對熱蘭遮城，他已經有把握，揆一只是困獸猶鬥而已。於是他乾脆到台灣各地巡察，去了解他新獲得的這塊土地。這塊土地足足有他以前的廈門、金門及一些漳泉沿海地區的幾十倍大。

他只留下馬信與陳澤去和紅毛人對峙。陳澤守海口，馬信守陸路。兩個人除了把荷蘭人困在熱蘭遮城裡，也採用騷擾戰術，隨時向熱蘭遮城發個幾砲，讓城內的揆一不得安寧。他要讓熱蘭遮城的紅毛人由精神緊張而士氣崩潰。他向馬信與陳澤說：「我們以逸待勞，看看紅毛能再撐多久。別的不說，他們總有飲水用完的一天。」鄭成功口頭上如此說，確實普羅岷遮城不戰而降只撐了四天，熱蘭遮城卻是奮戰多次，並且已經撐了半年，因此，對揆一，他心中反而有著敬意。何況，揆一的兵員還不到自己的十分之一！

將士們發現，國姓爺軍令依然嚴厲，但是懲處變得寬厚許多。至少大家注意到，自十月開始，兩個多月來未處決一人。國姓爺臉上的線條變得柔和，笑容也多了起來，更能體恤軍士。

有一次，國姓爺去巡視屯田區。夜裡，他聽到營區傳來士兵們的月琴聲與歌聲。

思啊思想起，唐山，過了黑水溝是故鄉。
百花含蕊當要開，哀吻喂，
阿娘生作啊真正水，哀吻喂，
想無機會結相隨，哀吻喂。

思啊思想起，唐山，過了黑水溝是故鄉。
爬山遊水好時機，哀吻喂，
阿君生作啊真標緻，哀吻喂，
害阮來破病相思，哀吻喂。

思啊思想起，唐山，過了黑水溝是故鄉。
假意行到伊門口，哀呦喂，
阿君看看啊祝頭號，哀呦喂，
憨憨行入伊厝內，哀呦喂。

思啊思想起，唐山，過了黑水溝是故鄉。
朋友兄弟人人攏，哀呦喂，
歡喜甲阮啊做月內，哀呦喂，
生子生孫傳後代，哀呦喂。

又哀怨又動人的歌聲，打動了國姓爺的心坎。他駐馬佇立良久。他終於也體會到部下形單影隻、離家背井的淒楚。

他開始鼓勵屯田將士娶妻成家。屯田將士都是隻身來台，年紀大的將領在金、廈、漳、泉有妻有子，但年輕兵士幾乎是「羅漢腳」。鄭成功聽到他們自嘲是「兩隻腳夾一粒卵葩」。兵士們長年征戰，以軍營為家，都無法娶妻生子。而唐山傳統，不孝有三，無後為大，如今將士們半軍半農，大家開始想安定下來了。

鄭成功本人先娶了漢人女子為妾，其後自己及馬信、陳澤等高級將領也都納了荷妾，雖是懲罰紅毛，但也享受到家庭生活的安樂。現在他醒悟到，不只是高級將領，全軍數萬人全部有此需求。他鼓勵將領納台灣的漢人或紅毛女子為妾，也默許年輕士兵們去找土番女子為妻。雖說是土番，台灣土番女子事實上皮膚白皙、容貌清麗，比起漢人女子絕不遜色；而且她們未纏足又刻苦耐勞，很能幫助墾殖，於是鄭軍將士喜事頻傳。

國姓爺近年還有一個改變。以前，他只尊信孔孟聖賢，也相信人定勝天，不信鬼神之說。他和一般大明讀書人一樣，行為準則並非來自宗教神佛，而來自古聖先賢。五年前，船隊在羊山海上遇風時，軍士們希望他祭天祈神，他拒絕，後來勉強做了。奇怪的是，竟然真的風平浪靜，但已來不及挽救六位嬪妃及三位愛子的生命。此後，他突然變得虔誠，任何大事之初必焚香求神。他逢廟必拜，也在家中奉祀三太子。

來台灣的第一天，初登上台灣的土地之時，他下船，除了測量鹿耳門溝水深，另一個動作就是焚香祈求媽祖及土地公賜福。結果軍心大振，鹿耳門溝漲潮，一仗成功！

上行下效。國姓爺拜的，兵士也拜。兵士們到了屯田區，在陸上就建土地公廟、太子廟或關帝廟，在海邊則蓋媽祖廟。大家公認台灣是瘴癘之地，陳澤最早在北線尾蓋了保生大帝廟，屯田將士也蓋了不少保生大帝廟，或叫「大道公廟」。

鄭成功本身為泉州人士，將領也以泉州人為多，兵士則以漳州人為多，因為數十年來漳州月港興盛，於是水師多來自漳州。鄭軍水師以漳州陳姓子弟特多，他們崇信開漳聖王陳元光及他的四大天王部將，於是建立祭拜倪將軍的總趕宮。而大明王朝以玄天上帝為守護神，鄭成功便徵收了蓋在赤崁地勢最高處鷲嶺的漢人醫院，改建為玄天上帝廟。

鄭成功很順利地讓軍士們相信，他們都有神明庇佑。他先為自己的士兵做心理建設，然後希望能把紅毛一舉驅逐。鄭成功志不在殲滅紅毛，他只要紅毛離開台灣，於是開始設法斷絕紅毛人自海外來的糧草。

十月十九夜，鄭成功派十艘沙船、十艘舢舨，將盛了泥土的大竹籠搬運到北線尾，建立一個很大的砲台，安置了十六門重砲，瞄準熱蘭遮城北方海面，冀圖完全阻止荷蘭船艦進出熱蘭遮城及海外的聯絡。

鄭成功對付荷蘭人的戰略不再採取強攻，而以逼降為主。而揆一，也以堅守為主。

然而，就像紅毛要斷鄭成功的外援卻不成，鄭成功也沒能斷絕荷蘭人的外援。十月二十一日，荷蘭號、白鷺號等荷蘭大船，依然自日本運了麵包、麵粉、米、食物及柴火到熱蘭遮城。

於是，雙方不戰不和，成了拉鋸式對峙。

第六十四章 人間

第八天，陳澤出門後又沒有回來。瑪利婭想做一些事打發時間，但不知要做些什麼。在麻豆社時，她每天幫忙父親打點禮拜堂和學校的大小雜事，教學生、學漢文。一般荷蘭女子必學的女子家事，她反而做不來，而現在家中大小事有阿珠等僕役做了。她終日閒閒，反而好不習慣。

於是她的心思又轉到戰事上。外面的戰爭不知如何了。她身在赤崁，如果外面有戰事，應該是可以聽到砲聲的，可是卻一片平靜。自己是無指望了，但是在熱蘭遮城的海倫及漢妮卡呢，她們不知怎麼了？圍城的生活想當然是很苦的，相較起來，自己目前的生活反而還比較好過。她苦笑了一下。

兩天後，陳澤回來了。她還是一個人默默地吃著晚飯，陳澤依然體貼地為她夾菜。有幾次，她鼓起勇氣想問陳澤雙方戰事的情形，但一想到兩人的敵我立場不同，就無法開口。沒想到一向吃飯時也默默無語的陳澤，竟然主動告訴她，這兩天他之所以沒有回來，是因為熱蘭遮城有一艘大船開出，由兩艘荷蘭船護航。他派出屬下駕著帆船去追逐。後來兩艘護航船又回到熱蘭遮城，那一艘大船則往南航去，聽說上面載有兩百多名婦女及小孩，目的地是巴達維亞。

瑪利婭聽了，心裡很是欣慰，怯怯地向陳澤道謝。心想，不知海倫及漢妮卡是否也在船上。

飯後，瑪利婭回房的時候，她看到陳澤站了起來，似是猶豫了一下，然後還是走進另一間房間。

這晚，瑪利婭翻來覆去。她猜，海倫與漢妮卡大概至少會有一位在船上吧。她想起五月底去了熱蘭遮城一趟的父親，回來時告訴家人，漢妮卡懷了身孕。已經四、五個月過去了，漢妮卡應該是大腹便便。瑪利婭想，漢妮卡應該會在船上吧。那麼海倫呢？如果順利，漢妮卡應該可以在十二月初回到巴達維亞，那麼她的小孩會在船上出生呢？還是到了巴達維亞才出生？

她又想起，這輩子她是不可能再見到漢妮卡或海倫了，自然也無緣看到她的這位甥兒或甥女。

然後她又想，不久之後，海倫與漢妮卡應該會啟程回到荷蘭吧。想到荷蘭，想到台夫特，想到楊恩，她不禁一陣鼻酸，抱著枕頭竟哽咽地哭出聲來。沒想到，哭聲雖小，陳澤竟然聽到了。陳澤一臉焦急地推開房門走了進來，坐在床前，伏下身來，用荷語輕柔地低問：「瑪利婭，瑪利婭，親愛的瑪利婭，怎麼了，發生什麼事？」瑪利婭看到陳澤突然出現，大吃一驚，本想坐起來，但陳澤已先伏下身子，臉頰也幾乎靠著她的耳朵，她反而不敢動。又聽到陳澤叫她「親愛的瑪利婭」，她竟哭得更大聲了，又一直搖頭，意思是「沒事」。

陳澤不懂得她搖頭的意思，又看到她梨花帶雨的模樣，好生心疼，一急之下，荷蘭話講不出來，就掀開了棉被，自己也鑽進被窩，把瑪利婭攬入懷裡，用福建話一直說：「乖乖，別哭！乖乖，別哭！」

瑪利婭被陳澤抱著，不知所措，臉頰貼著陳澤的胸膛，雙手軟弱地捶著陳澤的背，哭聲倒是慢慢變小了，變成啜泣。

瑪利婭終於不哭了，陳澤也已經捨不得放開，依然緊緊抱著她，貪心地嗅著瑪利婭的髮香。

瑪利婭被陳澤攬得不能透氣，掙扎了一下，陳澤鬆開手，瑪利婭轉身過去。陳澤不願讓瑪利婭離開他懷裡，雙臂一攬，又自後把瑪利婭抱得緊緊的，頓覺溫香軟玉滿懷，覺得這一生未曾有如此似在仙境的感覺。

瑪利婭的雙手終於也緊緊抱著陳澤。

❖

第二天，瑪利婭被陳澤喚醒時，天才微亮，可是陳澤已經一身戎裝，準備出門。

瑪利婭醒來之時，百感交集，心裡鹹甜苦辣俱陳。

「我成了婦人了。」瑪利婭暗自感傷。本來，在楊恩死後，她是打算終身不嫁的。父母了解她的想法，幾乎從未有把她嫁出去的想法，也因此妹妹漢妮卡比她早結婚。然而，命運的捉弄，卻讓她在三十歲之年，還是成了婦人。

令她心酸的是，讓她成為婦人的，不是楊恩，甚至不是荷蘭人或歐洲人，而是一位漢人敵人。這是瑪利婭過去不曾想到。雖然被「送」到這個宅舍的時候，她心裡已經預見自己的命運，然而當預想一旦成為事實，她心中依舊黯然。

很欣慰的是，陳澤似乎是一個好人，也似乎很疼愛她。她也了解，被當做戰利品送給敵軍，能有像她這樣的命運，算是不錯的了。至少，陳澤給了她相當的尊重。她感謝陳澤沒有用對待戰利品的態度對待她，這也讓她對陳澤沒有敵意，甚至有著好感。這幾天，她幾乎像個貴族人家的主人那樣受到侍奉。

昨夜，陳澤入睡之後，她終於有機會仔細打量他。陳澤是武將，膚色黝黑，臉上的線條卻甚是柔和，而且長得也算端正，只是臉孔似乎歷經了風霜。左邊耳朵上有個不長不短的刀疤，刀疤已舊，有歲月的痕跡。她想，應該是在唐山的戰場上受的傷吧。

她突然心裡一震。過去十多天來，整個屋子除了男女僕役外，就只有她和陳澤，因此她從未想過，陳澤在他們漢人所稱的「唐山」，是否已有妻室與小孩？

她心中一陣酸楚。以陳澤的年紀，應該不會沒有夫人吧，她又苦笑了。自己本來就是卡珊德拉的命。而到目前為止，她的命運已經比卡珊德拉好，她直接遇上了陳澤，不像卡珊德拉，在遇上希臘聯軍統帥阿卡門農之前，先被小將埃阿克斯強暴。然而阿卡門農、卡珊德拉和兩人生下的兩個小孩，由特洛伊回到阿卡門農原來的國土後，卻被阿卡門農的太太和她的情夫所殺。

她想：「我何其幸運，遇到的是英雄阿基里斯，不是國王阿卡門農。而這位東方的阿基里斯，運氣和脾氣似乎都比希臘的阿基里斯好。」

「我的命運，應該會比卡珊德拉好吧！」瑪利婭默禱，感謝上帝對她不錯。

陳澤家裡沒有陽曆的日曆，而漢人曆法不同。瑪利婭到了陳澤家以後，自己編了一份西式日曆。她想到今天是禮拜天，是敬神的日子。她突覺黯然神傷，今生，大概已無法再上禮拜堂了。

瑪利婭在床邊跪了下來，向著窗口，求上帝寬恕她，也繼續保佑她。

第六十五章 天上

傍晚時分，陳澤回來了。

瑪利婭聽到陳澤下馬的聲音，親自到門口迎接。陳澤看到瑪利婭，神采飛揚，熱切地挽著瑪利婭的手，走入內室。

瑪利婭迫不及待問陳澤，牧師父親與弟弟的下落如何。陳澤先是愣了一下，再低頭想了一會，握著她的手告訴她：「我明天有公務，無法分身。我答應妳，待後天一早，我帶妳去見他們，其餘的妳先別問。」

瑪利婭想不到馬上就可以見到爸爸與弟弟了，很是高興，但又不知何以陳澤其他什麼都不肯說。因為陳澤有言在先，所以把疑問忍下不說。

這一夜，陳澤和瑪利婭談了許多。陳澤對瑪利婭的家庭似乎頗有了解，也知道她的福建話是在何斌家學得的。瑪利婭反問陳澤怎麼會說荷蘭話，陳澤就把他過去當船員周遊大員、馬尼拉、巴達維亞、澳門的經過說了。兩個人因為互相懂得一些對方的母語，都感到高興，也談得很投機。

於是話題先繞著陳澤的經歷打轉，瑪利婭試探性地問陳澤有幾個小孩？陳澤回答說，他沒有小孩，但在家鄉有一個妻子，已經結婚二十年了。

接下來，兩人突然一陣沉默。

打破沉默與尷尬的，是瑪利婭。她單刀直入問陳澤：「國姓爺有幾位妻妾？」

陳澤囁嚅地說：「妳知道了？」

瑪利婭點點頭，眼角泛紅。

陳澤說：「我想，國姓爺對妳妹妹會很不錯的，請放心。」

瑪利婭說：「聽說國姓爺妻妾成群。」瑪利婭藏在心中不忍說出的是：「克莉絲汀娜是否只是國姓爺的一個新玩具？」

陳澤突然變得嚴肅，正色說道：「我是國姓爺的部屬，對國姓爺，我不敢以下評上，那是冒犯。我想要讓妳知道的是，國姓爺表面威風、強勢，甚至凶暴，但其實是一個很不幸福的人。也許以後妳可以慢慢體會。唉！」陳澤說到最後，竟成嘆息。

陳澤臉上露出不忍之色，繼續說：「國姓爺本來除了正室董夫人之外，有六個小妾。四年前的一次軍事行動中，不幸船遇暴風沉沒，他的六位小妾及三個孩子都溺死了。國姓爺看到屍體，良久不語，後來才似笑非笑、似哭非哭地說了句：『都掩埋了吧！』唉，那種打擊……」

瑪利婭第一次知道這件事，心裡一震。

陳澤繼續說著：「第二年，國姓爺依舊北伐，可惜功虧一簣。我覺得他是用打仗來忘記這些。今年五月，他攻下赤崁後，娶了桑哥的女兒蔡氏；然後，最近娶了令妹克莉絲汀娜。」

陳澤嘆了口氣說：「其實國姓爺的家庭生活還有許許多多令人同情之處，將來我再說給妳聽。我只是想說，我認為國姓爺對令妹早有好感，甚至對妳也是。妳記得國姓爺分別贈送妳們姊妹一對白玉手環的事嗎？在漢人的習俗裡，送手環給未出嫁的姑娘意義非凡，簡直就是下聘禮的意思。」

瑪利婭聞言，驚訝地說不出話來。她想起國姓爺召見他們一家時，看到她們姊妹倆的眼神與表情，確實有些不尋常。

陳澤又說：「國姓爺也許覺得，把妳們姊妹兩人俱收為嬪妃，會受到他人非議，所以只納了克莉絲汀娜，而把妳送到我這裡。」陳澤說著，把瑪利婭擁入懷裡，欲言又止。陳澤藏在心裡沒有說出的是：「我真感謝國姓爺這樣做。」

陳澤撫著瑪利婭的長髮，低聲說：「我希望國姓爺的家庭生活幸福些，這樣他的脾氣就不會那麼火爆。國姓爺的脾氣如果好一些，對你們荷蘭人，或對我們的士兵們，都是好事。」

瑪利婭若有所悟地點點頭。

❖

兩天之後，陳澤遵守他的諾言，備了牛車，載著瑪利婭、阿珠，自己騎著馬，還帶了幾個侍衛，大清早就上路。侍衛及陳澤走在前，牛車在後頭跟著。出發前，瑪利婭問陳澤，要去哪裡看父親與弟弟，陳澤鐵青著臉，不願回答。瑪利婭心中疑惑，但也不再問，默默上車。

瑪利婭發現，車子去的方向是新港。可是車隊接近新港時，並不往荷蘭人或原住民聚集的村落走，而是轉了彎，朝反方向而行。路愈來愈狹，也愈來愈荒涼，有溪水的聲音傳來。瑪利婭一開始心中納悶，之後慢慢覺得不對勁了。陳澤下了馬，隊伍也停了下來。陳澤牽著瑪利婭的手，扶她下車。這裡地勢高低起伏，看不出有路，一目望去，盡是蘆葦。有些涼意了，秋風蕭瑟，蘆葦隨風擺盪。瑪利婭的身子不自覺發抖起來。

陳澤凝視著瑪利婭，似乎想說些什麼，卻欲言又止。他轉了身，一手牽著瑪利婭，另一手撥開蘆葦，走到一條被踏出的似路非路之處。兩人慢慢越過一個小坡。溪水聲更近了。瑪利婭大約猜到發生什麼事了，臉色蒼白，全身顫抖，雙腳無力地蹲了下來。陳澤默默地陪在旁邊，瑪利婭兩行眼淚奪眶而出，後來終於忍不住放聲大哭，低喊著：「為什麼?!為什麼?!」

陳澤握著瑪利婭的手，聽得出他的哀傷：「瑪利婭，我很遺憾，因為這應說是錯殺。國姓爺的個性是一生氣起來，就不分青紅皂白。他因林進紳事件喝得大醉，大筆一揮，把在赤崁的荷蘭人，除了測量員和醫生，全部趕出台灣；把在赤崁之外的荷蘭男性全部處死。他一時忘了令尊與令弟不久前自赤崁遷到諸羅山，就這樣鑄成大錯。他後來發現了，另派信差急來阻擋，已然來不及。

「國姓爺既然沒有殺李奧納牧師，可見他殺令尊及慕斯等其他三位牧師，不是因為他們是教士，而是這些人不幸不在赤崁，李奧納則很幸運是在赤崁。令尊遇害，與五月底熱蘭遮城之行也無關，否則不會等到九月。再則，如果有關，則殺害其他三位牧師卻又放走李奧納是為了什麼？人的命運，有時候就是如此荒謬。」陳澤說得懇切，瑪利婭啜泣著，不停搖頭。

「國姓爺雖然鐵齒，我想，他心中必然後悔。國姓爺個性衝動，暴怒時易走極端。唉，我也不知怎麼說，這已經不是第一次了。幾年前，他殺了施琅父兄，也是如此。我敢說，這種事將來還會發生。他的衝動個性及暴怒極端，又和他的身世及經歷有很大的關係。他本身命運坎坷，沒有過家庭溫暖。我說過，我是屬下，未敢輕易批評，但是許多時候，我很同情他，又很佩服他。他是一個矛盾的人物，堅忍剛毅，世間少有；衝動易怒，也世界少有。也許是這樣的性格衝突，才塑造出這樣一位英雄人物。」陳澤的聲音很沉痛。

「妳入我家門的前一天，我才聞知令尊的死訊，大吃一驚。我先找到了當日的執刑隊伍，他們說國姓爺已經下令要停止對亨布魯克牧師的死刑執行令，可是已經來不及了，只能說是天命。他們帶我到此地，在溪邊找到令尊大人與令弟的屍首。我找人把屍體縫好，整理了一下衣飾。妳入我家門的第二天，我又來此，把令尊和令弟埋了，然後營造墳墓。我知道你們基督徒的儀式，所以找人用你們的『紅毛土』做了兩個十字架作為墓碑。當時我三天未返家，就是為了辦理這件事，也因為在那幾天，我實在不敢面對妳。」

陳澤的士兵帶來了兩束鮮花，還有一些水果，作為供品。瑪利婭跪倒在墓前，放聲慟哭。陳澤點了三炷香，拜了三拜，也跟著跪在墓前，在心中默禱：「牧師大人，岳父大人，我會盡我的力量照顧瑪利婭。我很遺憾，兩國的對峙與戰爭，是命運，無奈的命運。但是戰爭會過去，而瑪利婭和我已經是家人，不再互為敵人。求您祝福瑪利婭，祝福我們。」

風聲蕭蕭，溪水嗚嗚。戰場上的猛將，此刻，卻是兒女情長。

第六十六章
聖母

從父親和弟弟的墓地歸來之後，瑪利婭把自己關在房內，三天沒有踏出門外，連用餐時間都不肯出來。陳澤體恤地叫阿珠把飯菜送入房內。瑪利婭傷心得不吃不喝。

她思念著父親。父親在十四年前帶著全家自台夫特來福爾摩沙之後，再也沒有回荷蘭。這十四年來，父親行事正直，一意奉獻，得到所有荷蘭人、福爾摩沙人和漢人的尊敬。父親一生的結局不應該是這樣的。

可憐的小彼得更是無辜。小彼得在麻豆社出生，在福爾摩沙長大，會說荷蘭話，但西拉雅語言說得更好，可說是道地的福爾摩沙人。荷蘭對他，簡直是完全陌生的。他甚至才十歲，似懂非懂，只因為他的父母是荷蘭人就被殺害？天理何在！

命令殺了她父親及弟弟的，是國姓爺。

她好恨國姓爺，既搶了她的妹妹當嬪妃，又殺了她的父親和弟弟。雖然陳澤解釋那是誤殺，但是她無法接受，完全無法接受。她和國姓爺相處過，那個人聰明絕頂，雖然性情暴躁，但並非不講理。然而為什麼父親和弟弟會死？

她想到國姓爺送給她和妹妹的玉鐲。那隻玉鐲現在仍在她的箱子裡，她從未戴過，也不想戴。

她忽然心念一動。

她打開行囊，找出玉鐲，一隻手高高舉起，狠狠地把玉鐲往下重摔。然後又拿出那個刻有「瑪利婭」的田黃印章，正要摔下，卻突然想到，印章刻的是自己的名字，她不能摔碎自己。於是高舉的手慢慢放了下來。

望著撒了滿地的碎玉，她有些驚訝，平時好脾氣的自己竟會有此突兀舉動。她也悟出，國姓爺殺她父弟，也許就像此刻她摔此玉鐲。

她怒氣稍歇。回想起過去，她不能不承認，本來國姓爺對父親也是相當禮遇的。甚至當父親拂逆了國姓爺的意思，到了熱蘭遮城，反而要揆一和議會抵抗到底時，國姓爺也沒有動怒。

國姓爺這次之所以動怒，對荷蘭人翻臉無情，是因為荷蘭降兵自背後偷襲，殺了林進紳。

她是女子，不了解戰爭倫理。「向敵人投降之後，又襲殺敵人，是戰場上的正當行為，還是有違道義的謀殺？」她很迷惘。

「自背後殺人，確實不是光明正大的行為，何況是降卒殺了將領，」陳澤這樣告訴她，「在國姓爺看來，這是背叛再加上謀殺。」所以陳澤的看法是，不能怪國姓爺對荷蘭人報復，因為荷蘭人犯錯在先。

瑪利婭反駁：「即使是那位降兵不對，國姓爺的報復也太超過了。國姓爺應該去抓住兇手報復，而不是殺其他荷蘭人來洩恨！」

「那位降兵已經逃回熱蘭遮城了。現在庇護他的不是荷蘭人是誰？揆一有交出他嗎？」陳澤苦笑著，嘆了一口氣，「戰爭，本來就是無情而不講理的。唉，人一上了戰場，就會變得像野獸，殘忍而無情。」陳澤說到最後，變得像是喃喃自語，似乎是說給自己聽的。

這句話雖然沒錯，卻正好刺到了瑪利婭心中的痛處。

瑪利婭被迫進了陳澤家門，陳澤以正室之禮待她，又百般呵護，對她父親、弟弟也很用心。陳澤的真誠讓她維持了自尊，也感動了她。但是她也確知，荷蘭軍隊主要就是敗在陳澤手裡。陳澤的手上有她同胞的血，包括老佩得爾的。每次陳澤試圖親近她的時候，她心中好矛盾，有甜蜜感，卻也有罪惡感。她覺得愧對故友，也愧對現在苦守熱蘭遮城的同胞。

她覺得心中有剪不斷理還亂的煩愁。

陳澤不知道瑪利婭心中這許多苦悶矛盾，又說：「國姓爺在唐山做的事情才叫殘忍。他不只一次屠城，每次一殺就是上萬無辜百姓。」

瑪利婭生氣了。她大聲喊：「你是說，你們的王對我們荷蘭人還不算殘忍!?」

好脾氣的陳澤也動了肝火，高聲說：「那麼九年前，你們荷蘭人在郭懷一事件時的大規模屠殺漢人呢？」

陳澤咆哮之後，想到瑪利婭哀傷的是她父親及弟弟的無辜受害，於是心又軟了，馬上向瑪利婭賠句不是，然後轉身走出房間。

瑪利婭被陳澤如此一吼，倒也想開了。她想到荷蘭人占領麻六甲後的大屠殺，以及西班牙人在呂宋對漢人的大屠殺。她也了解「戰勝者支配一切」。她承認，這就是戰爭的本質。誰教自己是戰敗的一方？雖然荷蘭應該是當今世界首富、首強，但在福爾摩沙偏偏一敗再敗，夫復何言！

待一會兒，陳澤又走進房裡，兩人默默相對。陳澤拿出一個頗為精緻的盒子，放在瑪利婭的手中。瑪利婭打開一看，竟然是一個象牙的聖母瑪利亞像，大約有一顆芒果大小，聖母的臉部造型竟然帶些東方韻味，雕刻相當細膩，應該是出於漢人教徒之手。瑪利婭終於露出笑容，顯是相當喜愛。

陳澤幽幽地說：「這是我還在當船員時在馬尼拉買的，那時只是喜愛這座像雕工精美。雖然我不是基督徒，然而每次看了這尊聖母瑪利亞的神情，總讓我心中覺得安寧謐靜。我好喜歡這種感覺，所以一直珍藏迄今。沒想到十多年後，我會遇到一位也叫瑪利婭的姑娘。我們漢人都相信緣分，我感謝我們的神，也感謝你們的神，讓我們能有這個緣分。妳們荷蘭人有沒有『緣分』這個字？」

瑪利婭點點頭說：「我知道，大概是 destinatie 的意思。」

瑪利婭一見到這個聖母像就打從心中喜歡，又聽到陳澤這一番告白，既感動又高興，也緊緊握著陳澤的手。陳澤把瑪利婭輕攬入懷，輕聲說：「我知道你們荷蘭人信的是改革教派，而聖母瑪利亞是天主教的神祇……」瑪利婭不待陳澤說完，就說：「沒關係，我喜歡。」

陳澤又說：「明天，我會試著稟告國姓爺，以後攻打熱蘭遮城，是否可以讓我退居第二線，只做防禦工事。攻擊的事，讓別人去立功。」

瑪利婭見他說得真誠，心中也大受感動。自這一刻起，瑪利婭完全接受了陳澤。

此後，瑪利婭一直把這座象牙聖母雕像帶在身上，日夜不離。

❖

十一月到來的時候，情勢又有了戲劇性的變化。鄭、荷之間的雙邊戰爭似乎出現了第三者：大清國。自九月底起，國姓爺對熱蘭遮城的戰略以包圍為主。國姓爺顯然期待「不戰而屈人之兵」，希望以最少的代價，讓熱蘭遮城自動投降，所以他採取的戰略，一是包圍，二是阻絕外援。他認為，熱蘭遮城終會糧盡水絕，撐不到明年春季。

然而，荷蘭人繼續表現了他們的堅強韌性及應變。十一月初，有兩百名婦孺出發航向巴達維亞，大大減低了糧食及水的需求。

荷方更驚喜的是，十一月六日，揆一收到大清國閩浙總督李率泰的信，建議荷蘭與大清合作，消滅共同敵人鄭成功。

出現這樣的局面，是老天爺牽的線。荷蘭的兩艘船艦哈塞爾特號及安克文號，為了避風，輾轉到了福建。船上的商務員見到了李率泰，送了許多錢和珍貴禮物，順勢向李率泰提出雙方聯合作戰的建議。沒想到李率泰一口答應了，表示要派七千人來助戰。

可是，算盤打得過精的李率泰向荷蘭人提出條件。他要熱蘭遮城先派兵到福建，和大清國合作拿下鄭成功根據地的廈門。戰術上來說，這是正確的，若先掘了鄭軍的根本，會造成鄭成功遠征軍隊的大恐慌。

可是，這個要求對熱蘭遮城的揆一而言卻是個難題。熱蘭遮城的軍力，應付鄭成功都嫌少，何能再外借？但李率泰的建議太誘人了，議會決定答應大清的條件，於是揆一撥出最好的部隊數百人、最好的船隻，載著豐富的軍火、糧食及補給品，要向大清展示荷蘭的國威。卡烏沒有當成「撤僑船」的船長，反而更風光地當了「清荷聯軍」的荷軍統帥，而小威廉．佩得爾也隨行，擔任翻譯工作。

十二月三日，荷蘭艦隊浩浩蕩蕩出發。

只是，有了「凸槌」前科的卡烏，這次擺了更大的烏龍。他沒有把艦隊和兵士帶到廈門，而是帶回到他朝思夜想的巴達維亞。

可憐的揆一被卡烏放了鴿子，既賠了船艦兵士，又少了軍火補給。李率泰的七千滿清大軍自然也成了泡影。「巴達維亞派來的，總是成事不足，敗事有餘！」揆一恨恨地捶著桌子。

熱蘭遮城守軍的士氣一蹶不振了。開始有人逃亡！

對熱蘭遮城而言，更壞的消息是，本來只採消極包圍的鄭成功，因為意外出現的荷清聯盟，決定改變戰略，開始籌畫積極攻擊了！

❖

也同樣是十二月初，瑪利婭發現，她懷孕了。

陳澤欣喜欲狂，他已經四十四歲了，卻一直膝下無子女。生平第一次，他有了將為人父的喜悅。

至於瑪利婭，則是又高興又徬徨。任何將為人母的女性都會感到母性的愉悅，然而這也代表著，她永遠回不了荷蘭人的圈子了。她黯自神傷。

瑪利婭沒見過太多懷孕的經驗。她努力回想當初烏瑪懷孕時的種種情形。她已經好幾個月沒有見到烏瑪了。她想起了麻豆社。

第九部

1662年

命運

第六十七章
終戰

戰局急轉直下。

由熱蘭遮城叛逃的德國士官拉迪斯（Hans Jurgen Radis van Stockaert），把熱蘭遮城裡的情形一五一十告訴了國姓爺。他得到了鄭成功的重用，錦衣華服，出入都有侍從。而這位老士官有豐富的作戰經驗，也比國姓爺的部隊更了解熱蘭遮城的地形地勢。

在他的建議下，國姓爺用剛剛自廈門運來的大砲，一整天發射了二千五百發砲彈，把與熱蘭遮城互為犄角的烏特列支堡幾乎夷為平地。鄭成功命陳澤再度率領船隻逼近熱蘭遮城，把停在城外的三艘荷蘭小船燒了！

這是一六六二年一月二十五日。

位在高地上的烏特列支堡城牆非常堅固，大約有一個成人身長那麼厚。鄭成功的火力展示轟破了烏特列支堡，也轟垮了荷蘭人的守城決心。守軍的傷亡其實甚少，只有個位數，反而是鄭成功的軍隊中了荷蘭人設在烏特列支堡的炸彈陷阱，死傷多得多。但是，荷蘭人的意志力崩潰了，也有更多的士兵決定叛逃。

國姓爺的部隊占領了小山丘上的烏特列支堡。荷蘭人知道，由烏特列支堡居高臨下，下一步，鄭成功可以用三十六磅鐵砲，在熱蘭遮城的阿姆斯特丹稜堡和黑爾德蘭稜堡之間打出一個缺口。

於是，熱蘭遮城緊急加強防禦工事，揆一派士兵連夜把帆布堆在黑爾德蘭稜堡的胸牆，並且修繕長堤。范伊伯倫為了鼓勵疲憊不堪的荷蘭士兵，告訴他們，工作做完後要重賞每人一大杯酒。但那些士官們回答，如果可以不必做那些工作，他們願意每人交出一大杯酒。

一月二十六日，鄭成功的招降書又到了，照例先說：「此地非爾所有，乃前太師練兵之所。今藩王前來，是復其故土。」

然後，先軟後硬地說：「此處離爾國遙遠，安能久乎？藩王動柔遠之念，不忍加害，開爾一面：凡倉庫不許擅用；其餘爾等珍寶珠銀私積，悉聽載歸。如若執迷不悟，明日環山海，悉有油、薪、磺、柴積壘齊攻。船毀城破，悔之莫及。」

揆一恨恨地說：「荷蘭人沒有輸，荷蘭人是被兩個外國人出賣了，一個漢人，一個德國人。」因此，他向議會要求再戰！可是其他人已經心灰意冷。一月二十七日，評議會開會，投票結果二十五比四，大家決定投降。九個月的圍城之戰結束。揆一只好投降。

第六十八章 締約

「瑪利婭，戰爭結束了。」好幾天未返家的陳澤一回到家中，迫不及待地告訴瑪利婭。瑪利婭面無表情說：「前兩天，我聽到整天的大砲聲。」陳澤知道，瑪利婭關心的是人員傷亡，忙說：「放心，國姓爺這次可真是仁至義盡了。」於是，陳澤把叛逃的德國人如何教國姓爺去攻擊熱蘭遮城的要害，以及砲轟烏特列支堡的事，說給了瑪利婭聽。

「我們在砲擊之初，先舉旗提出警告。那烏特列支堡造得真是堅固，牆壁有一個大人的手臂那麼厚！我們用最大的三十斤大砲轟了三個時辰，終於把牆壁打穿了！後來，堡裡的三十多名守軍放棄碉堡、撤回熱蘭遮城時，國姓爺表示了善意，停止砲轟，讓守軍安然撤退。當天早上，我帶部下去把停在城堡前的三艘小船燒毀時，我們也未追殺船上的人，讓他們可以安返城堡。」

「瑪利婭，」陳澤的語氣略帶不悅，「反而是荷蘭人設了陷阱，他們棄守烏特列支堡時，在地下室暗藏火藥桶，而且不知用了什麼方法，讓引線在三、四小時後才爆炸，結果炸死了三位將領及五十位士兵，連馬信都督都差一點遇害。還好他先一步出來，赴國姓爺宴會！」

陳澤補充說：「也真難得，這次國姓爺竟沒有動怒。和上次比起來，國姓爺這次對荷蘭人可真寬大。」

陳澤難得如此多話。

「國姓爺大概因為荷蘭投降在即，這兩天興致奇佳。昨天早上，他竟然在荷蘭人的面前表演騎馬射箭的技巧，」陳澤開懷說道，「妳知道我們漢人所說的『百步穿楊』嗎？就是在一百步之外射中一棵楊樹的葉子，用來描述神射手。

「昨天，國姓爺表演得還更精彩。國姓爺和梅氏來到海邊平坦的地方，一個隨從拿出三根約二尺高的短棍，每一根頂端都有一個小圓環，小圓環上貼著一個銀幣大的紅紙當箭靶，三根棍子在海邊插成一排，互相間隔約十丈。國姓爺插了三枝箭在他後腰帶，騎馬到約五十到六十丈之遙，然後策馬加速，疾馳而去，拔一枝箭射中第一根棍子的箭靶，第二枝箭射中第二根的，第三枝箭射中第三根棍子的箭靶，一路跑來都維持同一速度，既沒有停下來，也沒有減速。

「國姓爺連射兩回才下馬，走到梅氏旁邊，問他看清楚了沒有？能不能也這樣騎射？梅氏推辭說不能，因為他從來沒拿過弓箭，他們是練習射槍的。不過梅氏說，他們貴族中是有類似這樣的娛樂，把類似的小圓環掛在一條小絲線上，持一根長矛，同樣騎馬快跑過去，把那小圓環刺掛在那根長矛上。

「國姓爺表演完後意猶未盡，又叫正好也在身邊的黃安表演騎術。於是黃安上馬，也騎到約五十到六十丈的地方，然後全速奔來，快接近大家時，雙手完全放開，右腳移開馬鐙，跨過馬鞍，全身直立，只用左腳站在馬鐙上，右腳懸掛，馬韁也握在左手，向他前面的人畢恭畢敬行禮。黃安保持這樣的姿勢騎了約二十丈，才恢復平常的姿勢騎馬。黃安又做第二次表演，雙手放開，放馬疾馳，用右肩頂在馬鞍上，兩腿向上倒立伸直，也這樣騎了約二十丈，才恢復平常的姿勢騎馬。整個過程跑得一樣快。

「國姓爺露了這一手，我由衷佩服。他書生出身，想不到竟然能把箭術練得那麼出神入化，已經超過『百步穿楊』了。」

瑪利婭對武術沒有很大興趣，但聽到「梅氏」的名字，不由眼睛一亮。「梅氏？你說的荷蘭人就是梅氏？他還在這裡？」

「是啊，他是國姓爺和揆一和談時的主要通譯。」

「原來如此，我還以為他和猫難實叮一起離開了。國姓爺相當信任他，有他，和議或許真的會成。希望國姓爺招降的條件不要太苛刻了。」

陳澤說：「我倒覺得，國姓爺對敵人很少如此寬大。」

陳澤離去之後，瑪利婭感慨萬千。荷蘭人真的要投降了。換句話說，荷蘭人要放棄經營了三十八年的福爾摩沙，永遠離開了。

此後，她的人生會是另一個世界。

她輕拂著小腹，裡面正孕育著三個多月的小生命。這個小生命，一半是荷蘭人，一半是漢人的血。荷蘭人離開了，她就得獨處在漢人的社會中了。她苦笑著，她其實早已獨處在漢人社會中了。她想起妹妹，妹妹在國姓爺的王府裡不知怎樣了。鄭成功對她好嗎？妹妹習慣嗎？妹妹也懷孕了嗎？

她也想起烏瑪、直加弄那些福爾摩沙人，今後應該稱呼他們為「台灣人」。已經不再有「福爾摩沙」了。以前，她學習和福爾摩沙原住民相處；今後，她必須學習和漢人相處。漢人的文化，曾經是她所欽羨的。她並不討厭漢人，而她遇上的陳澤也是好人。可是，荷蘭人離開之後，是否又會有大變化？

大變化，可能會包括漢人與台灣人之間的關係，她想。

大變化，可能還包括自己在陳澤家裡的生活與地位。目前，她不願意去多想。

她只希望孩子可以平安出世，希望孩子可以順利長大。將來她要好好告訴孩子們，他們的外祖父如何帶著一家人，自荷蘭來到福爾摩沙的故事。她堅定地想，也要讓孩子們知道，世界上還有荷蘭這個地方，有不同的人種、不同的文化。

接下去兩天，陳澤告訴瑪利婭，和談的進行好像很順利。又說，國姓爺已經決定，讓熱蘭遮城的荷蘭人可以帶著他們的錢財、著軍服、帶軍備，尊嚴上船。至於赤崁這邊的荷蘭人，陳澤說，他不知道鄭成功怎麼想。陳澤似乎有些不願提起國姓爺對赤崁這邊的處置方式。瑪利婭知道，那是為了她的緣故。

瑪利婭知道，陳澤怕她離開。

瑪利婭還沒有告訴陳澤，為了孩子，她不會離開。

到了晚上，陳澤告訴她，雙方將於明天，也就是二月一日早上簽約。

當天夜裡，她失眠了。

第六十九章 道別

二月四日，瑪利婭的家門口突然來了一隊士兵，但並沒有進門，只是告訴她有「尊貴的客人」要來。

陳澤不在家，瑪利婭要阿珠趕快打點家中，而瑪利婭本人也趕快換上漢人女子服裝。陳澤本人不介意她在家穿荷蘭人衣服，然而面對「尊貴的客人」，瑪利婭想，還是著漢服的好。她一直在想，這位尊貴的客人會是誰？竟然是來看自己，而不是看陳澤？難道是何斌嗎？

她又想，應該不會是何斌。陳澤告訴她，國姓爺現在很討厭何斌，何斌幾乎是躲了起來。

「貴客」來了，瑪利婭又驚又喜，因為來的竟然是三個多月未見的妹妹，國姓爺王妃的克莉絲汀娜。克莉絲汀娜仍然一身荷蘭人打扮，而她看到迎上來的姊姊一身漢人女子妝扮時，竟噗哧一聲笑了出來。

兩個人馬上緊緊擁抱。

妹妹的氣色很好，臉上還掛著微笑，這讓瑪利婭放在心上三個月的石頭落了地。她覺得克莉絲汀娜還是一樣嬌麗，但裝扮及舉止成熟了許多，已不復那位天真單純的小妹妹。坐定之後，兩人都有恍如隔世的感覺，一時之間竟然不知從哪裡說起。

先開口的，是妹妹。

「瑪利婭，我還好。妳還好嗎？」

瑪利婭的意念游移著，她遲疑地點點頭。

「瑪利婭，妳應該知道，二月一日已經訂了和約的事。」

瑪利婭點點頭。

「瑪利婭，國姓爺已經允許我離開福爾摩沙了。所以，我會帶媽媽和大家一起走。」克莉絲汀娜開門見山地說出來。

「媽媽?!」瑪利婭驚喜叫著，「妳見到媽媽了？」

克莉絲汀娜點點頭。「我昨天才去見她，告訴她這個好消息。她在新港，這兩天就會出發到熱蘭遮城。妳放心。」

想到媽媽，瑪利婭很激動，淚水在眼眶中打滾。她問克莉絲汀娜：「妳可以請國姓爺讓我也見媽媽一次好嗎？」

克莉絲汀娜的臉上露出難以形容的表情：「陳澤對妳好嗎？陳澤不肯放妳走嗎？」

瑪利婭第一次覺得，她為陳澤對自己好而感到喜悅，甚至驕傲。她平靜而簡單地回答：「陳澤對我很好。我沒有問他，因為我自己不想走。」

克莉絲汀娜焦急地問：「妳為什麼不走？」

瑪利婭想避開這個話題。「親愛的妹妹，告訴我一些妳在王府中的生活。國姓爺對妳好嗎？」

克莉絲汀娜竟然露出嬌羞不勝的神情。「國姓爺對我很好。怎麼說呢？他很疼我，但那像是父親寵女兒。他給了我什麼，我就要表現出很高興的樣子。我向他要什麼，他也幾乎不會拒絕。」

這樣的回答出乎瑪利婭的意料之外，她很好奇：「怎麼說呢？」

克莉絲汀娜說：「記得他送我們的玉鐲嗎？後來他告訴我，他真正想送的是我，但在那個場合，他必須也送妳一個。」瑪利婭聽了，心中有著欣慰。

「後來國姓爺就要我終日戴在身上。」克莉絲汀娜揚了揚左手腕，果然戴著那個鐲子。

瑪利婭大笑吐了吐舌頭：「給我的那個鐲子，被我碰得粉碎了！」

克莉絲汀娜笑說「妳真大膽」，接著繼續談鄭成功：「國姓爺人前嚴肅威風，人後卻是不同。私底下，他像小孩子，喜歡我常常誇獎他。

「前幾天，他興高采烈地回來，說他在梅氏面前露了一手騎馬射箭『百步穿環』的功夫。他說個不停，一直問我，他厲害不厲害。我突然覺得，他真正的目的是在向我炫耀，要我誇獎他。他喜歡在睡前飲酒，喝了酒後，就要我把他抱在懷裡睡覺，而不是他抱我，」克莉絲汀娜說著，兩頰緋紅，「有時，我覺得我像一個小媽媽抱著一個大孩子。」

「說到喝酒，」克莉絲汀娜的眼眶紅了起來，「我入府內大約一個禮拜之後，國姓爺有一次酒後突然抱住我，要我原諒他，因為他在酒後錯殺了爸爸與小彼得。

「我又生氣、又難過。我跟他說，請求他以後不要亂殺人，更不要再亂殺荷蘭人。我說，如果他可以這樣做，爸爸在天上的靈魂會原諒他。」

瑪利婭把到父親和小彼得墓地祭拜的事也告訴了妹妹，姊妹兩人都流下眼淚。

「妳去過爸爸和弟弟的墓地嗎？」瑪利婭問。

「我不敢問他。老實說，我心中也在逃避，不敢去見父親和彼得，他們死得好慘，」克莉絲汀娜止住了哭，「我去請求他同意，在我離開之前，讓媽媽和我也能去向爸爸與弟弟告別。」

克莉絲汀娜坐直，把淚擦乾，正色說道：「其實國姓爺也是一個很可憐的人，後來我了解他的生平，就有些不忍責怪他了。而我要求他不要亂殺人，他這幾個月好像真的努力在做，也做到了。說起來，我很高興他聽我的話。」

瑪利婭依稀記得，陳澤也說過國姓爺的身世很可憐，但因他是臣下，不敢亂說或批評，她也就沒有進一步追問。現在既然妹妹也如此說，她自然想聽聽。

克莉絲汀娜娓娓說道：「他七歲以前沒有父親，七歲以後沒有母親，可以說，在他的成長過程中，他是半個孤兒。」

瑪利婭點點頭，表示了解。

「國姓爺七歲離開母親，自日本回到泉州的父親家中，因為日本不准女人出國。自七歲到二十二歲，他沒有見到母親。然而在父親家中，他是長子，卻不是嫡子。妳知道漢人家庭中，嫡子才是家庭及父親的繼承人。而且他母親是日本人，其他的弟弟妹妹都是父親其他的漢人老婆生的。初到父親家，他的漢語一定不怎麼好。妳想想看，種族差異又加上文化差異。

「他跟我說，除了最小的弟弟鄭淼[1]，他和其他幾個弟弟都處得不好。可以想見，其他的媽媽大概會對他冷嘲熱諷，那是漢人大家庭常有的現象。更糟的是，爸爸又東征西討、立功創業，很少在家。他對我說，他的童年非常孤獨寂寞，所以他非常羨慕我有溫暖的家庭、溫馨的童年。他有一次說，妳們雖然在異鄉，但有甜蜜的家；我在父親的家，卻像在別的國家一樣。」

1 鄭成功的兄弟是以五行循環相生來命名的。鄭成功為鄭森，然後依次為鄭焱、鄭垚、鄭鑫、鄭淼。鄭芝龍降清之後，大清順治皇帝賜名給鄭家五兄弟，分別為鄭世藩、鄭世忠、鄭世恩、鄭世蔭、鄭世襲。鄭成功自然是不理這個賜名，而其他三兄弟都使用賜名。許多史書說，鄭成功本意不傳子鄭經，而傳幼弟世襲；或者說，鄭成功死後，鄭經與叔父世襲爭立。鄭淼在這時期不可能稱為鄭世襲，那是清朝觀點。鄭淼後來在一六八三年降清後，才能稱為鄭世襲。

瑪利婭聽了，點了點頭。

克莉絲汀娜又說：「國姓爺自小好強，於是力求表現。其他家人笑他是倭種，他為了不讓人取笑，決心要表現得比其他弟弟們更出色。所以他很用功，樣樣都很出色。他父親也很以他為榮，帶著他去見皇帝。皇帝見他一表人才，非常喜歡，把皇家的姓賜他為姓，所以他有了國姓爺的稱呼。

「國姓爺說，他初到安海，漢語、漢文都不行。然而短短十年，他的學問，甚至書法，也都出類拔萃。

「他對我說：『妳可知道，在這風光的背後有多少努力與心酸。我在人前，絕不露出一些軟弱或畏懼。』

國姓爺在人前故示堅強，在人後才現出軟弱的一面。」

妹妹感嘆地說：「有時，我覺得國姓爺依然在尋找母親的懷抱。」

瑪利婭說：「後來他再也沒有見到他母親了嗎？」

妹妹搖搖頭：「比這更糟。國姓爺的日本母親與丈夫及兒子分別了十四年之後，一六四五年，做了大明國大官的丈夫終於把她接到了安海。可是國姓爺和母親重逢不到一年，韃靼人就來到國姓爺的家鄉。

「國姓爺的父親決定投降韃靼人，但是國姓爺不接受父親的看法，拒絕投降。更糟糕的是，韃靼人欺騙了他父親，又侮辱了他母親，國姓爺的母親自盡而死。國姓爺的母親，有日本人的剛烈個性。

「我想，國姓爺的剛烈個性，源自母親。母親死後，國姓爺發誓：寧可和父親斷絕關係，也不投降韃靼人。於是過去十五、六年，國姓爺一直在和韃靼人、也就是大清國作戰。大清國的皇帝大怒，把他的父親和其他弟弟、家人下獄。

「侍從曾告訴我一個傳說，不過他們也不知道是不是真的。他們說，國姓爺的母親被韃靼兵侵犯而自盡之後，他為了替母親洗去侮辱，剝開母親的肚子、清洗了內臟腸子，方將母親埋葬。

「有時，我覺得國姓爺有點像希臘神話的伊底帕斯，為了母親而不知不覺憎恨著父親。而他母親又不在了，所以他一直在尋求母愛，」克莉絲汀娜淡淡地說，「說起來很好笑，國姓爺有時似乎把我當成了母親。他說，我溫柔、好脾氣。有時他又把我當成了女兒，說我美麗、可愛、純真。

「這樣也好，所以國姓爺很聽我的話。我要他不要亂殺人，說真的，在這段期間，他不再像過去一樣，動不動就殺自己的部下。我也要求他，只要能達到他得到熱蘭遮城的目的，也不要再殺害荷蘭人。我說，這樣父親才會原諒他，我也才會喜歡他。他也真的努力做到了。前幾天，他砲轟烏特列支堡。但是他向我誇耀，他盡量不要傷害到荷蘭人，所以只有三、四個荷蘭人傷亡。

「他雖然有軟弱的一面，但是他堅強的那一面，說到做到，也讓我很佩服。他的精神毅力，真是非一般人所能想像。他確實是個英雄，只是比較像是悲劇性格的英雄。」

瑪利婭想到，自己也曾自擬為特洛伊的卡珊德拉，不禁苦笑。

克莉絲汀娜突然站起來，走向內室，說：「咦，瑪利婭，陳澤也禮拜這尊神像嗎？國姓爺在家中，每天早、晚也一定虔誠禮拜這尊神像。」

瑪利婭笑著說，陳澤也是早晚禮拜，只是她沒問過這是什麼神像。

克莉絲汀娜說：「我倒是問了。國姓爺告訴我，這位神仙是個小孩，叫做太子爺。

「國姓爺告訴我太子爺的故事。太子爺李哪吒是封神榜的故事，應該是發生在黃河流域的陝西、河南那一帶，哪吒的誕生地是陳塘關。哪吒打死了東海龍王的三太子敖丙，惹來龍王到陳塘關，向哪吒的父親李靖興師問罪。於是哪吒割肉還母、剔骨還父，表示和父親斷了關係。後來，這位太子爺成為一位武功高強的武將，人稱『中壇元帥』。」

克莉絲汀娜接著說：「瑪利婭，妳有沒有發現什麼？」

瑪利婭不解地望著妹妹。

「國姓爺的身世，和這位小神仙有些類似呢。最特別的是，國姓爺和這位小神仙都與父親為敵。還有，他們兩位也都是武將。」

瑪利婭恍然大悟：「妳是說，國姓爺是以這位小神仙自擬。原來如此。」又接著說：「這樣可以減輕國姓爺與父親作對，為他帶來的內心矛盾及衝突吧！」

瑪利婭又說：「那我懂了，因為國姓爺奉祀三太子，所以陳澤等部屬也跟著奉祀。說不定國姓爺的全軍都如此做呢！」

瑪利婭接著話題一轉，發起牢騷來。「國姓爺不滿他父親來到福爾摩沙，又口口聲聲說福爾摩沙過去是他父親的練兵之地，所以要來收回。」

克莉絲汀娜說：「國姓爺的父親聽說是個半邪半正的人物，海盜出身，但也算是個豪傑。他創立的海商集團控制著唐山的貿易，讓西方人都有求於他。其實他們父子倆富可敵國。國姓爺如果不是為了大明國去和大清國作對，可以過得很富貴享受。」

瑪利婭嘆了一口氣：「這一點和爸爸倒是有些相似。爸爸如果留在荷蘭家鄉，可以富裕享受，他卻寧可到福爾摩沙來。男人們的想法總和女人不相同。」

「克莉絲汀娜，」瑪利婭叫著妹妹，「這麼說，國姓爺怎麼捨得讓妳離開他？」

克莉絲汀娜似乎沒有想過這問題，一時竟答不出來。

瑪利婭又問：「國姓爺有幾個妻子？幾個兒女？」

沒想到克莉絲汀娜聽了這個問題，心裡像是觸動了什麼。

「國姓爺一次有感而發對我說，和我在一起以前，他沒有真正享受過和妻子在一起的樂趣。」

瑪利婭驚異地揚了揚眉毛，欲言又止。

妹妹做了個堅定的表情：「我相信這是國姓爺的真心話，這方面他倒是告訴了我許多他的內心感受。國姓爺十六歲時，他父親就為他娶了妻子。他的妻子是位『名門之女』，姓董，比國姓爺大兩歲。國姓爺說，這位妻子倒比較像管教他的大姊，不是想像中的妻子。這位董夫人替他生了三個兒子，長子錦舍，今年十九歲了，國姓爺倒是很喜愛錦舍。

「後來，在六、七年前，國姓爺又陸續娶了幾個妻子。因為國姓爺在一六五三年被封為延平郡王，所以他的妻子們都被稱為嬪妃。一六五七年，國姓爺的六個妃嬪，連同三個小孩，在一次暴風雨中全部溺死了。我真不知道國姓爺怎麼受得了這個打擊。然而第二年，他又大舉北伐，他真是有令人無法想像的毅力。」

瑪利婭點點頭。「陳澤曾隱隱約約向我提過這些。我感覺，國姓爺和他這些妃子的感情似乎不是很深厚，他在短短幾年之間，一口氣娶了六個妃子，應該表示對她們不是很滿意吧！」瑪利婭說到最後，倒像是在自問自答。

「妳這麼一說，我倒想起一件事。國姓爺有一次和我提到他最快樂的時光，是他二十歲左右，在金陵當太學生的時候。他說，那時他有時在秦淮河上冶遊，才真正了解到，聰明姑娘所表現出來的嫵媚與韻味更令他傾倒、令他陶醉。那是與家中妻子完全不同的感受。秦淮河上的名妓，其實才是許多文人心中真正的最愛。」

「妓女？」瑪利婭驚訝地問。

「國姓爺說，漢人的社會有一個他不太能接受的矛盾現象。漢人不讓女人念書，要『無才便是德』。可是讀書人又很喜歡會吟歌賦詩的聰慧女子，而只有妓女才會自小接受這些訓練。國姓爺說，他不喜歡『名妓』這個稱呼。他來自日本，日本人稱為『藝伎』，注重的是『藝』。

「國姓爺說，他不喜歡外表好看、內心草包的女子。在金陵的經歷使他知道，他真正喜歡的是聰慧又美麗的女子，然而傳統的漢人家庭要兒子娶『有德無才的女子』。鄭成功的老師，東林黨大老錢謙益，卻在年將六十之際，娶了秦淮河上最有名、才貌兼備的名妓柳如是，這在漢人社會是很大膽的舉動。有好多道貌岸然者心中好羨慕，可是不敢說出口，甚至酸溜溜撻伐。國姓爺心中可能也一直希望自己能像老師一樣有此際遇，但是知道他不可能娶到這樣的女子，因為父親不但不可能答應，還可能強迫他離開金陵，回到安海。

「國姓爺說，聰慧女子在言談、舉止及才藝方面，會讓他感到尊敬及愛慕。他舉了柳如是的例子。他說柳如是的名字，來自四百年前一位大詩人辛棄疾的一首詞：『我見青山多嫵媚，料青山見我應如是。』她自號『如是』，很技巧地表示自己的美麗、自信、博學。國姓爺說，這樣的女子秀外慧中、見多識廣，才配得上他。可惜他的嬪妃中從未有這樣的女子。

「國姓爺喪失了六位妃嬪之後，似乎把心思都放在軍事行動。這次來到福爾摩沙，在五月的時候娶了蔡家的姑娘，然後在九月娶了我。他說，他很高興娶了我，因為他覺得我和其他漢人姑娘不同。他喜歡和我談巴達維亞、荷蘭以及大員荷蘭圈子內的人與事。他說，我知書明禮。」

「妳是說，妳像是國姓爺心中的柳如是？」瑪利婭淡淡一笑。

「我不願這樣說，不過，我只能說國姓爺確實喜歡我，對我也很好，我很高興，我要他不要濫殺人，他真的做到了。」妹妹的神情倒是嚴肅。

「這一次在和約的簽訂上，我向他提議，要加入一段文字：『雙方都要把所造成的一切仇恨遺忘。』他不但接受了，而且放在和約第一條，我好高興。」

「那麼妳為什麼要離開他？國姓爺又怎麼會同意妳離開他？」

克莉絲汀娜苦笑著說：「國姓爺是對我不錯，但是府裡其他人都用奇怪的眼光看著我。那裡是王府，我知道我無法適應那種漢人文化。我好像一棵植物，國姓爺對我好，好像植物有了水。可是只有水，沒有陽光，植物也活不下去。如果國姓爺是平民也就罷了，我可以到外面透透氣，不過國姓爺王府是封閉的，是一個沒有陽光的地方。短時間我還可以活著，時間一長，我會枯萎的。

「所以，當和約簽完，荷蘭人可以有所選擇時，我選擇離開。雖然對國姓爺我不是毫無感情，但老實說，我沒有留戀。」瑪利婭聽了，覺得妹妹真的變成熟了。

「為什麼國姓爺肯讓我走，我也很訝異。前天我鼓起勇氣問他，可以不可以讓我也離開。他神色黯然，一言不發，只是緊咬著下唇。昨天下午，他突然主動告訴我，他願意讓我離開。我要求他讓我去看媽媽，還有看妳，他也馬上答應了。我相信，我們荷蘭人離開之後，國姓爺就會把董夫人自廈門接來台灣。我以為，這應該和他答應我離開有關。」

克莉絲汀娜突然問道：「那麼，瑪利婭，我不懂，妳為什麼不願離開？」

「妹妹，」瑪利婭輕拂著小腹，「我懷孕了。」

克莉絲汀娜先是一怔，然後站了起來。她知道荷蘭的法律是不准混血兒回去荷蘭的。

瑪利婭的語氣變得很凝重，她握住妹妹的手。

「但是，這不是我留下來的最重要理由，」瑪利婭的語氣很平靜，「這幾天，我想了許多。十四年前，爸爸帶著我們全家來到福爾摩沙。他為福爾摩沙做了許多事情，我們都知道，他是真心喜歡這塊土地的。過去三十多年，這塊土地有福爾摩沙人、荷蘭人和漢人共同努力，開發出今日的局面。這塊土地，有爸爸的心血，有許多荷蘭人的心血。爸爸為這塊土地而死，有許多荷蘭人也為這塊土地而死。所以我不願看到，因為國姓爺帶著漢人來了，荷蘭人就會全面退出。

「爸爸常常講一句話：『一粒麥子活著，就是一粒麥子。一粒麥子埋入土裡死了，才能變成更多的麥子。』爸爸死了，弟弟死了，許多荷蘭人死了。他們在這個島上努力多年，我不願讓他們白死。將來我的孩子會有我的荷蘭血液。將來，這個島嶼叫福爾摩沙也好，叫台灣也好，叫其他名字也好，會有我們的子孫在這裡，有我們的血液在這裡。我希望，未來這個島上的人會記得荷蘭人的功勞，記得爸爸的努力。我不願意看到荷蘭人全面撤退之後，三十八年的努力完全沒有東西留下，像大船過了海面以後，未留一絲痕跡。」

夕陽斜照著瑪利婭，她的身影被拉大了。

瑪利婭自懷中掏出陳澤給她的瑪利亞像。「陳澤送了我這個，我很喜歡。這是他多年前在馬尼拉買的，他說，他那時作夢也不會想到，後來他會和一個叫瑪利婭的西方女子結婚生子。

「漢人相信人與人之間有緣分，我想，也許我和陳澤之間真有緣分，我和福爾摩沙之間也有緣分。漢人很有趣，他們認為有緣分，就是『投緣』，而一個男子長得好看，就叫『緣投』，也就是『在情人的眼中，對方是漂亮的』，我喜歡這樣的說法。我和這個島有緣，我喜歡這個島。我是荷蘭人，但我也是福爾摩沙人。

「所以，我決定留下來。我希望能永遠當麻豆社的瑪利婭，福爾摩沙的瑪利婭，台灣的瑪利婭。國姓爺既然已經和我們訂了和約，也如妳說和約是寬大的，容許荷蘭人有尊嚴離去，那麼我不再把漢人當敵人了。荷蘭和西班牙不也曾經是這樣？有人類就有戰爭，戰爭的本質是殘酷的。荷蘭人在各地都打勝仗，在福爾摩沙卻成了戰敗的一方，怨不得人，只能接受。這也是上帝的安排。

「宗教的本質應該是反戰的。在歷史上，我們卻常常為了宗教而戰爭，這在漢人的眼中也是不可思議的。漢人不信仰基督教，但他們有自己的道德觀。他們的道德觀來自對古聖先賢的訓示，而不是來自教義的道德規範。我並不是說東方優於西方，我只是說，從和陳澤的相處，我了解了一些東西方文化的差異性，因而更能設身處地設想，如此而已。

「反正我如果帶著小孩，也不能回荷蘭。而如果只留在巴達維亞找人嫁了，我和我的小孩寧可留在福爾摩沙。陳澤真的對我很好，而且，我又有了他的小孩。」說到這裡，兩姊妹都淚流滿面。

瑪利婭拿出那一幅有楊恩與台夫特的畫像。「親愛的克莉絲汀娜，妳也知道，這幅畫一向是我的最愛。還有這支楊恩送我的笛子。這兩樣東西，一直沒離開我。我和楊恩相愛過，也努力過，但就是無緣。也許上帝的意思是，他屬於荷蘭，我屬於福爾摩沙。

「這幅畫請妳幫我帶回台夫特。這幅畫應該是屬於荷蘭的。但是笛子我要留下來，將來我死後，要與我埋在一起，這是我來自荷蘭的象徵。我來自荷蘭，可是我覺悟了，我要埋在福爾摩沙，不要埋在巴達維亞。我是福爾摩沙的瑪利婭，爸爸媽媽把我命名為 Maria，原來有此因緣。」她微微一笑。妹妹覺得，姊姊微笑的樣子像極了雕像。

「請妳轉告國姓爺，我希望能再見媽媽一面。我想，媽媽在離開福爾摩沙之前也期待見到我。」

「瑪利婭，福爾摩沙的瑪利婭，福爾摩沙的聖母瑪利亞。」克莉絲汀娜喃喃唸著。

夕陽穿入窗戶，照了進來。

瑪利婭的神情，在夕陽中，與那象牙雕像的聖母瑪利亞，竟是不可思議地相像。

外一章
落幕

國姓爺在唐山的好朋友，道明會的李科羅神父，奉國姓爺之令自廈門來到台灣，因為國姓爺打算攻打呂宋。將士們都感到迷惘不解。台灣初定，各方面均未上軌道，大家都摸不清國姓爺在這個時候計畫攻打呂宋，目的何在？可是大家又不敢問。

距離荷蘭人離開僅兩個多月，台灣還有一大堆問題。廈門留守的世子鄭經和戶官鄭泰、洪旭、黃廷，都對國姓爺要他們來台的命令一再推拖。台灣糧食問題也尚未解決，而兵員為了要屯墾，可用之兵也不算充裕，兵不多，糧未足。然而，國姓爺卻向屬下的將軍們說，他有攻打呂宋的構想。

馬信、陳澤、楊英等人彼此也商量過，大家皆同意，如果在三、五年後，台灣更富足、將士更安定之後，攻打呂宋不失為一個好策略。呂宋的唐人比台灣更多，西班牙人開發呂宋的時間也遠比荷蘭人早，如果攻取呂宋，所得利益將倍於台灣。而且台灣、呂宋互為犄角，將可充分掌握南洋的貿易。

陳澤在年輕時去過呂宋，他認為要攻下馬尼拉，不會比攻下熱蘭遮城困難，所以戰略上可行。但時機的選擇太奇怪了。國姓爺心中是否另有玄機，將士們百思不解。

況且，過去兩、三個月對國姓爺來說，真是衰運連連。壞到不能再壞的消息接踵而來，讓他的心情惡劣到極點。

荷蘭人投降前那幾個月，反而是鄭成功心情最好的時期。鄭成功在去年九月中旬的林進紳事件之後，確實暴怒而大殺荷蘭降虜及牧師，並納亨布魯克牧師的漂亮小女兒為妾。自去年十月至今年二月初荷蘭人離去，鄭成功表現了難得的溫和好脾氣。這段期間，他未曾濫殺下屬，也未對荷蘭人有太多刁難，甚至向荷蘭人誇耀他的「百步穿環」箭術和屬下的騎技。

然而好景不常。荷蘭人二月九日離去，不到十天，連二月十九日的舊曆年都未到，國姓爺又大開殺戒。

承天府尹楊朝棟以小斗發糧，斬首示眾，全家被殺。

萬年縣知縣祝敬，同一罪名，斬首示眾，全家發配。

而台灣也才不過一府二縣！而且楊朝棟征台之功眾所公認，不到一年，竟遭如此下場！

有一些觀察入微的國姓爺左右侍從私下說，國姓爺從荷蘭人離開的那一天起，心情就變不好了。

當天晚上，王城有個慶功大宴，將士們杯觥交錯，好不興奮，但是國姓爺有些悶悶不樂，後來提早退駕。第二天清晨，國姓爺又突然下令，要到屯田區及番社視察，而且他竟然要隨行的大批將士準備整整十天的軍糧，把大家嚇了一跳。因為這天已是農曆十二月二十日，大家想，難道國姓爺不打算回來安平，度過他在台灣的第一個農曆年？

國姓爺巡視番社，非常仔細、用心。將士們都好佩服，國姓爺真是勤於政事，片刻未肯鬆懈！而國姓爺這一趟也走得真遠，自承天府出發後，走遍了新港、目加溜灣、蕭壠、麻豆、大目降、大武壠、他里霧，直到半線[1]。這是國姓爺來台灣之後走得最遠的一次。

1 他里霧社，今雲林斗南；半線社，今日的彰化市。

左右認為，國姓爺是要以工作來忘卻他心中的煩惱。至於心中的煩惱是什麼，他們說，國姓爺好像不欲人知。他一路只談屯田開墾、撫慰土番，但看得出眉色不展。有人說，國姓爺好像情緒突然陷入低潮，常常夜間醒來，卻又沉默無語。

二月底，過完舊曆年，噩耗傳來。去年年底，國姓爺的父親鄭芝龍及同父異母兄弟鄭世忠、鄭世恩、鄭世蔭、鄭世默等十一人[2]，遭到清廷剛剛登基的小皇帝康熙在北京柴市口處死。

消息傳到台灣，國姓爺一時不肯相信，叱為妄傳。但據侍從說，他中夜起身悲泣，望北而哭說：「若聽兒言，何至殺身！」

於是，本就鬱鬱寡歡的國姓爺更加不快樂了，時時暴怒。

幾天後又有壞消息傳來，清廷竟然聽了降將黃梧的建議，掘鄭成功祖墳，侮辱先人屍體，這更令國姓爺抓狂，面向西方，切齒大罵黃梧：「生者有怨，死者何仇？敢如此結不共戴！倘一日治兵而西，吾不寸磔汝屍，枉作人間大丈夫！」

接著，清廷徹底執行黃梧的「平海五策」，五省沿海人民在數天之內被迫向內陸遷徙三十里，數百萬民眾頓時流離失所。國姓爺聞言，更加悲憤因自己而累及百姓：「吾欲留此數莖髮，累及桑梓人民！」

這竟然還不是最糟。

連抗清聯軍的自己人張煌言，對鄭成功的東取台灣本就冷嘲熱諷，現在開始為文痛批，一點都不留情面。張煌言對鄭成功攻打台灣的戰略，自始至終反對。國姓爺在一六六一年四月率軍到澎湖，他就修書給國姓爺：「軍有寸進，無尺退。今一入台，只是孤天下之望也。」

一六六二年年初，永曆帝在雲南事急，張煌言數度派人帶信到台灣給國姓爺，起初是苦口勸諫：「何必與紅夷較雌雄於海外哉！……而暴師半載，……生既非智，死亦非忠，亦大可惜矣！」又說：「古人云：『寧進一寸死，毋退一尺生。』使殿下奄有台灣，亦不免為退步。」

後來見鄭成功不聽勸阻、執意攻台，張煌言的詩信語氣變成譏諷：「倘尋徐福之行蹤，思盧敖之故跡，縱偷安一時，必貽譏千古。」而紅毛走後，張煌言罵得更兇了：「清秋蕭瑟井梧寒，在莒齊襄淚未乾；七十二城猶在望，卻無舉火是田單。」

在這樣的氣氛下，國姓爺卻很認真在準備對呂宋的征戰計畫。他請李科羅神父專程渡海來台。李科羅來到過去的熱蘭遮城、今之「王城」，才知道國姓爺賦予他的使命是：送一份國書到呂宋島給西班牙總督。他知道國姓爺對呂宋西班牙長久以來欺凌大明商船之事，早已非常不滿，然而看了這份國書的內容，還是大吃一驚，因為這已不是「問罪書」，而是「開戰書」。

「你小國與荷夷無別，凌迫我商船，開爭亂之基。予今平定台灣，擁精兵數十萬，戰艦千艘，原擬率師親伐。……倘爾及早醒悟，俯首來朝納貢……予當示恩於爾，赦你舊罰，……倘或你仍一味狡詐，則我艦立至，凡你城池庫藏與金寶立焚無遺，彼時悔莫及矣。荷夷可為前車之鑑。」

李科羅心中惶恐，這種狂妄的語氣與做法，不是他所熟悉的國姓爺鄭成功。他印象中的鄭成功，戰場上雖自信而不胡為，一向會謀定而後動。唯一一次金陵之敗，肇因鬆懈，而非躁進。

他對洋人，例如先前給荷蘭人的書信，也大多不卑不亢，至少繞個「理」字打轉。雖有時也許理不直而氣壯，至少不會像這封給西班牙呂宋總督的信，一味恐嚇。

就以去年國姓爺征伐荷蘭福爾摩沙而言，心態何等慎重，先了解地形地勢，又焚香告天。之前荷人本有戒

---

2 不少明鄭相關史料都認為，後來隨鄭芝龍降清的鄭成功叔父鄭芝豹也同時問斬。但據《大清聖祖仁皇帝實錄》卷四和卷十一記載：「鄭芝豹當鄭成功叛變時即投誠來歸，並其子俱免死。」

心探問，鄭成功還故示完全無此意。而這次竟然在並未籌畫周全之際，就如此敲鑼打鼓，先讓敵軍預做準備、嚴陣以待。這種做法豈是用兵之道！

李科羅想，難道是國姓爺對荷蘭打得太順利，輕視了洋人？但也不盡然，以國姓爺二萬大軍，對荷蘭人不滿二千之師，依然征戰九月，殉職將士亦為荷軍數倍，並不輕鬆。何況西班牙人一五六四年即占領宿霧，一五七〇年據有馬尼拉。百年經營，又有廣大腹地，怎會如像國姓爺所期待的「摧枯拉朽」？

李科羅對這些疑點百思不解。他想，國姓爺究竟怎麼了？

李科羅聽將領們說，國姓爺去年也派荷蘭牧師替他送招降書到熱蘭遮城。他苦笑，國姓爺老喜歡請教士送信，而自己又無法拒絕。他知道，第一，他不能拒絕；第二，他必須保護自己。亨布魯克送信的對象是自己國人，而他，一個義大利教士，卻要受唐人之託，送戰書給西班牙人，一不小心，會惹來殺身之禍及國際糾紛。

李科羅也怕累及住在呂宋、來自漳泉的數萬名唐山人。他的福建話是向馬尼拉的漳州人學的，他的傳教地點廈門也盡是漳泉人士。他向上帝祈禱，請上帝給予智慧來處理這件棘手的使命。

不只是李科羅，將軍們也諸多疑惑，士兵們更是竊竊私語。有人說，一連串的壞消息讓國姓爺的心情惡劣到極點，因此唯有持續征戰殺伐，才能把諸多煩惱拋之腦後。也有小兵戲謔說，國姓爺自從荷妾離去之後，思念不已，夜不成眠，因此他要征伐呂宋，希望能再抱得西方美女歸。結果不久之後，這位小兵就以其他的罪名問斬了。

四月底，李科羅由十位鄭軍將領陪同，分坐十艘大船，浩浩蕩蕩也憂心忡忡，自安平出發，航向馬尼拉。

❖

就在準備攻打呂宋的期間，國姓爺接到尚書唐顯悅來自廈門的信。唐顯悅是鄭成功的兒女親家，而且輩分比他大，因為唐顯悅是鄭經正室的祖父。而鄭經的岳父已不幸在前幾年逃難時，為清兵所殺。

最近廈門來的消息說，鄭經喜獲長子，鄭成功升格為祖父，這算是一連串壞消息之中唯一的好消息，國姓爺也犒賞三軍作為慶賀。因此，他認為唐顯悅的來信，一定是親家翁的祝賀信。

孰知讀了信後卻氣得半死，因為信竟是來興師問罪的！

唐顯悅在信中大罵，鄭成功的長孫是鄭經和弟弟的乳母私通所生，而「三父八母，乳母亦居其一。令郎狎而生子，不聞斥責，反加賫賞。」因此連鄭成功一起罵：「治家不正，安能治國！」

國姓爺從來沒有被這樣指著鼻子痛罵，何況罵他的還是親家翁。更糟的是他無從回嘴，因為真的是自己教子不嚴惹禍，怪不得別人。鄭成功自己長年征戰，鄭經自小被曾祖母黃氏溺愛慣了，真的像小名「錦舍」，十足是個「阿舍」[3]。

狂怒的鄭成功氣得雙手發抖，於是馬上派人持令箭到廈門，要鄭泰立斬四個人覆命：自己的兒子、自己的孫子、自己的太太、自己孫子的母親。要殺太太董夫人的理由，是因為教子不嚴。

鄭泰接令，不敢置信，也不知如何是好。要殺國姓爺的妻子、兒子、孫子，怎麼可能下得了手。首先，是罪不至此。再說，萬一以後國姓爺反悔怎麼辦！

結果，只殺了奶媽，也就是嬰兒的媽媽去覆命。誰知道國姓爺仍未息怒，也不罷休，又派了大將周全斌去監斬。

以軍法無法制止國姓爺，諸將只好搬出家法。鄭泰是藩王族兄，以家法論，兄可以拒弟。於是以一句「此亂命也，不可從」擋住，而且拘禁了周全斌。

3阿舍是閩南人罵人「公子哥兒」之意。

可憐的國姓爺，一生自命英雄，突然諸事不順，自己又被朋友與親家指著罵，身心交瘁之際，三個不能再壞的消息竟又接踵而來。這不是駱駝背上的一根稻草，而是三個千斤鼎。

第一個千斤鼎來自呂宋。馬尼拉西班牙總督讀了李科羅呈上的鄭成功信函，對當地大明人產生疑懼。於是他先下手為強，對數萬大明人展開大屠殺。國姓爺的一封信，導致了呂宋漳泉移民的大悲劇。六月初，惡訊傳來，國姓爺既怒且恨！

第二個千斤鼎來自廈門。金廈將士竟然把國姓爺的特使周全斌拘禁起來，然後聯名抗拒來台，表示「報恩有日，候闕無期」。這等於世子鄭經率領軍隊與老父公然叫陣、分庭抗禮。這樣下去，眼看鄭氏部隊就要分裂為二，隔海對峙了。

最大的千斤鼎來自雲南。國姓爺希望所繫的南明最後一位皇帝永曆王、太子和妃嬪，去年歲末全為吳三桂所執，今年四月二十六日遭到絞殺。國姓爺長久以來為「反清復明」而戰，如今永曆殉國，可說明朝已亡。

如鐵人一般支撐了十七年的鄭成功終於崩潰了。他倒了下來。他身體也許微恙，但心已死。他疲憊、喪志。六月十六日起，國姓爺開始終日臥床。

三十九年來，他歷經了太多苦難。從孩提起，他沒有享受過完整的家庭溫暖。他的父親在他尚未出生時就離開他。而後來，他離開母親，到了父親的家，卻飽受冷嘲熱諷與異樣眼光。他奮求力進，表現自己，終於得到父親的疼愛與眾人的肯定。

可是，命運的捉弄讓他們父子反目成仇。接著，好不容易才聚首的母親受辱、自殺。十多年後，他的父親與其他弟弟，終因自己而被清廷所殺。現在他的手足，只剩下鄭淼。

忠孝不能兩全。移孝作忠。簡單的幾個字，實施起來，卻是家破人亡、心力交瘁！他曾經引中壇元帥三太子為典範，但是，談何容易！

再說，如果移孝作忠，能夠讓大明王朝苟延殘喘、讓永曆皇帝偏安一隅，也算慰藉。他取得台灣，建立東都，正是希望能迎永曆帝來此。如今永曆帝已殉國，「東都」之意義已失！不過，永曆年號絕不可中止。「我延平王，永遠奉大明永曆為正朔！」鄭成功在心中吶喊。

十六年的艱苦征戰，且不說戰場上，也連累百姓死傷無數。十年前，漳州府百姓死亡近七十萬人，爾後他在多次戰役中又數次屠城，傷亡皆以萬計。而最近的征伐呂宋計畫，大軍未出，就已經累及呂宋漳泉鄉親死亡上萬。

「天乎！我鄭成功造孽何深！」

三十九年的人生，他一向自傲忠義節孝，如今似乎一場空。對父母未能盡孝，累及父弟，如今又要殺子、殺孫、殺妻，真是情何以堪。將士不從，妻兒背離，原鄉「安平」之名空設。而終生奮鬥目標的大明王朝已成泡影。他愧對太祖，愧對永曆皇帝。也許張煌言罵得對。永曆帝死了，大明亡了，他東征台灣反成笑柄。他的人生已經沒有目標可言，他繼續活下去還有什麼意義呢？事實上，父親投降後，永曆帝已成為他心目中的父親。如今，他對兩位父親，皆可謂「不孝」！

往事已成空，還如一夢中。他自認英雄一世，如今卻更像是亡國的李後主。

他的一生，無一成功，真愧對了「成功」之名。唯一成功，可以告慰祖宗的，是取下「台灣」這塊土地，安頓了數萬大軍。然而，他又想到張煌言罵他避到台灣的「試問三千女，何如五百人」。

他慢慢下定了決心。他身上流著日本母親的血，日本人是不肯受辱的。他如果再活下去，只是屈辱。父死，君亡，子不孝，臣抗命，民被殺。「天乎，我鄭成功怎可如此偷辱而生！」

廈門的長子鄭經是他最新、也是最大的打擊。「當年，我不願跟從父親投降韃子；如今，我的兒子抗命不肯來台灣，報應啊！看樣子錦舍會堅持不來，那就成了鄭氏父子隔海對峙之局。難不成我得揮軍廈門，果真演變如此，鄭家豈不更為天下人所恥笑？那麼，要避免父子相殘，要保留我鄭成功的顏面，就只有一條路可走了。我父親因我而死，我也得因兒子而死？」

主意既定，他緩緩自床上坐起，開始有條不紊準備。

他準備遺書。已經決定要走了，然而對錦舍，他很矛盾。他心中似乎已原諒了兒子，卻又猶帶恨意。錦舍不肖，不足以擔當重任，台灣這塊土地的未來就交給弟弟鄭淼吧！幼弟鄭淼這幾年在自己身邊也算中規中矩，於是他草草寫下「子經不肖，不堪負荷，文武各官俾輔幼弟為台灣王」。

然後他齋戒沐浴，朝服冠帶。少數在室外等候的官員，聽說臥床好幾天的藩王終於起身，大喜，於是趕忙入謁。

在最後一刻，國姓爺終於依然不捨，希望終能看到兒子和妻子回心轉意來台。屬下扶著他，他也強打精神，手執望遠鏡，問屬下：「澎湖有來舟否？」

答案依然是「沒有」。沒有奇蹟。他慘然一笑。他想起在舟山溺死殉難的六位小妾及三位夭折的小兒子。「讓我們在陰間相會吧！」他也想起克莉絲汀娜。去年和她相處的一百多天，以及他在金陵當太學生的歲月，可說是他一生中唯二真正快樂的短暫時光。

馬信也到了。他知道國姓爺的心結在鄭經身上，試圖安慰國姓爺，說世子鄭經是犯錯了，但不是什麼滔天大罪，希望國姓爺息怒，收回成命。

他不理會馬信的說詞。馬信自然不知道他心中的新決定。他命左右進酒，正襟危坐，讀「太祖祖訓」，每讀一帙就喝一杯，連續三杯。祖訓依舊，大明國卻不存在了，他的人生也要落幕了。

他臥床了好幾天，都督洪秉誠以為他身體有恙，調藥以進。

「這些部屬不了解我啊！」他突然生氣起來，自床上把藥扔擲於地。藥水撒了一地，洪秉誠大吃一驚，連忙跪下。

國姓爺長嘆一聲：「自國家飄零以來，枕戈泣血十有七年，進退無據，罪案日增；今又屏跡遐荒，遽捐人世。忠孝兩虧，死不瞑目，天乎，天乎！何使孤臣至於此極也！」

馬信和其他屬下見到國姓爺臥床數天，想必有恙，卻尚能飲酒讀訓，顯示精神體力尚佳。而用力擲藥於地，似是因為被誤解而動怒，卻又說出「死不瞑目」這樣不祥的話語，有若交待遺言一般。

眾人正感到迷惑驚訝，國姓爺又淒厲呼喊：「我有何面目見先帝與先父於地下！」

不知何時，國姓爺手中多了一把匕首，用力接連猛刺自己顏面及頸項，隨即倒下，仰臥於荷蘭人留下的西洋床上，鮮血有如泉湧。

馬信和左右見到這不可置信的一幕，大為吃驚，急忙趨前。國姓爺兩眼圓睜，手足可怕地抽搐了幾下，隨即氣絕不動。

馬信急忙取了紅緞，蓋在國姓爺身上，遮住那張破碎的臉，大哭失聲：「藩王殯天了。」眾人痛哭不已。

馬信在內室找到了國姓爺的遺詔，再度震撼，但因國家大事不得猶豫，於是含悲宣讀遺詔，宣布國姓爺的幼弟鄭淼為「台灣王」。

馬信也下令，守安平的黃昭、守北線尾的陳澤嚴守崗位、加強戒備，不要讓任何不明船隻接近。

馬信認為，藩王為永曆帝殉死，可歌可泣。但在台灣風雨飄搖之際，真相不宜外洩，一則不易取信於外，二則必然出現繼承危機。不論是內部爭鬥或清軍入侵，皆可能動搖國本，於是立以軍令，約束所有在室內之人，國姓爺自盡殉國之真相絕不可外洩。

國姓爺「急病去世」的消息傳出，全軍慟哭哀悼，但也傳出「抓面而逝」等令眾人不解的說法。

馬信歸家以後，懊惱自己就在國姓爺身邊，卻無法遏止自殘之舉，而成千古大憾；又悲痛國姓爺奮鬥一世，卻是英雄日暮，含恨而終。而自己身為重臣，不但無法護主，反因為懸念大局，不得已隱瞞國姓爺剛烈殉國的大義，悲痛至極，心如刀割。馬信終日哭泣，竟也在國姓爺頭七那天自殺殉主。

❖

一生至剛的國姓爺，竟然選擇了既是至剛也是至弱的死法。時為永曆十六年五月初八日未時，西元一六六二年六月二十三日下午一時許。

一個歷經苦難與矛盾的英魂，只有以死，才能自那個充滿苦難與矛盾的年代解脫出來。

國姓爺自認在屈辱中死去。他死的那一刻，認為來到台灣是錯誤的，是失敗的；他的反清復明大業，也破滅了。他絕未想到，後世會如此景仰他、紀念他，他成了歷史上極少數各方都景仰的英雄人物。民間尊他為「開台聖王」，士人稱他為「創格完人」。

他在荷蘭人來到福爾摩沙那一年出生，在荷蘭人離開福爾摩沙那一年死去，他似乎是為了台灣而來到這個世界。他讓台灣由三個族群的世界起了根本上的大變化，出現了「台灣人」這個新興民族，從而改變了台灣的歷史及東亞的歷史。

第七十章
尾聲

（一）

一六六二年二月九日，在鼓聲之中，揆一和五百多名荷蘭人盛裝列隊，撤出了熱蘭遮城，步上船隻，離開了荷蘭人稱王三十八年的福爾摩沙土地，準備返回巴達維亞。揆一認為，還有四百多名荷蘭人下落不明。

亨布魯克牧師的夫人安娜，自新港社來到熱蘭遮城之後氣力放盡，二月九日死在船上。揆一把她安葬在熱蘭遮城水道之側。

二月底，鄭芝龍等十一人在北京為大清皇帝所殺的消息傳到台灣。

四月底，大明王朝最後一個皇帝，永曆帝朱由榔，遭大清國的漢人降將吳三桂處決。

六月二十三日，國姓爺鄭成功在荷蘭人稱為熱遮蘭城、他改名為「王城」的一個面海的房間內，突然逝世。鄭成功在荷蘭人來福爾摩沙之年生，在荷蘭人離開福爾摩沙之年死。

十月底，巴達維亞的東印度公司給荷蘭十七人董事會的報告說：「我們對揆一先生沒有好的看法，讀過他的幾封信之後，發現他實際心在瑞典。」

一六六二到一六六四之間，荷蘭東印度公司三次派遣艦隊協助大清國，在金門、廈門攻打鄭經的部隊。

一六六四年七月，荷蘭人再度占領雞籠。

一六六四年，法國成立東印度公司。揆一的連襟、前福爾摩沙長官卡隆出任要員。他效忠的對象由荷蘭變為法國。

一六六六年，揆一被判終生流放到班達群島。

一六六七年，英荷第二次戰爭結束，荷蘭放棄新阿姆斯特丹，換來確保班達群島的香料。而今，新阿姆斯特丹成了曼哈頓，班達群島幾已被遺忘。

一六六八年，荷蘭人自動撤離雞籠，從此對台灣斷了念。

一六七三年，卡隆在里斯本船難中喪生。

一六七四年，揆一的家人以二萬五千荷盾贖出揆一。

一六七五年，揆一自巴達維亞回荷蘭。歸國船隊隊長正是當年的死對頭維堡，船上也載著維堡的三十五萬荷盾，回到台夫特。

一六七五年，荷蘭出版《被遺誤的福爾摩沙》，相傳是揆一所著。書中指出失去福爾摩沙的三個最主要罪人：范德蘭、卡烏、猫難實叮。

一六八三年，三十一年前因父兄遭鄭成功怒殺而叛降大清的施琅率領水師，擊敗鄭成功的孫子鄭克塽。鄭成功的後代幾乎全部被遷回清國。如今施琅在台灣的後人，反而比鄭成功後人多得多。

荷蘭人來福爾摩沙三十八年（一六二四到一六六二），鄭氏家族抗清的時間也大約是三十八年（一六四六到一六八三）。

一六八四年五月二十七日，台灣正式併入大清國版圖。

一六八四年，施琅釋放了遭到鄭氏家族監禁在新港社的數十位荷蘭人。最後一批荷蘭俘虜終於在二十二年後回到巴達維亞。

目前所發現的最後一件以「新港文」訂立的契約，日期為一八一八年，距一六六二年荷蘭人離開台灣已有一百五十六年。

一八二三年七月，因颱風連下七天七夜豪雨，土石流傾倒而下。當時的漚汪溪（就是本書之初一六二九年麻豆社人殺荷蘭士兵的大河）改道，成為今日曾文溪，把大量泥沙帶入台江內海。內海日漸淤積，熱蘭遮城也逐漸遠離了海岸。至一八四二年（道光二十二年），台江內海狹陸和沙洲（七鯤鯓）已消失無蹤，滄海盡成桑田，形成今日台南之「鹽分地帶」。當年的麻豆社，如今離海岸已將近二十公里，留下的水域就是四草湖，以及一些大小不一的漁塭，養殖著鄭成功及台南人最喜歡的「虱目魚」。

一八七四年，大清皇帝愛新覺羅載淳（同治皇帝）為鄭成功恢復名譽，在當年的赤崁、現在的台南市區，建立「延平郡王祠」。

一九五六年，台灣北部最後一隻梅花鹿被原住民追捕射殺死亡。

一九六九年，台灣東部最後一隻梅花鹿消失滅絕。

二〇〇六年，揆一的十四世後人，自瑞典專程赴台灣祭拜鄭成功。揆一的後人又恢復瑞典籍。

自鄭成功來台之後，漳泉漢人大量移民台灣。現在台灣有人口二千三百萬，其中被視為「原住民」的人口只有四十多萬。

二千三百萬人中，漳、泉後裔占百分之七十以上。當然也有相當程度的居民具有平埔血統，以及年代久遠、但不容忽視的荷蘭或西歐血統。

平埔族當然不只是西拉雅人，台灣南北原有十個左右的平埔族群，幾乎都已經漢化。當年西拉雅原住民的後代，正努力爭取恢復「台灣原住民」的身分。

西拉雅語在一八三〇年以後已經失傳。但是二〇一〇年，西拉雅人後代萬淑娟（Uma Talavan）和她的菲律賓夫婿萬益家（Edgar L. Macapili），依據倪但理牧師留下來的「新港語馬太福音」，撰寫了一部《西拉雅詞彙初探》，為西拉雅語的復生，踏出寶貴的第一步。

（二）

陳澤死於一六七四年。但他不是死於台灣，他死於思明，也就是現在的廈門。那一年，鄭經要反攻大陸。五十七歲的老將陳澤陪鄭經到了廈門。陳澤也沒有死於戰場，他是急病死的，死後葬在廈門的蔡坑山。

陳澤在北線尾為保生大帝所蓋的小廟，當地人稱為「龍虎宮」。

這座「北線尾龍虎宮」，在陳澤於承天府蓋了新居之後不久，也搬到了承天府南寧坊與西定坊之間，以閩南話語音相傳，如今稱為「良皇宮」，仍然奉祀「保生大帝」。保生大帝人稱「大道公」，於是這個地方稱為「下大道」。

多年後，北線尾當年的古戰場上出現一間茅草蓋成的小廟。人們說，這間新的小廟奉祀的是鎮海大元帥及他的四個兄弟。

人們說，這位鎮海大元帥叫陳酉，是朱一貴事件時為清廷立功的一位游擊。立功回唐山之後，在唐山為人構陷，自殺而死，屍體飄到此處，居民憐而埋之，立廟奉祀。

奇的是，在清廷的官方文書上，並沒有這位「陳酉」。

居民稱這間小廟為「大將廟」。幾經翻修，這間廟愈來愈大、愈發金碧輝煌。而不知從什麼時候起，在文書上，這間廟成為「大眾廟」，雖然民眾還是供奉鎮海大元帥為主神。而「大將」、「大眾」的閩南語發音，正好完全一樣。

到了一九七一年，在「鎮海大元帥」或「大將爺」的指示之下，廟旁竟然挖出了數以百計的先民遺骸，成了名符其實的「大眾廟」。而供奉的「大將爺」原名叫陳澤還是陳酉，對信徒而言已經不重要了。反正民眾不在乎，也不敢直呼神明本名；他們祭拜的，是守護鄉土的「鎮海大元帥」。

這是民間信仰。而信仰，是難以考據的。就像我們不必去證明歷史上是否真的有「三太子李哪吒」。

而在當年的普羅岷遮城不遠之處，現在仍有一座古蹟，叫「陳德聚堂」。台南市的陳氏後人說，那是鄭經時代輔弼名臣陳永華的故居「總制府」遺址。陳德聚堂旁的小巷子可以通到台南最有名的「天公廟」，迄今附近的人稱這條巷子為「統領巷」，還留有一小段古代磚牆。而一六七四年，陳永華官封「東寧總制使」，陳澤則官拜「統領」。

陳澤的正室郭夫人一直無所出。陳澤到了晚年終於得子，但沒有記載是否為郭夫人所生。孩子是陳澤五十一歲時生的，所以在族譜中，這位小孩稱為「五一」。但陳澤在一六七四年病故時，他卻無子，因為「五一」早夭。（因此連正式命名都來不及？）陳澤有三個弟弟，陳丑、陳亥、陳拱，於是由陳亥的長子陳安出繼陳澤。然而一般而言，早夭之子是不會列名在家譜上的。而一代名將陳澤的後人會把先祖與陳永華混淆不清，這也太不合常理。因此，我覺得背後可能藏有不為人知的故事……

二〇〇〇年左右，歷史學者經過考據後下了結論，認為陳德聚堂是陳澤的故居遺址，不是陳永華。專家又說，陳永華的遺址在今之台南公園，後來叫做「黃蘗寺」，清代時已焚毀，而焚毀原因與陳永華創立的「天地會」有關。

古蹟，是可以考據的。

考據，是歷史學家的事。

而把故事寫出來，是小說家的事。

（三）

如今，居住於當年荷蘭人領域北疆嘉義或南疆屏東的台灣原住民，常常表示他們先祖有一位是十七世紀的荷蘭男性。而出身於台南地區漳泉後代的一些福佬人，他們在台灣的第一代祖先，則往往可以追溯到一位荷蘭女性。

謹以此書，獻給這些「台灣福佬的荷蘭查某祖」。

初稿完成於二〇一一年四月十六日晨六時三十九分

後記

我爲什麼寫《福爾摩沙三族記》

兼以醫師觀點論鄭成功之精神分析及死因

我寫《福爾摩沙三族記》，是希望還原台灣開拓史的原貌。

現代一般人講台灣歷史，荷據三十八年幾乎都是一筆帶過，好像一事無成；寫鄭成功驅荷，也是寥寥數語，更把鄭成功寫得像天兵下凡，一戰功成。其實真正歷史不是這樣的。這個現象不是台灣獨有，西方人寫美國史，也往往重英裔五月花號，而輕荷裔新阿姆斯特丹。

從家族溯源開始

我一向遺憾我們家沒有族譜。然而，大約七、八年前，因為掃墓回到府城家鄉，很熱心祠堂事務、七十好幾的叔叔對我說：「我們家的第一代查某祖是一位荷蘭女性。」我大吃一驚，但傾向相信我的家族確實有歐洲人血統。我想，我的鬈髮、濃毛、落腮鬍及爸爸的高大身材，原來其來有自。

第二年清明節再回台南，我向叔叔要求能見證這個第一手資料，因為我渴望知道這位荷蘭女性遠祖的姓名。沒想到叔叔的回答是，他有這樣講過嗎？於是我的尋根心願方見端倪，隨即觸礁，觸發了我寫出「台灣人的荷蘭查某祖的故事」：遙想十七世紀，一個荷蘭少女因父親追求理想，來到當時稱為福爾摩沙的台灣，卻因歷史的偶然、命運的轉折，成了現代某些台灣人的祖先，也順便帶出早期的台灣開拓史。

在書中，我除了虛構以亨布魯克牧師之二女兒瑪利婭來貫穿歷史，其他人物都盡量保持歷史原貌。我希望本書更接近「小說化歷史」，而不只是「歷史小說」。至少大方向是如此。兩位台灣史權威翁佳音教授與江樹生教授應該也有這樣的期許，在此感謝他們逐字讀過，替我修正了許多細節。特別是翁佳音教授，如果沒有他的支持、鼓勵與提供照片，本書不可能完成。

我很幸運，大約自二〇〇五年開始，市面上出現不少荷蘭時代台灣史的書，更可貴的是江樹生教授譯就的四大冊《熱蘭遮城日誌》，以及《梅氏日記》，讓我驚喜荷蘭人竟然留下那麼多第一手資料。

讀荷據台灣史的結果，我認為，台灣人有荷蘭血統者比我們想像多，而溯其原始有兩個可能性。

一、祖先為荷蘭男性：在荷據早期，荷蘭男性與平埔族女性（西拉雅）結婚者，或不婚而有兒女者，雖不算多，但經三百五、六十年的繁衍，可以變成可觀的數目。而在荷據晚期，因鄭成功來台而來不及逃出的荷蘭男性，有些人往高山逃，於是往北經由諸羅山到鄒族、往南經由打狗而入魯凱及排灣部落。前任荷蘭駐台代表胡浩德（Menno Goedhart）也印證了這個說法。

二、祖先為荷蘭女性：鄭成功來台時，以迅雷不及掩耳之勢登陸赤崁附近，普羅岷遮城內及散居西拉雅村社的荷蘭人家族有兩、三百人被俘。鄭成功殺了一部分，放了一部分（一六六二年隨船返回巴達維亞），囚了一部分。這些被囚的數十人，到了一六八三年施琅來台後才獲得釋放，回到巴達維亞。其他有數十名荷蘭女性，或為妾、或為奴。見於史者，至少有鄭成功本人和將領馬信娶了荷妾。我相信尚有其他未見於記載者。這些荷蘭女性所生的後裔，大約是鄭氏部隊漢人將領之後。

所以我曾戲說，台灣除了傳統四大族群外，還有「新台灣之子」，包括東南亞新娘所生的第五族群，以及具有荷蘭血統的第六族群；更正確地說，應該是歐洲白人血統，因為當年荷蘭東印度公司唯才是用、不次擢升，吸引了許多西歐、北歐的有志之士，像十任台灣長官之中，卡隆、揆一都不是荷蘭人。中研院台灣史研究所翁佳音教授認為，荷蘭東印度公司至少有三分之一以上雇員來自荷蘭以外的歐洲國家。

因此，台灣的平埔或高山原住民若有西方人血統者，多為男性歐洲人之後；台灣的福佬漢族若具西方血統者，則可能多為女性歐洲人之後，兩者不太相同。

二〇〇九年四月，我參加荷蘭國慶晚會。令我大為感動的是，荷蘭代表胡浩德夫婦以台灣原住民服裝出場，在場則約有四分之一賓客為原住民；宴會中現烤山豬，跳原住民舞蹈。胡浩德口口聲聲說，台灣原住民是他的親人。甚至當我告訴他「我故鄉在台南」時，他說「Me, too」。而且他說到做到，退休後，他真的定居台南新化，也就是荷蘭時代的新港社。

胡浩德的精神讓我感動。因此，我希望這本《福爾摩沙三族記》能強調，最早的台灣開拓史是台灣原住民（大洋洲南島語族）、漢人（亞洲黃種人）和歐洲人（白種人）的共同努力。這種三大洲的人種組合，在人類歷史上可說是獨一無二，也就是說，當今仍有不少台灣人身上其實同時流有南方漢人（具百越血緣）、平埔族、再加上歐洲白人的血緣。由人類白血球抗原（HLA）的分析，我估計台灣居民約有一百萬人帶有歐洲白人血緣，雖然純度也許只有一〇二四分之一（第十代），甚至四〇九六分之一（第十二代）。因此，我寫《福爾摩沙三族記》，是為了台灣歷史與人類學而寫，不為政治，所以在「楔子」中，我豪情寫下：「為台灣留下歷史，為歷史記下台灣。」

大量爬梳史料為基礎

荷蘭時代台灣史讀多了以後，發現一個大問題：我們現在所了解的早期台灣史，不但忽視或抹殺了荷蘭時代的歷史，連明鄭時代的歷史真相也有許多遭到有意無意的掩蓋。荷蘭時代由於當時的大員商館保留了相當詳盡的史料（四大冊的《熱蘭遮城日誌》可為代表），現在還原真相並不算難；另一方面，明鄭時代留下來的史料，如《從征實錄》、《台灣外志》、《海上見聞錄》、《靖海誌》、《台灣鄭氏始末》等等，不但常失之過簡，而且很容易找出錯誤。

另外，明鄭在台二十三年，因為牽涉了不少政治權鬥，有些關鍵事件的真相也被有意掩蓋。鄭氏王朝的兩次王位繼承皆以政變收場，此中必有許多不足為外人道之事，例如鄭成功是怎麼死的？鄭成功死前是否指定弟弟鄭淼而非兒子鄭經為繼承人？鄭經庶出長子鄭克壓的身世為何？如今都是歷史謎團。而明鄭降清以後，清廷的惡意抹殺，幾乎盡毀當時的一切文物，民間也刻意掩蓋；當時的台灣遺民心中自有一個「小警總」。於是迄今不但史料欠缺，真相更是難明。

以明鄭時代而言，鄭成功的時代還有楊英《從征實錄》的第一手資料，扼要記載軍中大事，但是和《熱蘭遮城日誌》有所出入。到了鄭經時代，留下的記載更是片段及零落。

禮失求諸野，歷史也是。然而如今在台灣民間看到、聽到的明鄭時代事蹟，也都不太可信了。民間傳說的鄭成功相關傳奇，如鶯歌石、劍潭等地，皆非鄭成功蹤跡所到之地。閩南人不論軍民，都喜歡蓋廟，可是三百多年下來，廟方對廟史的傳承常因口述而失真。

台南最具盛名的四草大眾廟就是一例。本來是奉祀當年北線（汕）尾之役打敗紅毛的陳澤，清朝時不敢公然表示是祭祀明鄭「大將」，只好泛說「鎮海大元帥」；不敢說「陳澤」，而改稱「陳西」。又因同音之故，「大將廟」變成「大眾廟」。其實廟方明示奉祀「鎮海大元帥」，廟內的主神也只有一尊，應叫「大將廟」而非「大眾廟」，其理甚明。根據目前的廟方資料，主神是協助清朝敉平朱一貴事件有功的陳西。可以說，祭祀的對象由「反清復明」大將陳澤，變為「平定天地會朱一貴之亂有功」的清廷將領陳西，這簡直是角色錯亂了。在正史中，查無「陳酉」此人；而廟方有關陳酉生平的記載也前後不一，二〇〇六年版只說是鎮守台南的「提督」；到了二〇一一年版，則成了「台灣總兵」、「廣西提督」，明顯是稗官野史之說。

又如，台南市陳德聚堂是陳澤還是陳永華的故居，也曾有過爭議。陳德聚堂奉祀的牌位「永華公諱澤字濯源諡文正」及「洪氏太夫人、一品郭夫人」，明顯是陳永華與陳澤的「合體」，因為陳永華諡號文正，娶洪夫人；而陳澤字濯源，娶郭夫人。我們由陳德聚堂奉祀「開漳聖王」，可以推論這是陳澤故居，因為陳澤是漳州海澄霞寮人士，而陳永華是泉州南安人，陳永華故居不可能會有開漳聖王的記載與遺訓。

所以不論正史、廟宇與民間，對明鄭史料的記載都需要我們努力去發掘與辯證。現在已經不容易，若再繼續以訛傳訛，以後就更困難了。

寫出鄭成功的英雄全貌

鄭成功是台灣史上的英雄，而我希望寫出他的英雄全貌，包括人性的光明面與黑暗面。

在那個明清之際的悲慘時代，不論是君王（崇禎、南明諸王、皇太極、順治）或將領（鄭芝龍、鄭成功、張煌言、李定國、洪承疇、三藩、甚至施琅，以及更早的袁崇煥、滿桂等），每個人都充滿心靈的創傷。因戰火和海禁而流離失所的閩粵百姓就更不用說了。荷治下的福爾摩沙及鄭經西征前的台灣，相對之下反像是人間樂土。

那是一個人人都不快樂的時代，而鄭成功更是一個非常不快樂的英雄。他身世曲折多舛，性格多疑急躁，卻又堅毅不屈、聰明果斷、多才多藝。然而西方的記載把他醜化，東方的論述又把他神化了。於是我們看不到有血有肉的悲劇英雄鄭成功的真面目。

在荷蘭古籍中，鄭成功被描述成毫無人性的暴君。依當時荷蘭劇本記載，牧師亨布魯克未如國姓爺所囑，去向熱蘭遮城守軍勸降，結果國姓爺大怒，連帶處死所有在福爾摩沙的牧師及許多荷蘭人。這個故事廣為散布，更以畫作流傳於世，連台灣人顏水龍顯然都相信了。顏水龍於一九三五年畫的《范無如區訣別圖》，迄今懸掛在赤崁樓的牆上。

然而，真實的歷史不是這樣的。鄭成功派遣亨布魯克去勸降是一六六一年五月二十四日，而亨布魯克等牧師被殺，是九月十二日鄭荷第二次海戰之後的事，中間相隔了四個月。五月二十五日，鄭成功砲轟熱蘭遮城無功而退之後，他對待荷蘭人依然算是寬大的。要等到後來巴達維亞援軍於八月出其不意到來，九月中兩軍第二度大戰，雖然鄭軍慘勝，但死傷甚眾，而且「宣毅前鎮」副將林進紳被荷蘭降兵暗殺，再加上稍早「左前鋒鎮」楊祖和近千士兵被中部的大肚番王所殺，鄭成功懷疑是荷蘭人的煽動，近故加上遠因，鄭成功才大開殺戒。以當時英、荷在南洋各地互相打來打去，這樣的殺戮，老實說，殘忍但非特別過分。只是鄭成功殺害的不是軍隊，而是對福爾摩沙盡心盡力的荷蘭神職人員，因而被渲染了。

相反的，當年不少荷蘭文獻提到，鄭成功處死荷蘭牧師之後，娶了亨布魯克十六歲的小女兒為妾。荷蘭記載說，牧師的小女兒甜美可愛，是眾所公認的美女。這種事在同時代也是不論歐亞多有所聞，不算過分，只顯示出鄭成功平凡人性的一面。但此事竟然完全不見於華文史籍的記載，大概是為了維護鄭成功「治軍嚴明，不擾百姓」的形象，也顯示中國古書「為尊者諱」的偽善。其實這件事還有續篇，依荷蘭人的記載，後來鄭荷訂立和約，鄭成功真的遵守承諾，讓這位荷妾離開台灣。這一點，鄭成功就令人佩服。揆一的後人會來台祭拜國姓爺，豈偶然哉。

剖析英雄之死

最讓我感到有興趣的，是鄭成功之死。

鄭成功死得非常突然，而他的死，影響又非常重大。如果他晚死一年，可能真的會征伐呂宋，也可能後來鄭經沒有機會再統領鄭家軍，則台灣歷史，甚至東亞歷史，勢將重寫。

更奇怪的是鄭成功的死因。綜合民間及官方史冊，鄭成功之死的情節大約如下：

《清代官書記明臺灣鄭氏亡事》：「康熙元年，賊中內亂，成功父子相惡。成功欲殺錦，遣人捕系之，錦稱兵。成功恚甚，得狂疾，索從人配劍，自斫其面死。」

《大清聖祖仁皇帝實錄》：「靖南王耿繼茂疏報：海逆鄭成功因其子鄭錦為各偽鎮所擁立，統兵抗拒，鄭成功不勝忿怒，驟發癲狂，於五月八日，齩指身死。」

夏琳《閩海紀要》：「人莫知其病，及疾革，都督洪秉誠調藥以進，成功投之於地……，頓足撫膺，大呼而殂。」

劉獻廷《廣陽雜記》：「賜姓之死也，面目皆爪破。曰：吾無面目見先帝及思文帝也。」

梅村野史《鹿樵紀聞》：「面目皆爪破。」

江日昇《臺灣外記》的記載最詳細：「五月朔日，成功偶感風寒。但日強起登將臺，持千里鏡，望澎湖有舟來否。初八日，又登臺觀望。回書室冠帶，請太祖祖訓出。禮畢，坐胡床，命左右進酒。折閱一帙，輒飲一杯。至第三帙，嘆曰：『吾有何面目見先帝於地下也』！以兩手抓其面而逝。」

林時對《荷閘叢談》：「咬盡手指死。」

李光地《榕村語錄續集》：傷寒。

沈雲《臺灣鄭氏始末》：先說是「病肝急」，再描述黃安勸鄭成功不要為鄭經之事生氣，但「成功益忿怒，狂走。越八日庚辰（初八日），嚙指而卒，年三十有九。」然後，又說馬信也「慟哭不絕死」。

徐鼒《小腆紀年》：「金廈諸將拒命，心大恚恨，疾遂革，猶日強起登將台；兩手掩面而逝。」

《清史稿》：「狂怒囓指。」

楊英的《從征實錄》可信度最高，可惜只寫到該年四月。五月的記載不知是遺失了，還是故意隱而不寫。總之相當詭異。

有關鄭成功之死的過程，不論死於何病，下列的說法是比較一致的：

◆鄭成功大概自農曆五月一日開始不適，在床上躺了幾天。他過世是五月八日，那天的精神體力反而比前幾天好，看起來是病體恢復中，而不像病情加重。

◆鄭成功去世那一天，早上可以長時間坐起來唸明太祖遺訓，可以飲酒，還把屬下奉上的藥丟到地上。也就是說，神智清楚，食慾不錯，而且力氣不小，完全不像重病臥床者之臨終表現。

◆鄭成功去世那幾天，心事重重，非常盼望金、廈有消息來；而對兒子鄭經，既生氣又惦念。

◆鄭成功之死，發生在幾分鐘之內。

◆以他的身體狀況，屬下沒有任何人會想到他那天會過世，但他死前說的話，又很像是遺言。

◆鄭成功死時，馬信在他身旁。鄭成功死後，馬信很快為他覆上紅緞。

迄目前為止，有關鄭成功的死因，現代人的臆測大約有下列幾個病名：肺炎、瘧疾、傷寒、肝炎。當時的台灣是著名的瘴癘之地，所謂「瘴癘」就是瘧疾、登革熱、痢疾、傷寒等傳染病，後人很容易會推測鄭成功死於上述傳染病之一。但以我數十年內科醫師的經驗談，上述說法都不太像，因為最基本的一點，這些細菌、病毒或原蟲所引起的感染，幾乎都會高燒數天，而鄭成功幾乎完全沒有發高燒的記載（「偶感風寒」反而表示不是高燒)。

再深入探討:肺炎的病人大都死於呼吸衰竭,且因為血中氧氣嚴重不足,不可能在臨死當天起床飲酒、讀書、擲碗……等。

瘧疾的病人大都死於貧血、發燒、休克。同樣的,鄭成功死前不像有休克的樣子,也未記載發高燒。

至於傷寒,中醫的傷寒和西醫的傷寒可能不盡相同。登革熱(天狗熱)或痢疾大約可以列入中醫所說的「傷寒」,但鄭成功不見高燒,不見肌肉痛,不見皮膚出血(登革熱),不見腹瀉或血便(痢疾或傷寒),所以通通不像。

而肝炎、急性肝炎的病人,大都死於重度黃疸引發之肝昏迷。鄭成功未有黃疸之記載。同樣的,肝衰竭死者不可能有鄭成功那天早上的種種激情表現。

再則,鄭成功的「直接死因」,見諸文獻的有「抓面而死」、「咬指而死」或「掩面而逝」。然而就醫學觀點,抓面咬指的出血量都不大,絕不致造成休克,如何在數分鐘致死?而且上述的肺炎、瘧疾、肝炎、傷寒,或下述的心肌梗塞、腦中風在瀕死時,也都不太可能做出「抓面」或「咬指」的使力動作。

會在五分鐘內猝死的是心臟病(心肌梗塞)或腦中風。但以鄭成功的年齡及史書的敘述都不像。而且鄭成功死前的言語,像「自國家飄零以來,枕戈泣血十有七年,進退無據,罪案日增;今又屏跡遐荒,遽捐人世。忠孝兩虧,死不瞑目,天乎,天乎!何使孤臣至於此極也!」根本就是在交待遺言。他顯然清楚知道自己將死。心臟病或腦中風而猝死者,不可能在死前那樣長篇大論、激動感嘆,而心臟病死時是胸痛或心痛,會「撫胸而死」,不會「掩面而死」;腦中風的人有一邊身體麻痺,而「掩面」是兩手並用的動作。

所以基本上,我不認為鄭成功死於熱病或感染,或上述任何一種疾病,也不像是心肌梗塞或腦中風。那麼,有其他可能嗎?

我認為最有可能的是「自殘」。以鄭成功死前的精神狀況、他的家族史、他的個性、他悲憤自盡，自殘是非常合理的。馬信何以要急急為鄭成功蓋上紅布，顯然為了掩飾血跡及自殘之傷痕。而馬信七天之後亦猝死，太巧合了；更何況，七天，正是閩南人風俗的「頭七」。或說馬信是「慟哭」而死。「慟哭」如何致死？在醫學上也沒有「慟哭致死」這樣的死因。心情悲痛有可能引發心臟疾病或腦中風，但還是這句老話：「未免太巧合了！」所以我高度懷疑，馬信也是步上主子之後路，自殺而死。

如果鄭成功的死因是自殺反而最為合理，也最能解釋鄭成功留下一些類似遺言的記載。

側寫悲劇英雄鄭成功

我想先自鄭成功的精神分析說起。鄭成功有沒有可能自殺？我的另一篇文章〈三太子與鄭成功〉（見本書附錄）提到，祭拜三太子的風氣在台灣比在閩南及大陸遠為盛行，和鄭成功的倡導有關。我去過台灣大大小小祭拜鄭成功的廟宇，廟內都有非常古色古香的三太子神像，而且常常不只一尊，我由此推斷，鄭成功虔信中壇元帥哪吒三太子。鄭成功一方面以哪吒的故事來撫慰自己對生父鄭芝龍的不滿與扞格，一方面也以哪吒的戰神形象鼓勵自己，這也反映了鄭成功的內心衝突和自我矛盾。莎士比亞悲劇中的哈姆雷特、李爾王、奧塞羅的故事，與鄭成功比起來都差了一級。鄭成功的一生，可說是劇本所創造不出來的悲劇英雄。

我曾和我台大醫學院的學長、美國加州大學洛杉磯分校著名的精神醫學教授林克明醫師討論過，他認為鄭成功有希臘神話人物伊底帕斯的「弒父娶母情結」，這個說法我非常贊同。有趣的是，林醫師現在也正寫作以鄭成功為主角的英文小說，請大家拭目以待。

我們的理由是，鄭成功自一歲到七歲是日本人，只有日本人母親撫養。作為父親的鄭芝龍，在這段時間完全缺席。鄭成功七歲以後，被父親接到安海，結果變成鄭成功和母親相處的機會被父親剝奪了。

更糟糕的，來到安海的鄭成功不但未能真正感受父親的疼愛，反因漢語不甚流利、生活不太習慣，受盡叔叔們和堂兄弟的欺凌，讓他更想念在日本的媽媽。所以《台灣外志》說「季父兄弟輩數窘之」，又說他「念母憂思，夜必翹首東向」。那時，長輩比較欣賞他、照顧他的，大概只有較具文人素養的四叔鄭鴻逵；平輩與他較交好者，可能是族兄鄭泰和幼弟鄭淼。

鄭芝龍自然極疼愛鄭成功，但他給鄭成功的父愛不是家庭生活方面，而是聘名師、上太學、布人脈，包括十五歲就為他找個同鄉惠安的最高名門、「禮部侍郎」董颺先之姪女為妻。鄭芝龍對鄭成功「望子成龍式」養成教育的影響當然很大、也很正面，然而我們也可以想見，鄭芝龍對兒子必會因「責之切」，偶爾有一些過度的要求。林林總總，小鄭森（那時還不叫鄭成功）的幼年生活顯然是不快樂的，心裡對父親可能是怨多於愛的。而且偏偏鄭芝龍後來沒有走正路，所以鄭成功和父親的舊心結和新理念的衝突就一起浮現。

是巧合或是必然，到了後來，鄭鴻逵、鄭成功、鄭泰及鄭淼都沒有隨鄭芝龍投降清廷。也許是鄭成功對鄭芝龍所產生的不滿，加上少年時代所受的孔孟教育，以及一半日本人血統產生的忠君思想，讓他對清廷的態度與父親鄭芝龍做了不同的選擇，也就踏上「忠孝不兩全」之路。於是，鄭成功以「三太子哪吒」自喻，也以戰無不勝的「中壇元帥」自勵。

如果像《封神榜》裡，哪吒並不影響父親李天王的功名也就算了，鄭成功和父親分道揚鑣，卻導致父親及弟弟的被囚、被殺，結果，一六四六年鄭成功因父親降清而決裂的理直氣壯，竟變為一六六二年鄭成功對父親被處死的滿心歉疚。他聽到父親被處死的訊息後，口頭上不相信，卻半夜起來痛哭。這也像伊底帕斯的故事一樣。希臘神話中，後來當上底比斯王的伊底帕斯知道自己在不知情中弒父娶母之後，內心充滿了悔恨與罪惡感，竟然自挖雙眼、放棄王位，到處流浪。

鄭成功的終局

鄭成功比伊底帕斯更不幸。一六六二年二月底，他接到父親因自己而死的死訊，五月底或六月初接到永曆帝的死訊（之前他一直被張煌言痛罵勤王不力），然後又面臨自己和兒子鄭經決裂的空前危機與羞辱（鄭成功心裡可能有現世報的感覺），於是因心裡壓力太大而自盡，是一個很合理的推測。也唯有如此，才能解釋鄭成功的猝死，以及史籍所說的掩面而死、抓面而死等，甚至包括馬信必須以紅緞蓋住鄭成功的遺體。

鄭成功以三十九歲之齡過世，絕非福壽雙全，以漳泉人士的習俗，不會用代表喜慶的紅緞去覆蓋，最合理的解釋就是為了掩飾他因自殺而噴出來的血跡。而掩面而死、抓面而死，再加上鄭成功死前說的「吾無面目見先帝及思文帝也」，顯示傷口應該在臉部。「齩指身死」應是掩飾之詞。這些都說明了馬信何以要用紅緞覆蓋遺體。

所以我認為，鄭成功不是一般人以刀劍自盡的「自刎頸項」（通常只有一刀），而是在極端衝動之下，自殘式地亂刀刺臉（常有好幾刀，等於是以刀毀容，傷口常多而深，自然出血極多，導致迅死），所以說「面目皆爪破」。

那麼，何以要掩飾鄭成功是自殺？我想，於大局、於私人都有理由。於大局而言，我認為鄭成功的自殺很可能僅留有遺言，未有遺書。即使留有遺書，也會引起真偽之爭。如果率爾宣布鄭成功是自殺，必然無法取信於台灣及金廈之所有將士，徒生風波。加上台灣初定，世子鄭經不但不在台灣，還率重兵耆臣與父親隔海對立。且不論鄭成功是否留下文字要廢鄭經或立鄭淼，都會使局面更為複雜難解，甚至雙方惡戰對決難免。

再說，鄭成功人生的最後一刻，情緒顯然非常激動，這讓馬信等人認為，鄭成功之自殺不是光彩或莊嚴的死法。現實的考量加上傳統觀念的「為尊者諱」，就沒有把國姓爺的死亡真相公諸於世，成了歷史永遠的黑幕或謎團。

然而，歷史是吊詭的。鄭成功自覺屈辱而死，但在後世的眼光看來，他雖死有遺憾，但不僅是「民族英雄」、是「創格完人」，而且已把「缺憾還諸天地」。

鄭成功之死因將永遠無法有定論，而我以醫者之專業知識，試著去解開這個謎團。如果是錯誤推理，還請國姓爺原諒；如果幸而言中，不知國姓爺在天上是高興「真相大白於世」，還是大怒「小子洩漏機密」？但至少我們可以斷言，即使國姓爺是自殘而死，也絲毫不會損及他的歷史定位與後人的追思景仰。

附錄

三太子與鄭成功

二〇〇九年開始，電音三太子風靡全台，不但上了國際盛會，還有「三太子舞步」。然而，三太子不是封神榜的神話人物嗎？為什麼三太子代表「台灣味」？有什麼社會意義？

其實不單是現在，十七世紀漢人移民開始進入台灣，「太子爺」會成為台灣重要民間信仰，就是個異數。

台灣居民有百分之七十來自閩南地區，自有閩南文化之延伸。閩南特有的神祇與廟宇自有其閩南之地緣關係，特別是鄭氏家族及軍隊發跡的泉、漳、廈三角地區。例如保生大帝吳夲是宋代福建同安人，因採草藥救瘟疫跌崖身亡，民眾感念而建廟。媽祖林默娘是宋朝閩南莆田人氏，隨著宋明以閩南人為主的大航海時代而廣傳東亞。清水祖師陳昭應是北宋時禪師，在閩南安溪清水岩得道。

閩南移民祖先廣泛崇拜的神祇來自中原的只有關公與三太子。關公本就是全中國性神祇，是歷史人物。但三太子是「封神榜」人物，是黃河流域的漢民族神話，與閩南地區並無特殊地緣性。為什麼閩南移民祖先會虔誠祀奉來自中原的非主要神祇，這點很值得探討。

這些與閩南有地緣性的神祇廟宇，除了媽祖廟之外，並不見於客家庄，太子爺廟亦然。

二〇〇九年十月四日，我到台南官田的慈聖宮去參加「紀念明鄭陳永華咨議參軍祭典暨開台三四六週年文化觀光季」，發現一件很有意思的事：慈聖宮主祀的雖是神農大帝，也供奉著太子爺，而且這太子爺還大有來歷。據考證，這尊太子爺是明鄭王朝時代相當於宰相身分的陳永華家中所奉祀。一六六四年，陳永華隨鄭經自廈門東渡來台定居，觀音與太子爺同時迎奉入台，祀於陳永華家中。一六七九年，陳永華移居龍湖巖，觀音與太子爺也移祀龍湖巖。後因官佃（今官田）庄民之請，觀音暫祀龍湖巖，太子爺則移祀駐蹕官佃庄（當時官田為陳永華轄地）。佃民以農作維生，祈五穀豐收，乃立廟奉神農大帝為主神，就是現今官田的慈聖宮。

台南的陳德聚堂是當年鄭成功部隊來台、入鹿耳門，在北線尾首仗大敗荷軍的武將「宣毅前鎮」陳澤的故居。而可能為陳澤後代者，據我所知也祭拜三太子。祭祀陳澤的大眾廟，主神神像之前也有三太子神像。因此可以推測，明鄭王朝的文武二大重臣陳永華與陳澤家中都奉祀三太子，那就很不尋常了，一定代表某種意義。

於是我開始遍訪鄭成功廟。結果，不論是鄭氏家廟或大灣國聖宮（祭祀鄭成功）、二王廟（祭祀鄭經），或其他大大小小祭祀鄭成功的廟，在主神神像之前，一定擺著一尊相當古老的三太子神像。這更讓我深信，鄭成功與三太子之間有非比尋常的關係。

而從台灣太子廟的名稱與歷史，確實可以看出與明鄭軍隊相關的一些蛛絲馬跡。

台灣最早的太子廟是新營太子宮。每年九月九日太子爺誕辰，各地太子爺分靈陸續回新營太子廟娘家。太子宮的創建與鄭氏軍隊的屯田有密切關係，新營是鄭氏部將何替仔屯田之域。新營太子廟建於一六六三，也就是鄭成功平定台灣的第二年，鄭家軍隊立即在屯田區「結蘆奉祀中壇元帥」。

鄭成功的軍隊最早到達的府城台南市則有兩間「太子宮」，一是位在西門路的「沙淘宮」，台南人一般稱為「頂太子」；二是位在府前路的「昆沙宮」，一般稱為「下太子」。一般人都視兩廟以供奉哪吒三太子為當然，然而「頂太子廟」沙淘宮卻另有一段故事。沙淘宮建於一六八一年，雖然也是供奉中壇元帥，但又說是供奉「沙淘太子」或「大太子」，也就是說，有別於「三太子」。

這位「沙淘太子」正是一六八一年鄭經死後三天，就被馮錫範陰謀刺殺冤死的鄭經長子鄭克𡒉。鄭克𡒉是在今日的開元寺、當年他的親祖母董夫人所居的「北園別館」被害的，傳聞他死後，遺體被拋入鄰近的柴頭港溪中，再流入台江內海，沖到現今沙淘宮處的岸上（現在台南市的西門路，那時是台江海岸線）。他的夫人，也就是陳永華的小女兒，聞訊也自縊殉死。

府城居民憐鄭克𡒉冤死，乃建廟紀念之。鄭克𡒉生前雖為鄭經立為「監國」，但遇難時尚未繼任「延平王」之位，故府民乃以「大太子」稱之。後人往往誤以為大太子是指哪吒之大哥「金吒」，其實不然。沙淘宮的名稱則表示「浪淘沙湧」。陳永華家中供奉太子爺，而他的女婿鄭克𡒉死後祭祀於「太子宮」，令人三嘆！

而府城以南最有名的太子宮是高雄的「三鳳宮」，建於一六七二年，明鄭來台的第十二年，當時鄭氏軍隊屯田於左營。三鳳宮的太子爺源自鼓山化龍宮，而鼓山正與左營比鄰，可見台灣南部許多太子廟與鄭氏軍隊屯田有關，他們在屯田伊始，就迫不及待建太子廟以庇佑地方。

那麼，鄭氏軍隊為何那麼崇信太子廟？鄭氏部隊來自泉、漳一帶，他們崇信太子廟是基於漳、泉一帶的本土信仰？還是在起兵反清以後的心靈新歸依？

麻豆太子宮的歷史是「肇於清雍正年間，經由先民李葆自福建泉州府同安縣蓮花鄉蔗內村內庵社太保殿恭請金尊『中壇元帥』來台，安奉於台南縣麻豆堡崁仔庄……」。學甲慈濟宮的太子神像也說是從「泉州府同安縣白礁鄉」迎來，可見泉州確有太子廟。有趣的是，陳澤出身漳州霞寮，而霞寮陳氏在一五〇一年始建太子廟，供奉哪吒太子，祈借其神力治水患。現在的霞寮太子廟是福建最大太子廟，與台灣太子廟偶有互動關係，但地處偏遠，不是閩南人的主廟，與台灣太子廟的普及性相距甚遠。

金門除金城祭祀玄天上帝的「北鎮廟」後殿供有太子爺神像外，似乎並無專屬太子廟。而鄭芝龍當年在安海及晉江修龍山寺、修開元寺，但未有修太子廟之記載，所以我認為鄭氏部隊奉祀三太子始於鄭成功。

那麼，泉、漳居民是否比其他地方更篤信太子爺呢？中國大陸暫不說，先說台灣。台灣的客家庄就見不到太子廟。客家人並不熱中祭拜三太子，就好像客家人不拜清水祖師、保生大帝這類閩南河洛人神祇。據統計，中國內陸只有一百多間太子廟，澳門有兩間，香港只有一間，台灣則有三百多間。台灣特多太子廟，是因為太子爺的信仰在泉、漳特別熱中？或者只是鄭氏軍隊特別熱中？中國大陸一百多間太子廟是分散各地，還是集中於泉、漳？如果泉、漳特多，又是什麼原因？自何時開始？如果只是鄭氏軍隊的獨特信仰，那又是為什麼？

封神榜的故事應該是發生在黃河流域的陝西、河南一帶，哪吒的誕生地是陳塘關。中國大陸的哪吒宮祖廟位在河南西峽縣丁河鎮奎文村（即陳塘關遺址）；即便是奎文村南山頂的哪吒太子廟，原有的也只是小廟，新的大廟是二〇〇一年台灣信徒去蓋的。而如上所言，現在泉、漳、廈雖有太子廟，但並非特別興盛。所以我的看法是，太子廟在台灣如此興盛，的確是鄭氏屯田軍隊特有的神祇崇拜，太子廟確實代表「台味」。不過只是初期河洛人移民後代的台味，不包括客家。

那麼，鄭氏軍隊為何特別篤信太子爺？與鄭成功本人有沒有關係？我倒有個大膽的推測。仔細想一想鄭成功的生平，和哪吒三太子倒是有幾分類似。

哪吒因為打死了東海龍王的三太子敖丙，惹來龍王到陳塘關向李靖興師問罪。於是哪吒割肉還母、剔骨還父，表示和父親斷了關係。當清兵南下、鄭芝龍決定降清之時，二十三歲的鄭成功與父親決裂，他焚儒服儒巾、棄文從武，這個舉動可比「剔骨還父」。再八年後，一六五四年，被清廷封為「同安侯」的鄭芝龍被迫傳書鄭成功勸降，鄭成功作書回其父：

「……但吾父既不以兒為子，兒亦不敢以子自居……」等於公開宣布脫離父子關係。鄭成功的「移孝作忠」，相當於哪吒的「割肉剔骨」。鄭成功拒降，結果鄭芝龍被打入大牢。鄭成功與父親決裂，讓父親及族人受苦受難，即使未被清廷處決，當世也必有人譏鄭成功不孝。多年來，鄭成功心中一定承受極大的壓力，他的內心也一定有嚴重矛盾與衝突，於是太子爺成了他的精神寄託。更何況太子爺另有「中壇元帥」之威武盛名，因此更讓鄭成功衷心認同，於是下令全軍祭拜。這也許可以說明泉、漳、廈之民眾並不特別奉祀哪吒，而鄭氏軍隊特別崇尊哪吒的原因了。

而自鄭成功移孝作忠、導致父親與族人被囚被殺的心理壓力，也可以解釋鄭成功何以喜怒無常，動不動就要殺屬下將領。「治軍甚嚴」只是外人的感覺，並沒有真正觸及鄭成功的內心深處。鄭成功理性時也許不是嗜殺之人，看他處理荷軍投降的條件就知道他可以很寬大，一旦動怒便六親不認。特別是在一六六一年底，清廷處決鄭成功父親及諸弟之後，他在一六六二年先殺楊朝棟，後來下令殺鄭經、殺董夫人，就令人覺得暴戾無理。我想，鄭成功潛意識會認為：「連我自己父親、弟弟的性命都捨得了，你們的生命我當然也捨得。」

鄭成功雖然標榜「忠孝不能兩全」而自我合理化，但心裡上的矛盾未能平息。當鄭芝龍一族十一人真的全被清廷所殺，他自忖「不孝」的罪惡感一定驟然上升，因為死的還有他的弟弟們。他決裂的是父親，但並未與弟弟們決裂，弟弟們之死，他不能無愧於心，所以就遷怒部下而殺自己的部屬。歷史上確實很少有人像鄭成功內心衝突這麼大、這麼自我矛盾的。比起來，哈姆雷特比起鄭成功實在太懦弱，太小家子氣，太沒有氣魄了，完全沒得比。鄭成功可說是歷史上最令人同情的悲劇英雄。

我們如果設身處地，不見得會比鄭成功更能克制自己不發怒。在這樣的巨大壓力下，以自比哪吒來尋求心靈的慰藉，是很自然的自我心理治療。我深信鄭成功家中也奉祀太子爺，但如眾所知，施琅征台之後，所有鄭氏家族人口、一切家當以及鄭氏三代的墳墓、遺物一項不留，完全搬回大陸去了，所以如果真有「鄭成功家太子爺」，也不太可能出現在台灣了。

所以，哪吒三太子會在台灣有廣大信眾，背後的緣由也許是鄭成功的煎熬與鄭家的血淚。當年，鄭成功的部隊及初期渡過黑水溝由唐山過台灣的閩南移民，離開原鄉家人，面對蠻荒新天地，內心亦必有不忍與不安。

於是在屯田區安定下來之後就立太子廟，好比美國早期移民蓋教堂，是心靈的慰藉及寄託；太子爺扮演的角色既是供人膜拜的「神明」，也是撫慰心靈的「神父」。

三太子廟的普及，也許不只顯示鄭成功的心靈煎熬，也代表鄭氏部隊等初期河洛人移民的集體心理治療。鄭氏部隊建太子廟時，想到的應是三太子哪吒「割肉還母，剔骨還父」的悲壯故事，而不是現代人興致所在的風火輪、火尖槍。

現在台灣香火最盛的是媽祖廟，有五百八十多所。但在明鄭時代，香火最旺、官方最加持的是玄天上帝廟，因為明朝認為玄天上帝是國家守護神。媽祖廟在台灣的興旺要靠清廷，要等到施琅來台、鄭氏覆滅之後。康熙二十二年，施琅攻台之役，最重要的是在澎湖與劉國軒的艦隊大會戰。施琅先是宣傳媽祖恩賜大軍泉水、鼓風助戰等神話，攻克台灣後，他又改寧靖王府第為「東寧天妃宮」，是台灣第一座官建媽祖廟。那裡本是寧靖王與五位王妃自縊殉國之處（五妃廟是埋葬之處）。施琅把這樣一個易勾起遺民傷心回憶的前朝遺址變成慈悲仁愛的媽祖廟，實在高明，一則不著痕跡抹去民眾對舊政權的懷念，二則相對之下可以降低「太子爺廟」的重要性。第二年，康熙更將媽祖的褒封從「天妃」升格為「天后」。太子爺是「中壇元帥」，具有叛逆性，是強調作戰的神祇；反之，媽祖婆殉己救人，一片慈祥，沒有「割肉剔骨」式的怨氣。清廷當然希望台灣人民讓媽祖來潛移默化，而不要像哪吒式的桀驁難馴，才方便統治。

以現代社會來說，儘管氣象預報早已超越順風耳與千里眼，海難事件少之又少，但「媽祖婆」依然風靡全台。弔詭的是，儘管台灣是全世界媽祖信仰中心，台灣各地的媽祖廟為了強調自己的正統性，必須每年到大陸湄洲的媽祖母廟去進香。本來文革之後，湄洲媽祖廟已香火斷絕，後來靠台灣人去重新蓋廟，如今反而氣派十足，坐待台灣各廟年年爭先進獻。而中共也仿效清廷，樂得藉媽祖之名做統戰。

反觀台灣的太子廟，太子爺自莊嚴廟堂走入基層民間、融入本土，成為有如「進化版」的神奇寶貝。當年割肉剔骨的怨氣早已褪去，變為調皮可愛的頑童造形；「中壇元帥」的戰鬥神祇形象，更一變而為逗趣的音樂與舞步。太子爺由當年作為先民集體心靈慰藉的角色，轉型成為獨一無二的民間諧趣式台味代表，既超越了閩客分際，基本上也承繼了當年鄭氏軍隊離鄉背井、偏安東寧的餘緒。如今，三太子已成了「台味」之民俗代表，出現在台灣主辦的國際盛會舞台，甚至名揚國際，到了非洲撒哈拉沙漠。這也算是台灣歷史笑淚交織的昇華吧！

本文之簡版於二〇一〇年十月發表於《財訊》〈三太子與台味〉

國家圖書館出版品預行編目資料

福爾摩沙三族記／陳耀昌著 . -- 初版 . -- 臺北市：
遠流 , 2012.01
面； 公分 .

ISBN 978-957-32-6915-1（平裝）

857.7　　100025945

福爾摩沙三族記

作　者／陳耀昌
主　編／王心瑩
執行編輯／陳懿文
封面設計／王小美
美術設計／邱銳致、郭幸會
彩色頁圖片提供（數字為頁碼）／
翁佳音：2 全、4 下、9 上、12 下、16 全
陳耀昌：1 全、6、7 上、9 下、13、14 上、15 下
陳俊銘：15 上　湯錦台：14 下　顏水龍家族：11-12
© The National Gallery, London：5 下
企劃經理／金多誠
出版一部總監／王明雪

發 行 人／王榮文
出版發行／遠流出版事業股份有限公司
地　址／104005 台北市中山北路一段 11 號 13 樓
電　話／（02）2571-0297
傳　真／（02）2571-0197
郵　撥／0189456-1

著作權顧問／蕭雄淋律師
2012 年 1 月 1 日 初版一刷
2021 年 11 月 25 日 初版十四刷
定價◎新台幣 360 元

ISBN 978-957-32-6915-1

遠流博識網 http: // www.ylib.com E-mail: ylib@ylib.com